# 문자문화와 디지털문화

국제어문학회

국학자료원

# 차 례

## 특집논문 : 문자문화와 디지털 문화 ― 이미지와 서사

디지털 시대의 현대시 형태와 인식에 관한 연구 ......................... 노 철·7
현대 문화의 서사적 상상력과 대중의 응전력 ......................... 김동환·33
컴퓨터 게임의 문학적 특성 ..................................................... 최유찬·55
일본 애니메이션의 전략적 특화와 한국문학 ......................... 김정훈·79
웃음과 광고공학 ................................................................... 원용진·113
텔레비전 드라마의 서사전략 고찰 ....................................... 윤석진·149
통속의 문화적 전략 ............................................................... 박애경·173

## 일반논문

근대 국어 의문어미에 대한 연구 ............................................. 이영민·201
<荊釵記>의 대표 이본 연구 .................................................... 이복규·219
선비정신과 초인의 꿈 ............................................................. 유병관·253
Effective Teaching of Korean Language in Relation to Understanding Korean Culture
..................................................................... Ho-Byeong Yoon·275

특집논문 : 문자문화와 디지털 문화 ― 이미지와 서사

# 디지털 시대의 현대시 형태와 인식에 관한 연구

### - 성기완의 『쇼핑 갔다 오십니까?』를 중심으로

노 철*

```
              차 례
Ⅰ. 들어가는 말
Ⅱ. 본말
   1. 인과적 구조의 해체
   2. 주체의 붕괴와 언어의 자율성
   3. 기호표현이 빚어낸 감각의 제국
   4. 신체기관의 자율성과 기호의 제국
Ⅲ. 맺음말
```

## Ⅰ. 들어가는 말

한국 현대시의 형태는 1920년대 민족적 정조를 표현하려던 시도부터 시작된다. 기계적인 음수율을 벗어나면서도 현대적 정조를 표현하였던 김소월의 시가 그 정점에 있어 보인다. 그러나 김소월의 시는 오늘날 창작되기 힘든 시의 형태로 보여진다. 운율보다는 심상에 의존하는 현대시의 특성상 운율에 의존하는 시는 위축되고 있다. 오늘날 가장 영향력 있는 시의 형태는 정지용의 시로 보여진다. 1930년대 김기림에 의해 제창된 음율과 이미지와 의미가 유기적으

---

* 상지대 겸임교수.

로 완결된 시가 정지용에 의해 구현되면서 감정의 절제와 심상의 구축이라는 현대시의 원론이 정립된 것이다.

그런데 오늘날 디지털 문화가 사회적 현상으로 자리잡기 시작하면서 정지용 시의 형태와 다른 새로운 시의 형태가 생성되고 있다. 정지용의 시 형태가 일관된 정서의 흐름을 심상으로 구축했다면 오늘날 새로운 시는 일관된 흐름으로부터 이탈된 언어들이 접목되어 있다. 이러한 언어는 문자 문화 시대에 문법의 질서 속에서 시상을 전개하던 방식과 다르게 여러 이미지를 무질서하게 던져 놓는 방식이다. 이러한 방식은 김수영이 술어를 중심으로 여러 언어를 배치하던 방식이나 김춘수가 여러 이미지를 모자이크 식으로 배치하던 방식과도 다르다. 김수영과 김춘수의 시 역시 일관된 흐름을 완결시키는 구조이지만 새로운 시의 경향은 구조 자체가 분명하지 않다.

구조 자체가 무너진 시의 형태는 세계의 인식 방법과 표현 방법에서 기존 시와 다른 지점에 놓여 있다. 미디어 네트워크 문화의 이미지 체험은 여러 층위의 이미지들을 동시에 체험하고 그 이미지들을 자유롭게 접목시키는 형태로, 이미지를 통한 세계 인식 방법의 반영이라 할 만하다. 디지털 문화는 이미 창작된 이미지들을 수용자의 기호에 따라 접목시키고 분리시키는 것이 가능하다. 그러므로 디지털문화는 문자문화처럼 정착되지 않고 순간 생산되고 재빠르게 사라지는 것이 가능하다. 지속적인 다듬기보다는 순간적인 제시가 관건이다. 이러한 속도는 반성적 시간보다는 놀이와 같은 성격이 강하다. 이러한 놀이 방식은 순간 여러 이미지가 접목되는 것으로 시의 형태가 일관된 구조인가 아닌가를 반성적으로 검토할 필요가 없다. 하나의 표상은 다른 표상과 쉽게 결합하지만 그 결합에는 규칙이 없다. 규칙은 일정한 구조를 형성하려는 의도와 관련된 것으로 언어학적인 측면에서는 통사적 규칙을 따른다. 주어와 술어가 결합하여 의미를 형성하는 전통적인 언어 사용법이다. 그러나 새로운 시의 형태는 일정한 흐름의 구조를 형성할 필요가 없으므로 통사적 규칙에 구속되지 않는다. 여러 표상들과 함께 자유롭게 떠돈다. 그 표상은 놓인 자리에 따라 이미지를 형성하면 그만이다. 이러한 시의 언어를 '유목언어'라 부르고자 한다.

따라서 이 글은 유목언어의 시가 생성하고 있는 언어 활용법과 디지털 문화의 관련을 살피고, 유목 언어의 활용법과 정착언어의 시가 축적한 언어 활용법을 대비적으로 살펴 오늘날 새로운 시의 형태를 이해하는 것을 목적으로 한다.


## II. 본 말


### 1. 인과적 구조의 해체

산업화 시대 도시화, 기계화, 미디어 네트워크화는 대중들의 감수성을 변화시키고 있다. 도시화와 기계화는 사람과 사람의 만남의 형태를 변화시켰다. 교통의 발달은 하루에 몇 사람을 시간대에 따라 장소를 이동하면서 만날 수 있게 하였다. 이러한 생활 방식의 변화는 사회적 생산체제에 근거한다. 상품생산의 경쟁체제에서 효율성을 증대하기 위한 도시화, 기계화는 노동강도를 증가시켜 기계의 속도에 따라 생활하게 함으로써 반성적 사유의 시간을 빼앗아간다. 현대인은 시간에 쫓기는 바쁜 사람이 되어 버린 것이다. 기계화는 노동강도를 더욱 높이고 있고, 불안전한 직장으로 생활의 유동성을 증가시키므로 반성적 사유를 요하는 텍스트를 향유할 시간을 점점 좁히고 있다. 뿐만 아니라 상품 소비 시대에 상품은 그 사람의 사회적 지위와 인격을 보장하는 메카니즘이 작동한다. 물신화의 시대가 탄생한 것이다.

이러한 물신화 시대는 인간의 욕망을 상품에 대한 욕구로 이끌어 가면서 개인들에게 쉴 틈을 주지 않는다. 핸드폰의 콘텐츠 서비스 등과 같은 무선 인터넷 통신은 이제 시간과 장소를 가리지 않고 사람을 상품 시장에 거주하도록 강요한다. 이러한 시장 확장작업은 인간의 내면으로까지 진행되고 있다. 사회적 제도의 억압 속에 은폐되어 있던 무의식적 충동까지 시장으로 이끌어내고 있다. 그 예로서 몸과 성의 담론을 들 수 있다. 이 담론은 인류의 가부장적 제도에 대한 해체와 공격이지만 또 한편으로는 인간의 심층에 숨겨져 있는 은밀한 세계를 시장으로 외화 시키는 과정이라 할 수 있다.

미디어 네트워크 시대에는 무의식에 거주했던 충동이 표면으로 떠오르고 있다. 인터넷에서 사람들이 더 적극적으로 자신의 욕망을 표출하는 것이 그 예라 할 수 있다. 이 사이버 세계에서 인간은 현실 사회에서 지위와 역할과 다른 인간으로 행세를 할 수 있으며, 내면에 잠재된 여러 인격을 외화 시킬 수 있다. 다중적 인격이 겉으로 표출되고 구체적인 형태로 자리잡기 시작한 것이다. 이러한 체험은 시의 언어에서도 변화를 일으키고 있다. 기존 시가 주로 일관된 목소리에 의존하는 일관성을 추구했다면 새로운 시는 다성적 목소리가 주요한 형태로 등장한다.

> 양파의 달콤한 매운 표면에 자잘하게 붙어 있는
> 너흴 보았어
> 어제의 브라운색 둥근 테이블과
> 불편한 나무 의자와
> 애써 행복을 감춘 어색한 손바닥의 소유자
> 패배를 자인하면서도 예절을 갖추는
> 나를 생각했어
> 나는 콜라를 마시며 말했지

존 레논이 죽었다는 말을 들은 건
중학교 때 조회를 서다가였다고
변성기가 지난 뒷줄에 서 있는 친구가
나직이 말해주었고 나는 차례 자세로 그 소식을
들었다고
너흰 가볍게 웃었지
그때 운동장의 흙은 약간 젖어 있었고
날씨는 쌀쌀했었지
누군가는 죽었고 누군가는 살아 있어
우리는 불빛 아래 있었지

          -성기완의 <벌레> 부문(『쇼핑갔다오십니까』)

  말하는 주체의 목소리와 이 목소리를 듣는 주체의 설정은 기존
시와 별반 새로울 것이 없다. 그런데 벌레를 관찰하는 주체와 벌레
와 이야기하는 주체가 함께 말을 하고 있으며, 갑자기 <그때 운동
장의 흙은 약간 젖어 있었고/ 날씨는 쌀쌀했었지>에서 보듯이 말하
는 주체와 듣는 주체의 대화가 끼어들고 있는 시상전개는 다면적인
목소리의 합창을 만들고 있다. 또 벌레와 존레논 사망 소식을 들었
던 것에 대한 대화도 벌레와 여자가 동시에 듣고 있다. 다수에게 동
시에 말하고 있다. 한 시에서 다성적인 목소리와 다수의 청자가 공
존한다.

  기존의 대부분의 시는 대화의 대상이 분명하다. 외적 청자를 상
정하거나 내면의 주체의 목소리와 이를 듣는 청자를 상정하므로 대
화의 흐름이 일관성을 유지하여 독자는 청자의 자리를 차지하기만
하면 된다. 그런데 이러한 다중의 목소리와 다수의 청자 설정은 독
자에게 두 가지를 강요한다. 시가 전개되는 그 순간의 환경에 참여
하지 않으면 대화를 불가능하게 하며, 반성적 사유 없이 언어를 따
라가도록 한다. 반성적 사유를 하려들면 대화의 맥락을 놓치기 쉽

12

다. 실시간으로 전개되는 인터넷의 채팅 속도를 따라가듯 그냥 따라가야 한다. 이렇듯 실시간 속도를 따라가는 언어는 앞의 화소와 뒤의 화소 사이에 인과적 관계가 별반 중요하지 않다. 그러므로 유목언어는 의미가 무거워지면 곤란하다. 반면에 정착 언어의 시는 대화의 흐름이 빠른 것 같아도 늘 반성적 사유를 거치지 않으면 대화가 불가능하다. 앞뒤의 화소 사이에 인과적 관계가 설정되어 있기 때문이다.

내 몸 어디에 목숨이 숨어 있는 걸까요?
밤처럼 검은 머리칼로 묶인 이 쓰레기 봉투 속 어디에
목숨이 숨어 있는 걸까요?
시체를 몰래 갖다 버린 범인을 잡으려는 듯
청소부들이 검은 쓰레기 봉투를
큰길 가에 쏟아놓고 집게로 들쑤시고 있어요
버려진 것들이 오히려 모든 내용을 알고 있지요
드넓은 초원에서 양을 먹고 사는 사람들은
양의 배를 가르고 내장을 보면서
내일의 날씨도 점칠 수 있다지요
검은 봉투 속에 밀봉된 채 악몽의 풍경 속을
잘려진 손톱처럼 날카로운 산의 나무들
핏빛 파도를 닦은 생리대와
사각의 푸른 종이 상자에서 툭툭 튿어지던 희디흰 크리넥스
처럼 내려앉은 저녁의 날개없는 새들
머나먼 레일처럼 도르르 말린 필름
내 몸 속 어딘가에서 송출하는 영화
그 어디에 목숨이 숨어 있는 걸까요
몸부림치고 있었어요 검은 쓰레기 봉투 속에서
다시 태어나려고요 나는 아직 태어나지도 않았던 거예요
　　　　　　－김혜순의 <이다지도 질긴, 검은 쓰레기 봉투> 부분
　　　　　　　　　　(『달력 공장 공장장님 보세요』)

시상의 전개는 인과관계에 충실하다. 몸은 검은 머리칼로 묶인 쓰레기 봉투이고, 그 봉투 속의 것은 모든 내용을 알고 있다, 그래서 그 쓰레기 봉투 속의 악몽의 풍경 속을 여행하면서 자신의 목숨이 어디에서 태어난 것인가를 다시 살피고 있다. 산문으로 풀어쓰면 인과적 관계의 빈틈이 없다. 특히 상상력의 세계가 확장될 때 쓰레기 봉투 속의 풍경을 여행한다는 언어를 통해 이전 화소와 인과적 관계를 설정한다. 일관된 흐름을 만들기 위한 시인의 의도다. 그러므로 독자는 이 시를 감상하기 위해서는 한 번 읽고 난 후에 또 다시 앞으로 가서 인과관계를 따라가는 작업을 해야만 한다. 다시 읽는 과정은 텍스트의 의미를 확정하고 분명히 하기 위해 반성적 사유가 필요하다. 그러나 유목언어의 시는 사실을 제시하고 그때 생각과 감정을 기술해가므로 반성적 사유를 중요하게 여기지 않는다. 통사적으로 일관된 흐름을 만들던 언어와 다르게 유목 언어는 주체와 객체의 경계를 떠돌거나 자신의 의식에 떠오르는 표상들을 따라 떠돈다.

## 2. 주체의 붕괴와 언어의 자율성

미디어 네트워크 시대의 특징은 디지털 문화다. 과학기술과 상품 생산방식, 소비방식은 복제기술을 낳았다. 상품뿐만 아니라 예술품의 대량 복제 역시 대중의 예술적 욕망을 불러일으켰다. 그것은 대중이 상류층의 교양을 흡수하고 계급 상승을 하고자 하는 대중의 요구를 반영하고 있다. 그러나 견고한 사회체제에 대한 좌절과 불만은 대중 스스로 자기를 표현하고자 하는 욕구 역시 증대시켜 왔다. 이 두 가지 경향은 상류층처럼 고급의 상품을 소유할 수 없는 대중이 모사품을 소유함으로써 대리만족을 추구하는 경향과 획일적인 지배 문화에 대한 대항으로 다양한 문화 창조하고자 하는 욕구를 반영하고 있다. 이 가운데 이 장에서는 디지털 기술과 미디어 네트워크의 발달로 인해 소수의 다양한 문화적 요구를 표현하는 흐름을 살피고자 한다.

　개인은 이미 마련된 여러 미디어나 언어를 재료로 삼아 자신의 선호도에 따라 그것들을 결합시킬 수 있다. 웹서핑 중에 우연하게 발견한 것을 재료로 하여 자신의 선호도에 따라 재조립하는 것이 가능하다는 것이다. 이 때 조립과정은 생산과 소비를 동시에 향유하는 새로운 문화형태라 할 수 있다. 대중의 예술적 체험과 향유의 영역이 창작과정까지 확대된 것이다. 그러나 복제와 조립은 이미 생산된 이미지나 언어를 활용하므로 표준화된 코드를 따라 갈 수밖에 없는 수동성과 스스로 자기의 감각에 따라 선택하고 조립하는 자율성이 공존한다.

　이러한 수동성과 자율성에서 시간의 속도는 필요조건이다. 디지털화된 표상을 순식간에 받아들이는 수동성과 그것을 빠른 시간에 다른 표상과 결합하거나 만족스럽지 못하면 즉각 뱉어낼 수 있는 자율성이 있어야 한다. 계속해서 보존되는 시간적 정착과 무관하다는 것이다. 이러한 유목의 특징은 시에서도 나타난다. 주체의 사유와 감정이 전면으로 부각되면 오랜 시간을 필요로 하지만 사실과 감각에 따른 언어 조립은 빠른 시간을 필요로 한다. 이러한 언어의식은 의미기호와 의미표현의 견고한 관계를 거부하고 그 유동성을 활용한다. 유목의 시는 통사적 문법으로부터 일탈하거나 언어기호를 엉뚱한 환경에 옮겨 놓는 방식을 사용한다.

　　어니는 조금 늦게 도착했다 그러나 덕순은 괜찮았다 기차는 제 시간에 떠났다 우리는 기차에 올랐다 기차는 천천히 출발했으나 이내 쏜살같이 달리기 시작했다 노래들이 머릿속에 떠올랐다 어니

가 먼저 말을 꺼내기 시작했다
— 시간의 커튼
— 물줄기
— 폭포수의 장막에 갇힌 소리의 마법사
— 갑자기 어떤 광고가 생각나요 아마 세탁기 광고였을 것 같은
데
— 같은 시간 저쪽을 똑같이 달리는 기차가 있을 거야 틀림없이
그러나 가려서 볼 수가 없어 그 세탁기의 의식 따위
— 드디어 다들 테크노로 가는 모양이야 기능하는 나사였잖아 그
러나 이젠 나사긴 나산데 무슨 기능을 하는지 그 기능조차 지워져
버렸어
— 다시 라이프니츠의 단자로 돌아가는군 운동성은 있고 방향성
과 의식이 없는
— 정충 같애
— 귀여워
끝이지 자르고 섞어 cut & mix 삭히지 않고 토막낸 익명의 살점들
처럼 튕겨다니는 그 리듬을 하나하나가 다 쉼없이 목숨을 좇는 우
리 의식의 붉게 켠 눈동자들이지
— 이젠 마음의 창이 맑아지는 걸 기대할 수 없어 차라리 날마다
즐겨 너무 게걸스럽지 않게
　　　　　—성기완의 < I . 길, 스팀> 부분(『쇼핑 갔다 오십니까』)


　채팅 사이트를 연상하게 하는 언어배치다. 두 사람의 목소리가
제각기 의식 속에 떠오르는 말을 하고, 그 말들은 엉뚱한 것 같으면
서도 대화로 이어진다. 대화는 언어의 유희 그 자체다. 인과적인 전
후 맥락보다는 의식에 무작위로 떠오르는 여러 언어가 아무런 규칙
없이 모여들고 있다. 여기에는 통사적 문법 체계가 구축한 인과성
으로부터 일탈한 언어들이 둥둥 떠다닌다. 주체보다는 발설된 언어
가 주인이 되어 서로 밀고 당기는 주체가 되어 있다. 통사적 언어의
인과적 질서 밖에서 떠오른 기호표현(시그니피앙)들이 하나의 텍스

트를 이룬다. 프로이트 말을 빌리자면 의식과 무의식의 경계에서 발생하는 언어라 할 수 있다. 무의식에서 떠오른 기표들이 의식과 마주치면서 새로운 텍스트를 이루고 있는 것이다. 어니의 시간의 커튼이 덕순의 물줄기로, 덕순의 물줄기가 어니의 세탁기 광고로 가지만 덕순은 다시 시간의 기차로 옮겨가고, 시간의 기차는 어니에게 나사로 이어지다가 돌연 정충으로, 정충은 귀엽다는 말로 건너뛰고 있다. 낱말과 낱말의 결합은 언어의 논리체계가 아니라 두 사람의 무의식에 따라서 튀어나와 그 흐름을 만들고 있는 것이다. 통사적 언어 체계에서 본다면 중심이 없는 언어 놀이라 할 수 있다. 이러한 언어 유희는 기존의 언어 실험 방식과는 차이를 가지고 있다. 정착 언어의 통사적 언어체계를 활용하는 방식은 중심을 가지고 있다.

> 風景이 風景을 반성하지 않는 것처럼
> 곰팡이 곰팡을 반성하지 않는 것처럼
> 여름이 여름을 반성하지 않는 것처럼
> 拙劣과 수치가 그들 자신을 반성하지 않는 것처럼
> 바람은 딴 데에서 오고
> 救援은 예기치 않은 순간에 오고
> 絶望은 끝까지 그 자신을 반성하지 않는다
>
> — 김수영의 <絶望> 전문

<절망>을 중심으로 모든 언어가 배치되어 있다. 절망적인 사태를 표현하기 위해 <반성하지 않는다>는 술어를 중심으로 풍경, 곰팡이, 여름 속도 등이 서로 연관성이 없는 낱말들을 모아놓고 있다.[1] 그러나 풍경, 곰팡이, 여름, 속도는 술어에 수렴되어 절망적인

---

1) 노철, "金洙暎과 金春洙의 詩作方法 硏究," 고려대학교 박사논문, 1998. 6, 103쪽 참조

사태를 표현하는 언어일 뿐이다. 반복과 비약에서 오는 절망감을
극대화하기 위한 전략이며, <바람은 딴 데에서 오고>라는 구절은
<구원>을 수식하는 구절이며, 다시 구원은 <絶望은 끝까지 반성
하지 않는다>는 구절을 강조하기 위한 의도다. 언어 전체가 <절망
>이라는 의미를 중심으로 하여 견고한 구조를 이루고 있는 것이다.
이러한 면모는 성기완의 <Ⅰ. 길, 스팀>이 중심적인 술어나 주어가
없이 여러 언어가 모아져 있는 것과는 변별된다. 뿐만 아니라 성기
완의 <Ⅰ. 길, 스팀>은 인과성을 배제하면서 조화롭게 이미지를 배
치하려 했던 김춘수의 시와도 변별된다.

> 男子와 女子의
> 아랫도리가 젖어 있다.
> 밤에 보는 오갈피나무,
> 오갈피나무의 아랫도리가 젖어 있다
> 맨발로 바다를 밟고 간 사람은
> 새가 되었다고 한다
> 발바닥만 젖어 있었다고 한다.
>
> —김춘수의 <눈물> 전문

　　인간적인 감정의 흔적을 지우고 세 장면이 제시되어 있다. 세 장
면의 인과성은 찾아보기 힘들다. <남자>와 <여자>를 <오갈피나
무>에 연결시킨 것은 김춘수의 말대로 트릭이다.(김춘수의 『시론』
p.397 참조) 오갈피나무 자리에 남자와 여자를 그대로 쓰면 의미가
형성되어 이미지가 응고되기 때문에 바꿔치기를 한 것이다. 첫째
둘째 장면은 남자와 여자의 분화라는 숙명적인 고통을 암시하는 장
면이다. 다음 장면에 바다와 새와 예수의 이미지는 이 숙명적인 상
황을 초월하는 환상을 묘사하고 있다.[2] 김춘수의 시는 인과성을 배
제하고 이미지와 의미의 견고성을 해체시키지만 시 전체는 잘 짜여

18

진 구상화와 같은 구조를 가지고 있다. 선과 색채를 사용하여 정서를 자아내듯 여러 이미지를 배치하여 전체가 조화로운 구조를 이루도록 하고 있는 것이다. 그러나 성기완의 <Ⅰ. 길, 스팀>는 인간적 감정의 흔적을 지우지도 않으며, 조화로운 구조를 지향하지도 않는다. 중심이 없이 여러 기호표현들이 유영하고 있을 뿐이다. 이러한 기호표현의 유영은 이미 살펴보았듯이 반성적 사유의 틈이 없으며, 인과성이 없으므로 주체나 구조의 통일성과 무관하게 떠돌기 때문에 순간적인 감각에 의존하는 키치의 형태를 보인다.

## 3. 기호표현이 빚어낸 감각의 제국

미디어네트워크와 디지털 기술의 발달은 재료들을 자신의 선호도와 감각에 따라 결합시키는 복제와 재조립 과정을 수행하는 체험을 낳았다는 것은 말하였다. 이러한 체험이 특히 생산과 소비를 동시에 향유하는 새로운 형태로, 대중이 예술적 향유를 창작과정까지 확대시키는 것이라는 것도 말했다. 창작과정의 체험은 복제와 조립 이전의 감각적 체험까지 예술로 끌어들인다. 이것은 디지털 예술의 체험을 바탕으로 현실적 체험을 디지털의 기호로 읽어내는 방식이라 할 수 있다. 즉, 사이버 세계가 현실로 침투하는 현상으로 미디어의 영상체험과 복제 체험을 닮아 있다. 하나의 순간을 포착하는 영상과 동영상을 복제하듯이 현실을 디지털 언어로 옮긴다.

그런데 이러한 복제 방식은 우리 시사에서 보면 별반 새로울 것이 없다. 이미 황지우가 1980년대 『새들도 세상을 뜨는 구나』라는 시집에서 실험적 방식을 활용한 이후에 유하, 장정일, 하재봉 등에서 반복되어 사용되었던 방식이기 때문이다. 여기에는 시 언어의

---

2) 노철, 위의 논문, 91-92쪽 참조.

한계를 시각적 혹은 극적 행위의 영역까지 확장하고자 하는 모더니
스트의 실험정신이 들어 있다.

> 예비군편성및훈련기피자일제신고기간
> 자 : 83.4.1~83. 5. 31
>       -황지우의 <벽·1> 전문(『새들도 세상을 뜨는구나』)

> #12. 화면은 이제 춘천방속국으로 가 있다. 그리고 사리원 역전
> 에서 이발소를 했다는 사람, 문천에서 철공소를 했다는 사람, 평양
> 서 중학교를 다녔다는 사람, 아버지가 빨갱이에게 총살당했다는
> 사람, 일본명이 가네다마찌꼬였다는 사람, 내려오다 군산서 쌀장수
> 에게 수양딸을 주었다는 사람, 대구 고아원에 맡겼다는 사람, 부산
> 서 행상했다는 사람.
> #13. 엄마아 왜 날버렸어요? 왜 날버려!
>   -황지우의 <마침내, 그 40대 남자도>(『겨울-나무로부터 봄-나무에로』)

시대의 단면을 포착하여 옮겨 적음으로써 시대의 아픔과 현실을
객관적으로 제시하고 있다. 이러한 복제는 세상의 현실을 사실대로
제시하고 독자에게 반성적 사고를 유도하기 위한 전략으로 보인다.
그러나 최근의 영상 복제의 시들은 이러한 반성적 사고와는 무관한
지점에 거주한다. 황지우의 시가 현실의 복제로서 견고한 의미의
자장을 이루고 있는 데 반해서 영상 복제의 시는 현실의 한 장면을
복제하는 의도가 다르다. 농담과 같은 키치라 할 수 있다.

> 쇼핑 갔다 오십니까?

> 그래, 왜?
> 아니, 그냥
> -성기완의 <쇼핑 갔다 오십니까> 전문(『쇼핑 갔다 오십니까』)[3]

농담이지만 시집에 버젓이 이런 구절이 시로 실렸다는 것은 통쾌한 일인지도 모른다. 그러나 이러한 농담은 심각한 것을 철저하게 배제한다. 그냥 한 번 웃자고 하는 말이다. 이 농담에서 시대의 권태나 비아냥거림을 읽어낸다면 무모한 일이다. 그러나 이 언어를 어떤 상황 속에 놓는다면 매우 재미있거나 권태나 비아냥거림을 표현하는 말이 될지 모른다. 이 시는 아무런 의미망과 상관없이 둥둥 떠있는 기호표현인 것이다. 현실에서 의미의 무게를 떼어내 버리고 기호표현만을 복제하는 방식은 황지우의 복제 방식과는 천양지차다. 이렇듯 현실이 의미를 잃어버리고 사이버 세계의 기호로 전환되는 사태는 현실을 디지털 기호로 읽기 때문에 일어난다.


A, B, C, D, E, F, 그리고 X의 노래

에이는 비스듬히 서 있다
비는 벽에 기대 있다
씨는 엑스와 침대 속에 있다
디는 에이를 지나치면서 씨를 보고 있다
이는 자주 비를 내린다
에프는 엑스의 아이의 엄마다
엑스는 디와 이혼 수속중이다

　　　　　-<내리실 문은 없습니다-어느 예고 편> 전문


인간을 하나의 기호로 지칭하고 있다. 알파벳 기호는 구체적인 의미를 지우기 위한 의도로 보인다. 주어를 기호표현으로 바꾸어버렸다. 기호표현은 아무런 의미를 지니지 못한다. 에이, 비이 등의 위치를 바꾸어 놓아도 어떤 손상도 없다. 침대와 이혼라는 낱말만 빼면 규칙이 없는 놀이에 지나지 않는다. 이 시가 의미망을 형성하는

---

3) 제목까지 읽어야 하므로 제목도 함께 적었다.

것은 제목인 '내리실 문은 없습니다'와 '침대', '이혼'이라는 말뿐이
다. 의미를 형성하려는 말들을 모두 기호표현으로 대체하였기 때문
에 구체적으로 뚜렷한 상을 형성하지 않는다. 연극 배우들이 무대
위에 여기 저기 자리를 잡고 있는 순간을 포착한 듯한 이 장면은 전
체가 '내리실 문은 없습니다'는 말의 이미지를 형성하고 있을 뿐이
다. 결국 이 시에서 알파벳 기호는 현실을 디지털 기호화하려는 시
도를 보여주고 있다고 하겠다.

극적인 영역에서는 문자문화와 디지털 문화의 차이가 더욱 분명
해진다. 황지우가 현실의 장면을 옮겨 사실적으로 전개했다면 성기
완의 시는 사이버 동영상이 펼쳐지는 장면이나 원리를 설명하고 있
다. 정보를 제공하는 텍스트로 구성되어 있다.

> 2. 샘플링, 혹은 흐르는 목숨을
> 분말로 빻아 軸合하기
> [……]
> 工程 3
> 샘플러 : 2의 무한승만큼의 경우수가 있다. 무한대로 그 뭉치들
> 을 줄 세울 수 잇다. 만나면 남자가 되기도 하고 여자가 되기도 한
> 다. 구름을 타고 나다니며 자기 수염을 뽑아 뭇세상에 던지기도하
> 고 속이 비치는 가운을 걸치고 침상에 누워있기도 한다. 나비가 되
> 고 꿈이 되기도 하니 2의 무한승의 경우의 수만큼의 소리가 있다.
> 목숨에 목숨을 겹으로 대고 뒤집으며 뒤척이며 꺼지고 켜져, 명멸
> 하는 별의 수만큼 반짝여 그것은 운명의 경우의 수와 은밀하게 합
> 치한다.
>
> > ─성기완의 <幻生, 혹은 죽음에 이르는 병> 부분
> >
> > > 『쇼핑 갔다 오십니까』

환생과 죽음에 대한 관념을 표현하고 있다. 그러나 그 관념의 표

현 방법에는 감정의 개입이 없다. 생명을 구성하고 해체하는 원리를 제시하고 있을 뿐이다. 정보를 제공하는 텍스트와 그 텍스트의 내용을 동영상으로 재현하는 원리를 설명하고 있다는 느낌이다. 이것은 인터넷의 문구나 책의 문구를 클릭하여 복사하는 경험과 관련되어 보인다. 그 정보가 옳으냐 그르냐는 판단은 별반 중요하지 않고 새로운 것으로 흥미롭다면 무엇이든 복사하고 저장할 수 있는 인터넷과 컴퓨터의 메카니즘을 시의 언어로 활용한 방식으로 보인다. 그러나 이러한 복제 방식의 언어가 예술이라 할 수 있을지 의문이다. 벤야민이 복제품에는 아우라(숨결)를 느낄 수 없어 현대 예술의 위기라는 말을 하였던 것을 떠오르게 한다. <幻生, 혹은 죽음에 이르는 병>이 시도한 주어진 정보를 그대로 옮기는 언어 방식은 실험에 그칠 공산이 크다. 디지털 시대의 복제기술은 기호표현을 그대로 옮기는 것으로 그치는 것이 아니라 다른 기호표현과 결합시키는 과정에서 다양한 프리즘을 만들기 때문이다. 개인이 스스로 이미 만들어진 기호들을 일정한 규칙 없이 다른 기호들과 결합시키는 데서 우연히 숨결이 탄생할 수도 있기 때문이다.

그러나 이러한 기호표현을 우연에 따라 결합시키는 키치 언어가 대중의 예술적 욕망을 만족시킬 수 있는 곳은 문자영역이 아닐 것이다. 오늘 떴다가도 내일 사라지는 유목의 언어는 그 유목 환경에서 기동력을 발휘할 때 나름의 소통이 가능하리라 생각된다. 또한 유목언어를 즐기는 사람은 스스로 기호표현을 가지고 노는 자이므로 놀이 공간을 봉쇄하는 정보 옮기기 방식은 설득력을 가지기 힘들어 보인다. <幻生, 혹은 죽음에 이르는 병>은 유목언어도 문자언어도 아닌 곳에서 주저앉아 있다. 그것은 시인이 자신의 형이상학적 사유를 통해 디지털 사이버 영역을 점령하려는 무모한 시도를 했기 때문으로 보인다. 오히려 형이상학적 사유를 떨쳐버리고 기호표현들을 모아놓을 때가 다양한 이미지의 접목과 그 이미지들이 만들어낸 아우라를 느낄 수 있다.


    붉은 진흙과 트럼펫
    은빛 모래와 색소폰
    좋은 날에는 그리로 가리
    그리로 가리
    진주와 금과 마호가니 상자
    이음새 없는 반지, 가브리엘, 깊은 우물
    브러시, 스네어, my funny valentine, 고목의 백사
    화살 기도, 꽃 상여. 발꼬락과 빨간 매니큐어
    와이어리스 안테나, 방미 나무 네크의 fender startocaster
    수박을 많이 줄까, 우유를 많이 줄까
    검은 새 타고
    두둥실 음악이 흐르는
    그곳으로

                    -<검은 새 타고> 전문


    위 작품은 '검은 새를 타고' 나는 기분을 표현하고 있다. '트렘펫', '색소폰' 그리고 '두둥실 음악이 흐르는'이란 구절에서 음악의 선율을 들으면서 자유로워진 사태를 짐작하게 한다. 여기서 주목되는 것은 열거된 여러 이미지나 낱말들이 이미지와 음성의 무질서한 배치와 이미지와 음성의 구별이 무의미한 사태다. 이 시는 무엇이든 마음대로 들고 날 수 있는 텅 빈 공간 같다. 다만 이국적인 이미지들과 낱말들이 무더기를 이루고 있어 재즈음악을 듣는 기분을 전하고 있을 뿐이다. '수박을 많이 줄까', '우유를 많이 줄까'라는 대화조차 재즈의 선율과 그 느낌에 접목된 이미지와 낱말처럼 특별한 의미를 지니지 못한다. 여기에 흩어진 낱말들이 자유롭게 접목되는 사태 속에 놓여 있을 뿐이다. 이 시는 반성적 사고나 형이상학적 무게를 배제한 감각의 제국일 뿐이다. 이러한 감각의 제국은 광고의

화면이나 이미지들로만 구성된 뮤직비디오와 같은 영토에 거주한
다.

　이러한 감각의 제국이 디지털 문화 시대에 새로운 영역인 것은
분명하다. 디지털 시대의 일상적 체험과 언어를 시의 언어로 사용
한다는 의도가 개진되어 있다. 감각의 제국을 시로 승인하는 것은
새로운 세계 인식 방법으로 주목할 만하다.


## 4. 신체기관의 자율성과 기호의 제국

　감각의 제국은 신체와 관련된다. 그 동안 몸의 감각을 일관된 주
체의 지각으로 표현하던 시와 달리 신체의 각 기관의 감각을 존중
하여 각 기관이 체험한 감각을 그대로 기록하므로 기관의 감각들
사이의 모순이 그대로 노출된다. 감각의 제국은 인위적으로 통제한
지각이 아니라 신체 여기 저기에 흩어져 있는 감각이 동시에 작용
하는 사태를 그대로 표출하는 것이다.


　　　－입이 담배를 물고 있어
　　　－콧구멍이 코딱지를 키워
　　　－눈망울엔 울음이 가득
　　　－젖꼭지가 추위를 타
　　　－똥구멍엔 치질
　　　－자지에 독한 때가 기생하고
　　　－허벅지는 괜히 후두둑
　　　－작은 경련을 코 풀 듯 풀어베치는 목덜미
　　　－발꼬락이 무좀을 재배해
　　　－나는 거울을 바라보고
　　　－거울은 손빗으로 머리칼을 넘기고
　　　－어쩌면 좋아

    ─ㅇㅇㅇㅇㅇㅇㅇㅇㅇ
    ─머리엔 두통이 살아

                                ─<Ⅳ. 겨울, 어지럼증> 전문

　위 시는 인과 관계에 따른 선후 관계가 없이 여러 감각이 흩어져
있다. 동시에 한 공간에 여러 감각이 자라고 있는 것이다. 주체인
'나'마저 여러 신체 기관의 감각 가운데 하나일 뿐 중심적인 지위를
차지하지 못한다. 이렇듯 모든 감각이 다 독자적인 지위를 가지고
있기 때문에 시는 일정한 구조를 이루지 못한다. 담배를 피울 때 입
과 코와 눈과 젖꼭지 등은 다른 영토에 거주한다. 모든 기관은 자기
위치에서 활동하고 있을 뿐이다. 내가 거울을 바라볼 때 '-거울은
손빗으로 머리칼을 넘기고'있다. 그것은 눈이 체험하는 감각이다.
'나'와 무관한 사태라는 것이다. 하지만 '-그런데 모두 내 울타리 안
에서'라는 구절에서 보듯이 모든 감각이 '나'에 속한다. 이러한 인
식이 주체의 부활을 말하는 것은 아니다. '내 울타리'라는 말에서
지배와 종속의 문제가 아니라 울타리 속에 모여 있는 것일 뿐이다.
'-ㅇㅇㅇㅇㅇㅇㅇㅇㅇ'은 '나'라는 주체가 통제할 수 없는 이 모든
감각의 영토들에 대한 항복이다. 통제할 수 없는 신체의 감각들 앞
에서 주체인 '나'는 어지러워지는 것이다. 주체가 통제하고 이해하
는 영역을 넘어서는 사태를 표현하고 있는 것이다.


        거품을 몰고 숨을 몰아쉬는
        라디에이터를 보았다
        차가운 유리창 바깥으로 흔들리던
        잎가지들이 흐려지는 걸 보았다
        따뜻함 냉정함
        현기증 저버림
        마음은 이삼중이고

그럴수록 표정은 단조로워진다
눈간엔 주름
이마엔 주름
입가엔 주름
아무 텐션 노트도 들어 있지 않은
옛날 식의 맑은 화음을 들었다
그는 왜 그렇게 되었을까
그리고 나는 또 왜
이렇게…………
가슴이 찡하여………….

― <겨울, 어지럼증> 전문

전통적인 화법으로는 주체의 분열이지만 주체를 초과하는 감각에 대한 승인이라고 말할 수도 있다. 마음은 이삼중이지만 이와 무관하게 표정은 단조롭다. 눈가, 이마, 입가 들은 독자적으로 움직이고 있다. 아무런 '긴장의 노트'가 없다. 긴장의 노트는 프로이트가 무의식을 비유한 '신비의 책받침'에서 비롯된 언어로 보인다. 의식하면 드러나고 평상시는 그 마음 깊은 곳에 숨어서 드러나지 않는 무의식의 긴장이다. 이 긴장은 어디에 거주하는 것인가. 엉뚱하게도 '옛날 식의 맑은 화음'을 듣고 있다. '나'는 이 모순된 사태가 빚어진 이유를 모른다. 화음을 듣는 주체는 '그'로 '나'가 알 수 없는 '신비의 책받침'이다. 주체를 초과해서 발생하는 감각의 제국 앞에서 '나'인 주체는 가슴이 찡할 뿐이다.

이러한 '신비의 책받침'을 형성하는 것은 감각만이 아니다. 우리 문명과 문화를 구성하는 기호들의 제국에서도 연유한다. 신체의 감각과 우리의 인식을 형성하는 여러 기제들이 존재를 형성하는 것이다.

1
휘어진 검은 거울 속의 나와 그것을 더듬는 나는 비대칭이다

2
좌표들의 얼개
긴 커브를 도는 동안 그것들은 한쪽 방향으로 쏠린다
어지럽다
와이퍼의 운동은 그것과 반대 방향이다
비는 그것과 비스듬한 수직을 이룬다

3
난무하는 시간들, 기억들, 중첩되어 부풀어오른 공포
무엇이 새벽의 나를 깨웠을까
부릅뜬 꿈들이 드라이아이스처럼 휘발되면
누런 전등을 입 속에 문 지하실은 울고 있다
나는 그 속에 있다

4
문이 스르르 열리면 닫혀 있던 공간이 장력을 이기지 못하고 문
밖으로 조금 흘러나와 발을 적신다 공간은 볼록하고 끈끈한 물이
다 그러므로 그것은 범람한 그만큼만 입체적이다

5
눈동자는 불빛이 아니라 허공에 걸려 있는 파인 홈, 그러므로 그
것은 허공을 당기는 파인 홈, 중력을 머금은 둥그런 자석이다 자석
의 주변은 자장으로 가득 차 있고, 자석은 따라서 비어 있는 상처
다

6
네 손을 잡으며 고개를 돌릴 때 작용하는 척력은 그 때 핑 돌며
보이는 검은 숲이나 빽빽한 미로의 두께의 제곱에 비례한다 너의

검은 눈동자는 방정식을 꾸미는 숲이나 미로, 그 속에서 나를 본다
나는 그것을 보지 못한다

　　소리 없는 큰 구멍
　　나는 그 흰 빛 속 어둠에서 나왔다
　　오 나의 어머니
　　지금은 그 속으로 들어가고 있는 중이다
　　<검은 구멍은 그다지 검지 않다
　　　ㅡ스티븐 호킹의 『시간의 역사』와 일곱 개의 몽상적 명제> 전문

　1은 스티븐 호킹의 『시간의 역사』를 통해 얻은 지식과 감각의 차
이를 말하고 있고, 2는 운동하는 사물을 공간적 좌표라는 인식틀로
묘사하고 있다. 그것은 감각과 감각할 수 없는 운동을 공간적으로
인식하려는 노력이다. 3은 꿈 때문에 잠을 깨서 자신도 모르게 내재
된 기억들, 즉 시간들에 대한 인식이다. 시간과 공간 속에 나의 좌표
를 찾아보려는 시도인 것이다. 4와 5는 스티븐 호킹의 이론에 의한
세계인식이다. 감각하는 것 같으면서도 인식할 수 없는 것 같기도
하고 분명히 나에게 작용하는 힘이고, 그 힘의 공간에서 눈의 감각
은 '새벽의 나'를 깨우는 기억들을 생산하고 있다. 상처를 생산하고
있는 것이다. 그러나 6에서 보듯이 이 상처가 생산되는 감각의 공간
은 무의식 속으로 미끄러져 들어오므로 붙들 수가 없다. 그 알 수
없는 감각의 공간은 어머니나 다름없다. 그 어둠의 공간은 나의 의
식과 무의식을 제공하는 탯줄이기 때문이다. 살아가는 것은 이 알
수 없는 심연의 공간으로 끝없이 들어가는 일인지도 모른다. 이러
한 인식은 스티븐 호킹의 책에서 펼쳐진 기호들의 제국이 없었다면
불가능했는지도 모른다. 감각의 제국을 탄생시키는 우주공간과 우
주공간에 대한 기호의 제국이 시의 영토인 것이다. 시가 계속 쓰여
질 수 있는 것은 이처럼 신체기관의 감각들이 자유롭게 서로 접목

되면서 새로운 기호를 만들어가기 때문에 계속해서 가능할 것이다.

## III. 맺음말

지금까지 디지털 문화 시대 새로운 시의 형태와 그 인식론을 살펴보았다. 첫째, 기존의 시가 시상의 일관된 흐름을 위하여 인과성에 의존했다면 새로운 시는 인과적 관계와 무관하였다. 인과적 관계란 의미를 분명히 하는 방법인데 인과성에서 벗어나기 위해 오히려 의미가 가벼운 언어였다. 둘째, 인과성을 벗어나는 것은 중심적인 구조의 붕괴를 의미했다. 이 때 구조의 붕괴는 주체의 붕괴와 밀접하다. 중심적인 주체가 통사적 규칙을 따라가면서 이미지를 배치하던 기존의 시와 다르게 통사적 규칙과 무관하게 여러 기호표현들이 자유롭게 접목되는 놀이에 가까웠다. 셋째, 새로운 시는 현실을 복제하던 모더니즘과 달리 현실을 디지털 기호로 읽어내 재조립하므로 기호들이 일정한 규칙 없이 여기저기 흩어져 있었다. 말을 바꾸면 그 기호들은 여러 감각을 모아놓은 감각의 제국이라 할 만했다. 넷째, 감각의 제국은 여러 신체기관의 자율적인 감각을 옮겨 놓은 것으로 주체를 초과하는 영역에 거주하였다. 이러한 감각의 제국에서 형성된 무의식과 의식은 문명과 문화의 여러 지식 체계인 기호의 제국과도 관련되었다. 이런 점에서 인간의 감각과 의식을 형성하는 기호의 놀이는 끊임없이 새로운 기호를 생산하므로 새로운 시가 쓰여질 공간을 제공하고 있었다.

그러므로 유목언어는 그 자체로 증식하고 변이를 생산할 것이며, 그 양이 증가할수록 인간의 심리적 영역을 지배하는 힘이 증대될 것이라는 추정이 가능하다. 심리 영역이 현실로 자리잡으면서 점점

유목 언어가 세계를 변혁할 지도 모른다. 물론 아직 유목언어를 생
산하는 디지털 문화는 기존의 1, 2차 산업의 부가가치가 없다면 그
존재기반을 확보하기에는 자생력이 약해 보인다. 그러나 자본은 지
구촌 구석구석에서 생산되는 유목 문화를 수렴하여 새로운 코드를
열어줄 것이다.

이런 점에서 유목 언어는 앞으로 기호표현의 자유로운 유영과 자
본이 표준화한 코드 사이를 왕복하면서 새로운 영역을 개척할 것이
다. 이미 자본도 유목 언어를 배제하거나 소멸시킬 수 없으며 유목
언어는 스스로 증식하는 바이러스나 다름없기 때문이다. 그렇지만
유목언어가 세계를 구성하는 유일한 힘의 원천은 아니라는 것이다.
유목 언어는 인류사의 경험이 축적된 문자언어를 초과하는 영역에
서 거주하는 것이지 동떨어진 제 삼의 영역이 아니기 때문이다.

## 참고문헌

노 철, 金洙暎과 金春洙의 詩作方法 硏究. 고려대 박사논문, 1998.
_____, 한국현대시 창작방법 연구. 월인, 2001.
성기완. 쇼핑 갔다 오십니까. 문학과지성사, 1998.
Deleuze, Gilles/ Guttari, Félix. *Anti-Oedipus*, The University of Minnesota, 1983.
Derrida, Jacques. *Writing and Difference*. Trans. Bass. Alan. The University of Chicago
     Press. 1978.
Freud, Sigmund. 프로이트 전집 1-20. 열린책들. 1997.

## Abstract

## A Study on the form and cognition of modern poetry in the digital age

No Chul(Sangji University)

The generation with experiences in digital culture show a new form and cognition of new poetry in the context of modern poetry of Korea. While the existing poetry depends on cause and effect relation for the sake of consistency of images, the new poetry is free from such relation. Departing from cause and effect relation results in indistinctness of meaning since it was originally used as a means to clarify the meaning, The breakdown of cause and effect relation also represents the breakdown of poetic structure. To form a structure, there must be a definite center and poetic words must be arranged based on that center. A poem without a center is close to a play in which various signs are associated in a liberal fashion. A free association of words where signs are scattered around without fixed rules is virtually an empire of senses. It belongs to the realm in which senses from various bodily organs transcend the thinking subject. This can be explained by the fact that senses absorb objects and information by running between consciousness and unconsciousness to create new signs. Therefore, poetry continues to be written in the state where new signs are ceaselessly created in the play of signs.

# 현대 문화의 서사적 상상력과 대중의 응전력

### -21세기 소설문학의 기대 지평

김동환

차 례

Ⅰ. 문제제기
Ⅱ. 과학과 인문학의 관계 보기
Ⅲ. 현대 문학의 한 속성과 대중의 존재 방식
　1. 현대 문화의 서사 전략
　2. 대중의 대응 전략
Ⅳ. 90년대 이후 한국 소설의 서사성
Ⅴ. 서사적 상상력과 대중화

## Ⅰ. 문제제기

필자에게 전달된 학회의 이번 발표 대회 기획의도의 핵심은 다음 구절에 있다고 판단한다. "이번 발표회는 기존 문학의 문학성을 검토하는 장과 새로운 디지털 문화의 특성을 살피는 장이 될 것이다. 이러한 작업이 문자 문화와 디지털 문화가 중첩되어 있는 시대의 문학과 문화의 모순과 동력을 발견하고 새로운 창조적 방향을 가늠하는 시야를 통찰하기 위한 첫 걸음이기 때문이다." 이 의도를 적확하게 해석하고 그에 걸맞은 논지를 마련하기 위해 고심하면서 제일

---

* 한성대 교수.

먼저 부딪힌 문제는 주요 대상들의 속성과 각 대상들 간의 관계를
어떻게 규정할 것인가 하는 것이었다. 간단한 문구지만 그 내면에
는 매우 복잡한 맥락들이 얽혀 있었다. 복잡한 현상을 쉽게 이해하
는데는 도식화가 제격이라는 판단이 들어 다음과 같이 도식화해 보
았다.

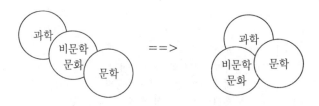

　　여기에서 필자가 주요 개념적 대상을 과학, 비문학 문화, 문학 등
으로 정하고 그 관계를 위와 같은 도식으로 그려 낸 것에 대해서는
관점에 따라 다양한 문제제기가 있을 것으로 예상된다. 상당한 위
험성을 안고 있음에도 불구하고 시도해 본 것은 학회 측의 기획의
도가 충분히 달성되기를 바라기 때문이다. 여기에는 또한 그간 디
지털 문명 시대에 문학의 위상이나 존재의의를 논의하기 위한 많은
자리가 있었음에도 의미 있는 변화의 조짐을 별로 감지할 수 없었
다는 판단도 작용했다. 문화현상에 대한 진단이나 방향제시는 구체
적인 실천 가능성을 염두에 두어야 하나 그렇지 못했지 않나 하는
아쉬움이 그간의 논의들을 돌아볼 때 제일 먼저 떠오르기에 그렇다.
　　발표자는 이 자리를 역시 '현대 문화 속의 문학의 위상과 그 방향
성'을 논하기 위한 것이며 그 핵심은 방향성에 놓여 있다고 본다.
그렇다면 논지전개의 초점은 필연적으로 주요 현상들의 관계 양상
에 놓여야 할 것이며, 관계 요소로는 과학·문학·비문학 문화를
설정할 수 있을 것이라고 보았기에 위와 같은 도식을 생각하였다.
이 도식은 세 요소의 현재 관계와 미래 관계가 '상호보완적' '길항

적’ ‘종속적’ 인 것 중 어디에 해당하고, 해당해야 할 것인가를 나타
낸 것이다. 발표자가 판단한 일차적 문제의 핵심은 여기에 있다.

발표자가 고려한 또 하나의 문제는 의사소통 과정이다. 매우 고
전적인 구조도이기는 하지만 여전히 유효한 것이라 판단하여 필자
나름대로 변형하여 원용해 본다.

발표자가 기존 구도를 변형한 부분은 수신자와 대중의 관계를 첨
가한 부분이다. 앞에서 그간의 논의들에 대한 아쉬움을 표명하면서,
그 아쉬움은 실천 가능성이 고려되지 않은 데서 비롯된 것이라고
보았기에 이러한 구조를 상정하였다. 기왕의 많은 논의들을 볼 때
목소리는 명료하지만 그 메시지의 수신자가 불분명하며, 수신자를
유추할 수 있더라도 수신자들이 무엇을, 어떻게 해야 할 것을 말하
는지는 거의 드러나 있지 않다. 생산적인 논의가 되려면 수신자는
문화 생산자나 매개자 등으로 설정되어야 할 것이고, 발신자는 수
신자들에게 무엇을 어떻게 할 것인가를 분명하게 전달해야 할 터이
나 그렇지 못했기 때문에 소수의 논의 당사자들 사이에 존재하는
담론으로 남게 된 것이 아닌가 판단했다. 그런 맥락에서 발표자는
수신자와 대중을 실체로서 인정하는 소통구조가 필요하다고 본 것
이다. 즉 실질적인 문화의 생산자와 향유자[1]를 구체적으로 상정하

1) 이 글에서 사용하는 대중이라는 용어는 바로 이 ‘향유자’를 의미한다. 기
  존에 사용된 ‘대중’이라는 용어의 의미가 여기에 꼭 들어맞는 것은 아니

고 논의가 이루어질 때 비로소 그 의미가 있다고 본다. 이 발표문의
초점은 여기에 맞추어져 있다.

## II. 과학과 인문학의 관계 보기

이 논의에 참여하고 있는 대부분은 인문학 관련 연구자들이다.
그런 측면에서 매우 어려운 일이기는 하지만 과학과 인문학의 관계
에 대해 살피는 일도 의미가 있을 것이다. 선정적으로 말하기에는
'상극(相剋)인가 상생(相生)인가'라는 질문도 가능하겠지만 논의를
추상적으로 끌고 갈 염려가 있기에 '인문학의 위상'이라는 현안과
관련된 측면에서 발표자의 입장을 제시해 보고자 한다.

새삼스러울 것도 없이 근대 이후 과학은 늘 학문적 헤게모니를
쥔 쪽에 서 있었다. 창조적 소수에 속하는 과학자들의 담론이나 지
적 생산물들은 일상적인 삶에 미치는 직접적인 영향력 때문에 현실
적 권력을 얻게 되는 현상을 자주 발견하게 된다. 그 같은 현상은
과학자들이 의도했던 그렇지 않았던 간에 발생하는 것이며 그 정도
는 시간이 흐를수록 커지게 되었다. 과학사 관련 논저들을 보면 이
같은 권력 담론을 20세기에 들어서면서부터 아예 과학의 본질적인
지향점으로 삼게 되었음을 숨기지 않고 있다. 인간이 필요로 하는
곳에 있으면서 실제적인 이익을 줄 수 있는 결과물을 제시할 때 사

---

지만 적절한 개념이 없어 그대로 사용하기도 한다. 산업사회의 산물로 등
장한 개념이기에 그 어의가 역사적으로 규정된 것이기는 하지만 사회의
변화와 더불어 그 관여요소들의 형태나 속성이 달진 만큼 대중의 의미범
주도 달라져야 한다고 보기 때문이다. 따라서 '고정된 실체'가 아닌 '끊임
없이 형성되는 실체'로서 그 외연을 설정하고자 한다.

회 구성원들은 당연히 힘을 실어 주는 것인 바 과학의 존재 근거는 바로 거기에 있다고 공공연히 말하고 있다. 이른바 이용후생(利用厚生)의 정신을 실현한다는 것이다. 이 이용후생의 가치관이 다른 여타의 학문들과의 비교우위를 보장해 주는 것이라고 보는 현대 과학의 관점은 인문학의 입장에서 보면 딜레마가 아닐 수 없다.

학문의 궁극적인 목적이 무엇인가라는 질문에 대해서는 다양한 답이 가능할 것이며 논자의 입장의 차이에 메울 수 없는 간극이 존재하는 경우도 있다. 그렇지만 모든 학문이 '세상을 설득하는 것'이라는 보편적 입장에는 누구든 동의할 수 있을 것이다. 좁은 소견일지는 모르나 그 어떤 학문 영역도 연구자의 자기 만족적인 결과물을 창출하기 위해 존재하지는 않는다고 생각한다. 어느 영역이 더 설득력 있게 인간에 대해, 세계에 대해 해명하고 이롭게 할 수 있는지에 따라 그 위상이 달라지게 되는 것이라고 본다. 그렇게 본다면 학문 영역간에 이루어지는 힘 겨루기를 인정하지 않을 수 없을 것이다. 인문학은 고대에서 중세에 이르기까지 일정한 위상을 유지해 왔던 영역이라 할 수 있다. 그러나 근대 이후에는 상대적으로 그 위상이 약화되는 것으로 보는 견해들이 많다. 이 같은 견해는 인문학에 대해 거리를 두고 있는 입장이기는 하지만 귀를 기울여 볼 필요가 있을 것이다. 그들이 내세우는 근거는 인문학이 타 영역에 대해 보여준 대타의식이 현실적인 설득력을 충분히 갖지 못했기 때문이라는 점이다. 이 때 그 대타의식의 대상은 자연과학과 사회과학으로 대별되며 초점은 자연과학에 놓이게 된다.

여기에서는 인문학의 대타의식의 핵심으로 자리매김 되는 자연과학간의 관계양상을 살펴보고자 하는데 필자의 능력상 현대적인 맥락에서 접근해 보기로 한다. 우선 현대 과학이 제시하는 중핵적인 개념 중에 하나는 선택할 필요가 있을듯한데 아무래도 디지털이라는 개념을 피해갈 수는 없을 것이다. 인문학의 태동 이래 가장 강

력한 적대자가 바로 디지털이라는 개념이라 보기 때문이다. 과학자
들이 현대문명의 혁명적 전환을 이룬 기술적 개념이라 강조하는 디
지털을 통해 이룩되는 시대적 특성에 대해서는 굳이 설명하지 않아
도 될 것이다. 중요한 것은 과학자들이 이 개념을 통해 의도적으로
전통적인 인문학의 경계를 허물거나 파고들기를 시도하고 있는 것
으로 보인다. 그 몇 가지 사례를 제시해 보자.

컴퓨터 공학이나 정보 공학은 물리학이나 수학의 도움을 받으며
이룩해 낸 디지털 문명이 단순히 물질문명에 머물지 않고 인간 본
질의 문제를 다루는 문명으로 전화할 것임을 주장하고 있다. 우선
그들은 디지털 시대에는 창의성과 자율성을 존중하는 개인주의, 수
평적인 평등한 인간관계를 도모하는 평등주의, 인간 중심의 가치를
존중하는 인간주의가 주된 이념이 될 것이며 그로 인해 과학은 종
래의 범주를 넘어 통합적인 영역을 구축하게 될 것이라고 말하고
있다. 매우 낙관적이고 야심에 찬 전망이라 하지 않을 수 없다.

이들은 또한 디지털 사회의 특징적인 현상 중의 하나로 인간이
Humanoids(인간 비슷한 것)들과 동거하기 시작했다는 것을 들고 있
다. 컴퓨터는 물론 간단한 기계를 조작하는데도 일종의 대화를 요
구하는 환경이 조성되고 있는 데 이러한 환경이 보다 강화된다면
인간은 자신의 정체성에 대해 보다 분명하게 인지하고자 하는 노력
들을 하게 되는 시기가 올 것이라고 본다. 그 단계에서 인간의 본질
과 세계에 대한 보다 깊이 있는 성찰도 가능하지 않겠느냐는, 즉 과
학이 인문학의 핵심 영역에 대한 실체적인 접근 통로를 열어 줄 수
있으리라는 것이다. 이 역시 대단히 낙관적이며 정치적인 견해들로
볼 수밖에 없다.

그런데 이 같은 낙관적 전망은 그들의 헤게모니적인 발상에 기대
고 있다는 점을 읽어 내야 할 것이다. 그 한 예를 들어보자. 디지털
시대가 추구하는 일종의 가상 현실에 대해 과학자들은 서구의 유토

피아론을 거론하고 있다. 그들이 즐겨 인용하는 베이컨의 「새 아트란티스」에는 다음과 같은 구절이 있다. "우리 체제의 목적은 세상의 원인들에 대한 지식을 얻고, 사물들의 비밀한 움직임을 발견하며, 인간의 제국을 확장하여 모든 것을 가능하게 하는 데 있다." 그들은 이것을 최근의 정보화 사회를 형성시킨 동인 중의 하나로 인식되는 유토피아론에 해당하는 것으로, 계몽주의를 거쳐 우리 시대로 직접적으로 유전되어 내려오는 것이라 보며 과학은 이러한 인문학의 가치추구 전통을 이어받되 실제적으로 만들어 보임으로써 그 근원을 앞질러가고 있다고 주장하고 있다.

더 나아가 과학자들은 자신들이 문화 예술의 생산자로서의 역할을 수행하게 될 것이라고 말하고 있다. 최근의 한 학술대회(2000 HCI · CG · VR 학술대회)에서 발표된 논문들인 「게임 난이도에 따른 뇌전환 변화에 관한 연구」, 「조직 대형을 이용한 그룹 경로 찾기」, 「벡터 집합 합성 방식의 모핑에 기반한 얼굴의 표정 애니메이션 연구」, 「MPEG-4 피라미드 기반의 계층 구조를 갖는 얼굴 모델 생성 툴의 설계 및 구현」, 「MPEG-4 3차원 얼굴 모델 애니메이션」 등은 의식적으로 전통적인 예술 미학이나, 철학, 문학 영역에 대한 접근을 시도하고 있다. 발표자는 이 글들을 읽어 가면서 착잡한 심경을 금할 길이 없었다.

이와 같은 과학자들의 시도에 대해 인문학에서는 그 이면에 놓여 있는 진실을 드러내는 접근방법을 통해 본질적인 대응논리를 마련해야 할 것이다. 이런 접근법은 어떨까 생각해 본다. 사람들은 아무래도 컴퓨터와 핸드폰 등 정보 통신 기기의 발전을 일상 중에 경험하는 것을 통해 변화를 인식하므로 하드웨어 중심의 문명발전관을 가지는 경향이 있다. 그러나 이것은 역사의 맥락을 놓치는 것이다. 현재를 평가하고 미래를 예견하려면 우리는 눈에 보이는 현상들보다 그 뒤에 있는 무형의 변화의 의미를 음미해야 할 때가 있는데 정보화의 경우가 바로 그러한 것이다. 이런 근본적 변화에서 중요한 것은 하드웨어보다 오히려 소프트웨어이며 가장 중요한 것은 지식 웨어, 즉 이 모든 것 뒤에 숨어 있는 논리적 발전이다. 이 논리적 발전의 중핵에 인문학이 놓여 있다는 발상이다. 인문학이 '과학의 뒤를 따라가는 것'이 아니라 '앞서 나가는 것'임을 인식하고, 인식시키고 실현해 가는 일이 무엇보다도 필요한 것이 아닐까 생각해 본다.

인문학의 현재적 존재 이유를 찾을 수 있는 또 다른 맥락은 언제나 지적되어 온 바처럼 물질문명의 양면성이다. 앞서 과학자들이 인간 평등주의를 디지털 시대의 주요한 덕목으로 내세우고 있음을 지적했지만 이는 당위론적인 덕목이지 존재론적인 덕목일 수는 없다. 아놀드 토인비가 제기한 바 있는 '모랄리티 갭 Morality Gap'이라는 용어를 굳이 사용하지 않아도 인간이 전에 없던 힘을 가지게 된 반면에 그에 걸맞은 지혜와 윤리는 갖지 못했음을 그간의 인류사를 통해 확인할 수 있다. 오히려 그 간극은 더욱 벌어질 것으로 보는 것이 타당할 것이다.

디지털 시대에는 정보적 경험이 철저히 개인화되는 추세에 놓여 있어 규범적 동질성이 형성되기는 매우 어려울 것이다. 심지어는 사회적으로 문화 해체 현상에 직면할 수도 있다. 이제 인문학은 가상 공간과 가상 사회로부터 우리의 공동체와 사회를 어떻게 지켜나갈 것인가 하는 절박한 문제를 떠 안게 되는 셈인데 이는 오히려 새로운 방향성을 탐색할 수 있는 기회가 될 것으로 판단된다. 과학문명이 인류가 발 디디고 살아 온 문화를 형해화 시키는 쪽으로 나아간다면 인문학은 그것을 복원시키는 쪽으로 나아가야 할 것이다. 물론 과학자들은 디지털 문화는 필연적인 것이며 보다 발전된 형태라고 주장하고 있다. 그러나 인간이 살아 숨쉬는 공간이 있을 때 문화라고 부를 수 있는 것이지 기계와 인간이 공존하면서 기계에 중심이 놓이는 상황이 만든 생활양식을 문화라고 부를 수 없는 것이다. 지금까지의 역사를 부정할 수 없다면 문화 또한 부정하기 어렵다. 그리고 그 문화의 핵심은 인간이기에 인간이 중심이 되지 않는 문화는 인정하기 어렵다. 과학자들이 인간 평등주의 운운하는 것은 역으로 이러한 맥락을 인정하는 것으로 볼 수 있을 것이다. 사이버 공간도 따지고 보면 문화사 속에 수많은 상(像)으로 존재하는 이상 현실의 기계적 변환에 다름 아니다.

여전히 인문학이 필요한 이유를 여기에서 찾아보고 싶다. 그러나 중요한 것은 현대를 살아가는 사람들을 어떻게 설득할 것인가 하는 데 있다. 표면적으로 드러나 있지 않아서이지 학문간의 힘 겨루기에서 우열을 정해주는 것은 바로 사회 구성원들을 설득하는 힘에 있다고 할 수 있다. 중세 말에서 근대 초기에 과학이 급속도로 힘을 얻게 된 것은 사람들의 믿음이었다. 종교나 철학이 제시했던 세계와 인간과 현상에 대한 설명들이 추상적이고 비가시적이었던 데 비해 과학은 그것들을 가시적인 것 즉 보고 느낄 수 있는 상태로 전환시켜 설명하였기에 믿음을 준 것으로 볼 수 있다. 실체로서의 대중의 존재를 설정해야 한다고 본 것도 이 때문이다.


## III. 현대 문화의 한 속성과 대중의 존재 방식


### 1. 현대 문화의 서사 전략

인문학이 과학과 대타의식을 가지며 문화를 문화답게 유지하고자 하는 노력을 담당하고 있다는 논리를 세우고 있는 반면 현실적인 문화 생산자들은 매우 유연한 입장에서 과학과 적절한 관계를 유지하고 있는 것으로 판단된다. 과학의 힘을 빌어 발전을 도모하기도 하고 새로운 문화 양식과 내용을 창출하기도 하는 한편, 과학 중심의 사고와 문명의 흐름에 반기를 들기도 한다. 이 때 후자의 입장은 인간의 삶의 질의 향상은 과연 어디에서 비롯될 것인가 하는 인문학적 발상에 기대고 있기도 하다.

매우 단순하게 나누어 본다면 과학과 문화가 현실을 발판으로 동반자의 관계를 유지하고 있고 인문학은 그것들과 일정한 거리를 둔채 긴장 관계를 유지하고 있는 것으로 설명할 수 있다. 범위를 좁혀 현재적인 현상을 중심으로 나누어 본다면 앞에서 제시한 도식 중 앞쪽에 해당하는 것이다. 영화나 TV 등의 비문학 서사문화는 과학과 밀접한 관계를 맺는 한편 전통적인 소설문학과도 관계를 맺고 있다. 대신 소설문학은 과학과는 구체적인 접점을 형성하지 않고 존재하고 있다. 여기에 대중이라는 요소를 관여시킨다면 소설문학은 과학과 비문학 서사문화 연합체에 비해 현저한 열세에 놓여 있다고 보는 것이 발표자의 관점이다. 현재의 소설문학에 대한 많은 우려를 표하게 근본적인 동인은 바로 이러한 지형도에서 비롯되는 것이라고 판단된다.

그런 맥락에서 이 장에서는 비문학 서사문화에 대해 살펴보고자 한다. 전통적인 소설문학이 현실적인 지형도에서 가장 주시해야 할 현상이라고 보기 때문이다. 논의의 초점은 이 서사문화들이 어떻게 해서 과학의 힘에 지배받는 현대사회에서 대중들을 흡인하고 있는지에 두고자 하는데 편의상 영화를 중심으로 삼고자 한다.

현대의 비문학 서사문화 중 하나인 영화는 정체성을 지닌 서사전략을 바탕으로 독특한 권력을 창출, 유지하고 있다. 전통적으로 우호 관계를 맺고 있던 소설문학과 친연성을 버리지 않고 있기는 하지만 소설문학과 차별화된 서사전략을 통해 서사문화의 중심부를 차지하고 있다. 발표자가 보는 영화의 서사전략은 이미 일상을 조직하고 움직이는 절대적인 힘으로 작용하고 있는 과학문명과 양면 적인 관계를 형성하려는 데에서 비롯된다. 과학기술의 힘을 빌어 그 표현 가능역을 극대화하는 한편 과학문명의 무한대적인 지배현 상에 대한 우려감에 동조하여 과학과 대결의식을 펼치기도 한다. 그리고 그 근저에는 대중이라는 실체적인 존재를 의식하는 태도가 깔려 있다.

시간의 문제를 예로 들어보자. 과학의 힘을 빌려 시간과 공간을 확장하는 서사전략은 굳이 설명하지 않아도 될 것이기에 대결의식 의 측면을 보기로 한다. 최근에 들어 영화 생산자들은 다양한 측면 에서 과학의 근본적인 문제들을 다룸으로써 현대 문명의 중심부에 놓일 수 있는 권력 담론을 형성하려는 시도를 하고 있다. 외적으로 는 SF 영화를 표방하면서도 그 내적인 담론은 과학의 기본 논리를 뒤엎고자 하는 시도들이 그것이다. 「터미네이터 1, 2」는 그 좋은 예 가 될 것이다. 시간은 과거-현재-미래로 흐른다는, 과학이 인간을 지 배하는데 핵심적인 역할을 해 온 물리학적 시간 개념에 의문을 제 기하고 '현재는 미래에 의해 규정된다'는 메시지를 내놓고 있다. 볼 거리로 가득 찬 탈지구적인 SF 영화의 근저에서도 우리에게 통용되 는 물리적인 시간의 속성을 무시하거나 부정하는 시도들을 찾아 볼 수 있다. 액션영화에서도 물리적인 시간을 극복하는 인간의 정신력 이나 의지를 담아 내고 있다. 동양권에서도 이러한 시도를 엿볼 수 있는데 시간의 흐름이 무의미함을 영상언어로 표현한 「동사서독」 같은 작품이 그 예가 될 것이다. 이러한 시도들을 통해 영화는 대중 들의 내면 깊숙이 자리잡고 있는 과학의 힘에 대한 무의식적인 대 응 자세의 빈틈을 파고들어 그 존재론적 위상을 공고하게 다지고 있다.

인간 자체를 다루는 서사전략도 이와 같은 맥락에서 살필 수 있 다. 과학이 다룰 수 없는 인간 존재의 영역이나, 과학에 의해 부정되

고 왜곡된 인간의 본질들을 전면에 드러내는 전략이 그것이다. 과
학적 사고가 형성시킨 상식적이고 보편적인 상들이 사실은 인간의
본원적이고 자유로운 속성을 집합적으로 획일화시키는 것이라는
점을 다루는 서사물을 통해 대중들은 정상인과 비정상인, 합리적인
인물과 비 합리적인 인물들이라는 구별이 어떤 의미를 지니는지 깨
닫게 된다. 사회 또는 국가라는 조직을 유지시키는 합리적(또한 과
학적)이라는 논리 속에서 사물화(事物化)되는 인간의 모습을 다루는
서사의식이 바로 오늘의 서사문화가 지니는 힘의 한 원천이 되기도
한다. 우리는 이런 전략 역시 대중들의 존재를 충분히 인정하는데
서 나오는 것임을 간파해야 할 것이다.

　서사문화의 전략을 논의에 필요한 맥락으로 요약해 보자면, 대중
을 기반으로 현대 사회의 중심부를 겨냥한 담론의 형성이라고 할
수 있다.


　2. 대중의 대응 전략


　현대의 서사문화에 대응하는 대중의 태도는 전통적인 서사를 대
하는 대중과는 사뭇 다른 것으로 판단해야 할 것이다. 역사적인 흐
름을 감안할 때 대중들은 다양한 문학 양식 중에서 서사 양식에 대
해 가장 가까운 거리에서 향유하는 경향을 보여 왔다는 것이 일반
적인 견해이다. 서사양식 자체가 기본적으로 대중의 세계를 형상화
하는데서 출발했던 점2)이나, 유통구조가 대중을 겨냥하고 형성되었
던 점들을 방증으로 삼는다면 설득력 있는 견해라 판단된다.

　우리는 대체적으로 대중을 매우 소극적인 성격을 지닌 존재로 규

---

2) 로마의 변형담이나 스페인의 피카레스크 소설 등이 그 좋은 예가 될 것이
　다.

정해 왔다. 개별자로 보든, 집합으로 보든 문화현상에 대해 소극적
이고 수동적인 태도를 지닌 것으로만 파악해 왔기에 문화의 형성과
유통과정에서 늘 논외의 대상으로 삼아왔다. 그러나 이러한 대중들
에 대한 시각은 현대에 와서는 근본적인 교정을 받아야 할 것으로
보인다. 특히 디지털 문명의 확산은 대중의 위상에 대한 인식 제고
에 중요한 전환점을 제공해 주었다고 판단된다.

　디지털 문명으로 인해 문화 생산자와 향유자 사이가 일방향 소통
에서 쌍방향 소통으로 바뀌었다 라든지 하는 식의 이야기는 이제
새로운 것이 아니다. 문제는 소통의 질적인 문제에 대한 검토가 필
요한 시점이라 본다. 대중들은 현대 문화에 대해 어떤 의식을 지니
고 대응을 하고 있는지가 중요한 문제라 본다. 디지털 문명은 분명
대중의 대응 전략을 이전보다는 능동적인 것으로 만든 것은 사실이
지만 그 태도의 뿌리는 사회적 이념이 다변화되고 개인적 가치의
다양성이 인정되는 시기까지 거슬러 올라간다고 보는 것이 보다 타
당할 것이다. 즉 대중의 성격이 mass라는 어원에서 벗어나 사회 구
성원을 집합적으로 일컫게 되는 단계에서 이미 능동적인 모습을 보
였다고 할 수 있다.

　문화 향유자들이 '나는 다른 대중과 다른 향유자'라고 생각하는
경향이 두드러지면서 전반적인 대중의 성격은 변모하게 된다. 문화
생산자들도 대중을 '의식 있는 대중'과 '의식 없는 대중'으로 구분
하고 자신의 생산물에 대한 대중의 평가를 자의적으로 해석해 온
것으로 볼 수 있다. 그러나 문화 향유자로서의 대중이라는 실체를
개개인으로 분리해 놓고 볼 때는 그러한 구분이 매우 불합리함을
알 수 있을 것이다. 현대 문화의 선택적 향유자들은 그 지식이나 교
육의 정도로 보아 예전의 대중들과는 매우 다른 사회적 위상을 지
니고 있다. 대중문화와 고급문화를 구분하지 말고 취향문화로 지칭
하자는 견해는 대중의 속성과 위상 변화를 반영한 관점의 수정이라

할 것이다.

발표자는 이러한 맥락에서 파악되는 현대 문화의 향유자로서의 대중들이 '일탈'과 '귀속' 이라는 대응 전략을 구사하는 것으로 보인다. 집단으로부터의 일탈을 시도하는 과정에서, 집단에 귀속되고자 하는 과정에서 문화를 향유하고자 하는 욕구를 느끼고 그것을 실천한다는 것이다. 전자의 경우는 개별성을 충분히 보장해주는 문화 양식이나 메시지에 대한 집중으로, 후자의 경우는 공적인 담론이나 사회 중심 계층의 세계관의 형상화에 대한 집중으로 나타난다고 본다. 대중들은 홍수처럼 쏟아지는 문화 생산물을 주체하지 못해 빠져 들어가거나 무관심해 지는 것이 아니라 자신의 욕구에 의해 '선택'하고 '배제'하는 행위를 통해 대응하는 것이다. 우리 주변의 경우를 돌아보자. 비디오 가게나 영화관, 만화 가게를 둘러보면 선택과 배제의 이유를 찾기 위해 골몰하는 개인이나 집합들을 보게된다. 게임방이나 PC 앞에서는 선택된 화면에 무아지경으로 빠져있는 개인들을 만나게 된다. 실체로서의 대중들의 모습이다.

대중들의 문화향유 능력이나 의식, 감각을 제쳐 두고 문화 생산자가 선구자 · 예술가 · 시혜자 · 창조자적 기질이나 의식을 앞세워 생산 자체에 의미를 둔다면 그 문화는 문화로서의 존재의의를 잃게 될 것은 자명한 일이다. 예전과 달리 사회 구성원의 의식이나 정체성은 물론 평균적인 문화적 감각이나 능력이 현저하게 달라진 이 현대성의 시대에 여전히 문화가 특출 난 재능이나 의식의 소유자의 지적 생산물로 인식된다면 대중들의 외면을 받게 될 것이기 때문이다. 그렇다고 기존의 대중 문화에 대해 표명했던 부정적 견해들의 논리들이 지적했던 것처럼 무조건적인 '대중 추수' 경향을 보이자는 것은 아니다. 대중들의 실체를 보다 명확히 설정하고 그들에게 '의미 있는 문화'를 제공해야 한다는 맥락이다.

## IV. 90년대 이후 한국 소설의 서사성

현대는 서사의 시대이다. 도처에 서사가 존재하고 대중들은 서사적 존재로 변화하고 있다. 현대 문화의 곳곳에 침투해 있는 서사성을 발견하기란 그리 어렵지 않다. 영화, TV 드라마, TV 토크쇼, 신문 기사, 만화, 전자오락게임, 광고, 뮤직 비디오, 유머 시리즈 등 헤아릴 수 없을 정도이다. 그런데 이러한 서사의 범람 속에서 전통적인 서사양식인 소설의 위상은 어떠한지를 생각해 볼 때 지금 이 자리에 앉아 있는 일이 무척 곤혹스럽기도 하다. 대중들의 서사적 경험과 향유 능력, 실천 능력은 현저히 확장되어 가는데 정작 서사의 본류인 소설에 대한 대중의 반응은 그리 긍정적이지 않다. 대체적으로 소설들이 '어렵고 매력이 없다'는 반응을 보인다. '매력이 없다'는 반응은 우리가 대체로 그러해 왔던 것처럼 대중들의 경박성이나 무의식성으로 돌린다 해도 '어렵다'는 반응은 그리 심상치 않다.[3]

발표자는 동시대적인 맥락에서 본다면 '읽히지 않는 작품은 의미가 없다'는 생각이 그리 잘못된 것만은 아니라고 본다. 문제적인 작품의 존재, 문학사적 평가의 의미 등에 대해 고민하는 연구자의 입

---

[3] 최근 문학 작품(소설)을 어느 정도 이해·감상할 수 있다고 생각하는가?

| 1. 쉽게 이해·감상할 수 있다 | 15 % |
|---|---|
| 2. 그런대로 이해·감상한다고 생각한다 | 22 % |
| 3. 도움을 얻어서야 이해 가능하다 | 31 % |
| 4. 줄거리 이해에 급급한다 | 18 % |
| 5. 무슨 내용인지 모르겠다 | 14 % |

* 서울 소재 4개 대학 국문과 2-3학년 학생을 대상으로 한 설문 조사 결과임(1999년).

장과 당대적인 문화를 바라보아야 하는 연구자의 입장은 다를 수밖에 없음을 감안하더라도 그렇다. 그런 측면에서 최근에 독자들이 소설로부터 이반되는 현상은 독자들의 능력이나 성정으로 설명하는 것은 그리 타당해 보이지 않는다. 오히려 70년대와 80년대를 거치면서 사회 구성원들의 이념적 방향성과 정체성의 대리 구현이라는 역할을 충실히 해왔던 소설문학은 90년대에 들어서면서 현저히 그 사회적 몫이 축소되고 무화되는 쪽으로 흘러 왔다고 하는 편이 적절할 것이다.

발표자는 준비과정에서 90년 이후 이상문학상, 현대문학상, 동인문학상 수상작들을 중심으로 다시 한번 우리 소설들을 검토해 볼 기회를 가졌다. 문학상 수상작을 대상으로 삼은 것은 이 제도가 지닌 다양한 의미망을 감안한 때문이다. 적어도 우리 문단에서는 문학상이라는 제도가 문학의 생산과 향유과정, 특히 향유과정에 막강한 영향력을 행사하고 있다. 심사과정이나 심사평이 공개되는 상황에서 신진 작가들이나 독자들에게 소설문학의 방향성에 대한 흔치 않은 기준점이 될 것이기에 그 영향력이 크게 되기 때문이다. 이러한 맥락을 감안하여 작품들을 선정하고 검토해 본 결과 논의에 필요한 평가를 나름대로 정리해 보고자 하였다. 물론 최근의 한국 소설의 서사적 경향을 몇 마디로 표현하는 것은 매우 위험한 일이자 불가능한 것일 수도 있다. 그렇지만 용기를 내어 표현해 본다면 '과거 회귀' '내적 독백' '주변부적 미시 담론의 생산'이라 고 정리할 수 있을 것이다.

'과거 회귀'의 경우 80년대 이후 상당 기간 동안 중요한 흐름을 형성했던 '후일담 소설'의 연장선상에 놓이는 것인데, 그 화제가 개인사의 측면에 초점이 맞춰져 있다는 점에서 후일담 소설과는 구별된다. 영향력 있는 담론 생성 방식에 기댄 것이자 문제의식의 후퇴라고 평가할 수 있다. 물론 문학은 개별적 또는 특수한 사건을 통해

보편적인 진실을 구현해 내는 것이기에 개인사를 다루는 것이 무조
건적으로 문제의식의 후퇴라고는 볼 수 없을 것이다. 그러나 이 범
주에 드는 대부분의 소설에서 드러나는 개인사는 보편성을 이끌어
내기에는 지나치게 '사화(私化)'된 것이라는 점에서 문제의식의 후
퇴라 본다. 독자들이 소설적 사건을 통해 공감과 깨달음을 얻는 것
이 아니라 '엿보기'의 호기심을 충족시키는 쪽으로 나아간다고 보
기 때문이다.

'내적 독백'의 경우 서사의 주체가 '성격화된 작가'이고 서사의
대상은 인물의 내면인 소설들의 경향을 의미한다. 매우 부정적으로
말한다면 서사의 핵심인 사건이 결여된 형태의 소설들을 지칭한다.
물론 이 경우에도 내면의 형상화라는 소설적 영역을 부정하는 관점
은 아니다. 다만 그 내면의 드러냄이 무엇을 위한 것인가를 묻고 있
는 것이다. 버림받거나 상처받은 인물, 방황하고 소외 받는 인물의
내면을, 그것도 외연적 의미가 아닌 내포적 의미를 두드러지게 강
조한 것을 어렵게 읽어야 한다는 사실은 소설이라는 양식의 존재의
의를 현저히 약화시키는 것이라고 판단된다.

'주변부적인 미시 담론의 생성'은 메시지의 차원을 염두에 둔 표
현이다. 소설이 사회와 개인을 향해 던질 수 있는 담론의 폭은 매우
넓고 깊은 것이라 생각하고 있다. 우리가 항용 문제작이나 명작이
라 부르는 작품들은 바로 메시지의 힘을 염두에 둘 때 성립되는 것
이다. 여기에는 문장의 힘, 형상화 능력 등이 포함되지만 초점은 메
시지에 놓이게 된다. 그런데 최근의 우리 소설들은 메시지의 창출
기능에서 무기력한 모습을 보이는 것으로 판단된다. 사회와 문화를
관류할 수 있는 메시지의 창출을 기대하는 많은 '의식 있는' 독자들
은 요즈음의 소설 읽기를 '계륵'이라고 까지 표현하고 있다.

이런 서사적 경향들은 과도적이고 잠정적인 것이 아니라 이후 지
속적으로 자리매김될 수 있는 소지를 안고 있다는 점에서 문제적이

다. 소설 나아가 문학 전반의 사회·문화적 위상은 물론 독자의 존재방식을 변화시키게 될 수 있는 조짐들의 반영이라고 보는 것이다. 그리 멀지 않은 과거까지 문화적 권력을 쥐고 사회구성원들의 공·사적인 정서와 의식 형성의 매개이자 문화 양식 중 거의 유일한 공적인 교육기제로서 역할을 했던 문학의 위상은 더 이상 유지될 수 없을지 모른다는 위기감을 확인할 수 있는 대목인 셈이다.

이 같은 진단이 발표자의 단견임이 드러나기를 오히려 바라고 싶다. 그렇지만 다른 사람들의 평가도 그리 낙관적이지만은 아닌 듯 싶다. 이러한 서사적 양상이 바람직하지 않다면 이에 대한 다양한 진단과 처방이 가능할 것인 바, 발표자는 문화적 상상력의 복원과 독자 대중과의 새로운 관계 형성을 제시하고 싶다. 이제 문학은 다시 중심부적인 담론의 형성과 권력 언어로서의 위상 복귀에 나서야 할 것이다. 과학문명과 비문학 서사문화가 대중을 사이에 두고 상호보완과 대결이라는 긴장관계를 유지함으로써 문화적 중심부를 형성하고 영향력과 생산력을 창출해 내고 있는 데 비해 소설문학은 그러한 권력의 이동 현상을 지켜보는 존재로 남게 된 이 현상을 당연한 것으로 받아들일 수는 없지 않은가?

## V. 서사적 상상력과 대중화

앞에서 발표자는 과학과 인문학의 관계를 표나게 내세운 바 있다. 그것은 문학이 새로운 발상전환을 통해 나아갈 수 있는 방향성을 내포하고 있다고 보았기 때문이다. 그리고 바로 앞부분에서 그 방향성의 핵심을 서사적 상상력의 복원과 대중과의 관계 형성으로 성장하였다. 이제 그 문제에 대한 의견을 제시해 보고자 한다.

강변으로 들릴지 모르지만 모든 과학적 결과물들은 상상력이 소산이라고 본다. 그리고 그 상상력의 원천들은 인류가 형성해 온 문화 속에 고스란히 담겨 있다고 본다. 그렇기에 과학자들이 동원하는 혁명적 발상이니 발견이니 하는 것들은 수사학에 지나지 않는다. 그러나 현실은 그것을 인정하는 경향이다. 가시적으로 보여주기 때문이다. 빌어 온 것을 만들어 낸 것으로 표현해도 인정되는 데에 과학의 힘이 놓여 있다. 인문학이 수 천년에 거쳐 뿌려 온 지식과 발상의 씨앗들이 맺은 열매를 과학이 잘 거두어 생색을 내는 셈이다.

이런 비유가 가능할 것이다. 잘 알고 있는 아킬레우스와 거북이의 경주 이야기이다. 늦게 출발한 아킬레스는 결코 거북이를 따라잡을 수 없다는 논리는 현대에 들어 선 인문학이 내세운 논리일지 모른다는 생각이 든다. 그러나 아킬레우스로 비유될 수 있는 과학은 그 논리를 비웃듯이 앞서 나간다. 이제 그 논리를 접어 두고 새로운 논리를 계발해야 할 시점이다. 거북이가 없다면 경주도, 아킬레우스의 앞서 나감도, 관중들의 환호도 없다. 새로운 경주가 벌어지고, 나아감이 있으려면 거북의 속성을 바꾸면 될 것이다. 아킬레우스가 어느 만큼 뛰고 있는지, 제대로 방향을 잡고 있는지 가늠할 수 있게 하고 이끌어 가는 그런 지표로서의 거북이로 전환시키면 된다. 아킬레우스의 힘의 원천을 제공해 주고 조절해 주는 역할을 한다면 뒤따라 간다해도 매우 의미 있는 경주가 될 것이다.

인문학이 과학에 제공할 수 있는 자양분의 원천은 상상력이다. 고대 철학이 그러하고 문학이 그러하고 여타의 예술이 모두 상상력의 소산이다. 인간과 세계에 대한 끊임없는 탐색 속에서 형성된 사상과 감정이 융합되어 있는 문화적 상상력이 현대에 들어서면서 물질로 현현된 것이 과학문명이고 디지털 세계라 할 수 있다. 문학과 예술이 문화적 권력을 행사할 수 있었던 것은 비로 이 상상력의 힘 때문이라 본다. 그런데 현대에 와서 문학은 더 이상 그러한 상상력의 제공자로서의 역할을 하지 못하고 있는 것으로 판단된다. 과학이 만들어 내는 세계를 문학이 만드는 세계와 다른 것으로 인정하고 자기 옹호적인 차별성을 강조하거나 그 과학적 생산력에 비해 문학의 생산력이 미달할 수밖에 없는 시대라고 지레 규정해 버리고 있지는 않은가 라는 생각을 하게 된다.

이런 맥락에서 소설문학은 서사적 상상력을 기반으로 하는 새로운 패러다임을 마련해야 할 시점이라고 본다. 인간이 사라지거나 대체 인간이 존재하는 사이버 공간에 대해 냉소적이고 부정적인 견해를 표명하거나 아예 그것에 승복해 들어가는 이분법적 선택이 아니라 인간이 살아 숨쉬는 공간을 만들어 낼 수 있도록 자양분을 제공하는 일이 인문학의 본연의 임무이자 지향점이 될 것이다. 디지털 기술을 통해 수많은 문화양식들을 만들어 내는 '기술자'들이 토로하는 고민의 핵심은 '상상력의 고갈'이다. 우리가 주목해야 할 부분이라 생각된다. 소설의 서사적 상상력은 문학이 다시 현대 문화의 주류를 형성하고 있는 서사문화의 새로운 방향을 제시할 수 있는 위상으로 복귀할 수 있는 원천이 될 수 있음을 공감했으면 한다.

이제 대중과의 관계 문제를 생각해 보자. 다른 어떤 현상보다도 문학의 경우 독자들의 위상은 현저하게 달라져 있다. 작가의 영역 중 일정한 부분을 자신들의 몫으로 돌려 달라는 요구가 매우 크고 강력하게 울리고 있다. 우리가 미래의 독자들로 상정하고 주시하고 있는 문학 청소년들은 더 이상 글읽기에 만족하지 않고 글쓰기에 매력을 느끼고 실천하고 있다. PC통신이나 인터넷을 항해하다 보면 수많은 문학 동아리나 동호회를 발견할 수 있는데 거의 대부분의 간판은 '읽기'보다는 '쓰기'에 집중되고 있다. 쓸 수 있다는 점, 널리 알릴 수 있고 다른 사람들이 읽는다는 점은 더 이상 작가들이 권력을 쥐고 있는 존재가 아니라는 점을 실감케 하고 있다.

그런데 현재 우리 소설들의 독자는 '마니아로서의 독자'가 대부분이다. 앞서 지적한 바 있는 서사적 경향이 필연적으로 배태시킨 현상이라 보는데, 소설의 독자가 아닌 '작가 000의 마니아'로 존재하는 독자를 제외하고는 대중들은 비소설 서사 문화에 애정을 주고 있다. 작가들도 이러한 독자들을 위한 반복 재생산에 가까운 소설 쓰기를 하고 있다고 해도 과언이 아니다. 이러한 독자들의 변모가 부정적인 것일 수만은 없다. 고정적인 독자의 존재는 최소한의 존재기반이 될 수도 있기 때문이다. 문제는 이들이 확대 재생산의 촉매 역할을 하지 못한다는 점이다. 확대 재생산은 불특정 다수들이 잠재적인 독자로 존재하고 있을 때 가능한 것이기 때문이다. 잠재적인 독자 대중의 문화적 능력과 기대 지평에 걸맞은 서사성을 확보하기 위한 노력이 무엇보다도 필요한 시점이라 본다.

중요한 것은 기존의 작가들이 제공할 수 있는 일이 있고 독자 대중들이 스스로 충족시킬 수 있는 일이 있다는 점이다. 작가들이 하는 일이나 독자 대중들이 하는 일의 내용에 차별성이 없다면 문학은 사회적 소통의 대상이 되기 어려울 것이다. e-book을 통해 소설을 유통시키고, 하이퍼텍스트의 개념을 도입하여 서사구조를 변형하는 식의 변화는 본질적인 것이 아니라고 본다. 디지털로 대표되는 현대 문명의 기술적 측면 즉 하드웨어를 차용한 것일 뿐이다. 하이퍼텍스트적인 변형이라면 이미 TV나 영화에서 충분히 보아 온 터이다. 중요한 것은 소프트웨어의 생산과 관련된 발상의 전환이다. 독자 대중은 디지털 문명의 하드웨어에 충분히 익숙해 있는 존재들이다. 서사적 상상력과 대중화의 접점은 바로 여기에 있다.

본질적인 차원의 대중화를 위한 길은 작가와 비평가, 연구자들이 공동으로 해결해야 할 문제라고 생각한다. 특히 비평의 대중화, 문학 연구의 대중화는 이제까지 본격적인 논의의 대상이 되지 못했다는 점에서 앞으로 관심을 집중해야할 부분이라 생각된다.[4] 이 점에 대해서는 따로 논할 수 있는 자리가 있기를 기대해 본다.

# Abstract

## The narrative imagination
## of the contemporary culture and the mass-response to it.

Kim Dong-hwan(Hansung University

This critical essay aims for a free discussion for the new orientation of korean novels, in 21th century, a digital society. In this purpose, this essay does not need to be in accordance with formalities as other articles. But this article connotes many critical mind about the current tendency involved in literary study.

In my opinion, the pending problems in the field of korean novels study is appeared multi-faced. Among them, the important problems is, a crisis-consciousness of the human science against the natural science, a distance between the writers, critics and the novel readers, a non-related mind of the writers with the digital society derived from the poor imagination, a lack of understanding of popularizing the literary criticism and study results. In the coming century, these problems to be settled productively by harmonizing the method, the attitude, and the mind for the mass.

---

4) 졸고, "21C 문학연구방법론", <민족문학사연구> 17호, 2000.
____, "미디어를 통한 고전의 재생산", 국문학과 문화, 태학사, 2001.

# 컴퓨터 게임의 문학적 특성

최유찬*

```
           차 례
    I. 접근 방법
    II. 게임의 체험과 지각의 매커니즘
    III. 게임 텍스트의 특징
    IV. 게임의 여러 가지 서사 형태
    V. 맺음말
```

# I. 접근 방법

컴퓨터 게임은 컴퓨터라는 기술공학적 매체를 이용해서 이루어지는 게임의 총칭이다. 이 게임이 디지털 문화 시대의 총아로 등장한 것은 그리 오래된 일이 아니다. 기성세대에게 컴퓨터 게임은 첨단의 기술공학을 이용한 '유치한 놀이'이자 정보기술 사회의 '뜻하지 않은 사생아'일지 모르지만 새로 디지털의 세계에 접근하는 청소년에게 그것은 세계에 입문하는 과정에서 반드시 거쳐야 할 통과의례나 다름없다. 그들은 게임의 가상현실을 통해 컴퓨터에 친숙해지고, 거기서 디지털 문화의 진미를 맛보거나 세계를 이해하는 방

---

* 연세대 교수.

법을 배우며, 정보기술 사회에서 살아갈 수 있는 능력을 키운다. 게임이 신체 발달과 정신 건강에 유해하다거나 상상력과 창의력을 신장하는 데 도움이 되는 유익한 도구라는 어른들의 가치 척도가 적용되기 이전에 게임은 청소년의 삶이자 생활환경 그 자체가 되고 있는 셈이다. 오늘의 사회를 흔한 말로 매체시대라고 한다면 매체 중의 매체인 컴퓨터는 청소년에게 우선 게임의 도구이자 고유한 장소로서 받아들여지고 향유되고 있는 것이다. 이 사실은 매체가 인간 감각의 확장이라는 점을 고려할 때 매우 중요한 의미를 지닌다. 미래 사회의 주역이 될 젊은 세대의 세계에 대한 경험과 지각의 유력한 경로 가운데 하나가 게임이 되기 때문이다. 컴퓨터 게임에 대한 사회 일반의 관심이 게임의 폭력성이나 음란성, 중독의 문제에 집중되는 것도 이와 관련된다. 게임이 어떻게 만들어져 있고 어떤 방식으로 기능하는가를 살피기 전에 그것이 사회에 끼칠 영향이 무엇인지를 먼저 묻는 것이다. 이러한 물음의 방식은 사태에 대한 이성적 접근 방식은 아닐지 모르지만 스스로 가능한 위험으로부터 멀어지고자 하는 생명 유지 본능의 발로라는 점에서는 자연스러운 측면이 있다. 컴퓨터 게임의 '문학적 특성'을 묻는 우리의 질문도 그와 유사한 형태라고 할 수 있을지 모른다. 사회의 기성 제도인 문학의 자리에서 새로이 출현한 게임의 가치를 이모저모 여새겨 보고 질문하는 한 방식이 '문학성'의 검토이다. 그리고 그것은 동시에 개별 사물의 보편적 특성을 분석하여 추출함으로써 대상을 좀더 명확히 파악하고자 하는 인식 방법의 한 사례이기도 하다.

그러나 '문학성'이란 무엇인가. '특정한 대상을 문학으로 만드는 요소'가 '문학성'이라고 설명한다 해도 근본적인 의문은 풀리지 않는다. 거기서는 여전히 '문학'의 개념이 문제로 되어 문학이란 무엇인가 하는 또 다른 질문이 성립하는 것이다. 문학은 시, 소설, 희곡이라는 속 편한 대답이 있을 수도 있지만 그로써 문학의 개념이 자명한 것이 되지는 못한다. 문학의 본질에 대한 규정은 문학의 범위를 어떻게 설정하는가 하는 문제와 상관 관계를 갖는 것이기 때문에 일의적인 규정이란 항시 악순환의 덫에서 헤어 날 수 없다. "문학이란 무엇인가"라고 문학의 정체성을 묻기보다는 "언젯적 문학인가"를 묻는 것이 효과적이라는 관점은 이에 말미암는다. 그리고 바로 컴퓨터 게임의 등장은 이 문학의 개념에 대한 질문 형식의 적절성 여부를 분별하는 데 좋은 참고 자료가 된다. 그 이유는 컴퓨터 게임의 형태 자체가 그 속에 문학적 요소가 들어 있는지 아닌지 판가름하기에 어려운 특징을 함축하고 있기 때문이다. 이 양상은 컴퓨터 게임과 비교적 가까운 거리에 있다고 할 수 있는 영화와 비교해보아도 금새 알 수 있다. 영화의 플롯은 문자로 옮겨 놓으면 소설이나 희곡의 형식과 매우 유사한 이야기 형태가 되지만 게임의 경우 그와 같은 유사성을 거의 찾아볼 수가 없다. 일례를 들어 「테트리스」 게임의 제작 시나리오에서 어떤 문학적 특성을 찾아볼 수 있겠는가. 그렇다고 해서 이 게임을 문학성이 없는 것으로 치부하면 상당수의 컴퓨터 게임은 우리의 논의 대상에서 원천적으로 배제되지 않을 수 없다. 그리고 이 배제는 이 글이 갖추어야 할 인식의 보편 타당성에 중대한 제약이 될 것이다. 안토니 이스트호프가 문학연구에서 문화연구로 나가기 위해서는 패러다임의 전환이 필요하다고 본 근본적인 이유의 하나는 이 제약으로부터 벗어나는 데 있다.

안토니 이스트호프는 종래의 문학연구 패러다임이 문학에 대한 일정한 이해에 기초해 서로 연관되어 있는 다섯 가지 특성으로 구조화되어 있다고 설명한다. 그 다섯 가지는 ① 전통적인 경험론적 인식론, ② 특정한 교육적 실천인 모더니즘적 독서방식, ③ 정전을 대중문화와 차별하는 학문의 장, ④ 연구대상으로서의 정전 텍스트, ⑤ 정전 텍스트는 통일되어 있다는 가정이다.[1] 이 다섯 가지는 제각

기 의미 있는 사항이지만 좀더 축약해서 세 가지 사항으로 나누어
볼 수도 있는데, 첫째 정전을 낳은 독창적인 작가라는 관념, 둘째 통
일성이 있는 정전 텍스트라는 사고, 셋째 진지한 주제를 가진 텍스
트 구조의 분석이 그것이다. 이 세 사항은 작가-작품-독자라는 문학
작품의 생산과 소비의 과정에 대응하는 것이고 텍스트를 중심에 놓
고 사고하는 방식이라는 점에서 근대 이래의 문학에 대한 이론적
접근의 일반적 경향을 잘 나타내주고 있다. 여기서 컴퓨터 게임의
문학성이란 주제와 관련해서 살필 때 가장 핵심이 되는 문제는 '텍
스트의 통일성'이라는 개념이다. '통일성' 또는 '조화'의 개념이란
다양한 것들이 하나의 일관된 흐름에 종속되어 유기적으로 관계를
맺고 자족성을 갖추게끔 완결된다는 관념을 함축하는 것으로서 종
래 문학연구에서 문학성은 주로 이런 개념들과 관련하여 검토되어
왔다. 그러나 이스트호프는 이 통일성의 개념이, "텍스트는 없고 해
석만 있을 뿐"이라는 일부 포스트모더니스트의 주장에서 드러나듯
이, 특정한 시대와 사회에 사는 인간의 관념적 구성물에 지나지 않
으며, 그런 의미에서 '문학성'이란 가시적인 물질적 존재가 아니라
텍스트와 독자의 관계에서 생산되는 어떤 '효과'라고 본다. 이 관점
은 게임의 문학성을 고찰하는 데 참조가 될 수 있다. 게임의 텍스트
는 문자 형태로 이루어진 문학 텍스트의 외형과 크게 다르지만 그
효과의 측면에서는 문학과 유사성을 지니기 때문이다. 이 유사성을
인정할 때 우리는 텍스트를 "의미가 한 상태에서 다른 상태로 변형
되는 전화 과정"[2]으로 파악하는 의미화 실천의 맥락에서 컴퓨터 게
임의 문학성을 검토할 수 있는 것이다. 그 검토의 과정은 게이머가
게임 수행 과정에서 가지게 되는 지각의 양태와 메커니즘, 그리고

---

1) 안토니 이스트호프, 문학에서 문화연구로, 임상훈 옮김, 현대미학사,
   1994. 22쪽
2) 앞의 책, 138쪽

그러한 효과를 창출하는 게임 텍스트의 일반적 특징, 게임의 여러 가지 형태가 차례로 설명되는 순서를 밟게 된다.

## II. 게임의 체험과 지각의 매커니즘

컴퓨터 게임은 매체 중의 매체라고 인정되는 컴퓨터를 매개로 하여 펼쳐지는 게임이다. 컴퓨터는 현대의 기술공학이 낳은 문명의 정화로서 인간의 삶과 문화에 큰 변화를 일으키고 있다. 문학예술에 국한해서 말할 때에도, 과거 인류의 예술사가 보여 주듯이 기술은 예술 형식을 조성하는 기술을 변화시킴으로써 예술의 개념 자체를 변화시킨다. 컴퓨터 게임도 기본적으로 기술공학의 성과에 근거하여 발생한 문화형식이므로 예술이나 문학의 개념에 일정한 변동을 초래하는 역할을 하고 있으리라는 점은 충분히 예측 가능하다. 게임을 엔터테인먼트라고 하면서도 그 '문학성'을 검토하는 데서 알 수 있듯이 그것은 오락과 예술의 완고한 경계를 지우면서 자기 존재를 정립시키고 있다. 이런 점을 고려하여 예술의 개념이 통일성과 조화의 이념을 간직한 '아름다움' 대신 '흥미로움'이 되어야 한다는 주장이 제기되기도 한다.[3] 게임의 어원이 '흥겹게 뛰놀다'라는 점을 고려하면 이 새로운 예술 개념의 주장은 바로 게임을 염두에 두고 제기된 것처럼 보이기도 하지만 그 본디 뜻은 기술공학에 의해 열려진 현대의 매체 공간이 예술의 사회적 공능을 좀더 넓은 시각에서 파악할 것을 요구한다는 관점이라고 보는 것이 온당할 것이다. 뿐만 아니라 기술공학의 발전은 현실의 개념에도 변동을 가져오고 있다. 정보기술 사회라는 말에서도 나타나듯이 오늘의 현실

---

3) 최문규, "문학이론과 현실인식", <문학동네> 2000. 418쪽.

은 비물질적인 정보를 현실성의 중요한 구성요소로 받아들이고 있으며, 그와 같은 인식에 토대를 두고 가상현실의 개념을 성립시킨다. 사회의 여러 분야에서 다양한 의미로 사용되고있는 가상현실의 개념은 현실과 가상, 실재와 허구 사이에 차이가 없음을 선포함으로써 재현이니 표현이니 하는 문학예술의 기본 범주들에 대한 근본적 성찰을 요구하고 있다. 컴퓨터 게임이 이 가상현실, 시뮬레이션에 기초해 있다는 것은 여러 가지로 음미될 필요가 있는 것이다. 게이머가 게임을 수행할 때 그는 문학 작품의 독자와는 달리 실제적인 행위를 하고 있는 것이면서 동시에 게임 제작자가 만들어 놓은 가상의 세계에 함몰되어 있는 것이기도 하다. 그래서 게이머가 체험하는 현실은 단순히 게임의 텍스트에 주어져 있는 것만도 아니고 그가 주도적으로 만들어 가고 있는 것도 아니다. 또한 하나의 게임에 여러 사람이 참여하고 있을 경우 그들이 모두 동일한 체험을 하고 있다고 말할 수도 없다. 그렇다면 게임에 대해서 공정하게, 객관적으로 말할 수 있는 방법은 없는가. 필자는 그 방안의 하나가 게임의 시뮬레이션을 지각하고 체험하는 순서에 따라 살피는 방법이라고 본다.

게이머가 게임을 통해서 충족시키고자 하는 욕구는 첫째 풍부한 감성적 체험과 즐거움, 둘째 세계에 대한 정보와 지식의 습득, 셋째 생활로부터의 도피감, 넷째 사회적 유대감으로 요약된다. 이 네 가지는 대체로 게임을 함으로써 얻어지는 효과, 게임의 사회적 기능이라고 할 수 있다. 매체가 일반적으로 인간 감각의 확장이라고 하듯이, 또는 시뮬레이션이라는 개념이 함축하듯이 게임은 현실을 이미지로 변조함으로써 일차적으로 게이머의 감수성에 호소한다. 이 감성에 대한 게임의 소구는 컴퓨터에 관련된 기술공학, 프로그래밍 기술과 애니메이션 기술이 발전하는 데 따라 점차 강화되고 있다. 우리는 게임을 수행할 때 게이머가 부닥치는 일차적 요인으로서 감각 자료가 지닌 의미와 그 존재 양태를 스펙터클의 개념을 통해 검토할 수 있다. 그러나 게임은 스펙터클과 같은 감각적 요인만으로 그 성격이 규정될 수 있는 것은 아니다. 오히려 게임에 대한 체험의 성질은 전체의 구도를 좌우하는 요인, 주로 '이야기'를 통해서 게이머의 정서를 움직이고 사물에 대한 판단과 이해를 구한다. 그렇기 때문에 게임의 지각과 거기에 작용하는 메커니즘은 많은 부분이 이 '이야기'의 성격을 해명하는 데 할애된다. 세 번째와 네 번째 사항은 게임을 함으로써 게이머가 가지게 되는 심리적·사회적 효과라고 할 수 있는 것이지만 그 요소들이 게임의 형태나 수행 방식에 일정한 영향을 끼치는 경우도 있기 때문에 게임의 일반적 특징을 검토하는 장에서 다룬다.

스펙터클이란 용어는 통상 웅장한 영화 장면을 설명하는 데 사용되어 왔다. 해일이나 태풍의 발생, 화산의 폭발, 우주의 광대한 모습 등을 제시할 때 사용되는 경우가 많다. 그러나 아케이드 게임이나 비디오게임 등은 출발단계에서부터 현란한 영상과 음향효과를 통해 스펙터클의 효과를 창출하려는 경향을 나타냈고 컴퓨터를 이용한 게임에서도 정밀한 배경 화면의 묘사, 빠르고 움직임이 큰 동작의 사실적 제시를 통해 점차 스펙터클 효과를 지향하고 있다. 그렇지만 스펙터클은 단순히 사물이나 장면의 규모를 크게 했을 때만이 아니라 특수한 기술을 적용했을 때도 그 효과를 얻을 수 있다. 예컨대 <퀘이크Ⅲ>의 경우 클로즈업 같은 사진기술을 응용하여 스펙터클의 효과를 자아내고 있으며 <디아블로Ⅱ>의 경우 배경 화면의 대조적인 색채 효과와 화면 전체를 꽉 채우는 듯한 마법기술을 통해 스펙터클에 유사한 장면을 연출한다. 일반적으로는 게임 제작에 3D 기술이 적용되면서 많은 컴퓨터 게임이 웅장하거나 화려한 영상을 갖추게 되었고 그 효과를 극대화하기 위해 음향효과와 음악을 적절히 이용하는 경우가 늘어나고 있다. 게이머는 게임을 하는 동안 자신도 모르게 현대 사회에 편만하게 된 이러한 감각 자료의 수용 능력을 계발하고 거기서 어떤 심미 체험까지도 하는 것이라고 할 수 있을 것이다.

그러나 스펙터클과 같은 감각 자극의 자료를 증대시킴으로써 게임이 의도하는 소기의 효과를 모두 얻을 수는 없다. 특히 시각 자료의 경우 지나치게 많은 색채가 동시에 사용되거나 자극의 절대량이 큰 자료가 연속적으로 사용되는 경우 그 효과는 감소될 수밖에 없다. 그것은 고조된 정서적 반응이 높은 수준에서 오랜 동안 지속할 수 없는 것과 같은 이치다. 그렇기 때문에 게임 제작자들은 감각에 호소할 수 있는 자료의 증대를 꾀하는 작업과 함께 게이머의 정서적 반응을 일정하게 조절할 수 있는 다른 요인을 도입한다. 그것은 게임의 문학성을 가늠하는 데 가장 중요한 요소라고 할 수 있는 '이야기'이다. 물론 게임은 자체에 내장되어 있는 감각자료를 통해서 게이머의 감수성에 호소할 수 있고 거기서 정서적 반응을 도출할 수 있지만 그것은 순간적인 것이거나 산만한 반응에 그치는 것으로서 유의미한 형태로 조직될 수 없다는 한계를 지닌다. 게이머의 정서적 체험을 일관된 형태로 조직하고 그 체험을 통해 사물에 대한 정보나 지식을 전달하기 위해서는 게임에 이야기 형식을 도입하는 것이 필수적인 일이 되는 것이다.

게이머의 정서적 체험을 조직하는 데 이야기 형식이 필수적이라는 사실은 인간의 감정과 정서가 특정한 목표와의 관련 속에서 발생한다는 인지심리학의 연구성과에 의해 지지된다. 심리학자 오틀리와 젠킨스는 하나의 사건이 발생했을 때 그것이 목표와 관련이 있으면 감정이 생기고 없으면 생기지 않으며, 목표와 부합할 때 행복감·자부심·애정 등의 긍정적 감정이, 부합하지 않을 때 분노·공포·염려·슬픔 등의 부정적 감정이 생긴다고 설명하고 있다.[4] 즉 게임에서 발생하는 특정한 사건이 게이머의 정서적 체험을 발생시키는 요인이 되는 것은 개별 사건이나 장면의 감각 자료 수준에서가 아니라 그것들이 이야기 전체 구조와 맺는 관련 속에서 결정되는 것이다. 이 사실은 게임의 이해에서 매우 중대한 요인이다. 게임을 하는 이유가 정서 체험과 정보 지식의 획득에 큰 비중이 놓여진다고 할 때 개별 사물이나 장면보다 이야기 전체 구조가 정서 체험과 정보 지식의 획득에서 주동적인 자리에 있다는 것은 게임의 형태 그 자체가 그에 의해 규정된다는 것을 의미하기 때문이다. 그러므로 여기서는 이 인식의 타당성을 검토하기 위해서 이야기 구조가 지닌 성격과 개별 장면이 지각되는 양상에 대해 검토하는 일이 필요하다. 먼저 이야기의 전체 구조가 가진 성격에 대해서는 폴 리쾨르의 견해를 참조할 수 있는데, 그는 "이야기는 판단의 성격을 띤 특정의 이해 행위를 요구하는 고도로 조직된 총체"라는 입장에서 상상적으로 재구성된 이야기에 대해서 "포괄적인 시각을 갖는다는 것은 (구성하는 사건들을) 연속적으로 검토하기보다는 그것을 전체적으로 파악하고자 하는 판단행위를 통해서 '이해'하는 것"[5]이라고 설명한다. 또 개별 장면의 지각에 대해서 정근원은 영상 인식의 특성을 이렇게 설명하고 있다.

　"문자 인식의 경우 문자에 대한 인지는 선으로 되어 있어 일반적으로 좌측에서 우측으로의 해독이라는 방향의 강제성이 있다. 그러나 영상 인식은(눈동자의 움직임) 실험을 통해 이러한 제한 없이 자의적인 선택적 해독이 가능하다는 것이 입증되었다. 또한 단어의 선택이나 단락을 뛰어넘는 것은 문자언어에서는 원칙적으로 불가능하여 순서에 따라 정리된 정보를 축적해가면서 독해가 이루어지나 영상 인식은 1/30이라는 짧은 시간 동안 전체적인 의미의 파

---

4) Keith Oatley & Jennifer M Jenkins, *Understanding Emotions*, Oxford, 1999. 101쪽.
5) 폴 리쾨르, 시간과 이야기 I, 김한식·이경래 옮김, 문학과지성사, 1999, 310-311쪽.

악이 가능한 총체적 인지형태이다"[6]

리쾨르의 설명은 시간적 전개를 갖는 이야기 전체의 구조에 대한 것인 데 비해서 정근원의 설명은 한 개의 영상 장면에 대한 것이다. 우리는 이 두 설명을 참조하여 이야기를 내장하고 있는 하나의 게임에 대한 지각이 게이머의 의식 속에서 어떻게 이루어지는지 파악해볼 수 있다. 정근원의 설명에 따르면 개별 장면에 대한 게이머의 지각은 짧은 순간에 영상 전체를 총체적으로 인지하는 형태이다. 이 양태는 <스타크래프트>나 <임진록> 등의 게임 형태를 생각해 보면 금방 알 수 있다. 게이머는 자신이 건설하고 있는 진영의 형태를 파악하는 외에 적의 진영을 알아야 한다. 그러므로 자기 진영을 보는 동시에 미니맵으로 제시되는 전체 지형도를 파악해야 하며 탐지 부대를 파견하여 적 진영의 상황을 확인해야 한다. 그 이외에도 자신이 사용할 수 있는 도구가 어떤 것이 있는지 파악해야 하며 자원이나 병력이 얼마 정도인지 끊임없이 살피고 있어야 한다. 그 와중에 전투라도 벌어진다든가 적의 핵병기가 떴다는 정보가 들어오면 적의 관측병이 자리잡고 있는 곳을 찾아내기 위해 재빨리 반응해야 한다. 한마디로 말해서 숨돌릴 사이 없이 눈동자를 전후좌우로 굴려야 하는 것이다. 이러한 행위를 반복적으로 지속적으로 하는 경우 거기에서 일어나는 지각행위는 개개 사물의 실체를 인식하는 형태가 아니라 그 관계들을 읽어내는 선에서 멎을 수밖에 없다. 그것을 정근원은 총체적 인지라고 부르고 있다. 이와 같은 사실은 매체와 지각 방식의 관련을 검토한 최문규의 견해에서도 드러난다. 그는 과거의 지각방식과 현재의 컴퓨터식 지각 방식을 구분하고 후자의 경우 속도가 매우 중시되기 때문에 "지각은 일종의 스캐닝처

---

6) 정근원, "영상세대의 출현과 인식론의 혁명", 세계의 문학 1993, 여름.

럼 작용함으로써 그러한 지각에서는 세계의 사물의 재현이 아니라 관계들의 검토가 중시된다"[7]고 말하고 있다.

장면의 지각에서 일어나는 특이한 현상은 이야기 전체 구조의 파악에서도 동일한 양상으로 나타난다. 폴 리쾨르의 설명에 따르면 이야기 구조는 그 전체가 하나의 반성적 판단행위를 요구하는 총체이며, 그것의 지각은 구성된 사건들에 대해 연속적으로 검토하는 형태가 아니라 그것을 전체적으로 파악하는 형태이다. 즉 "시간적으로나 공간적으로 또는 논리적 관점에서 서로 떨어져 있기 때문에 전체적으로 체험되지 않거나 체험될 수조차 없는 사건들을 단 한번의 정신적 행위로 전부 파악"하는 것이다. 리쾨르의 설명이 하나의 사건에 대한 서사의 이해, 역사서술 과정에서 빚어지는 특정한 사안에 대한 설명이라고 한다면 좀더 직접적으로 영상을 대상으로 행해진 설명을 참조할 수도 있다. 질 들뢰즈는 에이젠쉬타인의 영상을 이렇게 설명한다.

"전체는 논리적 결론처럼 분석적으로 도출되는 것이 아니라······ 이미지의 역동적인 효과로서 종합적으로 도출된다. 따라서 그것은 비록 이미지에서 유래하는 것이기는 하나 몽타주에 의존한다. 그 것은 '합이 아니라 곱'이다. 즉 보다 높은 단계의 통일이다. 전체는 자신의 부분들을 대립시키면서 극복하여 스스로를 제시하는 유기적 총체성이며, 변증법의 법칙에 따르는 거대한 나선형처럼 구성되는 총체성이다. 전체는 개념이다."[8]

들뢰즈의 견해는 장면을 이루는 영상의 요소들이 집합을 이루어 서로 충돌하면서 전체 쪽을 향하여 열린다는 것이다. 이것이 가능하게 되는 것은 장면의 이미지들이 여러 부분들로 구성된 집합으로

---

7) 최문규, 앞의 글.
8) 박성수, 들뢰즈와 영화, 문화과학사, 1999, 58쪽에서 재인용.

성립했기 때문이다. 장면을 구성한 집합의 요소들이 서로 관계를 맺고 충돌하면서 하나의 전체를 이루는 쪽으로 방향성을 획득해가는 것이다. 이 문제는 영상매체가 주도적인 역할을 하는 정보기술 사회에서 매우 중요한 사안이기 때문에 이밖에도 그에 관해 논급한 많은 발언들을 찾을 수 있다. 그 한 사례로서 영상 지각에서 나타나는 '총체적 인지' 또는 '총체에 대한 반성적 판단' 행위의 양상을 여러 차례의 실험을 통해서 구체적으로 검토한 일본의 심리학자 菊野 春雄의 견해는 참조할 만하다.9) 그는 화상(畵像=영상)을 처리하는 두 단계를 설명하고 그 처리방식이 단일화상, 장면화상, 스토리 화상에서 각기 어떤 방식으로 적용되는지를 검토하고 있다. 그에 따르면 영상 처리의 첫 단계는 장면을 인식하는 단계로 먼저 장면에 대해서 스키마 표상을 형성하여 영상 속의 사물을 개념적으로 인지하고, 거기서 현실과 일치하는 물리적으로 가능한 사물의 관계를 인식한다. 이때 스키마 처리는 개념적으로 처리되고 거기에 포함되지 않은 에피소드의 처리는 지각적으로 처리된다. 두 번째 처리 단계는 스키마를 조작하는 단계로, 장면 내의 정보의 선택과 체제화를 행하며, 상세한 특징에 주목해서 사물의 공간적 위치를 보다 정확하게 인식한다. 이때 화상에 직접 묘사되지 않은 정보를 기존의 지식이나 인접하는 화상의 정보, 언어정보 등을 이용해서 정치화하는 처리가 이루어진다. 이 처리방식을 통해 스토리 화상을 처리하는 경우, 지적 능력이 상대적으로 우수하다고 볼 수 있는 대학생은 "화상들 사이의 관계의 처리나 추론 등 화상외 처리에 많은 처리 노력을 행"하고, "화상의 정보를 무작위적으로 제시해도 그것들의 정보를 자발적으로 재구성"하여 통합적 처리를 하며, "연령이 많을수록 통합처리가 발달"한다고 밝히고 있다.

---

9) 菊野春雄, 畵像의 理解에 대한 發達的 硏究, 風間書房, 1996.

이상의 여러 견해를 종합하면 게임의 체험에서 이야기가 어떻게 정서적 반응에 작용하는지 그 메커니즘을 파악할 수 있다. 일차적으로 게임의 이야기는 감각 자료의 형태로 인지된다. 이 인지된 자료는 게이머의 스키마에 따라 개념적으로 처리되며 거기에 포함되지 않은 에피소드 자료는 다른 장면과의 관계 속에서 스키마에 편입되기도 하고 단순히 자료의 존재가 지각된 데 그치기도 한다. 결국 장면이 연속으로 이어질 때 게이머는 감각 자료들의 세부 사항들이 지닌 관계를 검토하여 유의미한 표상을 형성하고 그것의 성격에 따라 정서적 반응을 하게 된다. 이때 정서적 반응은 형성된 표상이 이야기의 전체 구조와 맺는 관계에 따라 상이하게 나타난다. 개개 사물이나 장면, 사건은 그 자체로서가 아니라 이야기의 전체 구조에 설정된 목표의 수행과 관련하여 정서적 반응을 유도하는 요인이 되기도 하고 그렇지 못하기도 하다. 즉 한 개의 영상에서 사물의 표상이 형성되는 것이 그것들의 관계에 따라 스키마가 형성되는가와 관련 있을 뿐만 아니라 각각의 장면이나 사건들도 전체 이야기와 어떤 관계를 가지느냐에 따라 정서적 체험의 대상이 되기도 하고 그렇지 못하기도 하는 것이다. 소설의 의미가 종결부에 이르러서야 분명해진다는 이론처럼 게임의 감각 자료도 이야기를 완결 짓는, 행위의 목표와의 상관 관계 속에서 의미가 파악되는 것이다. 현재 시중에 나와 있는 많은 게임들이 지나치게 길다고 할 정도로 풍부한 배경 이야기를 설정해 두고 있다든가 미션이라는 특정한 임무의 수행, 천하통일, 악마의 제거라는 최종 목적을 명백히 제시하는 이유가 여기서 비로소 이해될 수 있다. 그 요소들은 게이머의 정서적 반응을 유도하는 일과 관련되는 것이고, 그러한 인식에 비추어 볼 때 게임들이 완결된 구조 즉 전체성을 가져야 하는 이유가 분명해진다. 그 전체의 구조가 폐쇄성을 지니든 개방성을 지니든 특정한 목표나 지향점이 있어야 게임을 진행하는 게이머의 정서적 반응이 나오는 것이다.

또한 게임의 이야기 구조는 게임이 진행되는 동안 내내 게이머가 지속적으로 일정한 정서적 반응을 가질 수 있는 형태로 조직될 필요가 있다. 이 사항은 게임의 갈등구조나 긴장, 또는 몰입의 문제와 연결된다. 게이머가 지속적으로 흥미를 가지고 게임을 할 수 있도록 하기 위해서는 매 국면마다 적당한 긴장이 유지되어야 하는데, 이 긴장은 주로 이야기의 갈등구조가 어떻게 되어 있는가 하는 문제와 직결된다. 게임의 효과와 관련해서 자주 거론되는 치크센트미하이의 프로우(flow) 이론은 전적으로 이 몰입과 긴장의 문제를 해명하는데 바쳐지고 있는데, 그것은 게임의 갈등구조에 따라 긴장, 흥미, 관심 등으로 구분해 볼 수 있는 게이머의 정서적 반응이 달라지고, 거기서 몰입의 양상도 결정되기 때문이다. 즉 게임의 성공과 실패는 주로 이런 요인들에 의해 결판이 난다고 말할 수 있는 것이다. <테트리스>나 <팩맨>같이 매우 단순해 보이는 작품이 게이머를 몰입하게 만드는 원인도 여기서 찾을 수 있다. 밸런싱이라고 하는 적대 세력간의 힘의 균형을 유지하는 문제나 사태가 어떤 국면으로 발전할 것인가를 상황 판단을 통해 게이머가 스스로 추측하여 대비하게 하는 서사의 추론 가능성 여부가 긴장을 조성하는 데 일정한 기능을 하여 게임의 성공에 중요한 요인이 되는 것이다. 예를 들어 한국사회에 전략시뮬레이션 게임의 열풍을 몰아온 <스타크래프트>는 프로토스, 테란, 저그란 세 종족 사이에 힘의 균형이 잘 갖추어져 있으며 시간이 경과됨에 따라서 상대의 전략이 어떤 쪽으로 바뀔지 지어져 있는 상대편 건물을 보고 게이머가 추론할 수 있게끔 구성되어 있는 것이다. 게이머가 긴장이나 흥미, 관심 등의 정서적 반응을 가지게 되는 데는 자신에게 주어진 과제를 수행할 수 있는가 하는 문제와 함께 앞으로 닥칠 사건에 대한 정보가 있는가 하는 등의 문제가 중요한 변수가 되는 것이다.

## Ⅲ. 게임 텍스트의 특징

앞장에서는 게이머의 정서적 반응을 조직하는 문제와 관련하여 게임이 내포하고 있는 이야기의 성격과 구조에 대해서 설명했다. 게이머의 몰입을 유도하기 위해서 게임의 목표 설정이 필요하고 그에 따라 이야기 전체 구조의 형태가 결정된다. 물론 게임의 목표가 개방되어 있어 이야기의 전체구조를 확정할 수 없는 경우도 있지만 그 경우에도 행동이 지향해야할 일정한 방향은 지시되어 있으며, 캐릭터가 수행해야할 임무가 분명한 대부분의 게임에서는 설정된 목표에 따라 이야기가 완결성을 지니게 된다. 많은 컴퓨터 게임이 풍부한 배경 스토리를 제시하는 것도 게임에서 진행되는 세부적인 행동들의 의미를 전체와의 관련 속에서 파악하여 긴장·흥미 등의 정서적 반응을 유지할 수 있도록 고려하기 때문이다. 중간 단계의 미션을 수행하는 경우에도 게이머가 전체 이야기에서 미션이 어떤 의미를 갖는지 파악하고 있을 때, 그리하여 미션의 성공 여부가 지니는 의미를 이해하고 게임을 진행할 때 정서 체험이 효과적으로 이루어진다. 게임 제작에서 가장 중요하게 고려되는 요인도 바로 이런 부분이라고 할 수 있다. 게임이란 텍스트의 고유한 성격은 이와 같은 요인들을 고려하여 구성된 복합체라고 할 수 있다.

이야기를 내포하고 있는 기왕의 문화형식들과 비교했을 때 게임의 복합적 텍스트가 지닌 가장 뚜렷한 특징은 상호작용성이다. 영화의 관객이나 문학 독자가 자기 앞에 펼쳐지는 이야기를 일방적으로 받아들이는 수용자라고 한다면 게임의 수행자는 주어져 있는 조건들을 이용하면서 스스로 사건을 만들어 가는 행위의 주체이다.

즉 게임의 제작자는 게이머가 이용할 수 있는 상황과 캐릭터, 게임의 규칙 등을 마련해주고 게이머는 그 조건들을 이용하면서 실제로 사건을 빚는 행동들을 선택하여 실행하는 것이다. 이와 같이 게임의 이야기는 제작자와 게이머의 공동 작업에 의해서 형성되는 이중 재현구조가 된다. 이로 인해서 빚어지는 효과는 여러 가지이다. 우선 게이머는 갈등 상황에 자신이 직접 개입하기 때문에 어떤 문화형식에서 느끼는 것보다도 훨씬 강력한 몰입을 경험한다. 종래의 이야기 형식에서 수용자가 특정한 등장인물과 자신을 동일시하여 감정이입을 경험했다면 게이머는 모든 갈등 상황을 스스로 헤쳐 나가는 주체의 입장에서 정서적 체험을 해야 한다. 전자의 경우 수용자는 일종의 관찰자나 방관자 역할을 맡는 데 반해서 후자의 경우 문제 해결의 당사자 역할을 맡음으로써 갈등의 주역이 되어야 하는 것이기 때문에 개별 행동이나 상황의 전개에 대해 좀더 깊은 관심을 가져야 하고 사건의 전개 양태에 따라 그에 적합한 인식과 대응을 가져야 하는 것이다. 그 자신이 적극적으로 행동을 계획하고 실천하지 않으면 게이머는 갈등의 존재나 갈등 관계에 놓인 상대를 제대로 알 수도 없거니와 이야기의 사건 자체를 체험하지 못한다. 그러므로 게이머는 끊임없이 주체적으로 상호작용에 나서야 하고 상대를 정확히 파악하기 위해서 노력해야 하며 갈등을 해결하기 위한 방책을 적극적으로 모색해야 한다. 이와 같이 게이머가 사건에 적극 개입하는 가운데 게임의 독특한 이야기 구조와 체험이 성립한다.

  게이머는 갈등 국면을 해소하기 위해 노력하는 가운데 성공하기도 하지만 실패하기도 한다. 이 실패는 신체의 손상이나 재물의 손실을 의미할 수도 있고 게이머가 주역으로 삼은 캐릭터의 죽음을 초래할 수도 있다. 게이머가 선택한 캐릭터가 죽는 경우 게임은 끝나는 것이지만 대부분의 게임들은 게이머의 재도전을 허용하고 있다. 그것은 주로 컴퓨터의 저장 기능이나 선택 기능을 이용해서 이루어진다. 이처럼 반복해서 게임을 실행하게 되면 게이머가 체험하는 이야기는 한 개의 선분 형태로 파악되지 않는다. 게임을 처음부터 다시 시작하는 경우 이야기 구조는 병렬의 형태가 될 것이며, 중간의 특정 지점에 마련된 여러 가지 선택지를 이용하는 경우 방사상의 구조가 될 것이다. 이러한 이야기 구조를 일반적으로 분기형(分岐形)이라고 하는데 그것은 게임의 진행 방식을 어떻게 설정하느냐에 따라 단속형(斷續形) 구조와 구분 지을 수 있다. 단속형의 경우 게임의 전체 플롯 구조가 미리 결정되어 있어서 게이머가 프로그램이 요구하는 일정한 조건들을 충족시키는 경우 다음 단계로 넘어갈 수가 있다. 이때 사건의 시공간이 연속되기도 하고 단절되기도 하기 때문에 게이머의 체험은 단속적인 것이 된다. 그 양태는 어드벤처 게임에서 전형적인 사례를 찾아볼 수 있다. 이에 비해서 분기형은 사건 전개의 중간 중간에 있는 특정 지점에 여러 개의 선택지를 마련해 놓고 있는 게임으로서 게이머의 선택이 이루어지는 데 따라 게임의 플롯 전체가 상이한 형태가 된다. 게이머는 어떤 선택을 하더라도 하나의 선형적 이야기 구조를 엮어내는 것이기 때문에 중간 지점과 선택지가 여러 개일 경우 거의 무한에 가까운 선형 구조가 나타나게 된다. 이 분기형의 서사구조는 게임에 중간 단계를 설정하거나 미션을 마련해두고 있는 대부분의 게임에서 찾아볼 수 있다.

단속형과 분기형의 이야기 구조는 게이머에게 독특한 사건 체험을 가능하게 한다. 게이머는 반복 실행을 통해서 여러 가지 계열의 사건 구조를 알게 되고 인물이나 장소에 대해서도 세부사항까지 숙지하게 된다. 이 과정에서 사건의 배경이 된 시공간구조나 특정한 사물, 상황 등이 매우 뚜렷한 형태로 인지된다. 예를 들어 <삼국지 II>를 반복해서 실행하는 경우 중국의 전체 지형도가 한 눈에 들어오며, 등장 인물 각자가 지니고 있는 능력, 인격, 특정 지역을 공략

했을 경우 얻을 수 있는 아이템 등이 정확하게 파악된다. 따라서 게임의 이야기 구조에서는 사건의 시간적 전개보다 공간에 대한 지각이 우위에 놓이는 양태가 빚어진다. 이는 게임의 프로그램이 담지하고 있는 서사 구조가 기존의 다른 문화 형식의 그것과 다른 방식으로 이루어져 있는 사실과 밀접한 관련을 지닌다. 통상 서사구조를 담지한 기존 문화형식의 이야기들이 원인과 결과의 형태로 사건들을 결합시키고 있는 통합체인 데 비해서 게임에 제시된 플롯은 기본적으로 계열체이다. 즉 수많은 사건의 계열이 성립될 수 있게끔 여러 가지 단계의 상황과 개별 인물이 제시되어 있을 뿐 그것이 결합하는 방식이나 형태는 지정되어 있지 않다. 따라서 게이머는 객관적으로 제시되어 있는 캐릭터와 상황을 선택해서 자유롭게 사건의 계열을 조직할 수 있으며, 이와 같은 양태로 반복 실행하는 가운데 게임에서 성립할 수 있는 갖가지 사건 구조를 체험하는 것이다. 그렇기 때문에 게임에 익숙해질 무렵 게이머에게는 사건의 여러 가지 결합방식과 함께 그 사건들이 전개되는 시공간 전체가 파악된다. 즉 하나의 게임에 여러 개의 선형적 이야기들이 병렬하는 국면이 조성되는 것이다. 이와 같이 여러 개의 선형적 이야기가 병렬적으로 전개될 수 있는 형태의 서사구조를 메타선형 서사 (metalinear narrative)라고 하는데 현재 주류를 이루는 많은 컴퓨터 게임들은 이 형태로 만들어지고 있다. 특히 네트워크를 이용해 다수의 게이머들이 참여할 수 있도록 허용하는 온라인 게임의 경우 거의 전부가 이 메타 선형 서사구조를 지니고 있다고 할 수 있다. 또한 <심즈> 계통의 게임에서 볼 수 있는 최근의 경향은 하나의 게임에서 전투와 일상생활, 애정, 경영 같은 서로 이질적인 분야의 활동을 모두 펼칠 수 있도록 행동의 영역을 넓히고 있어 그 속에 들어 있는 서사 구조는 천변만화한다고 할 수 있을 정도이다.

## Ⅳ. 게임의 여러 가지 서사 형태

컴퓨터 게임이 지니고 있는 문학적 특질을 검토하기 위해 살펴야 할 게임의 종류는 무수히 많다. 캐릭터의 액션을 중심으로 구성된 아케이드 게임이 있는가하면 짧은 소극(farce)과 같은 희극적 형태가 있고, 행동의 방식이나 추구하는 목표를 다양하게 열어두고 있는 개방적 구조가 있는가하면 정형적인 갈등 구조를 중심으로 긴밀한 플롯을 구축하도록 되어 있는 롤플레잉 게임이 있다. 이 모든 게임을 대상으로 하여 각 종류가 어떤 문학적 특질을 지니고 있는지 검토하는 일은 필요한 일이기는 하지만 시간을 요구하는 일이기도 하다. 연구 성과가 축적되는 데 따라 불원간 전체의 양상을 조감할 수 있는 때가 오지 않을까 생각해 볼 따름이다. 현재의 입장에서는 서사의 본질에 대한 이해에 근거하여 거칠게나마 조감해보는 것이 논의의 발전을 위해 도움이 될 것이라고 판단한다.

익히 알려져 있듯이 서사는 주체와 객체의 관계, 나-너의 관계로 이루어진다. 특정한 상황에서 주체의 행위가 상황의 변화를 초래하여 새로운 현실이 조성되는 구조, 즉 안정된 상황-그 상황을 깨치는 힘의 작용-불안정한 상황-안정시키려는 힘의 작용-새로운 안정된 상황의 구조가 서사의 기본 구도이다. 서사가 주객의 관계 속에서 상황의 변화를 이야기한다는 이 관점은 헤겔의 행위이론에서 가장 뚜렷한 형태로 제시되고 있는데, 이 이론을 적용할 경우 게임은 행동의 규범을 제시하는 게임의 규칙이란 보편적 세계 상태, 그 법칙이 특수한 시공간에 적용되어 구체화한 상황, 그리고 행위의 주역인 캐릭터로 구성된 것으로 파악된다. <스타크래프트>를 예로 들 경우 테란, 프로토스, 저그의 생활 방식 및 행동의 규범이 보편적 세계 상태에 해당할 것이며, 미션이나 게임 형태의 지정이 상황에 해당할 것이다. 그 보편적 세계 상태 속의 특수한 상황에서 캐릭터들은 행위를 펼친 결과로 새로운 상황을 조성함으로써 한편의 게임을 실행한 것이 된다. 이러한 서사의 일반적 형식에 따라 컴퓨터 게임의 형태를 조감해보면 우연의 일치인지 게임의 역사와 예술의 역사 사이에 상응관계가 있다는 사실이 확인된다. 즉 초기의 게임에서 게임의 규칙이나 설정된 상황, 캐릭터의 형태는 매우 추상적이고 상징적인 의미를 지니는 형태로 나타나며 게임의 형상화 기술이 발전하는 데 따라 점차 게임의 규칙이 복잡해지고 상황과 캐릭터의 형태가 구체화하는 양상이 나타난다. 그 양상을 게임의 문학적 형태와 관련지어 몇 가지로 나누어 보면 다음과 같다.

첫째 액션 게임이다. 컴퓨터 게임의 첫 작품으로 일컬어지는 <퐁>은 탁구처럼 공이 왔다갔다하는 형태로 되어 있다. 여기서 게이머가 하는 역할은 행위 주체의 역할에 속하고 컴퓨터가 행하는 역할은 그것이 기계적으로 이루어지건 다른 게이머에 의해 행해지는 것이건 간에 객체의 역할에 속한다. 이런 종류의 게임은 초기에는 행위의 주체나 객체(상황) 모두 매우 단순한 형태로 제시되었으며 게임의 규칙도 간단하게 제시되어 있는 것이 일반적인 현상이었다. 이 액션게임은 발전한 형태의 아케이드 게임이 매우 생동하는 형상으로 캐릭터를 제시하고 행위의 방식도 복잡하게 구성하고 있는 것처럼 점차 복잡화의 길을 걷지만 기본적으로 주객의 관계가 단순한 형태로 구성되어 있고 게임의 규칙도 간단하다. 거기에서는 상황에 대한 즉각적인 반응에 기초한 신체적 움직임이 중요한 자리를 차지한다.

둘째 어드벤처 게임이다. 어드벤처 게임은 액션 게임에 비해서 행동의 길이가 길고 플롯이 복잡해진 행위를 나타내는 형식이다.

그 전체 행위를 시공간적으로 축약하면 액션 게임과 동일한 형태가 되지만 지성이 중요한 요인으로 자리잡고 있고 그것이 플롯의 전개에서 핵심적인 역할을 한다는 것이 다른 점이다. 어드벤처 게임이 퍼즐이나 아이템을 통해서 문제를 해결하게 하는 것은 이 지성적 요인의 개입을 단적으로 말해주는 사실이다. 또한 액션 게임이 뚜렷한 플롯 구조를 확정할 수 없을 만큼 짧고 순간적인 행동을 다룬다면 어드벤처 게임에서는 플롯의 구조가 중요한 역할을 하고 확연한 형태를 지닌다. 또한 어드벤처 게임은 화려한 배경이나 복잡한 플롯 구조를 지닌다해도 기본적으로 행위의 주체와 객체가 고정되어 있다는 특징을 지닌다.

셋째 롤플레잉 게임이다. 이 게임은 일종의 전기형식이다. 소설의 본질적인 형식이 전기인 것과 마찬가지로 모든 게임의 원형적인 형태라고 할 수 있는 것이지만 다른 게임과 차별을 지운다할 때 사건의 주체와 객체가 다같이 변화할 수 있다는 데 가장 주요한 특징이 있다. 어드벤처 게임이 화려한 배경 등을 통해 비교적 사건의 객체를 강조하는 데 반해서 롤플레잉 게임은 객체의 변화와 함께 주체의 변화를 가능하게 하고 있고 그것이 사건의 전개에서 중요한 기능을 하도록 마련되어 있는 것이다. 게임의 캐릭터가 능력이나 인격에 변화를 일으킴으로써 문제를 해결할 수 있도록 하고 있는 것은 주체의 변화가 이 게임에서 얼마나 중요한 의미를 지니는가를 알려준다. 그러나 이 게임이 주체의 변화를 허용한다는 것은 달리 말하면 근본적으로 객체가 변화될 수 있다는 사실을 내포한다. 고정되어 있는 플롯에서 주체의 행위가 일어나는 것이 아니라 각자 능력에 변화를 갖는 여러 캐릭터들이 조성하는 상황, 바꾸어 말해서 변화하는 상황 속에서 주체의 행위가 이루어지는 것이다. 그러나 롤플레잉 게임이 어드벤처 게임보다도 더 많은 세계 체험을 주기는 하지만 종국에는 특정한 목표에 도달해야 한다는 점에서 게이머는 기왕에 마련된 플롯을 애써서 다시 쓰는 역할을 하는 것이고, 그 점에서는 어드벤처와 동일한 성격을 갖는다.

넷째 시뮬레이션 게임이다. 이 게임의 명칭은 모든 게임이 현실을 시뮬레이트한 가상현실을 토대로 하여 성립했다는 측면에서는 형용모순이다. 그러나 가상현실이 가장 전형적인 방식으로 조성되어 있다는 측면에서는 이 게임의 명칭을 인정할 수 있다. 말 그대로 이 게임은 현실을 모조 하여 실감나게 현실의 생활을 가상 속에서 체험하게 한다. 이 게임은 그것이 군사 전략을 세우거나 비행훈련을 하는 데 이용되어 왔다는 데서 알 수 있듯이 실제와 거의 똑같은 효과를 낳을 수 있도록 현실을 모조 한다는 특징을 지닌다. 한 동안 이 게임은 전략 시뮬레이션 게임을 가리키는 것으로 생각되어왔지만 근래에 들어서는 육성시뮬레이션 게임, 연애 게임, 경영 게임 등으로 범위를 확장하고 있다. 주객간의 갈등구조를 중심으로 만들어지던 게임을 벗어나 새로운 형태의 서사구조를 시험하는 대표적인 장르라고 할 수 있을 것이다. 목표에 도달하는 일보다도 행위의 과정 자체를 즐길 수 있도록 하는 형태의 게임이 등장한다는 것은 컴퓨터 게임의 개념 자체를 다시 생각하게 만드는 일이라는 점에서 앞으로 이 게임의 여러 가지 형태는 좀더 세분해서 구체적으로 고찰될 필요가 있을 것이다. 컴퓨터 게임이 내포하고 있는 문학적 특성은 이 시뮬레이션 게임의 증식으로 좀더 다변화할 가능성이 높아지고 있다.

## V. 맺음말

컴퓨터 게임이 지닌 문학성을 고찰하면서 특정한 게임을 구체적으로 분석하여 고찰하는 일은 생략할 수밖에 없었다. 중국의 고전 작품을 게임으로 만든 고에이 사의 <삼국지> 시리즈나 환타지소설을 게임으로 만든 <드래곤 라자>, 또 사운드 노벨 게임으로 알려진 특정 부류의 게임들은 쉽게 두 장르 간의 차이나 동질성을 확인하게 해줄 수 있을 것이다. 그러나 두 장르의 공통성을 확인하는 일보다 더 중요한 것은 컴퓨터 게임이 지닌 고유의 특성에 대한 이해라는 생각이 현재와 같은 작업을 하게 만들었다. 게임에 익숙한 젊은 세대들이 창작한 문학 작품을 접하게 되면서 게임을 위시한 디지털 영상 문화가 사람의 지각을 어떻게 변모시키는가, 또 왜 그와 같이 지각하게 만드는가를 해명해야 할 필요성을 절감했다. 그리고 그 해명의 작업을 위해서는 인접 학문간의 교류가 불가결하다는 점을 알게 되었다. 또한 하루가 다르게 바뀌고 있는 게임 문화의 양상에 대해서 제대로 파악하기 위해서는 좀더 많은 사람의 관심이 요청된다고 느꼈다. 컴퓨터 게임의 문학성도 이와 같은 여러 조건이 성숙할 때 좀더 명확하게 설명될 수 있을 것이다.

## Abstract

## The Literary Traits of the Computer Game

Choi, Yu-chan(Yonsei University)

The personal computer has become such an integral part of modern society that many items of our daily lives rely on its mechanism. The computer games are one of the representative examples that based on the computer's algorithms. This essay is a study on the literary traits of the computer games. Though the essay has focused on the relations between the literature and the computer game, it also has largely dealt with the mechanism of the gamer's receptive experience, the structural characteristics of the computer game's text. Then it has classified many genres of the computer game. So, this work would be an aid to apprehend the basic structure of the computer game.

# 일본 애니메이션의 전략적 특화와 한국문학

김정훈*

## 차 례

Ⅰ. 서론
Ⅱ. 애니메이션의 일반적 특성
Ⅲ. 일본 애니메이션의 구조적 코드와 특화 전략
    1. 미국 애니메이션의 전략과 일반적 특성
    2. 일본 애니메이션의 특화 전략
Ⅳ. 일본 애니메이션의 전략을 통해 본 한국문학
    1. 대중에 대한 새로운 접근
    2. 창작 태도에 대한 변화
    3. 새로운 평가 기준의 필요
    4. 문학 자체의 영역 확대

# Ⅰ. 서론

이데올로기를 넘어서 이마올로그(imaologue)[1]가 지배하는 현대 사

---

* 한양대 강사.

[1] 이 용어는 오르테가 이 가세트(Ortega y Gasset)가 최초로 사용한 것으로, image와 ideologue를 결합한 신조어이다. 대중매체와 그 문화가 전사회적으로 확장됨에 따라 사람들은 실체가 보유하고 있다고 여겨졌던 '총체성'에서보다, 드러나는 이미지와 상징을 중심으로 대상의 인지와 기억, 표현을 이루고 있다는 의미에서 창출한 용어라 할 수 있다. 오르테가에 의하면, 현대는 가상이 현실의 재현(리얼리즘)마저 제압하는 현상을 보이고 있는 시대인 것이다. 보다 자세한 것은 삐에르 부르디외, 문화와 취향의 사회학(상), 새물결, 25쪽을 참조하기 바란다.

회에서 만화는 다양한 방면에 활용되고 있다. 현실이 더 이상 합리적일 수 없다는 판단에 의해 적합한 상징을 차지하기 위한 투쟁이 새로운 경쟁의 장으로 부각되면서, 만화 또는 간략한 그림의 형식이 여러 분야에 차용되고 있는 것이다. 만화가 지닌 제작의 간편함과 대량 복제의 용이함, 명료한 메시지 전달에 적절한 매체적 특성 등이 이를 더욱 확산시키는데 기여한다. 대량의 이미지화된 문화적 체계를 생산하는 현대에 있어 모든 상품들은 이미지화하여 광고되어야만 하는 운명에 처해 있다고 볼 수 있는데, 만화는 그런 공정의 한 매체로서 중핵을 담당하고 있다. 즉, 근대 이래 만화는 문자중심의 지배 담론에 의해 하위문화(subculture)로 치부되어 왔으나, 점차 확산되는 상징과 이미지의 현실적인 힘을 바탕으로 활용도가 높아져가면서 인지도가 조금씩 변화하는 과정에 있다. 그러나 우리 시대의 지배 담론은 만화를 저질 문화나 어린이 문화 정도로 취급하는 경향이 짙으며, 그것의 시각적 유용성을 인정하여 그 형식을 차용하고 있기는 하나 여전히 고급/대중의 선긋기를 통한 배제 전략을 고수하고 있는 것이 사실이다.

　한편 현재의 우리 문학은 매우 심각한 문제에 봉착되어 있다. 전통적인 문학관에서 우수한 것으로 인정받던 작품들이 일반 독자, 특히 젊은층의 독자들에게 외면당하고 있다. 이제 젊은 세대들은 전통적인 작품을 읽기보다는 보다 가벼운 대중문화에 탐닉하는 모습을 보여준다. 그 중에서도 특히 일본 애니메이션2)의 영향은 실로

---

2) 일부에서는 일본 애니메이션을 '재패니메이션(Japanimation)'으로 명명하기도 한다. 이것은 Japan과 animation의 합성어로, 일본 최초의 TV 애니메이션인 데스카 오사무의 <철완 아톰>(1963)이 미국의 서해안에서 방영되면서 유래되었다. 이후 <초시공요새 마크로스>(1982)가 <로보테크>라는 제목으로 미국 전역과 캐나다 등지에서 방영되자 저패니메이션이 본격적으로 인식되었고, 1986년에는 저패니메이션 팬들이 단체로 일본까지 날아와서, 애니메이션 잡지의 편집부와 애니메이션의 명소를 돌아다녔고 그로 인해 일본의 매스컴에서 저패니메이션이라는 단어가 등장했

막강하다 할 수 있다. 이처럼 일본 애니메이션이 국내외 영상세대
에게 강한 흡인력과 상품성을 갖는 이유는 무엇일까? 일본 애니메
이션의 특화 전략에서 한국문학이 배울 수 있는 것은 무엇일까? 본
고는 이런 의문에 대한 일차적 탐구 과정에 놓여 있으며, 애니메이
션 관련 선행 연구자들의 뛰어난 연구에 많은 부분 힘입고 있다.[3]

## Ⅱ. 애니메이션의 일반적 특성

　애니메이션은 남녀노소를 불문하고 모두가 함께 즐길 수 있는,
가장 보편화된 대중문화이다. 애니메이션의 어원은 라틴어 'anima'
로 생명, 영혼, 정신 등을 가리킨다. 즉, 움직임이 없는 정적인 그림
에 생명을 불어넣어 움직이는 동적인 그림으로 살려내는 것을 의미
한다. 이처럼 움직임을 통해 그 예술성을 표현한다는 점에서는 영
화와 애니메이션이 맥락을 같이 한다. 하지만, 표현력에 있어서 애
니메이션은 영화에 비할 수 없을 만큼 훨씬 뛰어난 모습을 보인다.
애니메이션의 경우 어떠한 발상이든 순간순간 필요한 설정상의 제
약을 크게 받지 않고 표현할 수 있다. 예를 들어, 사람이 다치는 장
면을 찍는다고 생각해 보자. 영화에서 이런 장면은 장면 처리나 기
술적 뒷받침이 있어야 하기 때문에 장면 처리가 미숙하게 되거나
고도의 촬영 기술이 없으면 표현이 어렵고, 자칫 어색한 화면이 되

---

다. 하지만 '저패니메이션'이라는 용어는 우리나 일본을 제외한 다른 나
라에서는 흔히 사용하지 않는 용어이기 때문에, 여기서는 이 용어를 사용
하지 않고 '일본 애니메이션'이라는 일반적 용어를 사용하고자 한다.
3) 여기서 다루는 일본 애니메이션은 우리가 흔히 접할 수 있는 셀 애니메이
션 계열의 작품만을 대상으로 한다. 이 논문에서 요약한 일본 애니메이션
에 대한 이해는 사이버 공간에 올라온 많은 글들에 도움받은 바 크다.

기 쉽다. 그러나 애니메이션에서는 작가의 상상력과 그림 솜씨만
있으면 어떠한 내용이라도 표현이 가능하다.

또한 영화감독은 아무래도 카메라 안에서 일어날 수 있는 일에만
발상의 폭이 제한되는 반면에, 애니메이션 감독은 그보다는 더욱
더 광활한, 거의 무한에 가까운 정도로 아이디어를 확장해 낼 수 있
다. 즉, 영화의 가상 화면이 그 기술적인 한계 내에서 가능하다면,
만화는 만화가의 그림 실력에 따라 그리고 컴퓨터 용량과 사용 도
구에 따라 마음대로 그릴 수 있다. 따라서 상황 변화에 따른 장대한
화면을 보다 쉽게 제공할 수 있을 뿐만 아니라 우리의 눈으로 보지
못하는 세밀한 부분들까지도 화면에 옮겨준다.(<아마게돈>이나 <
신기한 스쿨버스> 참조) 그 외에 영화에 비해 애니메이션은 제작비
나 배우 캐스팅에 있어서도 많은 자유를 누린다. 동물도 사람과 같
은 생각, 말, 감정 표현을 할 수 있으며, 심지어 동물이 사람의 역할
을 대신할 때도 있다.(<톰과 제리>, <101마리 달마시안>, <라이
온 킹>, <헤이세이 너구리 대전쟁> 등 참조) 이와 같이 만화는 모
든 물체에게 인간과 같은 특징을 보다 쉽고, 실감나게 부여할 수 있
다.

그리고 애니메이션에서는 감독의 의도에 불필요한 것은 생략되
고, 의미 전달에 필요한 요소들로만 채워진다. 따라서 관객은 감독
이 의도하지 않은 불필요한 곳에 정신을 분산시킬 필요없이 감독의
의도와 바로 만나게 되고, 이때 작가의 의도와 벗어난 체계적 오독
의 가능성은 줄어들게 된다.

스포츠 만화나 영웅/로봇 만화를 제외한 다수의 만화 캐릭터가
2-5등신4) 사이로 그려지는 것도, 사실성으로부터 자유로운 애니메
이션의 특징을 잘 드러낸다. 머리를 크게 몸을 작게 그리는 것은 사

---

4) 이는 신생아의 모습(약 4등신)과 비슷하다. 이러한 만화 캐릭터의 특징 때
문에 어른보다 어린이들이 만화를 더욱 선호한다는 의견도 있다.

람의 신체에서 의미 전달의 가장 중요한 역할을 하는 것이 얼굴 표정이기 때문에, 표정을 자세하고 다양하게 나타내서 표현력을 높이기 위한 것이다.

외국의 경우, 애니메이션은 그것 단독의 창작 작품에 머물지 않는다. 애니메이션 산업이 부가적으로 창출하는 사업(팬시 산업과 같은 상품화 브랜드 사업)이 오히려 작품의 창작을 유도하는 실정이다. 이는 물론 상업성이 기본적 속성으로 되어 문제를 야기하는 측면도 있지만, 애니메이션의 소비 시장을 확장해 나간다는 차원에서는 불가피한 필요악이라고 생각한다. 만화왕국으로까지 불리는 일본에서는 애니메이션화를 목적으로 간행되는 만화책과 소설, 오리지널 시나리오 등이 서점에 그득하다. 즉 미리 출판물만 가지고 본전을 뽑고 나서 실제 애니메이션 제작에 착수할 수 있는 재정적인 기반이 조성되는 것이다. 이 중 성공한 것을 텍스트로 하여 애니메이션을 만든다. 이후 애니메이션 컷을 새로 편집하여 필름 코믹스 타입의 서적과 설정 자료집 류의 책을 발간하고, 비디오로 출시하고, 팬시용품이나 문구류 또는 장난감 등으로 이용하고, 일본이 강세를 보이고 있는 비디오게임이나 오락실용 게임 소프트로도 제작하여 판매한다. 이외에도 채 열거하기 힘들 정도로 한 작품이 활용되는 분야는 무수하다.

## Ⅲ. 일본 애니메이션의 구조적 코드와 특화 전략

### 1. 미국 애니메이션의 전략과 일반적 특성

양적인 면에서 거의 대부분의 세계 시장을 점령하고 있는 미국 애니메이션의 대표는 아무래도 디즈니사를 들 수 있다. 디즈니사의 애니메이션은 대부분 전래의 동화나 신화, 민담에 기초하여 미국 중심적 스토리라인을 문화제국주의의 중심으로 형성해내고 있다. 디즈니사의 애니메이션은 성인용 만화이면서도 남녀노소 모두가 즐길 수 있으며, 스필버그의 영화와 함께 현대 미국 영상 산업의 중추를 이루고 있어 전체 산업에 기여하는 바도 매우 크다. 특히 디즈니사는 <백설공주>(1937), <피노키오>(1940), <신데렐라>(1950), <잠자는 숲속의 미녀>(1959), <101마리 달마시안>(1961), <인어공주>(1989), <미녀와 야수>(1992), <알라딘>(1993), <환타지아>, <라이언 킹>(1994), <아나스타샤>, <포카혼타스>, <타잔>, <뮬란>(1998), <토이 스토리> 등에서 어색함이 없는 움직임5), 시대를 앞서가는 기술과 아이디어로 늘 성공적인 많은 부가가치를 창출하고 있다. 세계 최초의 발성 만화영화인 <증기선 윌리>(1928), 최초의 극장용 장편 칼라 애니메이션인 <백설공주와 일곱 난장이>(1937)를 만든 것이나, 최초의 디지털 애니메이션인 <위대한 생쥐형사>(1992)를 만들고, 픽사와 합작하여 3D 디지털 애니메이션인 <토이 스토리>를 만든 것처럼, 디즈니사는 가장 먼저 도전하여 가장 많은 성공을 거둔 대표적 기업이다. <인어공주>(1989) 이래 디즈니 애니메이션은 선과 악이 명확한 극적 줄거리와 화려한 노래와 춤을 자랑해 온 뮤지컬풍으로 만들어져 왔다.6) 디즈니다운 캐릭터는 우

---

5) 이런 움직임을 만들기 위해서는 수많은 그림을 그려야 하는데, 이 때문에 디즈니사는 대표적인 노동력 착취 기업이라는 오명도 함께 가지고 있다. <크리스마스 악몽>을 만든 팀 버튼 감독이 너무 일이 많아 디즈니사에서 나왔노라는 이야기는 그 대표적인 사례라 할 수 있다.
6) 디즈니 애니메이션은 뮤지컬이나 오페라의 전형적인 음악 설정을 그대로 따르고 있는 것으로 보인다. 여주인공의 노래는 가급적 소프라노로, 상대역 남주인공의 노래는 테너로, 갈등과 사건을 일으키는 인물은 바리톤으로, 여주인공의 경쟁자는 메조 소프라노로 설정하는 오페라나 뮤지컬의 일반적 공식이 디즈니 애니메이션에서도 유사하게 나타나고 있다.

선 멋진 외모에 착한 마음씨와 용기를 지닌 아름다운 목소리의 주
인공, 그리고 그 주인공에 걸맞는 파트너, 그들을 시기하는 악당, 남
녀주인공들을 도와주는 착한 조연들이다.[7] 물론 이 남녀주인공은
나중에 서로 사랑하게 되어 결혼하고, 그후 행복하게 잘 살게 된다.
너무 뻔한 권선징악적 결말, 가부장적인 내용으로 인해 비판의 대
상이 되기도 하지만, 이해하기 쉬우면서 건전한 자본주의적 가족
제도를 옹호하고 있다는 측면에서, 오히려 이것이 가족 전체를 대
상으로 하여 세계 최고의 수익을 올리는 애니메이션 회사가 된 비
결로 지목되기도 한다.

이와 함께 디즈니사의 마케팅 전략은 많은 부분 참조할 만한 여
지가 있다. 1984년 마이클 아이스너 CEO의 등장 이후 기획한, 영화,
음반, 스포츠, 비디오, 전자오락, 테마파크, 소매점 등 자사의 모든
지적 자산을 하나로 엮어 시너지 효과를 극대화하는 일괄 판매 전
략(Total Marketing Strategy)은 이 분야에서 가장 성공적인 마케팅 벤
취마킹 대상으로 꼽히고 있다. 또한 애니메이션의 제작 단계에서부
터 거대한 음반 시장을 겨냥하여 미국 최고의 작곡가와 가수를 동
원하고 있으며, 비디오 시장에서는 희소성의 법칙을 고려하여 영화
개봉 1년 후로 원칙을 정하는 방법으로 영화 개봉 수입 이상의 막대
한 부수입을 올리고 있다.

비디즈니 계열로서는 TV용을 주로 만드는 워너 브라더스사의 애
니메이션을 대표적으로 들 수 있다. 워너 브라더스사의 애니메이션

---

7) 이런 디즈니 캐릭터의 전형적 모습은 최근에 개봉된 <쿠스코 쿠스코>
(원제 : The Emperor's New Groove)나 <슈렉(Shrek)>에서 일탈된 모습으로
나타난다. <쿠스코 쿠스코>에 등장하는 쿠스코 황제는 화살코에 뾰족한
턱, 말라깽이 몸매 등 별로 뛰어난 외모는 아니다. 목소리 역시 힘있고
멋있거나 부드럽고 듣기 좋은 것과는 전혀 상관이 없으며, 성격도 제멋대
로다. <슈렉>에 나오는 공주 역시 전통적인 디즈니 캐릭터에서 많이 이
탈하고 있다.

은 일관된 스토리를 세심하게 들려주거나 보여주는 데 치중하기보다는 사냥꾼들을 괴롭히는 일련의 의미없는 내용으로 되어 있는 <벅스 바니>, 성질 나쁜 까만 고양이 <실베스타> 등 그 특징이 확연한 캐릭터들과 주인공들의 빠른 동작으로 승부하고 있다. 이 밖에 플라이셔 형제의 <뽀빠이>, 세계 시장 점유율에서는 디즈니를 압도하고 있는 찰스 M. 슐츠의 <피너츠(스누피)>, 한나 바베라의 <톰과 제리> 등 귀여운 스타일의 만화와 <슈퍼맨>, <스파이더맨>, <배트맨>, <스폰> 등 사실적인 그림체의 만화 전통이 면면히 이어져 내려오고 있다. 그런 한편, 스티븐 스필버그가 제작하고 <Back to the Future>의 로버트 제메키스가 감독을 맡은 <Who framed Roger Rabbit>(1988)에서처럼 기상천외한 설정을 보여주는 작품도 있다. 이 작품에는 'Toon Town'으로 불리는, 만화와 현실이 공존하는 꿈의 세계가 설정되어 있다. 이 세계는 해와 달은 물론, 식물과 자동차, 심지어는 콩크리트로 만들어진 건물에게까지도 생명력을 부여하여, 화면에 등장하는 모든 물체들이 자기 의사를 표현하고 움직일 수 있는, 정말로 기괴한 세상이다.

이상에서 본 것처럼, 비디즈니 계열 회사의 특징은 무엇보다 '새로움'에서 찾을 수 있다. 이들은 남들이 시도하지 않았거나, 생각조차 못했던 것을 애니메이션으로 만들어 보여줌으로써 일정한 고객을 창출해내고 있다. 또한 이들은 TV 시리즈 위주의 시장 공략으로 다양한 윈도우(채널)를 창출하는 방법을 즐겨 사용한다. 공중파 TV, 케이블 TV 채널, 지역 민방 등 가능한 윈도우를 극대화시켜 그로부터 규모의 경제를 확보하는 것이다.

## 2. 일본 애니메이션의 특화 전략

### 1) 이원적 제작 방식 및 철저한 상업적 전략

일본 애니메이션은 세계 시장에서는 그다지 큰 재미를 보지 못하고 있지만, 우리나라를 비롯한 아시아권에서는 절대적인 입지를 구축하고 있다. 일본 애니메이션은 TV 방송 및 비디오용으로 많이 제작되고 있기 때문에 시장 점유율 역시 높다는 특징을 보이고 있다. 또한 일본의 편당 셀수는 미국에 비해 훨씬 적기 때문에 제작 단가를 낮추는 효과를 얻어 가격 경쟁에서 우세하다. 즉, 적은 제작비로 최대한의 효과를 내는 규모의 경제를 실현하여, 가장 상업성이 발달한 제작 기법을 가지고 있다.8) 이런 점에서 일본은 애니메이션 사업을 하나의 인기 직종으로 만든, 그야말로 자국내 만화 문화의 합리적 체계를 잡은 나라이다. 미국 애니메이션에 비해 적은 셀 수에도 불구하고 일본 애니메이션이 인기를 얻을 수 있는 것은 화면 구성과 연출력에서 앞서기 때문이다. 그런 점에서 <Ghost in the Shell>(1995)은 현대 일본 만화의 기술과 연출력을 잘 보여준 예라 할 수 있다.

전후 데스카 오사무는 미국 상업 애니메이션이 대거 진입하자 인기 코믹스 시나리오를 차용하고, 리미티드 기법(limited technique)을 채택한 일본식 애니메이션으로 대응했다. 데스카 오사무가 미국 애니메이션에 대항하기 위해 내놓은 전략은 다음 세 가지로 요약할 수 있다. 첫째는, 미국의 애니메이션과 같은 많은 프레임이 필요한 유려한 그림체 대신 미국의 절반 정도만 프레임을 사용하여 딱딱하

---

8) 같은 풀 기법으로 만든 애니메이션에서도 규모의 경제는 그대로 실현되고 있다. 디즈니사에서 만든 <Aladdin and the King of Thieves>은 약 280억 원의 제작비가 든 반면, 일본의 <Akira>는 150억 원 정도가 들었다.

지만 한 장 한 장 잘 그려진 그림체를 개발하는 것이었다. 이를 위해 개발된 것이 '뱅크 시스템'(bank system)으로, 은행에 돈을 저축해 놓고 필요할 때 찾아쓰듯이, 반복되는 씬을 모아두었다가 필요할 때마다 계속 사용하는 기법을 말한다. 정교하게 그려진 이런 일본 애니메이션의 셀판은 현재 세계 애니메이션 애호가들의 수집 대상이 되고 있다. 둘째는, 리미티드 기법으로, 디즈니처럼 24프레임을 쓰지 않고 1초에 8매나 12매 정도의 그림을 사용하여 스토리를 전개하는 기법을 말한다.9) 셋째는 외주 시스템을 확립한 것으로, 값이 보다 싼 곳이나 나라에 비교적 쉬운 일감을 주어 제작하는 시스템

9) 애니메이션의 기본적 시간 단위는 1초당 24 프레임(frame)이라는 필름 매체의 영상속도를 기준으로 하고 있다. 이는 인간 시각 기관의 잔상 효과를 응용한 것으로, 1초에 24장의 필름을 빠른 속도로 돌릴 경우 하나하나의 정지된 화면들이 마치 살아서 연속적으로 움직이고 있는 것처럼 착각하게 만드는 원리에서 기인된 것이다. 즉, 1초라는 시간과 동작을 연결하여 1초 동안 이루어지는 동작을 분할하여 24장의 필름 안에 그려서 넣어주면 되는 것이다. 예를 들어, 사람이 손을 올리는데 걸리는 시간이 1초라면, 바로 이 손이 밑에서부터 위로 올라가는 처음 동작부터 끝 동작까지를 24매로 나누어 그려 주면 되는 것이다. 하지만 이렇게 1초에 24매를 꽉꽉 채워서 작품을 제작할 경우 정말 엄청난 제작비가 소요되게 된다(90분 짜리 한편에 10만장 이상의 셀이 소요). 그러나 애니메이션의 경우 1/2 수준인 12매로도 •제작이 가능하다. 물론, 미국처럼 영상 문화에 대한 자본력이 풍부한 국가에서는 대부분의 장편 애니메이션이 1초에 24 프레임이 소요되는 풀 애니메이션 제작 방식을 채택하고 있지만, 상대적으로 자본력이 연약한 국가들은 제작비 절감을 위해서 작품의 프레임 수를 알뜰하게 관리하기 위한 여러 가지 모색이 불가피했던 것이다. 또한, 만화영화의 추구하는 방향이 동작의 정밀성보다는 어떠한 아이디어를 단순화시키고 함축시키는데 더 많은 의미를 두고 있기 때문에 애니메이션 제작상에서의 매수 절약은 이젠 거의 필요악과도 같은 것으로써 하나의 엄연한 제작 기교가 되어 버린 셈이다. 즉, 12매의 그림을 그려 1매를 2 콤마(comma, 촬영시 카메라 셔터의 최소단위)씩 촬영하면 도합 24 프레임이 되는데, 12장의 그림으로써 24매의 그림을 그려 영사한 만큼의 효과를 거둘 수 있다. 이것은 인간 시력의 관성을 더욱 확대 응용한 것으로써, 더 나아가 24매의 1/3. 즉, 8매의 그림을 그려 1매를 3 콤마씩 촬영해서 24 프레임을 채워 넣을 경우에도 연출 기술에 따라서는 무리 없는 동작을 보일 수 있다.

을 말한다. 데스카 오사무에 의해 채택된 이 세 가지 방법은 제작비 절감을 통해 가격 경쟁력을 높이는데 효과적인 방법으로 이후 일본 애니메이션의 세계 시장 개척에 지대한 공헌을 하게 된다.

1980년대 중반 이후 미야자키 하야오의 스튜디오 지브리는 이전의 데스카 오사무식 시스템과는 달리, 창작 시나리오를 기반으로 한 극장판 장편 애니메이션으로 세계 시장에 도전했다.[10] 스튜디오 지브리는 1984년 이후 <바람계곡의 나우시카>(1984), <하늘성 라퓨타>(1986), <이웃의 토토로>(1988), <반딧불의 무덤>(1988), <마녀배달부 키키>(1989), <추억은 방울 방울>(1991), <붉은 돼지>(1992), <헤이세이 너구리 전쟁(平成狸合戰ぽんぽこ)>(1994), <귀를 기울이면>(1995), <원령공주>(1997) 등의 작품들을 내놓아 큰 성공을 거뒀다. 특히 <붉은 돼지> 때부터는 같은 시기에 개봉된 디즈니(Disney)의 만화들을 수입면에서 모두 능가했는데, '자연과의 공존'이라는 일관된 테마를 유지하고, 인간이 자연을 그리워하고 묻히고 싶어하는 본능을 적절히 이용한 것이 성공 비결이라 할 수 있다. 또한 어디서나 볼 수 있는 그리 특별하지 않은 주인공과 물 흐르듯이 자연스럽게 풀어나가는 이야기 진행이 대중들이 큰 거부감을 갖지 않고 빠질 수 있는 계기가 되었다. 어떤 측면에서는, 마치 랩과 댄스가 지배하는 최근의 우리나라 가요계에서 발라드의 아성을 굳건히 지켰던 신승훈과 같은 역할을 했던 것이 지브리의 애니메이션이라 할 수 있다.

현재 일본은 디즈니의 파상 공격에 직면해 리미티드(TV 시리즈와 OVA[Original Video Animation])와 풀(극장용 장편)의 이원적 체제

10) 일본에서 극장용 풀 애니메이션을 최초로 선보인 것은, 오토모 카쓰히로가 원작과 감독을 맡았던 <AKIRA, 明>이다. 애니메이션으로는 드물게 <'89 베를린 국제영화제> 초대 작품으로 선정되기도 한 이 작품은, 당시 돈으로 약 150억 원의 막대한 제작비가 들었으며, 사용된 셀의 매수도 무려 13만장에 이른 것으로 알려진다.

로 효과적 대응을 하고 있으며, 이런 이원적 제작 방식은 후 미국 상업 애니메이션의 제작 체제까지도 변형시켰다.

또한 이렇게 만들어진 애니메이션의 마케팅 방법도 철저한 상업적 계산 하에 이루어지고 있다. 미디어믹스 전략(Mediamix Strategy) 으로 일컬어지는 그들의 판매 전략은, 애니메이션과 만화, 서적의 인기를 한꺼번에 올리는 상승 효과를 노리고 있다. 히트한 만화를 애니메이션으로 만드는 것이 종래의 일반적인 패턴이지만, 최근 들어서는 TV 방영과 거의 동시에 만화로 연재하고, 관련 서적을 출판하는 전략을 구가해서 일본 내에서 큰 성공을 거두고 있다. 예를 들어, <신세기 에반게리온>은 처음부터 청년 매니아를 대상으로 만들었으며, 캐릭터 상품 역시 PC의 스크린 세이버, 실물형 인형 등 청년들의 입맛에 맞게 제작해서 성공한 사례인데, 일본 특유의 치밀함을 엿볼 수 있는 마케팅 전략이라 할 수 있다.

## 2) 이야기 서술 방식의 특화

### • 일본식 강자의 논리와 사이버 펑크 이데올로기

일본은 12세기부터 19세기 말까지 약 700년간 약육강식의 봉건 영주시대, 즉 사무라이 위주의 막부 시대를 경험하였다. 文보다는 武를 숭상하는 이들은 수단과 방법을 가리지 않고 영토 확장을 위한 싸움을 하다보니, 자연히 강한 자에게 모이고 약한 자를 제거하는 '강자의 논리'가 지배하는 사회가 되었다. 즉, 일본에서는 강자만이 모든 것을 지배하였으며, 그 자체가 선이며, 약자는 멸시 당해도 마땅하며 약하다는 그 자체로 악이 되었다. 이 같은 강자의 논리와 강자의 밑에 모여사는 집단주의적 사고는 일본 애니메이션에서도 여전히 살아있는 가장 중요한 내면의 흐름이라 할 수 있다. 노사카 아키유키의 소설을 다카카타가 애니메이션으로 만든 <반딧불의 무

덤>(1987)을 보자. 이 애니메이션은 패망 이후의 처참한 상황 속에
서 비극적인 삶을 살다간 오누이를 그린 것인데, 여기서 드러나는
일본인의 극심한 콤플렉스는 바로 이런 '강자의 논리'가 빚어낸 지
극히 당연히 결과라 할 수 있다.

  이런 강자의 논리는 일본의 현대 애니메이션에 있어 두 가지 특
징적인 양태로 나타난다. 하나는 작품내에서 서양에 대한 끈질긴
사대의식이 드러난다는 점이다. 주인공의 이름을 서양식으로 명명
하는 것은 너무 흔해 일일이 따질 필요조차 없을 정도며, 몇몇 작품
을 제외하고는 캐릭터의 생김새나 머리 색깔이 서구적인 취향을 따
르며 서구적 생활 방식을 동경하는 모습을 보이고 있다.11) 또한 서
구의 신화와 작품을 차용하고, 기독교적 세계관을 원용하며, 마법에
경도되는 모습을 흔히 찾아볼 수 있다. 또 다른 하나는, SF 애니메이
션에서 흔히 볼 수 있듯이, 미래에 대한 어두운 전망 위에 일본의
제국주의적 책임 의식을 강조하는 것을 들 수 있다. 일본의 가상적
힘을 미래사회의 가능성과 동일하게 중복시켜 나가는 것으로, 일종
의 '테크노 오리엔탈리즘(techno-orientalism)' 의식을 저변에 깔고 있
다. <신세기 에반게리온>에서 세 번째 천지창조(the third impact)가
일본에 의해 주도되고 있다는 점은 그 극명한 예라 할 수 있다. 그
래서 저항적인 이데올로기를 담고 있으면서도 저항적이지 않은 '사
이비 펑크' 형태를 취하고 있다는 평가를 받고 있다. 하지만 이런
강자의 논리와 그 연장선상에 놓여있는 서구 취향과 테크노 오리엔
탈리즘이 애니메이션 특유의 동일시 현상과 맞물려, 근대사에 있어
유사한 경험을 한 아시아권의 젊은 세대에게 통하는 측면이 있음을
부인하기 어렵다.

---

11) 이런 점은 최근 일본의 대표적인 작가인 무라카미 하루키나 무라카미 류
   의 소설에서도 흔히 찾아 볼 수 있다.

• 발전적 서술 구조(stage structure)

일본 애니메이션의 특징적 구조는 서술 구조에 있어 발전적 서술 구조(stage structure)를 채택하여 TV 시대에 대응한 효과적인 시리즈화 전략을 보여주고 있다는 점이다. 발전적 서술 구조는 한편의 일관되며 완결된 서사 구조를 탈피하여 파편화된 서사 구조가 시츄에이션 프로그램처럼 시리즈를 형성하되, 전체적인 스토리는 주인공 중심으로 진보되어 나가는 이야기 서술 구조를 말한다. <긴다이찌 소년탐정의 사건 기록(金田一少年の事件簿)>(1992)을 예로 들어보면, 긴다이찌는 매 시리즈마다 한 건의 어려운 사건을 처리해 나가게 되는데, 처음에는 어리숙한 상태에서 조금 쉬운 사건을 맡아 해결해 나가지만 점차 어려운 사건을 처리해나가면서, 그 가운데 더욱 전문화되고 세련되며 강한 수사력을 가진 탐정으로 발전해 나간다. <그 남녀의 일(彼氏彼女の事情)>에서도 마찬가지로, 남주인공과 여주인공이 서로 어렵게 상대방을 사귀는 과정에서부터 시작하여, 매회 진행되면서 서로에게 부각된 문제를 해결해 나가는 과정에서 서로가 서로를 깊숙이 이해하는 상태로 진전되는 상태를 보여준다. 이 구조는 이후 전자게임으로 쉽게 채택되어 90년대 이후 세계 시장을 석권한 일본 게임기 산업의 호황에 힘입어 전세계적인 파급 효과를 가지게 되었다.

• 추리소설 기법과 신비주의적 색채의 결합

배경과 스토리의 전제를 미궁화하여 추리소설적인 흥미 요건을 형성하며, 메타픽션적 요소를 도입하여 사이버 리얼리티의 수위를 조절하는 기법이 일본 애니메이션에서는 자주 사용되고 있다. 이런 것은 <신세기 에반게리온(Neon Genesis Evangelion)>(1995)에서 가장 극명하게 보여지는데, 보통의 애니메이션은 10분만 봐도 주인공이 누구고 내용이 어떤 것인지 이해가 가는데 반해, 이것은 만화 전편

을 다 봐도 이해가 잘 가지 않는다. 뭐든지 잘하고 용감하며 정의의
수호신이 되는 대개의 주인공은 이 애니메이션에 나오지 않는다.
대신 자폐증의 기질이 있는 아이(이카리 신지)와 어머니의 자살을
부정하기 위해 자신의 프라이드를 내세우는 강한 체 하는 여자(소
류 아스카 랑글레), 그리고 인형과도 같은 삶을 살아가는 복제인간
(아야나미 레이) 등이 주인공으로 등장한다.[12] 스토리의 기본적 틀
은 흡사 부조리 소설을 보는 것같다. 수수께끼의 적이 도래하고, 그
것을 수수께끼의 기계로 격퇴하지 않으면 안된다. 게다가 그 기계
를 조종할 수 있는 것은 신지, 레이, 아스카 등 선택된 3명의 14세
어린이들 뿐이며, 그들에게는 선택의 여지가 없다. 그들은 자신들이
왜 선택되었는지 이유도 모른 채 갑자기 생사를 건 싸움에 말려 들
어간다. (이것은 시청자/관객에게도 마찬가지 의문으로 남는다.)실
제 방영 초부터 이야기는 명확한 양면성을 지니고 진행되어간다.

---

12) <신세기 에반게리온>은 1995년 10월 6일부터 1996년 3월 27일까지 텔레
비전 동경계(5국 네트)에서 매주 수요일 오후 6시 반부터 7시까지 방영되
었다. 텔레비전 시리즈 작품으로 전 26회로 구성되었다. 기획, 원작, 애니
메이션 제작은 제작회사 가이낙스가 담당하고, 그 중 핵심인 안노 히데야
키(庵野秀明)가 총감독했다. 스토리는 만화원작물이 아니라, 가이낙스 내
의 그룹 '프로젝트 에바'에 의해 기획된 원작으로부터 출발한 것이다. 스
토리 설정, 캐릭터 설정, 각본, 연출 전반에 걸쳐 안노 히데야키 자신이
깊이 관여하고 있으며, 그 때문에 <신세기 에반게리온>은 TV 애니메이
션으로서는 이례적으로 작가성이 높고 일관된 경향을 지닌 작품으로 완
성되어 있다. 상당한 화제작으로 아니메 전문지에 의한 앙케이트에서도
인기가 굉장히 높고, 방영 종료 후에도 화제가 끊이지 않는다. 특히 마지
막 두 회가 통상의 TV 애니메이션에서는 상상할 수 없는 결말이었기 때
문에 오츠카 히데시의 <요미우리> 신문에서의 코멘트(5월 20일 석간)를
시작으로, 찬반이 서로 교차하는 상당한 논쟁을 불러일으켰다. <에반겔
리온>의 끝은 두 가지 경우를 보이고 있다. 하나는 TV판에서 보여주었
던 프로이트의 사이코 드라마(psycho drama)를 보는 것 같은 결말이고, 다
른 하나는 주인공만 빼고 다 죽는 것으로 처리된 극장판의 결말이다. 이
작품이 주는 모호성과 매니아층의 인기는 우리나라에서도 마찬가지여서,
이 작품의 등장 인물 중 하나인 레이의 이미지를 적절하게 활용하여 제
작한 TTL 광고 1탄은 찬탄을 받은 바 있다.

인류의 존속을 건 전투와 거기에 부수적 드라마가 있으면서, 또한 한결같이 자폐증적 성격을 지닌 주요 등장인물들의 인간관계와 그 심리의 집요한 묘사가 있다. 이들을 지휘하는 책임을 맡은 가츠라기 미사토까지 포함하여 타인과의 커뮤니케이션이 서투른 이들에게 있어서 "왜 사도와 싸우는가, 왜 에바를 조종해야 하는 것인가"라는 의문은, 인류의 문제라기보다는 오히려 자신의 내면의 문제로서 인식된다. 또 하나의 뛰어난 애니메이션인 <Ghost in the Shell>(1996)에서도 마찬가지다. 이 작품은 1989년부터 1990년에 걸쳐 잡지에 연재된 시로 마사무네의 원작을 오시이 마모루가 애니메이션으로 만든 것이다. 고도기술의 발달로 광대한 전산망이 지구를 뒤덮은 서기 2029년을 배경으로 인간의 기억을 변조하는 신종 범죄에 대항하기 위해 조직된 수상 직속의 내무성 공안9과(공각기동대) 대장인 쿠사나기 모토코 소령과 그가 쫓는, 정보의 바다에서 태어난 생명체인 신형 바이러스 인형조종사의 이야기를 다룬 애니메이션이다. 쿠사나기는 신체는 사이보그이지만 뇌는 인간인 여성으로 설정되어 있는데, 인형조종사는 자신을 쫓는 쿠사나기를 이용해 오히려 자손 번식이 불가능한 자신의 존재 한계를 뛰어넘으려 한다. 결국 인형조종사는 쿠사나기와 하나가 됨으로써 꿈에 그리던 자손의 번식에 성공하는데, 이들의 결합으로 태어났지만 인형조종사이기도 쿠사나기이기도 거부하는 이 소녀는 원한다면 언제까지 있어도 좋다는 바트의 권유도 뿌리친 채 광대한 네트의 그 어디론가 향하는 것으로 결말을 내린다. 이런 신비주의적 색채는 독특한 것을 찾아 헤매는 이들에게 광적인 환호를 받을 수 있는 여지가 있다. 마치 TV 드라마 <X-File>이 열광적인 고정팬을 확보하고 있는 것처럼.

또한, <기동전사 건담>에서처럼, '주변 이야기(side story)' 개념을 도입함으로서 이야기 설정을 탄력성을 더하고 있다는 점도 빼놓을

수 없다. 즉, 특정 주인공에만 카메라의 앵글이 고정되어 있는 것이
아니라 각자의 입장을 다 보여주고, 어느 것이 선이고 어느 것이 악
인지는 시청자들의 판단에 맡겨 버리는 것이다. 이 경우 독자들이
참여할 공간이 더욱 확대됨은 부언할 필요가 없다. 특히, '스페이스
코로니'라는 우주 식민지의 설정은 이러한 작품의 내레이션을 끌어
가는 합당한 동기를 부여하고 있는 것이다. 때문에 디즈니와는 달
리 일본 애니메이션에서는 선악 이분법 구도가 희석화되는 경향을
많이 보인다. 선악 구별이 분명치 않고, 어느 쪽이나 그렇게 행동할
수밖에 없는 나름대로의 타당한 이유가 있는 것이다.

### 3) 무국적 캐릭터의 설정

애니메이션이 현재 진출하고 있는 많은 산업 분야의 시장성을 고
려해 볼 때, 애니메이션도 하나의 상품인 것이고, 바로 그 상품으로
서 애니메이션의 얼굴은 다름 아닌 캐릭터이다. 작품 내에서 뿐만
아니라 여러 분야에서 얼굴 마담 역할을 해야 하는 것이 애니메이
션의 캐릭터이다.

일본 애니메이션은 국제시장에서의 상품 경쟁력을 높이기 위한
목적으로 무국적 캐릭터의 정형화 모델을 개발하였다. 일본 특유의
백인 추종의식의 잠재적 발로로도 볼 수 있는 이 캐릭터들은, 성적
인 신체 구조의 외향적 전제를 설정(스몰 맥시멈 사이즈의 미소녀
상)하고 있는데, 이런 미소년/미소녀는 외향적 코드와 함께 지정된
성격과 컨셉을 한결같이 부여받고 있다. 특히 성적인 신체 구조의
특화는 성적 요구의 표출이 사회적으로 금기시 또는 엄격한 제약하
에 있는 아시아권 청소년들에게 욕망 충족의 강력한 도구로 받아들
여져 거대한 수요층을 이루게 하는데 지대한 공헌을 하였다.

전체적인 캐릭터들의 컨셉은 신화에서 채용하면서, 원 신화에서

설정된 이미지보다 강력한 차별성을 가지는 초신화 이미지의 스토
리화를 보여준다. 예를 들어 미야자키 하야오의 <바람계곡의 나우
시카>13)에 나오는 나우시카는 호머의 <오디세이아>에 나오는 파
이아키아 왕녀 이름에서 따온 것으로, 여기에 일본 설화집 『今昔物
語』에 등장하는 <벌레를 사랑하는 아씨> 이야기를 덧붙여 인간과
자연을 구원하는 여전사 이미지를 만든 것이다. <신세기 에반게리
온>에서는 오프닝 크레딧에 유대교 일부에서 사용하는 세피로스
(sephiroth)의 나무14)를 보여주고, 17 사도(angels)의 이름과 모습을 각
천사의 이름에서 따오고15), 특히 제1사도를 아담(Adam)으로 명명하

---

13) 미야자키 하야오 감독이 일본 德間書店의 만화 전문지 『아니메주』에
1982년부터 1994년까지 기고했던 연재물로, 작가가 애니메이션 제작 등
의 사정으로 연재와 중단을 반복하는 바람에 1000쪽 분량의 만화를 마무
리하는데 12년이나 걸렸다. 환경오염에 대한 경고와 인간과 자연에 대한
사랑을 줄거리로 하고 있다.

14) 세피로스의 나무란 천국에 있는 '생명의 나무'를 의미한다. 구약성서에서
생명의 나무는 에덴의 중앙에 심어져 있는 '지식의 나무'의 옆에 있는 나
무라고 되어있다. 이 나무는 모든 생명의 원천이자 인류의 탄생을 상징적
으로 나타내는 존재이기도 하다. 카발라 사상에서는 이에 우주전체를 상
징시키는 개념을 부여하고 있는데 그 내용은 매우 난해하고 많은 의미를
포함하고 있다. 요약해 보면 이 생명의 나무는 광대한 우주를 의미함과
동시에 그 추형인 소우주로서의 인체를 나타내고 신에 이르는 정신적 편
력을 의미한다. 이 나무는 10개의 구슬(sephira)와 22개의 길(pass)로 이루어
져 있다. 현재의 인간은 중앙의 가장 아래의 마르쿠트(왕국)에 위치한다.
그리고 22개의 길을 거쳐 세피라를 하나씩 얻어 나가면서 중앙의 가장
위에 있는 케테르(왕관)를 향해 정신의 여로 또는 명상의 여행을 계속한
다는 것이다. 각각의 세피라에는 사람들을 지도·수호하기 위한 대천사
가 있다고 한다.

15) 제1사도는 Adam, 제2사도는 (adam의) Lillith[release], 제3사도는 물을 담당
하는 천사 Sachiel, 제4사도는 낮을 담당하는 천사 Shamshel, 제5사도는 천
둥을 담당하는 천사 Lamiel, 제6사도는 물고기를 담당하는 천사 Gaghiel,
제7사도는 음악을 담당하는 Israfel, 제8사도는 태아를 담당하는
Sandalphon, 제9사도는 비를 담당하는 천사 Matarael, 제10사도는 하늘을
담당하는 천사 Sahaquiel, 제11사도는 공포를 담당하는 천사 Iroul, 제12사
도는 밤을 담당하는 천사 Leliel, 제13사도는 안개를 담당하는 천사 Baldiel,
제14사도는 힘을 담당하는 천사 Zeruel, 제15사도는 조류(새)를 담당하는

고, 제2사도의 모습을 십자가에 못박힌 예수의 모습으로 담아내는
등 노골적으로 신비화하는 모습을 보여준다.

이렇게 만들어진 일본 애니메이션의 대표적인 성공 캐릭터는
1970년대 일본의 대표적인 애니메이션인 <베르사이유의 장미>에
등장하는 오스칼과 SF 애니메이션 <기동전사 Z 건담>(1985)의 샤
아라 할 수 있다. 오스칼은 일본의 전통적인 남존여비 사상에 도전
한 카리스마적 영웅의 모습을 보여주고 있고, 샤아는 과거를 은폐
하고 현실로부터 도피하려는 어딘가 어두운 캐릭터로 폭발적인 인
기를 얻고 있다.[16]

일본 애니메이션에 등장하는 캐릭터의 주된 성격적 특성은, 최근
들어 <신세기 에반게리온>, <인랑(人狼)> 등 몇몇 예외가 나타나
고는 있지만, <Slam Dunk> 등에서 전형적으로 드러나듯, 매우 귀
엽고 황당한 캐릭터로, 낙천적이고 맹목적이며 거의 직선적인 자아
실현 단계를 밟아나가는 모습으로 규정지을 수 있다. 이들은 존재
에 대한 심각한 질문을 던지는 경우는 거의 없으며, 간혹 부닥치는
문제들은 결국 주인공의 성취감을 맛보게 하는 하나의 장치로만 작
동한다. 그는 결코 감당하기 어려운 문제에 봉착하여 절망을 느끼
거나 좌절하지 않고 자아실현을 해나간다.[17] 때문에 외딴 곳에서

___

천사 Arael, 제16사도는 자궁을 담당하는 천사 Armisael, 제17사도는 자유
의지를 담당하는 천사 Tabris로, 각기 명명되고 있다. 이들 각 천사의 이름
과 역할은 말콤 고드윈이 지은 『천사의 세계』를 참고했다.

16) <기동전사 Z건담>은 일본의 골든 시청 타임인 토요일 저녁 아시히TV에
서 방영된 작품으로, 이 작품에 등장하는 샤아 아즈나브르는 주연이 아닌
조연급임에도 불구하고 1985년 <제3회 일본 애니메 페스티벌 남우주연
캐릭터>로 뽑힐 정도로 인기를 얻었다. 당시 일본 여성들은 이 캐릭터에
반해 샤아 아즈나브르 앞으로 팬레터를 보내고 청혼을 했으며, 마지막 회
에서 전투 도중 샤아가 사망한 것으로 보이자 빌딩 옥상에서 집단 자살
을 기도하는 등의 광적인 환호를 보냈다.

17) 이에 반하여, 우리 만화 주인공들은 대부분 가족의 불행이나 사랑의 실
패, 사회악에 의한 개인적 좌절에서 동기유발을 받아 스포츠나 무술 등의

'도사'와 같은 비현실적인 인물에 의해 지도받아 비약적으로 실력이 향상되는 등의 공허한 설정을 찾아보기 어렵다. 뛰어난 경쟁자, 자기 자신의 능력 부족에 대한 철저한 인식, 그에 따라 차근차근 단계를 밟아 자아실현을 해나가는 모습을 보여주는 것이다. 이 때문에 우리 만화의 주요 캐릭터들이 매우 어둡고 차가운 이미지를 많이 보여주며 다분히 비현실적인 측면을 노출하는 반면에, 일본 애니메이션에 흔히 등장하는 캐릭터의 성격은 도전적이고 진취적인 성격을 띄게 된다. 독자들은 이런 캐릭터와 자기를 동일시하면서 끊임없이 자기실현을 통한 성취를 맛볼 수 있게 된다.

### 4) 장르 특화 전략

일본에는 '만화＝어린이용'이라는 관념을 찾아볼 수 없다. 때문에 다양한 연령층과 다양한 관심사를 수용하기 위해, 학습만화에서부터 성인 에로티시즘 만화에 이르기까지 다양한 장르의 만화가 끊임없이 쏟아지고 있다. 그 중에서도 일본의 전략적 특화점은 성적인 상상력과 폭력 코드의 적극적 활용에서 찾을 수 있다.

성적인 상상력의 장르적 특화는 순정물의 경우, 성인 순정물과 동성애물에서 확대되어 포르노그래피 애니메이션과 엽기에 이르기

---

성취를 통해 그 절망을 승화시키는 인물형으로 그려진다. 허영만의 <카멜레온의 시>의 주인공 이강토는 사랑하던 여자에게 농락당하면서 좌절을 맛보고, 평화롭던 집안이 풍지박산나면서 부모님이 죽고 형이 정신이상이 되는 시련을 만나게 된다. 이 절망적인 상황을 극복하기 위해서 그가 다시 시작하는 것이 권투였고, 따라서 그의 자기실현은 이런 절망을 극복하는 유일한 통로가 된다. 이 외에도 이현세의 <공포의 외인구단>이나 <카론의 새벽> 등도 동일한 구조를 보이고 있다. 즉, 능력의 향상에 만족하고 그것을 목표로 하는 것이 아니라 원한에 따른 복수, 상실감의 대리 충족, 신분 상승 욕구 등의의미가 더 강하게 드러난다. 이런 성격상의 어두움은 삶에 대한 묵직한 주제를 다루는 데에는 적합한 모습을 보이기도 하지만, 1990년대에 들어와서는 대중성을 상실하는 중요한 단점으로 부각되고 있다.

까지 실로 다양한 양상으로 전개된다. 특히 1960년대 서부유럽을 중심으로 발전되고 특화된 성인 애니메이션, 즉 포르노그래피 애니메이션 시장은 1980년대를 전후해 서유럽에서 하드코어 실사(hardcore live action)가 그 자리를 차지하는 틈새를 타 일본으로 완전히 전환되었으며, 현재는 거의 유일하게 일본에서만 제작되고 있는 것으로 알려지고 있다. 이처럼 특히 성적인 상상력을 극대화시키는 일본 애니메이션의 특성은 오랜 동안의 유교적 시스템에서 성적 본능을 억제당해 온 아시아권 청소년들에게 상상력의 돌파구 역할을 해주고 있다.

이러한 성적인 상상력은 폭력 코드와 결합되면서 보다 다양한 모습을 띄게 된다. 80년대 중반, 폭력의 한계를 뛰어넘어 피의 미학을 보여준 <강식장갑(强殖裝甲) 가이버>와 <요수도시(妖獸都市)>가 공개된 이후 일본의 하드 고어 애니메이션(hardgore animation)은 하나의 주된 장르로 자리잡게 된다. 하드 고어 애니메이션은 애니메이션의 장점이자 무기인 실사가 아니라는 데서 오는 무한한 상상력들의 교배와 그 표현의 과격함으로 극영화가 보여줄 수 있는 한계를 넘어서서 일본 특유의 엽기적인 정서를 뒤섞어 난무하는 스플래터(splatter)식 액션과 호러의 세계를 보여주고 있다. 마치 하드 코어로 가기 직전의 모습인 것같이 보이는 하드 고어 애니메이션에도 나름의 강한 섹슈얼 코드를 담고 있다. 다만 코어쪽이 더욱 강도높은 섹슈얼 코드를 담고 있다는 점이 코어와 고어를 구분짓는 결정적인 기준이라 할 수 있다. 나아가, 일본 최초의 OVA <다로스(ダロス)>(1983)가 비디오 시장에 성공적으로 발을 내디딘 후 더더욱 기세를 부리기 시작한 '18세 이하 관람 불가' 등급의 하드 코어 애니메이션(hardcore animation)은 일본 영화가 만들어낸 가장 기이한 장르로, 주로 여성이 성적 관음의 주요 대상으로 등장하여 철저히 농락당하는 모습을 보여주는 공식적인 플롯에 따라 만들어지고 있다.

이미 '15세 이하 관람 불가' 등급의 소프트 코어 애니메이션(softcore animation)까지 등장해 청소년들에게 공급되고 있는 실정에서 일본의 하드 코어 애니메이션은 서구의 포르노그라피와는 달리 지하 속의 문화가 아니라 미래 또는 현재의 하드 코어의 소비자가 될 성인 대중을 확보하기 위한 당당하고 치밀한 비즈니스인 것이다.

로봇 매카닉 애니메이션 분야에서도 일본 특유의 장르 특화 전략을 찾아 볼 수 있다. 요코하마 미스데루의 <철인 28호>(1963)에서 시작된 일본식 로봇 매카닉 애니메이션은 <마징가Z>(1972) 시리즈에 와서 하나의 독립된 장르로까지 인정받게 된다. 당시 <마징가 Z> 시리즈는 몇 가지 점에서 의미있는 시도를 한다. 계속해서 업그레이드하면서(젯트 스크랜더를 장착하여 하늘을 나는 적을 물리치는 등) 능력이 신장되는 모습을 보여준다는 점, 주인공이 로봇에 탑승하여 자신의 손발처럼 자유자재로 조종하도록 설정되면서 단순한 기계에 지나지 않는 로봇에 주인공의 의사가 덧붙여지면서 수퍼히어로로 만든 점 등이 그것이다. 또한 '사지절단'이라는 특성과 함께 '칼'이라는 무기를 가지기 시작하면서 일본 사무라이 이데올로기를 전파하는 효과적인 전달 수단으로 각인되기 시작했다. 이 중 '사지절단'은 <게타 로봇>(1974) 이후 분리/결합의 보다 진전된 형태로 전화되어, '변신'이라는 또 다른 특성과 함께 완구 산업 및 게임 산업에 지대한 공헌을 하게 된다. 더 나아가 이런 분리/결합 방식의 효용성은 다른 산업 분야에 이 시스템이 원용되면서 그 가치가 더욱 부각되고 있다. 그 대표적인 것으로 SM Entertainment의 가수 그룹 H.O.T 구성과 그 운영 시스템을 들 수 있다. SM Entertainment의 대표인 이수만은 1990년대 초 일본의 6인조 남성그룹 <SMAP>를 본따 5인조 남성그룹 <H.O.T>를 결성했는데, 둘의 공통점은 여럿이 한 팀을 이루지만 각자가 서로 다른 스타일을 보여주어 이전의 유사한 그룹들과는 달리 획일화된 통일성을 강조하지 않는다는 데 있다. 서로 다른 스타일을 그대로 살리면서도 한 그룹이라는 이미지를 성공적으로 재창출해냄으로써 서로 다른 스타일을 좋아하는 팬들을 확보할 수 있었던 것이다. 이후 로봇 매카닉 애니메이션은 <기동전사 건담>(1979)에서 한 단계 사실적인 방향으로 전진하여 일반적인 SF 매카닉으로 성격을 변화시키게 되고, 이후 최근작인 <기동경찰 파트레이버>에 와서는 로봇에 화기를 없애면서 로봇을 작업용 삽차(샤벨카)로 자리매김하고 가까운 미래의 일본을 무대로 설정하여 시청자의 일상적인 수준을 맞춰가는 쪽으로 변신하는데 성공하여 새로운 로봇 매카닉 애니메이션의 매력을 창출하고 있다. 이처럼 일본의 로봇 매카닉 애니메이션은 달라진 대중의 욕구에 발맞추어 재빠른 변신을 함으로써 성공을 거두는 기민한 모습을 보이고 있다.

## Ⅳ. 일본 애니메이션의 전략을 통해 본 한국문학

한국 현대문학은, 시각의 차이는 있겠지만, 근본적으로 엘리티즘이 주도해 온 것이 사실이다. 이 결과 문학은 '공부해야만 접근할 수 있는 어떤 것'으로 그 영역을 한정지어왔다. 1980년대 중반 이후 이런 문학의 엄숙성은 상업주의의 영향력 확대와 함께 도래한 대중의 도전에 직면해 왔다. 여기에 컴퓨터와 인터넷이라는 새로운 표현 매체/공간의 도입으로 인해 근본적인 범주의 재정립을 요청받고 있다.

아도르노와 호르크하이머는 현대의 대중문화를 '문화 산업'이라는 용어를 빌어 비판한 적이 있다. 문화 산업은 수천년 간 구분되어 온 고급문화와 저급문화를 하나의 용광로에 넣어 용해시켰는데, 이 문화 산업은 두 문화의 장점을 모두 무화시킨다는 것이다. 즉, 고급 예술의 진지성과 엄숙성이 희생됨은 물론, 대중예술이 지닌 자생력과 저항성마저 상실된다는 것이다. 이들은 문화산업이 '문화'보다는 '산업'에 중점을 두고 있는 것으로 간주하고, 이러한 문화 산업에 대한 비판적 이해를 목표로 제시하고 있다. 반면, 최근 '문학에서 문화 연구로의 방향전환'을 시대적 사명으로 보고, 문화 연구로 방향을 바꾸어야 한다는 주장이 세를 얻고 있다. 레이먼드 윌리엄즈나 롤랑 바르뜨, 안토니 이스트호프 등은 대중문화에 대한 분석을 회피해서는 안 되며, 오히려 적극적으로 대중문화론을 펼쳐야 한다는 주장을 펴고 있다. 그러나 이러한 주장은 '문학' 자체를 부정하는 것이라기보다는 '전통적인 문학연구'를 부정하는 것 정도로 해석하는 것이 온당하리라 본다.

지금 우리에게 필요한 것은, 학생들에게 기존의 문학을 억지로 갖다 안기는 플룩크타르크 침대식의 발상이 아니라 독자의 자율성을 존중하는 상태에서 기존의 문학 영역을 재정립하는 것이다. 이제 문학은 전통적인 범주에서 벗어나 대중문화와 대응할 수 있는 '문학적 능력'을 염두에 두고 재편해야 할 때이다. 즉, 대중문화를 저급한 것으로 배제하는 시각에서 벗어나 일종의 취향문화의 하나로, 선택의 대상이 되는 문화 양상으로 보는 관점의 전환이 필요하다. 현상 자체를 올바로 인정할 필요가 있다. 이를 위해서는 '무엇을, 어떻게'라는 전통적 항목에 '누구'라는 대상의 항목을 추가하여 대중문화를 보아야 올바른 파악이 가능하리라 본다.

앞에서 살펴본 일본 애니메이션의 특화 전략에서 우리가 배울 수 있는 첫 번째는, 그들이 자신의 능력과 한계에 대한 철저한 고민에서 시작하고 있다는 것이다. 그들은 이런 인식을 바탕으로 그 분야에서 앞선 이들에게 진지하게 배우려고 했고, 그 과정에서 앞선 이들이 다루지 못했거나 놓치고 소홀히 했던 부분에 대해 집중적인 특화 전략을 펴나갔다. 물론 이 근저에는 만화에 대한 국가적인 지원과 국민들의 열광적인 선호가 있었던 것은 기지의 일이다.[18] 우리 한국문학은 어떤가? 일본 애니메이션과 단순 비교할 상황은 아니지만, 문학에 관한 한 일본에 못지 않은, 어떤 면에서는 그들보다 열광적이고 충실한 애호가도 있고, 정책적인 배려도 있다.(최소한 각급 학교 교과서에서 문학을 다뤄주고는 있으니까) 모자란 것은 일본 애니메이션의 각 담당자들이 보여주고 있는 자신에 대한 냉철한 분석과 비판, 그리고 새로운 변신에 대한 노력이라 할 수 있다. 그렇다면 어떻게 해야 하는가?

## 1. 대중에 대한 새로운 접근

이미 대중은 한 문제에 대해 심각하게 고민하고 그 해결책을 스스로 찾고자 하지 않는다. 많은 부분 레디메이드된 단순한 제시물 중의 하나를 선택하는데 익숙해져 있다. 문제를 간명하게 제시해주고, 그 진행 과정과 결과를 명료하게 보여주며, 그 속에서 내가 선택할 수 있는 방안이 무엇인가를 부담 없이 선택해 보고, 그것이 마땅치 않으면 가상공간에서 새로운 방안을 다시 적용해 보는 방식에 익숙해져 있다. 프랑크푸르트 학파의 분석처럼, 자본주의 상품 경제를 토대로 하여 이루어진 현대의 문화는 문화 자체보다는 상품으로서의 역할을 더욱 요구받는다. 대중문화는 그 자체가 충족감을 바탕으로 한다. 즉, 표준화를 통해 규격화된 대중문화의 향유는 사람

---

18) 아마 전 세계에서 일본만큼 남녀노소 따로 없이 만화를 즐겨 읽으며, 거부감을 가지지 않는 나라는 없을 것이다. 그에 따라 어느 곳에서든 쉽게 만화를 사서 읽을 수 있으며, 많은 만화가 지망생과 종사자가 있다. 이런 대중적 분위기와 함께, 일본 의회는 1946년에 애니메이션을 어린이 교육에 필요한 영화 1종으로 규정지어 놓음으로써 정책적으로도 애니메이션이 대중화할 수 있는 기반을 닦아놓았다.

들이 긴장감을 가지고 그것에 몰두하게 만들기보다는, 같은 문화의 반복으로 인한 표준화된 수동적인 반응을 사람들에게서 도출하는 것으로 이루어진다. 따라서 수용자는 이미 경험했던 것을 재경험함으로써 안도감을 획득할 수 있고, 이로 인해 현실에서의 긴장감을 해소할 수 있다. 즉, 여가 시간의 문화 향유에서 대중이 찾는 것은 오직 단순화되고 반복적인 즐거움 뿐으로, 대중문화의 즐거움은 문화에 대한 수용자들의 수동적인 노출을 통해 획득되며 이렇게 획득된 즐거움은 다음 날의 노동을 위한 충전제 역할을 하게 된다. 이런 상황에서 기존의 다소 무거운 삶의 문제를 진지한 어조로 다루던 고급문학이 젊은 세대에게 부담스럽게 느껴지는 것은 지극히 당연하다.[19] 때문에, 문제를 보다 간명하게, 그러면서도 색감과 이미지를 직접적으로 자극하는 문체의 개발이 필요한 것이다.

## 2. 창작 태도에 대한 변화

현대의 독자들은 이전 시대와는 달리 집단적 동일시보다는 개인적 동일시를 더욱 중시하는 경향을 보인다. 이제 그들은 기존에 전통적으로 고평을 받아왔던 사회/정치/철학적 실존의 문제를 첨예하

---

19) 이런 점에서 "문화는 항상 소수의 유지자들에 의해 지켜졌다."라는 논거 하에 문화의 전통적 권위가 산업혁명 이후 대량생산과 대량소비에 의해 등장한 대량문화에 의해 파괴되었다고 주장하고, 학교에서 전통적 문화에 대한 체계적인 교육과 훈련을 실시하여 학생들이 대량문화에 대항할 수 있는 능력을 지닐 수 있도록 교육해야 한다고 주장하는 리비스주의자들의 의견을 그대로 수용하는 것은 대단히 위험한 것이라 생각한다. 리비스주의자들은 대량문화란 산업화로 인해 고도화된 노동의 질을 따라가지 못하는 대부분의 노동자들이 자신이 느끼는 노동의 소외를 잊기 위해 몰두하는 대상이며, 급기야 노동자들은 이러한 대량문화에 중독되고 말기 때문에 이전 문화에서 느끼던 지적 즐거움은 사라지고 오직 환상과 실제 생활에 대한 망각만이 남을 뿐이라고 주장하는데, 이런 입장에서 현대의 대중문화를 바라보면 오직 '저질문화'에 지나지 않을 뿐이다.

게 다룬 문학보다는 개인이 경험하지 못하는 대상들을 직/간접적으로 경험하게 해주는 문학을 접하고 싶어한다. 즉, 특정 집단이나 의식에 동조하는 데서 오는 즐거움보다는 개인의 행동 방식을 대상으로 하는 문화상품들에 더욱 관심을 보이고 있다.

물론 그렇다고 해서 자기 세계에 빠져 그것을 충실하게 표현해내는 것에만 만족해서는 안된다. 이제 자신이 생각하고 있는 글쓰기 소재를 어떤 스타일로 어떻게 어느 수준에서 어떤 언어를 통해 표현할지, 어느 매체를 통해서 발표할지, 어떤 독자층이 주로 읽게 될지, 어느 시기에 출간해야 하며 어떤 출판사를 통해 내야 할지, 표지와 타이틀 디자인은 어떻게 해야 할지 등에 대한 면밀한 전략을 집필 이전에 보다 심각하게 고민해야 한다. 즉 이제 전통적인 텍스트(text)의 범주를 넘어 파라텍스트(paratext)의 영역까지를 글쓰기를 하는 사람들이 고려해야 하는 상황이 도래했음을 의미하는 것이다. 때문에 이제는 글쓰기 행위를 단독자의 고립적 행위가 아니라 하나의 집단적 행위, 프로젝트의 개념으로 이해할 필요가 있다.


## 3. 새로운 평가 기준의 필요

이렇게 산출된 문학작품에 대한 평가도 이제는 달라질 필요가 있다. 기존의 평가 방식인 현실 사회에 대한 충실한 재현이나, 텍스트에 담긴 사상의 고매함, 텍스트 자체의 구조적 완결성, 이후에 미친 문학적 영향, 언어 표현의 기발함이나 적절함 등을 고집스럽게 강요한다는 것은 무리다. 보다 당대 일반 독자들의 반응을 적극적으로 수용할 필요가 있다. 그들이 실제 자신들이 보는/읽는 텍스트에서 어떤 것들을 주로 눈/마음/머리에 담게 되는지, 텍스트와 어떤 형태의 커뮤니케이션을 하게 되는지, 독자들이 텍스트에 대한 어떤 피드백을 어떻게 하고 있는지, 왜 그런 텍스트가 일반 독자 대중에게 먹혀들고 있는지, 어떤 말투가 그들에게 적당한 긴장과 기쁨과 즐거움을 동시에 줄 수 있는지 등을 살펴보는 평가가 되어야 할 것이다. 이런 의미에서 90년대 이후 폭발적인 대중의 호응을 얻고 있는 '대중문학(시)'에 대해 보다 적극적인 관심과 평가가 요구된다.

## 4. 문학 자체의 영역 확대

문학이 인문학의 대표주자로 자리매김되던 시기는 끝났다. 그건 학문의 독점, 확정된 경계를 깨뜨릴 수 밖에 없는 시대 분위기와도 관련이 있다. 여타 예술장르와의 교접을 통해 세계와 사물, 인생에 대해 해석해 나가는 문학 본연의 위치를 다시 찾아야 한다. 이처럼 만화, 영화, 광고 등의 화상적 커뮤니케이션과 달리 언어적 커뮤니케이션에 여전히 의존성이 높을 수 밖에 없는 것, 문학이 이제까지 담당해 왔던 인지적 기능이나 미적 기능을 포기할 수 없으면서도 그러면서도 이러한 화상적 커뮤니케이션 도구들과 무차별한 경쟁 관계에 놓일 수 밖에 없는 것이 우리 시대 문학작품의 분명한 현실태라면, 어떻게 해야 자신의 존재 가치를 새로운 시대에도 분명하게 각인시킬 수 있는가에 대한 고민은 필수적이다. 이렇게 하려면 우선, 작품을 이제 텍스트만으로 한정지어 생각하는데서 탈피하여 유통 과정의 일환으로, 그리고 자본주의 시대의 어쩔 수 없는 하나의 상품임을 인정하고 자신의 상품적 가치를 어떻게 제고해야 하는가를 생각할 필요가 있다.

이것은 몇 가지 가상적인 대안을 생각해 볼 수 있겠다. 가장 손쉬운 것이 아마 매체융합적 방법(fusionize)이 아닐까 싶다. 물론 이것도 세분해 보면 여러 가지 방식이 있겠지만, 아무래도 현재 매체융합의 핵심은 언어와 그림의 결합에 있는 것이 아닐까 싶다. 이것은 근대 교육 담론에서 강조되어 온 세대주의(Ageism)와 문자중심주의(literal-centerism)에 대한 일정한 반성을 요구하는 것이기도 하다.[20] 이런 방식에는 이미 전자책(e-book)[21]을 통해 볼 수 있는 사운드 또는 그래픽과 텍스트의 결합도 있고, 포토샵 등의 이미지 재처리 도구를 이용해 그림/사진과 텍스트를 묶는 방법, 플래쉬 등을 이용한 애니메이션과 텍스트를 연결짓는 방법 등이 제시되고 있다. 또 다른 방법으로는 주 도구인 언어에 대한 새로운 관심을 보이는 것도 한 타개책이 될 수 있지 않을까 싶다. 타이포그라피를 이용한 언어 자체의 왜곡, 통신언어의 적극적 수용, 이모티콘(emoticon)을 사용한 그림/아이콘의 활용 등이 여기에 속한다.

---

20) 세대주의는 자본주의 체제의 기본적 제도로 자리잡은 핵가족에 부합되는 이데올로기며, 어린이와 청소년을 '관리' 대상으로 삼기 위한 근대의 산물이다. 세대를 구분지으며 '어린이'와 '사춘기'라는 개념이 역사상 처음 등장하게 되는 것도 이 때문이다. 이들은 이런 이름을 부여받아 욕망이 거세된 '순진한' 존재로 상정되며, 이로 인해 발생하는 여러 문제를 좀더 합리적이고 마찰 없이 제어할 수 있는 장치로 학교, 즉 대중교육체계가 만들어진다. 문자중심주의는, 인간의 인식능력과 표현능력이 그림이라는 단순한 형태에서 문자라는 복잡한 체계로 진전되어 나간다는 견해로, 그 이면에는 문자 시스템이 더 진보적인 것이며 때문에 '이성'적 관찰과 표현에 더 적합하다는 논리로 전개된다. 그림에 비해 의미를 싣는 심도가 더 깊을 뿐 아니라 세련된 커뮤니케이션이라는 전제가 깔려있는 것이다. 이런 세대주의와 문자중심주의는 인간의 감성 표현을 절름발이로 만드는 주원인이 된다.

21) 전자책은 초기에 CD-ROM 타이틀이나 디스켓 형태로 돌았으나, 이제는 인터넷 웹 브라우저를 통해 전용 보기 프로그램(viewer program)을 다운로드하고, 이어 책 내용을 파일이나 MP3 등의 형태로 내려받아 읽는 형태로 이루어진다. 국내에서도 <북토피아>, <에버북>, <북스포유>, <예스24>, <소리아>, <오딧세이닷컴>, <보이스텍>, <바로북닷컴> 등에서 전용 보기 프로그램과 함께 전자책을 판매하고 있다. 인터넷과 TV가 결합되는 올 하반기가 되면 TV로도 책을 읽을 수 있게 된다. 현재 전자책은 전통적인 종이책 독자를 빼앗는다기 보다는, 전자책 독자라는 새로운 시장을 창출하고 있는 것으로 평가되고 있다.

  세 번째로, 가장 유념해서 진행해야 할 것이, 독자와의 상호소통 즉 인터랙티브를 문학 소통의 핵심 방법으로 인지하는 것이다. 쌍방향성의 총아인 컴퓨터와 네트워크의 요람에서 자란 세대는 작가-감독-작곡가가 다 만들어 차려주는대로 받아먹는 일방성을 거부한다. 관객이 영화를 보며 마우스를 클릭해 선택하는데 따라 줄거리와 결말이 전혀 달라지는 쌍방향 영화 <영 호프의 첫째날>이 국내에서 1999년 6월 선보여, 접속 기술 부족으로 화면과 음향이 일그러지는 한계에도 불구하고 보름만에 30만 명이 접속하는 열띤 반응을 얻었다는 것은 이런 성향은 단적으로 보여준다. 작가가 여러 상황을 동시에 독자에게 제시하고, 독자는 마우스로 맘에 드는 줄거리와 상황을 선택해 소설을 재창작하는 하이퍼텍스트는 문학계 인터랙티브 혁명의 결정판이다. 두루넷에서 1999년 12월부터 시도한 인터랙티브 소설 유료 서비스(http : //enter.thrunet.com/story)에서 초기 한달 접속 회수가 4만 회 가까이 있었다는 것은 이런 시도의 가능성을 말해주는 것이다.22) 한 권의 책에 일관된 줄거리와 주제를 담아낸다는 전통적 문학관과 작가 역할이 뿌리채 흔들리고 있는 것이다. 올해 본 방송에 들어갈 디지털 방송, 그리고 국내 방송 3사가 시험 서비스중인 인터넷 방송 대중화는 방송계 인터랙티브 빅뱅을 앞당길 변화다. 방송사가 일방적으로 정하던 방송시간이나 편성은 더 이상 의미가 없다. 아무 때나 입맛대로 프로그램을 골라볼 수 있다. 스토리를 선택하는 인터랙티브 드라마도 가능하다. 현재도 배우 선정이나 아이디어 공모에서 인터랙티브는 활발하게 이뤄지고 있다. 음악도 점차 인터넷을 통해 대중들의 반응을 보고나서 출판 여부를

---

22) 이 사이트는 다음과 같이 운영된다. 최세라 등 19명의 작가가 원고지 100매 분량에 5-6차례 독자의 스토리 선택을 요구하는 작품을 올린다. 그리고 독자에게는 스토리를 한번 선택할 때마다 50원씩 받고 있다. 작가 입장에선 이쪽이냐 저쪽이냐 고민하던 스토리와 결말들을 모두 써볼 수 있다는 점에서 관심이 높다.

결정하게 된다. 음악팬들은 리얼오디오나 퀵타임, 윈도우 미디어 플레이어 등을 이용해 듣고 싶은 노래만 골라 듣는다. 박물관들조차 관람객과 상호소통하는 인터랙티브 전시 기법에 대한 투자를 늘리고 있다. 디지털 기술을 활용하는 미디어 아트는 작품과 관람객 사이의 상호 작용을 생명으로 여긴다.

네 번째로, 수필의 중요성을 재검토해야 할 필요가 있다. 컴퓨터와 인터넷의 대중화는 필연적으로 기존의 남성전용 펜(pen) 문화에 대해 근본적인 문제제기를 하고 있다. 이로 인해 인터넷에서는 짧은 길이와 가벼운 문체로 양태화되는 수필류의 글이 양산되는 추세에 있으며, 이런 현상은 앞으로 더욱 가속화될 전망이다. 이미 독자 대중에게 이런 수필류의 글들이 먹혀들고 있다는 것은, 앞으로의 시대에서 문학이 어쩔 수 없이 이런 수필화의 길을 갈 수 밖에 없음을 의미한다. 즉 이제까지처럼 명상적인 혹은 철학의 깊이를 강조하는 문학이 아니라 영상 매체에 의해 사고가 형성되어 단순화 혹은 일과성에 길들여진 세대에게 상상력을 돋구어줄 문학이 필요하다. 마지막으로, 이미 일부에서 시도되고 있는 것처럼, 하나의 완결된 서적 형태로만 독자에게 보여주는 것에서 벗어나서, 보다 다양한 연계 작업을 고려해 보는 것도 좋을 듯하다. 예를 들어, 그 작품을 텍스트로 하여 제작된 연극이나 영화 등을 패키지 형식으로 판매한다던지, 인터넷 홈페이지를 이용한 애프터 서비스 및 피드백의 강화, 그림이나 음악과 연계, 독서 후기 모집 및 제공, 애니메이션화한 텍스트의 제공, 비디오/컴퓨터 게임 제작23) 등을 작품 창작 단계에서부터 보다 많이 고려할 필요가 있다.24)

---

23) 인기만화를 온라인 게임으로 만들어 성공한 사례는 우리 주변에서도 많이 찾아 볼 수 있다. 순정만화가 김진의 만화를 원작으로 한 <바람의 나라>, 신일숙의 동명 만화를 원작으로 한 <리니지>, 황미나의 만화를 원작으로 한 <레드문> 등은 대표적인 사례이다.
24) 대중음악이 1990년대 중반 이후 뮤직 비디오를 통해 새로운 영역을 확장

## Abstract

## Discriminated strategy Japanese animation and Korean Literature

Kim Jeong Hun(Hanyang University)

Nowadays, image is the best power. Image have an attribute popularism and egalitarianism, is different from narrative's elitism. These properties of image force to change our attitudes in sensibilities and way of thinking, a view of world, engage with alter to media circumstances.

This paper intend to see how the courses proceed Korean literature through discriminated strategy of animation, specially Japanese animation, among new leading tendency. The first half in this paper include discriminated strategy of Japanese animation--that is, intentional transfer into familiar myth and story, capture a niche market (for example, throughout discovery different genre), introduce technique like detective

하고 있는 것은 좋은 비교가 될 수 있다. 10대들의 폭발적인 호응을 얻고 있는 H.O.T의 <전사의 후예>를 예를 들어보자. 이 뮤직 비디오는 학생 폭력을 주제로 삼았다는 점에서 사회적인 주제를 담으려고 했으나, 그룹 구성원의 PR에 더욱 중점을 둬 작품으로서는 실패했다는 평가를 받고 있다. 특히 작품 후반부에서 불량배들에게 구타당한 학생이 어색하게 클로즈업되는 장면은 작품의 긴장을 깨뜨리고 관객의 작품 몰입 유도에 실패한 요인으로 지목되고 있다. 하지만 이 뮤직 비디오는 몇 가지 점에서 참고할 만한 변화를 보여주고 있다. 우선 가수들의 만화 초상화를 등장시켜, 팬들에게 자신들의 우상을 새롭게 볼 수 있는 기회를 제공하고 있다. 또한 어설프지만 남, 녀 학생이 나란히 길을 가다가 불량배들에게 봉변을 당한다는 구성의 틀로 호기심을 유발시키고 있다.

story and stage structure into narrative etc. These methods make the best use of variation of Korean literature in these days.

Ascertain things in this paper for variative direction of Korean literature, it is as follows :

1. Consider as different approach about people that is immersed in popular culture.

2. Change our writing attitudes. Writers considers paratext beyond category of traditional text.

3. Must to expand literature sphere. Explain in detail : ① experiment on fusionize ways break with Ageism and literal-centerism ② need a fresh access about language (ex. active import typography, emoticon etc.) ③ recognize interactive with reader as core methods of communication ④ re-investigate significant of essay as light writing ⑤ consider link with contiguous fields beginning story writing.

# 웃음과 광고공학

- 유머 광고의 이중적 주체 전형문제를 중심으로

원용진*

차 례

I. 대중문화와 문화공학
II. 웃음과 유머 광고
  1. 유머와 웃음
  2. 웃음의 텍스트로서의 유머 광고
III. 유머광고의 이중적 주체구성 과정
  1. 유머광고의 이중적 주제 호명
  2. 텔레비전 유머광고에서의 주체전형 문제
IV. 일등감자와 불량감자 : 유머광고의 한 사례
V. 문화공학적 입장과 분석

## I. 대중문화와 문화공학[1]

문화연구를 비롯한 문화 이론들이 그 동안 대중문화 영역에 대해 해온 일들을 반추해보면 담론적 실천을 넘어선 개입적 실천이 필요한 시점이라는 생각이 든다. 문화연구는 이미지 장치 이론, 주체, 이데올로기, 정체성의 문제들을 꾸준히 다루어 왔고 외양적으로 이론

---

* 서강대 교수.
1) 문화공학에 대한 자세한 설명은 <문화과학> 제 14호의 특집 "문화공학과 문화정치"를 참조로 할 것.

적 풍부화를 구가해왔다. 하지만 정작 생산방식, 삶, 사회변화에 개입할 수 있는 가능성을 충실하게 논이하지 못했던 것 같다. 고급스러워 보이는 이미지 관련 이론의 횡행으로 인해 오히려 이미지 영역에 관한 이론은 생산현장이나 삶과 유리된 채 독자적인 발전과 위상 인플레이션을 즐겨 왔다. 몇몇 이론들은 이미 정전화되어, 현시적인 삶 속에서 벌어지는 대중문화적 영역과는 관계없이 자가발전되어 가는 느낌도 지울 수 없다. 이미지 영역에서의 이론과 현실, 개념과 현상 간 괴리는 다른 영역보다 더 커보이고 이론가들은 이미지의 독해를 돕는 비평 수준에 자신들의 위상을 자리매김하고 만다. 문화이론 특히 문화연구가 제대로 개입지점을 찾아내지도 못하고 개입한 흔적이 미약함을 자성하고 문화연구가 전화되어야 할 방향을 찾아보는 일이 시급해졌다.

문화공학적 접근은 기존의 문화연구가 가졌던 담론적 한계, 선형적 사고의 한계 등을 넘어서는 기획으로 제안되고 있다. 그렇다고 해서 문화연구적 기획을 모두 포기한 채, 문화공학으로만 전화하자는 환골탈태적 선언을 하는 것은 아니다. 문화연구적 기획이 여전히 유효한 부분의 섭취와 그것이 보여주었던 이론적 치열함은 문화공학적 기획과 이접될 사안이지 결코 포기될 사안은 아니다. 그 동안 문화연구가 국가와 자본의 일방적인 기획을 견제하고 그에 대한 비판적 담론을 제시해왔던 성과는 여전히 유효하다. 오히려 문화공학적 접근은 문화연구르 더욱 강화하고 치열하게 실천적 영역으로 접근해 들어가자는 의미를 강하게 지니고 있다. 몰적인 집적을 억제하고 분자적 증식을 배양하는 방식 즉 문화연구의 생산적 접근과 새로운 문제 설정 간의 새로운 연합적 모색이 문화공학적 기획으로 드러나게 될 것이다.

문화공학적 입장은 문화예술의 생산이 대중화되고 있는 점에 착안한다. 문화예술 생산의 대중화는 기술 발전에 힘입은 바가 크다.

이제 많은 이들이 영상 기술의 대중화를 등에 업고 자신을 표현하고 발표하는 일에 뛰어 들고 있다. 디지털 기술은 촬영, 편집, 송출을 공정의 이동없이 한 자리에서 해결할 수 있는 가능성을 열어주었다. 그리고 무엇보다도 디지털 기술에 편승해 자신을 표현하고자 하는 욕망이 전에 없이 크게 늘어났다는 점에도 주목하지 않을 수 없다. 글과 말, 그림, 몸으로 표현하는 것들을 총체적으로 모아놓은 듯한 느낌을 주는 총체적 표현체로 보이는 영상 등을 통해서 자신을 표현하고 외부와 대화하고자 하는 욕망이 늘어난 것이다. 그 같은 욕망의 증대와 여건의 마련에 비해 그것을 가능하게 하는 교육은 턱없이 모자란다. 교육이 뒷받침된다 하더라도 기능적 교육에만 초점이 맞추어질 뿐 의미를 내는 방식, 창의적 작품 만들기, 기존의 방식을 넘어서는 획기적인 작품 만들기 등에는 미치지 못하고 있다. 기술전수를 넘어서 창의적 작품 제작 교육을 행한다 할 지라도 그것은 비법을 전수하는 형태의 도제적 방식을 넘어서지 못하고 있다. 영화나 방송 제작을 교육받은 사람이 현장의 대가 밑에서 도제적 교육을 받으러 떠나는 장면은 무협지의 고수를 찾아나서는 장면과 흡사할 정도다. 문화공학적 입장은 기술 전수를 넘어선 < 대중적 제작 교육의 가능성 + 창의적인 작품의 제작 노우하우의 전수 + 비법적 노우하우의 공개화 > 등의 모토를 지닌다. 뿐만 아니라 제작 공정을 공개함으로써 개인이 전 과정에 대한 통제력을 갖게 하는 기획력이라는 능력을 함양하는 목적을 지니기도 한다 (강내희 ; 심광현; 원용진, 1998),

이 같은 문화공학적 입장은 현재 분절화되어 있는 학문 영역을 재배치하는 효과를 노리기도 한다. 현재 대학내 이미지 영역에 관한 교육은 예술, 미학, 사회과학 수준에서 분절화되어 이루어지고 있다. 이 같은 분절화로는 욕망과 주체의 관계, 이미지의 정치, 탈근대적 주체 형성의 문제, 영상미학 등을 한데 다루기가 불가능하다.

문학 관련 학과들에서는 영상 등에 대해 관심을 가지고 있지만 여전히 텍스트 분석하는 수준이어서 제한적일 수 밖에 없으며,[2] 예술 관련 학과들에서는 미학적인 면을 강조하는 폐단을 지니고 있으며, 사회과학 분야에서는 이념을 강조하는 한계를 지니고 있다. 문화공학적 입장은 문화 생산의 과정에서 지식의 사용이 결코 분절적이어서는 안되며 기획의 능력, 통괄의 능력, 역할 변형의 능력, 협업의 능력이 총체적으로 결합될 수 있도록 하는 총체적 지식이 필요함을 강조한다. 이 같은 지식의 사용 변화는 학문 생산 현장의 변화를 촉구하는 것이기도 하지만 문화생산의 공간도 바뀌어야 함을 강조하는 것이기도 하다.

이 글은 문화공학적 입장을 드러내기 위해 광고를 분석하고 있는데 이 글의 소제목이 밝히고 있듯이 문화공학적 입장을 대중문화에 적용시키고 있는 셈이다. 이 같은 취지는 당장 왜 대중문화의 생산 방식을 전범으로 삼고자 하는가라는 질문을 불러 일으킬 수 있다. 대중문화는 보편적 감성에 호소하는 표준화된 생산방식의 결과물일 가능성이 큰데 과연 대중문화의 한 영역을 분석해서 얻는 결과를 통해 위에 열거한 문화공학적 입장의 목표를 얼마나 성취할 수 있겠는가 하는 질문이 나올 법하다(그런데 우연히도 이번 학회의 발표 글들에는 '전략'이라는 단어가 많이 들어가 있음에 알 수 있다. 일본애니메이션의 전략적 특화…… 통속의 문화적 전략…… TV드라마의 서사전략…… 등등). 대중문화의 내용은 대체로 표준화되어 있기는 하지만 세부 전략에서 나름의 독특한 사회 읽기를 펼친다. 예를 들어 헐리우드 영화에서 주인공을 백인으로 설정하지만 도우미는 주로 유색인종(흑인, 아시아계, 히스패닉 등)으로 설정하는 전략을 구사함을 볼 수 있다. 프롭의 서사론에 따르면 주인공(hero)과

---

2) <영상문화학회>, <영상문학학회> 등등의 입장을 보고 떠올린 생각이다.

도우미(helper)가 설정되는 것은 큰 구도에서 벗어나지 않지만 유색인종이 도우미로 등장했음은 전략의 변화라고 볼 수 있다. 더 많은 소비층을 끌어들이는 것 뿐만 아니라 유색인종을 백인 중심의 사회에 흡입하는 효과를 낼 수 있다고 판단한 것이다. 이 같은 전략은 사회의 변화에 민감하게 반응한 결과라고 말하지 않을 수 없다. 백인 중심 사회의 일방적 강요는 더 이상 불가능하다는 점을 인식한 결과로 볼 수 있는 것이다. 이 같은 전략의 변화, 인식의 변화를 읽어낼 수 있다면 마찬가지로 전혀 다른 방식으로 (예를 들어 독립 영화제작이나 VJ) 제작을 행하는 입장에서는 이 같은 방식으로 서사전략을 구사를 변형시키는 일도 가능함에 틀림없다. 문화공학적 입장은 대중문화의 전략 분석을 통해 대중문화와 같이 생산해나가자는 입장이 아니라 그 같은 전략적 변화의 의의에 맞추어 새로운 생산을 해나가자는 제안인 셈이다.

최근 <문화개혁을 위한 시민연대>, <한국독립영화협회>, <한국영화인회의> 등에서는 국회에 각 시군 지역에 미디어 센터를 설립할 것을 의무화한 "미디어 센터 설치법"(안)을 국회에 입법 청원한 바 있다. 이에 따르면 각 시군의 미디어 센터는 지역 거주 주민, 청소년 등에 미디어 활용법(media literacy)을 익히게 하고 직접 제작한 오디오물, 영상물 등을 인터넷을 통해 송출할 수 있도록 지원하는 책임을 지도록 규정하고 있다. 이는 단순히 기존 미디어에 참여하여 자신의 목소리를 높이는 공공적 접근(public access)을 넘어서 직접 제작하고 매체를 관장할 수 있는 참여적 미디어 운동, 혹은 적극적 커뮤니케이션권(right to communicate)의 요청에 까지 이르고 있음을 보여주고 있다. 새로운 제도의 설립, 권리의 요청에 부응하는 대안적 프로그램은 반드시 필요한 부분이다. 과연 현재의 문화산업이 생산하고 있는 프로그램과는 차별나는 프로그램은 어떻게 가능할 것인가가 가장 큰 문제로 대두될 것이다. 문화공학적 입장은 문화

산업의 생산물에 대한 비판적 입장을 견지하는 것에 그칠 것이 아니라 대중의 변화, 욕망을 심각하게 읽어내고 있는 대중문화산업의 능력까지 인정하고 그로부터 새로운 전략을 도출해보자는 것이다. 그를 통해서 사회내 대안적 프로그램, 감각, 제작 방식이 가능해질 것이고, 더 나아가 새로운 지식의 요청에 까지 이를 수 있을 것이라고 보는 것이다. 전혀 새로운 문화운동의 시작인 셈이다. 그런 점에서 문화공학적 입장은 문화연구의 담론적 실천을 뛰어 넘는 운동적 색채을 강하게 띠고 있으며 문화현장(작업현장, 대학 교육, 문화산업) 에서의 대안적 실천을 모색하는 프로젝트라 할 수 있겠다.

## II. 웃음과 유머 광고

유머 광고를 문화공학적 입장에 맞추어 설명하기 위해서는 몇 가지 이해가 선행되어야 할 것 같다. 그 첫째는 유머 광고가 사용하는 웃음에 대한 이해다. 유머 광고는 웃음을 활용하지만 단순히 웃음을 자아내는 목적만을 가지지 않는다. 유머 광고의 최종 목표는 웃음이 아니라 웃음을 미끼고 브랜드를 기억하게 하고 궁극적으로 구매 행위에 까지 이르도록 하는 것이다. 그러므로 유머 광고에 등장하는 웃음의 특성들을 이해할 필요가 있겠다. 웃음에 대한 논의들을 통해 광고 속 웃음이 갖는 특성을 살펴보는 것이 요청된다. 둘째는 웃음을 미끼로 한 광고가 갖는 딜렘마에 대한 이해다. 광고가 웃음만을 선사하는데 그친다면 그것은 웃음의 주체를 구성하는데만 성공한 메시지가 될 뿐이다. 광고는 웃음을 통해 웃음의 주체를 만들어내고 이어 다시 브랜드와 관련된 메시지의 주체로 변형시켜 나가야 한다. 만약 이 변형에 실패한다면 광고는 코미디의 역할에 그치고 말 공산이 크다. 유머 광고는 이 딜렘마를 해소하기 위해 몇 가지 전략을 편다. 이 전략을 이해하게 되면 문화공학적 입장에서 웃음의 생산 방식을 활용할 수 있는 지혜를 얻게 될 것이다.

## 1. 유머와 웃음

유머란 사실 웃음을 유발하는 텍스트들의 여러 테크닉 가운데 하나에 불과하다. 웃음은 유머에 의해서만 유발되지는 않는다. 일반적으로 웃음의 텍스트들은 그 테크닉 혹은 그것이 불러일으키는 웃음의 성격에 따라 골계comic, 풍자satire 그리고 해학humour으로 구분될 수 있다(신윤상, 1991; 김지원, 1983; 김일태, 1992). 골계란 우리말의 우스개에 해당하는 것으로, 간단히 말해 얼핏 보기에도 남을 웃기기 위한 재미있고 우스운 말 혹은 짓 정도의 익살에 해당한다. 따라서 웃음을 수반하는 일체의 행위는 골계에 해당한다고 말할 수 있다(김지원, 1983 : 26). 유머광고의 웃음 역시 골계와 밀접한 연관을 지니고 있다. 흔히 우리가 골계미가 있다고 말할 때의 그 의미 그대로 유머광고는 미학적으로는 골계미의 관점에서 판단되고 평가될 수 있는 텍스트인 것이다 (김지원, 1983 : 26~7). 한편 풍자란, 원래 포만, 잡다함, 또는 혼합 시를 의미하는 라틴어 Satura에서 유래한 말이다. 이는 사회의 부조리 · 불합리 · 악습 등과 개인의 우행 · 위선 · 결핍 등을 지적하고 조소함으로써 일종의 골계적 효과를 나타나게 하는 언어표현의 한 형식이다 (김지원, 1983 : 33). 다시 말해, 풍자는 고발과 비틈의 의미를 지니는 공격적인 골계를 말한다. 반면에 해학은 풍자처럼 대상과 대립하고 대상을 공격함으로써 적대감을 드러내기 보다는 사랑과 동정으로 대상을 포용하는 골계적 효과를 이름한다. 그러므로 해학의 웃음은 따스하고 인정어린 마음의 여유에서 저절로 나오기 마련이다. 이때의 웃음은 단순한 웃음이 아니라 인생에 대한 독특한 견해와 충분한 관찰의 결과에서 얻어진 생활 지혜의 표출이다. 그것은 인생에 대한 그윽한 관조의 미소이자 너그러움이다 (김지원, 1983 : 31).

이상으로 살펴 보았듯이, 골계란 웃음을 불러일으키는 말과 행동 모두를 가르키는 말로 풍자와 해학을 하위 범주로 삼는다. 풍자와 해학은 대상을 긍정적이며 포용적인 관점에서 대하느냐 혹은 부정적이며 배타적인 관점에서 대하느냐에 따라 구분된다. 그런데 유머광고의 유머는 그것의 우리말 표현에 해당하는 해학'과는 거리가 있다. 일상언어의 통상적 용법에서 유머는 우리말 표현의 골계에 해당하는 의미를 갖는 경우가 더욱 많으며, 이는 유머광고라는 표현에 있어서도 마찬가지이다. 유머광고는 단지 웃음을 유발하는 광고 텍스트를 가리키는 것이지, 해학적인 광고 텍스트만을 의미하지는 않기 때문이다.

그렇다면, 유머광고의 유머는 사회문화적으로 어떠한 의미를 가지고 있는가? 이러한 질문에 답하기 위하여 우리는 유머의 의미와 성격에 착목하지 않을 수 없다. 흔히 유머의 의미와 성격은 일반적, 보편적인 이론틀에 의해 논의되기 보다는 인지적, 감성적, 사회/대인적 수준이라는 세가지 관점에서 접근되고 있다(Keith-Spiegel, 1972; Speck, 1991; Wicker et. al., 1981; Raskin, 1985). 인지적 차원의 유머란, 텍스트 자체의 혹은 [텍스트의] 내적 담화의 논리적 일관성이 어긋나 의외의 말, 행동, 상황이 초래되는 경우와 말과 행동들 사이의 의미론적 대조와 대응으로부터 웃음이 유발되는 경우를 일컫는다(Shults, 1971; Suls, 1972). 이들은 흔히 불일치, 놀라움을 수반한다. 대개의 경우는 의외의 말, 행동, 상황이 잘못된 것이라는 깨달음을 수반하는 경우에 웃음은 성공적으로 유발된다. 감성적 차원의 유머란 특히 심리학적 각성과 유머의 주제를 강조하는 경우를 말한

다. 이는 특히 심리적 자유와 감정 완화에 의해 초래되는 일종의 해
방감을 드러낸다. 이는 심리적 긴장을 유발하고 이를 해소시키는
긴장과 완화의 메카니즘을 통해 만들어진다. 즉 선의를 지닌 인물
이 어려움을 겪다가(긴장) 결국에 가서는 이를 극복하고 마는(완화)
멜로 드라마적 형식이 감성적 차원의 유머가 지닌 일반적인 패턴인
것이다(김미조, 1995 : 10~1). 그러나 광고에 있어서 감성적 차원의
소구란 이러한 긴장과 완화의 메카니즘이 철저하게 지켜지는 경우
가 흔치 않다. 오히려 긴장을 생략한 긍정적 이미지에 덧붙여진 유
머러스한 소구에 가깝게 나타나는 것이 일반적이다. 사회적/대인적
차원의 유머는 사회 혹은 특정한 개인에 대하여 공격적인 적의를
드러내며 이들의 위신을 깎아 내리거나 그 단점과 잘못을 우스꽝스
럽게 희화화하는 경우에 발생한다(Aritotle, 1976; LaFave 1972;
Zillman, 1983; Greig, 1983; Gray, 1994). 사회적/대인적 차원의 유머광
고에서 공격의 대상이 되는 사회나 개인은 대개 구체적이지 않거나
실제적이지 않다. 그들의 단점이나 잘못은 사소한 실수인 경우가
대부분이다. 따라서 텔레비전 유머광고의 사회적/대인적 차원은 그
공격성이 심각하지 않은 경우가 대부분이며, 어떤 경우에는 그것을
알아차리기조차 힘들 때도 있다.

그런데 이들 세 가지 차원의 유머는 골계, 풍자 그리고 해학과 밀
접한 연관을 맺고 있는 듯 하다. 왜냐하면, 풍자는 사회적/대인적 차
원의 유머가 지닌 공격성을 담보하고, 해학은 감성적 차원의 유머
가 지닌 선의와 포용을 드러내고, 골계는 인지적 차원의 유머가 지
닌 놀람과 불일치를 포함하기 때문이다. 이러한 관점에서 볼 때, 유
머와 유머광고는 골계를 중심에 두는 인지적 차원의 유머와 풍자를
중심에 두는 사회적/대인적 차원의 유머 그리고 해학을 중심에 두
는 감성적 차원의 유머로 구분될 수 있다.

〈표 1〉 세 가지 차원의 유머 광고

| 웃음의 성격과 테크닉 | 유머의 수준 | 특징 |
|---|---|---|
| 골계 comic | 이지적 수준 | 불일치 |
| 풍장 (satire) | 사회적/대인적 수준 | 대상의 약점이나 실수에 대한 공격, 비하놀림 |
| 해학 (humour) | 감성적 수준 | 긴장의 완화 혹은 대상에 대한 긍정적 태도 |

위의 <표 1>은 이상에서 논의한 유머광고에서의 웃음의 성격과 테크닉, 유머의 수준 그리고 그 특징을 요약한 것이다. 이에 따르면, 골계 — 인지적 수준의 유머는 텍스트의 불일치와 비일관성에 따른 기대의 배반과 놀람이 주요한 특징이다. 풍자 — 사회적/대인적 수준의 유머는 대상의 약점이나 실수를 공격함으로써 혹은 대상의 성격이나 비정상적인 행위 등을 비하하고 놀리는 부정적 특징을 지니고 있다. 해학 — 감성적 수준의 유머는 긴장과 그것의 완화와 해소 혹은 대상을 포용하는 긍정적 태도와 따뜻한 시선을 드러내고 있다.

한편 이러한 구분은 웃음에 대한 세 이론 즉, 우월론, 해소론, 부조화론과 밀접히 연관된다. 여기에서 우월론superiority theory이란 웃음을 우월감의 표현으로 이해하는 규범적 이론을 말한다. 아리스토텔레스에 의하면 희극은 보통 이하의 악인을 모방한다. 여기에서 악인이란 모든 종류의 악과 관련하여 그런 것이 아니라, 어떤 특정한 종류의 악, 즉 우스꽝스러운 것the ludicrous과 관련하여 그런 것이다(Aristotle, 1976 : 43). 한편 홉즈Hobbes는 아리스토텔레스의 의견에 동의를 표하며, 사람들은 다른 사람의 결점을 자신의 능력과 비교함으로써 웃게 된다고 주장하였다(Hobbes, 1840 : 46; Grary, 1994 : 25). 다시 말해 웃음이란 아리스토텔레스가 말한 보통이하의 악인과의 비교를 통해 스스로를 우월하다고 느끼는 순간으로부터 비

롯되는 것이다(Gray, 1994 : 25). 해소론relief theory이란 심리적 긴장
이 해소되는 순간에 웃음이 발생한다고 보는 이론이다. 이 이론에
서는 웃음을 생리적이며 심리적인 현상으로 파악한다. 웃음은 일종
의 안도 혹은 긴장완화로 정의된다. 프로이드는 사회를 다양한 유
형의 억압로 이루어진 제도로 보았다. 사회내 억압은 사회 구성원
들로 하여금 긴장하게 만든다. 다시 말해 끊임없이 정신적 에너지
를 소비하게 만드는 것이다(Gray, 1994 : 28). 억압이 지나치게 되면
사람들은 에너지 소비를 넘어 정신적 에너지를 낭비하게 되는 바
이는 곧 피폐한 삶으로까지 이어지게 된다. 그러므로 사람들은 가
끔 이러한 억압으로부터 벗어나 정신적 에너지의 낭비를 줄이려는
욕망을 갖게 된다. 프로이드는 웃음을 이러한 욕망이 이루어지는
순간으로 보았다. 프로이드에게 있어 웃음은 일종의 심리적 경제를
실현하는 합리적 현상인 셈이다(Freud, 1960 : 42~4, 118~20, 124~8).
마지막으로 부조화론incongruity theory이란 웃음을 인지적 차원의 부
조화에 연관짓는 이론으로 흔히 이중결합이론bi-sociation theory으로
불리기도 한다. 이는 특정한 담화나 행동이 그것의 본래 취지와는
어긋나게 다른 맥락의 이야기로 전치됨으로 발생하는 오해와 그것
의 발견으로 특징지어진다(Gray, 1994 : 33). 쾨슬러Koestler에 의하
면, 부조화란 결국 화자와 청자가 상식에서 합의한 것을 함께 깨뜨
리고 다른 맥락의 다른 의미에서 조우하는 일종의 수사적 계약의
공모적 파괴이다.

　이러한 웃음의 세 이론은 위에서 논의한 유머의 세 가지 유형에
대응하는 것처럼 보인다. 즉 골계-인지적 수준의 유머는 부조화론과
풍자-사회적/대인적 수준의 유머는 우월론과 그리고 해학-감성적
수준의 유머는 해소론과 연관이 있다. 물론 골계 · 풍자 · 해학이 인
지적 수준 · 사회적/대인적 수준 · 감성적 수준과 정확히 일치하지
않듯, 이 또한 경향적인 것일 뿐이기는 하다. 그럼에도 불구하고 이

러한 대응관계는 매우 그럴듯하다. 그러므로 위에서 정리한 유머광
고의 세 가지 차원은 웃음의 문제와 연관하여 <표 2>와 같이 확장
될 수 있다.

〈표 2〉 유머광고의 세 가지 차원과 웃음의 세 가지 이론

| 웃음의 성격과 테크닉 | 유머의 수준 | 웃음의 세 가지 이론 |
|---|---|---|
| 골계 comic | 인지적 수준 | 불일치론 incongruity theory |
| 풍자 satire | 사회적/대인적 수준 | 우월론 superiority theory |
| 해학 humor | 감정적 수준 | 해소론 relief theory |

그렇다면 웃음과 유머광고에 관한 이들 세 가지 차원은 어떠한
공통점을 지니고 있는가? 모리얼(Morreall, 1987)은 이러한 질문에 답
하기 위하여, 웃음을 유쾌한 심리적 전환으로 정의하면서 다음과
같이 주장한다.

이러한 이론들을 비교해 볼 때, 사실, 웃음이라는 상황에는 그것
에 대한 포괄적인 이론의 기초가 되는 두 가지의 일반적인 특징이
있음을 알 수 있다. 첫번째 특성은 웃음의 상황은 심리적 상태의 변
화와 연관된다는 것이다. […] 그러나 단지 어떠한 변화만으로는 웃
음이 유발되지 않는다. 이미 살펴본 세가지 이론들에서와 마찬가지
로, 변화는 갑작스러운 것이어야 한다. […] 웃음의 특성에 부가되어
야만 하는 두 번째 특징은 그러한 심리적 전환은 유쾌하게 느껴져
야 한다는 것이다.(Morreall, 1987 : 133).

모리얼이 말하는 심리적 전환이란 일상의 심리적 상태로부터 전
혀 다른 수준의 심리적 상태로 이동하는 것을 의미한다. 웃음은 규
범적·인지적·정서적 불균형이 해소되는 순간에 터져 나온다. 그
러나 이러한 불균형 상태의 해소는 불균형 상태 이전으로의 완전한
회귀를 의미하지는 않는다. 불균형은 규범에서 어긋난 열등한 인물

이나 그 인물의 행위를 봄으로써 혹은 정서적인 긴장이 유발되거나 합리적 기대에서 벗어나는 엉뚱한 일들이 펼쳐질 때 발생한다. 그리고 그것의 해소란 이러한 불균형이 불쾌감을 일으키지 않고, 즐거움과 유쾌함을 불러일으키는 순간에 발생한다. 웃음은 기대의 배반에 대한 다양한 반응들 가운데 하나일 뿐이다(Cicero, 1983, : 226). 그렇다면 불균형을 유발하는 열등한 인물이나 그 인물의 행위 혹은 정서적인 긴장이나 합리적 기대에서 벗어나는 엉뚱한 일들에 공통된 특징은 무엇인가? 그것은 무엇보다 다양한 사회문화적 규범과 규칙들로부터의 일탈과 위반이 될 것이다. 열등한 인물에서 보여지는 도덕적 규범으로부터 일탈이나 정서적 긴장을 유발하는 사회[규칙과 억압의 체계로서의]로부터의 일탈 그리고 인지적 부조화를 초래하는 논리적 규칙의 위반이 그것이다. 이들은 한결 같이 사회문화적 규범과 규칙이 정해 놓은 정상성과 바람직함으로부터 벗어나 있다. 결국 일탈과 위반은 웃음의 조건이다. 역설적이게도 웃음 혹은 유머의 유일한 규범은 규칙의 위반과 규범으로부터의 일탈인 셈이다 (박근서, 1997 : 39~40).

## 2. 웃음의 텍스트로서의 유머광고

위에서 살펴본 대로 유머광고의 웃음은 규칙의 위반과 규범으로부터의 일탈에 의해 발생한다. 지나치게 느려서 도저히 정상이라고 생각할 수 없는 깜찍이들과 불량감자라는 이름에 꼭 어울릴 정도로 심하게 못생긴 코미디언에서처럼 유머광고의 웃음은 정상, 논리, 상식에서 어긋남으로써 비롯된다. 그러므로 웃음의 텍스트인 텔레비전 유머광고는 통상적인 재현적 텍스트와는 전혀 다른 방식으로 이해되어야 한다. 재현적 텍스트란 그 내용이 허구적 공상을 다루고 있건 혹은 실제의 사건을 다루고 있거나 간에 그것을 하나의 사실 처럼 묘사하고 또 그렇게 납득시킨다는 특징을 갖는다. 재현적 텍 스트들은 사실감을 제공하기 위해 수용자들과 일종의 계약을 맺게 된다. 그 계약은 대개 텍스트에 쓰여진 것을 사실처럼 여겨달라는 주문에 다름 아니다. 물론 그 주문은 단순히 강요나 언설로 표시되 지 않는다. 언설들을 꾸미는 형식meta-discourse들이 텍스트 안의 내 용이 사실로 여겨지도록 작용한다. 이러한 텍스트의 재현적 기능은 주로 서사에 의해 지탱된다. 왜냐하면 서사구조는 인과적이며 필연 적인 형식의 시간적 구조를 만들어내기 때문이다. 즉 서사구조는 텍스트의 사실성을 확보하는 데 있어 지배적인 역할을 해내는 것이 다 (Barthes, 1977 : 123~4). 사건들의 단순한 나열에서 그치지 않고 그것에 인과적 동기를 부여함으로써 수용자들은 사건의 진행과 그 결과에 납득할 수 있고 사실감을 느끼게 된다. 그러나 유머광고에 서는 재현적 텍스트와는 달리 서사 자체가 논리성이나 인과적 필연 성을 전달해주지 않으며 서사가 중요하게 취급되지도 않는다. 유머 광고에서의 서사는 본성상 바르트가 말한 사실성 효과reality effect와 는 관계가 없다. 유머광고에서 중요한 것은 얼마나 그럴듯하게 이 야기하느냐가 아니라, 얼마나 우스꽝스럽게 말하느냐에 있기 때문 이다 (박근서, 1997 : 41).

유머광고의 텍스트는 그것이 웃음을 목적으로 삼고 있는 한, 일 탈과 위반을 저지르지 않을 수 없다. 그것은 단지 우스꽝스럽게 말 하고 행동하는 인물들과 어처구니 없는 행동 그리고 허무맹랑한 상 황을 드러내기 위하여, 사회문화적 규범과 규칙을 위반하여야 하며, 통상적인 재현적 텍스트의 규범을 무시하여야 한다. 유머광고의 이 러한 위반과 일탈은 광범위한 해방의 파토스를 낳는다. 그것은 인 간 삶의 사소한 억압과 강제를 뒤틀어 일상적 삶의 해방구를 형성 한다. 이는 웃음의 문제가 일상을 전복해내는 카니발carnival적 프로

젝트(Bakhtin, 1984)에 밀접히 연관됨을 의미한다. 카니발은 사회문
화적 규범으로부터 일탈하는 민중적 즐거움과 그것의 문화적 양식
을 의미한다. 바흐친은 문화를 그것이 공식적으로 받아들여지고 있
느냐 아니면 비공식적으로 받아들여지고 있느냐에 따라 고급 문화
와 하급 문화의 두 층위로 구분한다. 그에 의하면, 이들 사이에는 끊
임없는 긴장과 갈등이 존재하여 왔으며, 이러한 긴장과 갈등은 특
히 중세와 르네상스기의 민속문화가 지닌 유머러스한 성격에 의해
가장 첨예하게 대립되었다. 그리고 이러한 유머러스한 성격의 민속
문화들 가운데 가장 중요한 위치를 차지하고 있었던 것이 바로 카
니발이었다(김욱동, 1988 : 236~40). 카니발은 지배 질서와 기존 질
서로부터의 일시적인 해방이며, 모든 위계질서, 특권, 규범 그리고
금지에 의문부호를 찍는(Bakhtin, 1984 : 10) 이벤트였다. 카니발 속
에서 민중은 웃음으로써 신과 신성에 대한 두려움을 집어던지고, 세
속적 삶의 승리를 구가한다(김욱동, 1988 : 244~5). 집단성과 보편성
그리고 양가성으로 이해되는 카니발의 웃음은 그러므로 언어의 의
미를 좇아 하나의 틀과 질서로 구축되는 단성적 세계를 해체하여
다성적이며 다의적인 공간을 구축한다. 카니발의 웃음은 세속적이
고 차안적earthly이다. 시장통의 욕지거리와 상스러운 소리들이 한데
뒤섞임으로써, 농담과 우스개는 언어를 남용하고 의미를 과용한다.
카니발의 웃음은 고귀한 정신과 세련된 지성에 조롱과 야유를 퍼부
으며, 과장된 신체적 능력과 희화된 몸뚱이들을 찬양한다. 카니발의
과잉은 의미의 고정, 획일, 고착을 부정하며, 그것을 정신과 의미의
세계로 부터 몸—감각과 쾌락—의 세계로 인도한다(Stallybrass &
White, 1986 : 8~9).

　물론 바흐친이 언급한 카니발의 공간은 엄격한 의미에서 현실의
사회문화적 조건과 맞아 떨어지지 않는다. 텔레비전 유머광고에서
카니발과 같은 급진적이며 저항적인 해방의 공간을 찾아 낼 수는

없을 것이다. 아무리 전복적인 내용을 담는다 하더라도 광고는 자본주의라는 사회경제적 체제에 의해 양생된 제도적 [문화]영역이다. 현실적으로 제도를 통해 관리되고 통제되며 검열되는 광고의 메시지로부터 카니발의 전복성을 기대하기는 쉽지 않다. 그럼에도 불구하고 대중문화의 상당수가 카니발적인 것을 흉내내거나 카니발의 분위기를 재현하듯이 웃음을 담은 광고 역시 카니발적 모사품이 될 수 있다(Stam, 1995, 331~8). 기존의 텍스트와 달리 비틀리고, 상실된 서사로 웃음을 유도하고 그를 통해 주체구성을 모색한다는 점에서 더욱 그렇다. 유머광고가 전혀 엉뚱한 서사전략으로 주체를 만든다는 점에서 텍스트의 언어적 성격이 아니라 텍스트의 물질적 특성과 수용자의 욕망에 걸어 주체구성을 설명할 수 밖에 없다.

## III. 유머광고의 이중적 주체구성 과정

카니발의 모사품으로서 유머광고는 그 안에 웃음이라는 요소를 삽입해 넣는다. 다시 말해, 웃음이 불러 일으키는 해방의 파토스는 유머광고를 카니발적인 것 혹은 카니발을 흉내낸 것으로 만든다. 이러한 유머광고의 웃음은 한편으로는 광고 메시지의 수용자들을 그로부터 발생하는 즐거움에 사로잡히게 만든다. 그러나 유머광고 역시 광고에 지나지 않는다. 그것은 웃음을 통한 수용자들의 즐거움을 목적하지 않는다. 그것은 판촉과 브랜드 이미지의 제고라는 상업적 목적을 위해 계획되고 의도된 것이다. 따라서 유머광고의 성공 여부는 궁극적으로 웃음의 메시지에 사로잡힌 수용자들을 광고된 상품과 브랜드의 소비자로 묶어 세울 수 있느냐에 따라 판가름된다. 유머광고는 웃음을 미끼로 수용자 주체를 소비하는 주체로 전형transition하여야 한다. 유머광고가 드러내는 수용자 주체의 소비자 주체 전형 메커니즘은 유머광고가 웃음을 매개로 이루어진다는 점에서 기존의 호명과정과는 차이가 있다. 기호의 서사적 조합으로 주체를 호명해내는 일반 텍스트와 달리 뒤틀리고 실종된 서사로 욕망을 낚아내고 이어 소비자 주체로 형성해나가야 하는 이중적 주체 구성 과정을 거쳐야 하는 것이다.

## 1. 유머광고의 이중적 주체 호명

유머광고는 웃음을 통해 수용자들에게 즐거움을 주는 문화적 텍스트이며 동시에 판촉과 브랜드 이미지 제고를 위해 고안된 상업적 메시지이다. 그러므로 유머광고의 이러한 두 가지 특성은 서로 다른 방식으로 두 위치의 주체를 호명한다. 여기에서 주체의 두 위치란 웃음의 메시지에 현혹되어 낄낄거리며 웃고 즐거워하는 문화적 텍스트의 수용자라는 주체 위치와 상업적 메시지에 따라 잠재적 혹은 현재적 수요자로 호명되는 소비자라는 주체 위치를 말한다. 문화적 텍스트로서의 유머광고는 주체를 수용자로 위치짓기 위해 수용자 주체의 욕망에 기대어 선다. 여기에서 수용자 주체의 욕망이란 다름 아닌 즐거움의 문제, 웃음으로 유발되는 즐거움의 문제이다. 문화적 텍스트 특히 대중문화 텍스트가 지니는 기능과 효과들 가운데 즐거움이 차지하는 비중은 크고 무거운 것이다. 맥도날드(McDonald, 1957)와 스티븐슨(Stepheson, 1967)이 주장한 도피설과 유희론은 환원론적이며 일방적인 주장이라는 점에서는 재고의 여지가 있는 이론이다. 그럼에도 불구하고 대중매체와 그것을 통해 유포되는 문화적 메시지들이 쾌락 지향적인 즐거움의 원천이라는 주장은 중요한 의미를 갖는다. 더구나 텔레비전이라는 매체는 그것의

130

구어적이며 여성적인 특성 그리고 가볍고 일상적이라는 특성 때문에(Fiske & Hartley, 1994) 그것이 유포하는 메시지들을 더욱 오락적인 것으로 만들어 버리는 경향이 있다.

수용자들의 즐거움에 대한 욕망에 기대어 그들로부터 관심과 호감을 이끌어 내는 것이 유머광고이다. 유머광고는 그것의 특별한 즐거움인 웃음을 미끼로 수용자들을 호명한다. 그런데 - 이미 앞서 밝힌 바와 같이 - 웃음은 일탈과 위반이라는 해방의 파토스를 동반한다. 유머광고의 즐거움은 사회적 규범과 규칙을 무시하고 그것을 해체함으로서 얻어지는 카니발적 쾌감을 제공한다. 웃음이 지니는 저항과 전복이 상업적 메시지를 통해 운송되는 것이다. 이러한 까닭에 문화적 텍스트로서의 유머광고는 현실의 사회문화적 시스템에 우호적이지 않다. 일상적인 언어적 규칙을 위반함으로써 웃음을 유발하는 농담들처럼, 유머광고는 현실의 자잘한 규칙과 사소한 규범들을 뛰어 넘는다. 광고의 유머는 현실의 코스모스를 뒤틀고 해체하여 그 안에 도사리고 있는 카오스를 들춰내는 것이다.

유머광고는 문화적 텍스트로서 수용자들의 욕망을 충족시킨다. 물론 이러한 욕망 충족은 완전한 것일 수 없으며 또한 완전한 것이어서도 안된다. 왜냐하면 인간으로서의 수용자의 욕망이 완전하게 충족된다는 것은 원리적으로 불가능할 뿐만 아니라(Coward and Ellis, 1977 : 117~20), 유머광고가 구매 욕망의 자극이라는 궁극적 목적을 상실해 버리는 결과를 초래하기 때문이다. 주체의 욕망은 본래적으로는 존재의 물질적 삶을 유지하기 위한 본능에서 비롯되는 욕구 need의 개념으로부터 출발한다. 그러나 문화라는 외피로 단단히 제 속살을 감추고 있는 인간 주체에게 욕망은 사회적이며 역사적인 산물로 타락하고 만다. 이러한 욕망은 물질적인 수준에서가 아니라 상징적이며 기호적인 수준에서만 충족된다(Coward and Ellis, 1977).

상징적 수준에서의 욕망 충족은 물질적 충족과는 다르게 완전히

충족되는 법이 없다. 그것은 오히려 더 큰 욕망을 불러 일으킬 뿐이
다(Fink, 1995 : 53~4). 유머광고가 제시하는 즐거움은 결코 수용자
주체의 욕망을 완전하게 충족시킬 수 없다. 웃음으로 표현된 주체
의 즐거움-만족감은 결국 새로운 자극에 대한 요청과도 같은 것이
다. 유머광고가 즐거움의 한 유형으로 해방의 파토스를 드러낸다면,
수용자들은 더욱 강하고 더욱 신선한 일탈과 위반을 갈구하게 된다.
그러므로 유머광고는-모든 광고 메시지들이 또한 그렇겠지만-무작
정 수용자들의 즐거움에 대한 욕망에만 의존할 수 없다. 왜냐하면
수용자 욕망에 대한 지나친 의존은 소비자로서의 주체 호명이라는
광고 본래의 목적을 달성하는 데 방해가 될 수 있기 때문이다.

성공한 유머광고란, 단적으로 말해, 수용자들에게 즐거움과 웃음
을 주는 광고가 아니라, 상품의 판매량을 높이고 브랜드 이미지를
제고하는 데 기여하는 광고이다. 그러므로 유머광고는 즐거움과 웃
음을 통해 주체를 그 텍스트의 수용자로 호명하여야 하며 동시에
수용자 주체를 상품의 소비자로 재차 호명하여야 한다. 그러나 위
에서도 언급한 바 대로 유머광고는 그 자체의 비서사적이며 일탈적
인 성격 때문에 문화적 메시지를 상업적 메시지와 순치시키는 데
여러가지 어려움을 지닌다. 유머 소구는 기억력이나 이해력을 저하
시키는 역효과를 발생시키거나, 소비자들의 구매행위를 이끌어 내
는 데 실패하기도 한다(Madden & Weinberger, 1984). 이로부터 수용
자 주체를 소비자 주체로 전형하는 주체전형의 문제가 발생한다.


## 2. 텔레비전 유머광고에서의 주체전형 문제

유머광고는 이상에서 살펴 본 바와 같이 문화적 메시지와 상업적
메시지가 이중적으로 구조화되어 있는 독특한 텍스트이다. 이때 전

자는 유머에 대응하며 후자는 광고에 각각 대응한다. 그리고 이러한 이중적 메시지 구조는 수용자와 소비자라는 상이한 두 가지 위치로 주체를 호명함으로써 이들 사이의 관계, 즉 우리가 주체전형이라고 불렀던 특수한 문제를 발생시킨다. 유머광고에 있어서 문화적 메시지는 종종 상업적 메시지와의 연결고리를 찾지 못해 수용자로 호명된 주체를 소비자의 위치로 전형시키는 데 실패할 수 있다. 유머광고의 웃음을 통한 소구가 필연적으로 주체의 소비 욕망을 자극하거나 부추길 수는 없기 때문이다.

유머광고의 문화적 메시지와 상업적 메시지는 기호의 기표와 기의의 관계 혹은 텍스트의 외연적 의미denotation와 내포적 의미connotation의 관계와 같은 방식으로 연결되어 있다. 바르트에 의하면 모든 기호는 기표와 기의라는 두 항들 사이에 어떤 관계를 설정한다. 그리고 이는 단지 기표와 기의라는 두 항에 의해 결정되는 이분법적 체계가 아니라 이들 사이의 관계가 포함된 3원적 구조를 지니고 있다. 의미작용을 위해서는 기표와 기의, 그리고 그 둘을 묶어주는 연합적인 전체인 기호가 있어야 하는 것이다(Barthes, 1995 : 21~2). 이들 세 개의 항은 의미작용의 수준과 깊이에 따라 그 나름의 두께를 지니게 된다. 다시 말해 기표-기의 그리고 기호의 관계는 단 하나의 연결에 의해 모든 의미작용을 완결짓는 것이 아니라, 복층화된 기호학적 체계들을 통해 이차적 의미작용을 발생시킬 수 있다(Barthes, 1995 : 25).

이러한 바르트의 의미작용 도식은 여기서 문제 삼고 있는 유머광고의 텍스트 구조와 정확히 일치한다. 유머광고의 텍스트는 이중화된 의미작용을 불러 일으킨다. 그것은 일차적으로 웃음을 유발하는 유머 즉 문화적 메시지의 의미작용을 불러 일으키고 그것을 기표로 삼아 상업적 메시지를 부각하는 이차적 의미작용을 유발한다. 이때 유머광고의 일차적 의미 혹은 외연적 의미는 웃음과 유머로 대별되

는 문화적 메시지이며, 그것의 이차적 의미 혹은 내포적 의미는 브
랜드 이미지와 판촉으로 의미화되는 상업적 메시지이다. 이러한 유
머광고의 텍스트 구조는 다음 [그림 3]와 같이 도식화될 수 있을 것
이다(Barthes, 1995 : 26).

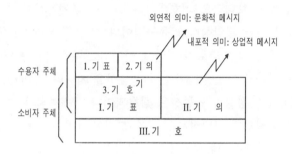

〈그림 3〉 유머광고의 텍스트 구조

　　그런데 여기에서 중요한 문제는 텔레비전 유머광고가 제시하는
일차적 의미작용 즉 유머를 통해 웃음을 유발할 때 까지의 의미작
용이 지니는 성격이다. 이미 살펴 본 바와 같이 텔레비전 유머광고
는 기존의 사회문화적 질서에 호응하지 않는 해체적 성격을 지니고
있다. 유머의 본성이 그러하듯 기존의 질서에 호응하고 그것에 포
섭되는 한 웃음이 유발될 수 없다는 사실이 유머광고의 일차적 의
미작용을 해체적인 것으로 만드는 이유가 된다. 이러한 해체적 의
미작용은 바르트의 도식에서 보면 기표와 기의를 연결짓는 기호에
걸려 그것이 지닌 코드 혹은 규칙을 교란시킨다.
　　본래적인 의미에서 기표와 기의의 관계는 자의적일 수밖에 없다
(Saussure, 1974). 그러나 기표와 기의의 관계가 자의적이라고 해서
기호의 사용이 무조건적이라고 말할 수는 없다. 만약 기호의 사용
이 무조건적이면 일상적인 의사소통 행위는 불가능한 일이 되어 버

리고 말 것이다. 그러므로 기표와 기의는 사회역사적 산물로서 굳어진 특정한 용법에 의해 연결된다. 이러한 사회역사적 용법을 우리는 약호codes라 부른다. 약호는 그러므로 본질적으로 관습적 conventional일 수 밖에 없는 바, 그 자체가 필연적 존재가 아니라 사회역사적 자의의 소산이기 때문이다(Saussure, 1974). 그러므로 일반적인 수준에서 보더라도 기호의 의미작용은 완결적이며 고정적인 것이라기 보다는 불안정하고 유동적이다. 그런데 유머광고의 일차적 의미작용은 그 스스로 이러한 불안정하고 유동적인 사회역사적 약호를 부정하고 그것을 해체한다는 특성을 지닌다. 유머광고 속에서 기호의 불안정성과 유동성은 심화되거나 극대화된다. 그러므로 유머광고의 일차적 의미작용은 비록 그것이 웃음을 유발하고 수용자 주체를 호명하는 데 성공했다고 할지라도 그것의 의미를 명확하고 분명하게 전달하는데 실패할 수 있다. 이러한 일차적 의미작용 과정에서의 불안정성은 주체전형과 연관해서 매우 심각한 문제를 야기하게 된다.

유머광고에 있어서 주체전형의 문제는 결국 일차적 의미작용을 이차적 의미작용으로 전환하는 문제이다. 다시 말해, 일차적 의미작용을 통해 형성된 기표와 기의의 관계를 기호로 묶어내고 이를 다시 기표로 삼아 여기에 이차적 의미작용의 핵심인 소비자의 욕망-소비 욕구-을 순치시켜야 한다. 그러나 이차적 의미작용에서 기표가 된 일차적 의미작용 전체가 그것의 기의와 자의적으로 연결되어야 한다는 점에서 이는 본래적으로 확실성을 기대하기 힘든 부분이다. 그런데 유머광고의 일차적 의미작용이 가지는 해체성은 이차적 의미작용이 지니는 자의성을 심화하거나 극대화함으로써 이러한 어려움을 더욱 증폭시킨다.

유머광고 속에서 일차적 의미작용과 이차적 의미작용은 자의성이 극대화된 불안정한 관계를 맺는다. 그 결과 수용자 주체와 소비자 주체의 연결이 자의적이 것이 됨으로써 주체전형의 문제 역시 불확실성에 빠져버리고 만다. 유머광고 속에서의 주체전형은 자의적이며 그 결과는 불확실하다. 이를 유머광고에 있어서의 주체전형의 자의성 테제라고 부를 수 있을 것이다. 그렇다면 유머광고는 주체를 전형함에 있어 어떠한 방법도 강구할 수 없다는 말인가? 물론 아니다. 유머광고는 주체전형의 자의성을 완전하게 극복할 수는 없을지 모르지만, 나름대로 주체를 전형하기 위한 공학적 기제들을 갖추고 있다.

유머광고는 주체전형을 위해 두 가지 방식의 기제를 동원한다. 그 첫째는 일차적 의미작용과 이차적 의미작용이 논리적으로 혹은 인과적으로 연결되도록 하는 통합적-통시적 방법이다. 둘째는 일차적 의미작용이 이차적 의미작용의 상징 혹은 대체물이 되도록 하는 계열적-공시적 방법이다. 통합적-통시적(syntagmatic-diachronic) 방법이란, 예를 들어, <LG-IBM 컴퓨터>의 광고 캠페인에서 볼 수 있는 것 처럼 도둑이나 산타 클로스도 정신을 못차리게 할 정도의 컴퓨터이므로 당연히 좋고 훌륭한 컴퓨터라는 식으로 수용자 주체를 논리적 인과적으로 설득하여 소비자 주체로 묶어 세우는 전략을 말한다. 그리고 계열적-공시적(paradigmatic-synchronic) 방법이란 <카스 맥주>의 광고 캠페인에서 볼 수 있는 것 처럼 알뜰한 아내를 둔 행복한 남편이라는 이미지에 그것과는 전혀 관계가 없어 보이는 시원하고 맛있는 맥주라는 이미지를 병치시켜 일종의 은유적 연상을 불러일으키는 전략을 말한다.

여기에서 통합적-통시적 연결의 경우는 주체를 전형함에 있어 비교적 손쉬운 전략이라고 할 수 있다. 이는 이해하기도 용이하고 또한 해석에 있어서의 오류도 쉽게 피해나갈 수 있다. 그러나 문화적 메시지에 뒤이은 상업적 메시지가 비교적 노골적으로 드러나는 까닭에 이러한 전략은 종종 수용자들의 선별성에 의해 걸러지기 쉽다는 맹점을 지니고 있다. 이에 반하여 계열적-공시적 연결은 문화적 메시지와 상업적 메시지의 연결 자체가 애매하여 주체를 전형하는 데 있어서는 어려움이 따르지만, 수용자들의 선별성을 피해 달아날 수 있다는 장점을 지니고 있다.

이 때 통합적-통시적 전략은 유머광고를 닫힌 텍스트로 만드는 경향성을 갖는다. 왜냐하면 수용자 주체를 소비자 주체로 변형 호명하는 것이 비교적 분명하고 논리적으로 이루어짐으로써 해석의 다양성이 차단되고 그 결과 배제와 수용의 경계가 확실해지기 때문이다. 이 때 텍스트의 문화적 메시지는 심하게 약화되어 버리고 만다. 왜냐하면 유머광고의 소구점은 웃음이라는 일탈과 위반의 즐거움에 기대고 있음에도 통합적-통시적 전략은 이를 규범적으로 통제하고자 하기 때문이다. 이는 웃음을 통해 호명한 수용자를 소비자 주체로 재호명하기는 커녕 호명된 수용자들 마저도 놓쳐 버릴 위험으로 이어질 수도 있다. 그러나 계열적-공시적 전략의 경우는 텍스트를 열어 다의적 해석을 가능케하는 경향이 있다. 왜냐하면 수용자 주체의 소비자 주체로의 전형이 단순 병치에 의한 연상에 의존하고 있음으로 해서 그 의미가 모호해지기 때문이다. 이 전략은 일차적 의미작용과 이차적 의미작용의 연결과 그에 따른 의미해석을 수용자-소비자 주체의 핍진에 맡겨 버린다. 그 결과 문화적 메시지는 강해지지만 상업적 메시지는 약해지는 결과가 초래된다. 광고는 기억하지만 광고된 브랜드나 상품은 기억하지 못한다는 식의 수용자-소비자 반응이 나타나게 되는 것이다.

그러므로 이러한 두 가지 전략은 결코 완벽하거나 확실하지 못하다. 이러한 두 가지 전략을 동원한다 하더라도 주체전형의 자의성은 여전히 골치 아픈 문제로 남아 있을 수 밖에 없다. 그러므로 주체전형의 자의성을 관리하기 위해서는 무엇보다 주체전형 자체가 하나의 문화적 관습convention이 되지 않으면 안된다. 즉 수용자들이

문화적 메시지를 통해 소비자로 전형되는 과정 자체가 유머광고의
코드가 되어야 한다. 이러한 코드화의 전략은 사례의 반복과 수용
자의 훈련을 통해서만 가능하다. 수용자들은 유머광고의 반복적 수
용을 통해서만 그것을 해석하는 방법을 습득하고 연습할 수 있게
되기 때문이다. 그러므로 유머광고는 단지 고립된 하나의 광고물로
움직이지 않는다. 그것은 유난히 시리즈가 많으며, 심지어 경쟁사의
다른 광고들과 상호텍스트스성intertextuality을 유지하기도 한다.


## IV. 일등감자와 불량감자 : 유머광고의 한 사례


여기에서는 유머광고에서의 웃음의 의미와 그것의 효과 그리고
주체전형의 문제를 오리온 포카칩의 광고 캠페인을 한 사례로 보다
구체적으로 논의하고자 한다. 포카칩의 광고 시리즈3)는 유미 소구
를 적절히 이용하여 높은 성과를 올린 성공한 광고에 속한다. 최초
이별 편이라고 명명된 텔레비전 광고로부터 경주 편, 출산 편 그리
고 포기할 수 없는 꿈 편에 이르기까지 이 시리즈는 연속적인 히트
를 기록하며 포카칩을 일등감자로 다시 태어나도록 만들었다. 그렇
다면 포카칩을 일등감자로 만든 웃음은 과연 무엇이었는가?

텔레비전을 통해 접할 수 있었던 포카칩 광고 4편의 시리즈 중
포기할 수 없는 꿈 편을 분석하고자 한다. 시리즈 광고는 대개 연속
성을 지니기 때문에, 후속 광고는 끊임없이 선행 광고를 언급하고
인용한다. 따라서 한 편의 포카칩 광고를 이해하기 위해서는 기존

---

3) 포카칩이 시장에 유통된 해는 1988년이었다. 그러나 이 시장은 경쟁사인
농심의 포테토칩의 아성이나 다름없었다. 포카칩은 이 광고 시리즈를 내
놓은 뒤 월매출 15억원에서 30억으로 끌어 올리며 포테토칩을 추월하
기에 이른다. <한겨레 신문 1998.10.10>

의 광고 시리즈 세편에 대한 이해가 선행되어야 한다. 다음 <표 3>>
은 기존 세편의 포카칩 광고 시리즈의 내용을 요약한 것이다.

〈표 3〉 포카칩 광고 시리즈 세편의 내용

| 개요 | 광고주 제품명 대행사 PD<br>오리온 포카칩<br>동양제과 (감자스낵) 제일기획 남경호 |
|------|------|
| 1. 이별편 | 김진감자, 앵란감자에게 일등감자가 되는 그 날까지 만나지 말자고 말한다. 앵란감자, "일등감자만 포카칩이 되는 현실이 너무 슬퍼"라고 말한다. 이에 김진감자 "바보, 맛의 세계는 냉정한 거야"라고 대답한다. |
| 2. 경주편 | 김진감자와 앵란감자 운동장에서 2인 3각 경기를 치룬다. 경기에서 승리하면 포카칩이 되지만, 이기지 못하면 불량감자로 낙인 찍혀 감자탕이 되는 비참한 운명을 맞이 한다. 김진감자와 앵란감자 열심히 뛰었지만 역부족이었던 모양이다. 결국 불량감자의 신세를 모면하지 못하고 손수레에 실려 어디론가 끌려간다. |
| 3. 출산편 | 감자의원이라는 간판이 걸린 산부인과 병원 앞에 여보감자(김진감자)와 마누라감자(앵란감자)가 막 출산한 딸감자를 안고 있다. 딸감자 "감자, 감자"하며 운다. 한편 불량감자 역시 아이들을 낳았는 데 모두 불량감자들 뿐이다. 불량감자 "어떻게 줄줄이 불량감자냐"라고 말하며, 체념한 듯 "놀자, 놀자"고 소리친다. |

포카칩의 광고 시리즈는 20대의 신세대 스타 김진과 60년대 왕년의 스타인 엄앵란을 커플로 묶어 여기에 못생긴 불량감자라는 캐릭터를 대조시키는 텍스트 구조를 지니고 있다. 일상적인 관점에서 보면 전혀 어울릴 것 같지 않은 두 사람을 연인, 부부로 묶어 수용자들의 허를 찌르고 뒤이어 불량감자라는 이름에 꼭 맞는 얼굴을 들이댐으로써 수용자들의 웃음을 이끌어 낸다. 그리고 이러한 유머 소구의 이면에 1등 감자와 불량감자의 대조와 대비를 반복하고 포카칩을 일등감자의 위치에 연결지음으로써 제품의 우수성을 명확히 소구한다.

　여기에서 커플의 일상적 규범 혹은 커플에 대한 상식을 일탈하는 김진과 엄앵란 콤비로 부터 비롯되는 웃음은 (아이콘을 통한) 골계-인지적 수준의 유머에 해당한다. 그리고 일상의 미학적 규범에 심하게 못 미치는 추한 몰골의 불량감자에서 비롯되는 웃음은 풍자-대인적/사회적 수준의 유머에 해당할 것이다. 이러한 두 가지 유형의 웃음은 주목을 끌어 이 광고 텍스트에 접촉한 주체들을 수용자로 위치짓는다. 그리고 이러한 두 가지 유형의 웃음들 가운데 후자에 해당하는 불량감자의 이미지는 그것의 대립항으로서 김진·엄앵란 커플, 포카칩 그리고 일등감자를 하나로 엮어주는 역할을 한다. 그리고 이는 결국 포카칩은 일등감자라는 이미지를 만들어 낸다. 이러한 이미지는 일등감자만 포카칩이 되는 현실이라는 대사에서 표현된 이 제품의 USP (unique selling proposition)를 강하게 뒷받침한다. 그리고 그 결과 주체는 수용자로부터 소비자로 통합적-통시적인 방식으로 전형된다.

　포카칩 포기할 수 없는 꿈 편은 이러한 선행 광고 시리즈에 의해 형성된 맥락과 텍스트 구조 속에서 이해되어야 한다. 이를 보다 구체적으로 분석하기 위해 우선 그 텍스트를 다음 <표 4>와 같이 재구성하였다.

〈표 4〉 포카칩 "포기할 수 없는 꿈"편의 텍스트 재구성

| # 1 스틸화면 |
|---|
| 검은 화면에 <포기할 수 없는 꿈> 편이라는 표기 |
| # 2 산사 : 김진감자 포카칩이 되기 위해 입산 수도중 |
| 앵란감자 : 이제 그만 하산하시죠. 30년을 해도 일등감자가 안되는데 ……. (애원하는 목소리로) |
| 김진감자 : 사나이 감자 가는 길. 막지 마시오! (눈을 부릅뜨고) |
| 앵란감자 : 포카칩이 되는 건 자식감자들 몫이에요(두손을 불끈 쥐며) |
| 딸감자들 : 감자가 잘 자라야 포카칩(책을 들여다 보며) |

| #3 스틸화면 |
| --- |
| 1. 가운데 '감자가 잘 자라야 포카칩'이라는 글씨가 쓰여진 감자 그림, 화면 아래는 유통기간 확인하여 식품 선택 올바르게 표어 |
| 2. 화면 좌상단에 '오리온'이라고 표기, 화면 가운데에는 포카칩 제품 사진, 아래는 같은 표어 |
| # 4 해변 : 유원지에 놀러 온 불량 감자들 |
| 불량감자 : 날 때부터 불량감자는 아니었단다. 헤이~ <br> 김지애의 <얄미운 사람>의 곡조에 맞춰 노래 <br> 화면 상단에 '여전히 불량감자는' 이라고 표기 |

위 표에서 알 수 있듯이 포카칩 포기할 수 없는 꿈 편은 4개의 장면화로 구성되어 있다. 첫 번째 장면화는 해당 광고물의 제목을 보여준다. ~편이라는 표현 혹은 포기할 수 없는 꿈이라는 제목 자체는 이 광고가 선행 광고와의 연속선상에서 이해되어야 함을 암시함으로써 선행 광고에 노출된 주체들을 수용자로 재호명한다. 이러한 재호명 과정은 다음과 같은 세 가지 기능을 수행한다. 첫째, 단절의 기능이다. 이는 수용자들이 이 광고 텍스트를 접촉하기 이전까지 보고 들었던 다른 광고들 혹은 프로그램 텍스트에 대한 잔여물들을 지워 없앰wiping out으로써 그들의 머릿속을 최대한 깨끗이 청소한다. 둘째, 기대 유발의 기능이다. 이는 선행광고를 보고 즐거움을 느꼈던 수용자들로 하여금 또 다른 기대를 갖도록 유도한다. 셋째, 적응의 기능이다. 이는 선행광고를 통해 훈련된 포카칩의 유머에 쉽게 적응될 수 있도록 준비시키는 일이다. 넷째, 암시의 기능이다. 이는 뒤이어 나올 광고물의 내용이 무엇인지를 암시한다. 선행광고에 노출된 수용자들이라면 포기할 수 없는 꿈이 결국은 김진 감자의 일등감자가 되겠다는 꿈일 것임을 짐작할 수 있을 것이고, 이러한 짐작은 수용자들이 광고 메시지를 잘못 해석하는 일을 예방해 준다.

두 번째 장면화는 김진-엄앵란 커플의 연기와 대사로 구성된다.

김진감자는 일등감자가 되기 위해 30년을 산사에 틀어 박혀 공부만
하고 있다. 이에 앵란감자는 그만 하산하자고 종용한다. 그러자 김
진감자는 사나이 감자 가는 길을 운운하며 자신의 포기할 수 없는
꿈과 그것에 대한 의지를 드러낸다. 그러자 앵란감자는 포카칩 되
는 건 자식 감자들의 몫이라고 말한다. 이러한 김진감자와 앵란감
자의 대화 가운데 일등감자는 포카칩으로 둔갑한다. 대화의 맥락
속에서 일등감자와 포카칩은 등가로 취급되고 포카칩은 일등감자
로 만들어진 좋은 제품이라는 메시지가 만들어 진다. 그리고 이러
한 메시지는 딸감자들이 합창하는 감자가 잘자라야 포카칩이라는
가사를 통해 강화된다. 물론 두 번째 장면화에서 웃음은 어울리지
않는 두 사람을 커플로 묶어 냄으로써 발생하는 골계-인지적 수준
의 유머로부터 발생한다. 그런데 이는 선행 광고시리즈를 통해 변
함없이 반복된 것으로써 이별 편에서와 같은 참신성을 잃어 가고
있다. 이별 편에서의 웃음이 주로 단발머리 여고생으로 분장한 엄
앵란의 이미지에 의존하고 있었다면, 포기할 수 없는 꿈 편에서의
웃음은 대조적으로 30년이 지난 뒤, 노인으로 분장한 김진의 이미
지에 의존해야 했을 것이다. 그러나 실제 광고에서 김진은 노인으
로 분장하지 않고 있는 바, 이는 이들 이상한 커플이 지니는 유머러
스한 면모를 삭감하는 결과를 초래하고 있는 것 같다. 왜냐하면 이
별편의 골계-인지적 수준의 유머는 젊은이와 젊은이로 분장한 노인
의 불일치에서 유발되는 만큼, 포기할 수 없는 꿈의 유머는 역으로
노인과 노인으로 분장한 젊은이의 불일치를 유지하여야만 했기 때
문이다. 그럼에도 불구하고 기존 광고 시리즈의 성공은 이러한 실
수를 사소한 것으로 만들어 버린다.

세 번째 장면화는 두 개의 스틸 화면으로 이루어진다. 이 두 개의
화면은 모두 광고되는 상품이 무엇인지를 명시해줌으로써 수용자
주체가 소비자 주체로 재호명될 수 있도록 만든다. 이 두 개의 화면

은 논리적으로 연결되는 데, 두 번째 장면에서 딸 감자들이 합창한 감자가 잘 자라야 포카칩을 문자 메시지로 제시하고 이어 포카칩의 실물사진-포장지 한가운데 포카칩이라는 글씨가 박힌-을 보여준다는 점에서 그러하다. 이는 음성·문자·사진이라는 식으로 그 표현 방식을 전환해 가며 끝 말잇기 놀이의 리듬으로 포카칩이라는 제품명을 반복한다. 여기에서 음성은 문자로 표현된 감자가 잘 자라야 포카칩의 기표로 기능하며, 이들 음성-문자의 연쇄는 다시 포카칩 실물사진의 기표로 기능하게 됨으로써 하나의 의미화 사슬을 창출한다. 이러한 의미화 사슬에 의해, 두 번째 장면화에 노출된 수용자 주체는 자연스럽게 포카칩의 이미지에 적응하게 되며, 자연스럽게 소비자 주체로 전형될 수 있게 된다. 바로 이 순간이 광고에 대한 태도가 브랜드에 대한 태도로 전환되는 순간이며, 수용자 주체가 소비자 주체로 재호명되는 순간이다.

네 번째 장면화는 해변에 놀러 나온 불량감자들을 보여준다. 불량감자들은 김진감자가 열심히 공부하고 있는 사이에도 출산 편에서 외쳤던 그대로 여전히 놀고 있었던 것이다. 이는 포카칩 포기할 수 없는 꿈 편의 백미로서 다음과 같은 두 가지 이유로 중요하다. 첫째, 이 장면으로 하여금 두 번째 장면화의 상투화된 유머가 보상되기 때문이다. 둘째, 세 번째 장면화에서 소비자로 전형된 주체위치를 수용자로 되돌림으로써 두 번째 장면화와 세 번째 장면화가 지니는 통합적-통시적 연결의 단점을 보완하기 때문이다.

위에서 언급했듯이 두 번째 장면화의 골계-인지적 수준의 유머는 기존 시리즈에서 변형없이 반복됨으로써 이미 상투화되었다. 이러한 상투화의 결과는 웃음의 강도를 현저히 약화시키고 그 결과 수용자 호명에 악영향을 미친다. 그런데 불량감자가 김지애의 얄미운 사람에 맞추어 날 때부터 불량감자는 아니었단다를 열창하는 순간, 수용자들은 충분한 보상을 얻게 된다. 불량감자의 캐릭터 자체는,

위에서 언급했듯이, 풍자-대인적/사회적 수준의 유머로 분류될 수 있는 것으로, 기존 광고 시리즈에서도 반복되고 있다. 그러나 이들 불량감자는 김진·앵란감자의 처지와는 전혀 다르다. 그들은 주변적이고 부차적인 위치에 있기 때문에 그들이 주는 웃음은 보너스나 덤처럼 여겨진다. 더구나 김진·앵란 감자처럼 시간이 넉넉히 주어지는 것도 아니다. 불량감자를 통해 유발되는 웃음은 한편 세 번째 장면화를 통해 소비자로 재호명된 주체들을 수용자의 위치로 되돌려 보낸다. 짧은 시간에 비교적 강한 임팩트를 가지고 이루어지는 수용자 주체의 복귀는 그러나 주체전형을 위협하기보다는 오히려 그것을 강화한다고 보아야 한다. 왜냐하면, 위에서 살펴본 대로 두 번째 장면화와 세 번째 장면화의 연결은 말 잇기 놀이와 같은 리듬으로 이루어진다. 능기(음성 : 감자가 잘 자라야 포카칩)에서 기의-기표(문자 : 감자가 잘자라야 포카칩) 그리고 기의(실물 : 포카칩이라는 글씨가 한가운데 박힌 스틸사진)로의 연결은 통합적-통시적 연결의 전형이라고 할 만큼 자연스럽고 부드럽다. 그러나 이러한 자연스러움과 부드러움은 단지 텍스트의 것이지 수용자-소비자 주체의 것이 아니다. 이는 광고 텍스트의 상업적 의도를 노골적으로 드러낸다. 그리고 그 노골성은 주체로 하여금 선별과 방어의 기제를 작동하게 만든다. 이때 불량감자의 웃음은 이들 소비자 주체의 일부를 수용자 주체로 [재]소환함으로써 선별과 방어 기제의 작동을 방해한다. 결국은 웃고 끝나기 때문에 수용자들은 자신이 이미 소비자로 호명되었다는 사실을 까맣게 잊어버리고 만다.

포카칩 포기할 수 없는 꿈 편의 텍스트 구조는, 김진감자와 앵란감자의 부조화 그리고 불량감자의 불량한 외모에서 비롯되는 유머, 즉 문화적 메시지와 일등감자-잘 자란 감자-포카칩-좋은 스낵이라는 의미화 연쇄에 의해 비롯되는 상업적 메시지로 이중화된다. 이때 텍스트 스스로는 골계-인지적 수준의 유머로 수용자를 호명하고,

통합적-통시적 전략을 통해 수용자를 소비자 주체로 전형하고, 불량 감자들의 풍자-대인적/사회적 수준의 유머를 통해 소비자 주체를 수용자 주체로 재소환함으로써 통합적-통시적 전략이 지니는 난점을 관리한다. 포카칩 광고 캠페인은 이처럼 치밀한 텍스트 구조와 주체전형 전략을 구사함으로써 하나의 성공을 일궈낸 대표적 사례이다.

## V. 문화공학적 입장과 분석

이 글은 유머광고의 성공전략을 찾아내는 목적을 지니고 있지 않다. 성패여부를 따지는 기준을 찾아내는 목적을 지닌 것도 아니다. 유머광고가 웃음을 통해 만들어내는 주체화과정을 추적하고 그 전략 즉 광고공학의 복잡성 내지는 체계성을 드러내는데 그 목적을 두었다. 문화공학적 입장에서 살펴본 광고의 논의를 통해 웃음을 미끼로 한 유머 광고의 전략을 찾아내고자 했다.

유머광고는 전형적인 재현 텍스트와는 차별성이 있어 서사를 비틀고 실종시킴으로서 자신을 먼저 드러내고 있었다. 엉뚱한 서사전략으로 유머광고는 수용자들의 관심을 끌고 문화적 메시지로서의 유머광고의 수용자 주체가 형성되도록 한다. 하지만 이러한 주체형성 전략은 광고 본유의 목적과는 대립될 수 밖에 없다. 유머광고의 목적은 웃음유발이 아니라 그 유발을 미끼로 상품을 기억하게 하거나 구매 욕구가 일도록 하는데 있기 때문이다. 만약 유머광고가 문화적 메시지의 수용자 주체 만들기에 그칠 경우 커뮤니케이션 실패라는 낭패를 맞게 된다. 웃음을 매개로 수용자 주체가 소비자 주체로 변형되어야 광고는 성공적인 커뮤니케이션을 수행하게 된

다. 이를 유머광고의 이중적 주체구성 과정이라고 보았고 수용자에
서 소비자로 변형되는 과정을 주체전형 과정이라고 이름 붙였다.

유머광고의 주체전형 과정은 기호를 구성하는 기표와 기의의 관
계처럼 자의적일 수 밖에 없지만 통합적-통시적 방식과 계열적-공
시적 방식으로 의미의 이탈을 메우고 있었다. 이 두 방식은 나름대
로 장단점이 지니고 있었다. 전자는 유머광고를 닫힌 텍스트로 만
들어 웃음을 규범적으로 통제해 유머광고가 노리고자 하는 웃음유
발을 약화시키는 단점을 노출시킨다. 하지만 이 방식은 지나친 자
의적 해석을 막고 손쉽게 수용자를 소비자로 전형시킬 수 있다는
장점을 지니고 있었다. 그에 비해 후자인 계열적-공시적 방식은 웃
음유발에는 성공할 확률이 높은 장점을 지닌 반면, 상업적 메시지
가 약화되어 수용자를 소비자로 이끄는데는 어려움을 지니고 있었
다. 결국 유머광고는 어떤 방식으로 구성되든 의미전달의 불확실성
을 지닐 수 밖에 없으며 끊임없이 반복되거나 의미생성 훈련을 받
도록 시리즈물로 기획되거나 다른 텍스트로부터 의미를 끌어오는
상호텍스트성intertextuality의 전략을 구사할 수 밖에 없는 셈이다.

문화공학적 입장에서 보자면 유머광고의 분석 그리고 주체형성
전략 분석은 중요한 의미를 지닌다. 우선 웃음은 서사적 구조에만
의존하지 않으며 서사의 비틈과 상실로 생성되는 비언어적 과정일
수 있으며, 비언어적 성격 탓에 웃음을 담은 텍스트가 목표로 하는
커뮤니케이션의 성패가 불명료해진다. 웃음을 자아내는 방식만큼이
나 웃음을 이후 목표와 접합시키는 전략이 중요해짐을 알려주는 것
이다. 이는 광고에서뿐만 아니라 특정 의미전달을 목표로 하는 코
미디, 코믹 드라마 등에 상당히 중요한 함의를 전해준다. 웃음을 유
발하는 것에 그치지 않고 웃음 이후까지를 고민하고 논의하는데 중
요한 의제를 설정해주는 것이다. 또 다른 한편으로 주체구성에 있
어 언어적 과정과 비언어적 과정의 접합을 명시해주고 있다. 지금

까지 주체구성은 언어적 과정 즉 이데올로기의 호명과정으로 설명되는 것이 주류였는 바, 본 논문에서의 유머광고 분석은 비언어적 과정이 언어적 과정과 접합(혹은 탈구)될 수 있음을 드러내주고 있다. 이는 문화생산에서 유머를 적절히 사용할 경우 관심끌기를 의미형성으로 까지 이어질 수 있는 가능성을 적절히 보여주는 것이라 할 수 있을 것이다.

이 같은 논의가 과연 교육 현장에서 얼마나 유용하게 사용될 수 있을 것이며, 창의성으로 승부를 보려는 독립 제작자들에게 도움을 줄 수 있을지는 미지수다. 그러나 이 같은 분석을 통해 - 기존의 생산 방식을 철저하게 복기함을 통해 - 대중문화물들의 이데올로기적 전략을 살펴봄과 동시에 새로운 생산을 준비 중에 있으나 그에 대한 그림을 갖고 있지 못한 사람들에게는 좋은 지침이 될 수 있을 것이다. 아울러 비평적 담론 중심의 문화 연구를 생산 현장, 교육 현장으로 이끌고 학제적 연구의 문화연구가 문화생산에서 큰 기여를 할 수 있음을 보여주는 계기가 될 수도 있으리라 생각한다. 문화연구의 담론적 실천을 한 단계 더 끌어올리는 차원에서 제안된 문화공학적 입장이 개입 실천을 할 수 있도록 하는 몫은 이제 문화생산의 현장(교육, 문화산업, 독립제작 현장 등)에 남아 있는 사람들에게 달려 있다.

# Abstract

## Strategies of Comic TV-Commercials, Tactics of Their Audience

Won, Yong-Jin(Dept. of Mass Comm., Sogang University)

Pleasure and discourse of comic television commercials, in which humorous messages are contained, are entangled into an antagonistic and contradictorily complex relation. The relation had influence on the subjectivity of comic-TV-commercial-audience and the effect curdled to his/her contradictory attitude. When we round up the result of text and discourse analyses, we may grasp that the audience of comic commercials can not accommodate his/her pleasure ever happily. At this point, we must consider that social discourses are not sets of objective statements but the result of ideological formations in which are soaked by power relations of the society. Briefly, social discourse is a power formation and power flows through the discourse. Contradictory subjectivity of comic television commercial is a construct laid by the formation.

The audience members are interpellated as the discourse is constructed, and at the same time, they behave actively with desire for pleasure. They do not quit watching comic commercials, in spite of blames of 'low and dirty taste' in the social discourse. That implies that interpellation by social discourse is limited and partial. The audience does not also accommodates pleasure of comic commercials under the influence of social discourse but pleasure weakens the influence. As audience of comic commercials is neither purely passive nor active, the contradictory characteristic makes a part of his/her cultural identity.

# 텔레비전 드라마의 서사전략 고찰

### - 김수현의 〈청춘의 덫〉을 중심으로

윤석진*

```
                    차 례
Ⅰ. 들어가는 말
Ⅱ. 가부장제 이데올로기와 통속적인 서사 전략
Ⅲ. '결핍과 낙인' '위반과 응징'의 서사 전략
Ⅳ. 등장인물에 대한 거리두기를 통한 서사 전략의 변형
Ⅴ. 남아 있어 미심쩍은 문제들
```

# Ⅰ. 들어가는 말

현대사회에서 텔레비전으로 대변되는 영상매체는 대중의 의식을 좌우할 수 있는 힘을 가진 강력한 지배도구이다. 매체의 이데올로기적인 기능에 있어 텔레비전은, 텍스트가 작용하는 장소로서 다양한 서사들, 장르들, 호소들, 그리고 진술 양식들이 교차하고 공존하는 현장이다.[1] 특히 텔레비전 드라마는 일상의 삶을 시각적으로 세밀하게 묘사함으로써 연극과 영화에 이어 가장 대중적인 이야기 매체로 자리잡은 현실을 부인하기는 어려울 것이다.

---

\* 한양대 강사.

1) 미미 화이트, "이데올로기 분석과 텔레비전," R.알렌 편/김훈순 역, 텔레비전과 현대비평, 나남, 1992, 220쪽.

텔레비전 드라마의 서사는 일반적으로 당대 지배 이데올로기에서 크게 벗어나지 않는다. 오히려 불특정 다수의 시청자를 대상으로 보편타당성을 추구하는 듯하면서도, 지배 이데올로기를 관철시키는 방식의 전략을 구사한다. 특히 여성을 주요 시청자층으로 상정하고 있는 텔레비전 드라마의 경우, 대부분 가부장제를 옹호하는 전략을 구사함으로써 당대 지배 이데올로기의 유지·강화에 기여한다.

그러나 다른 한편으로, 텔레비전 드라마가 갖는 서사적 특성의 일정 부분은 방송의 상업성과 대중성에 토대를 두고 있다. 따라서 동시대적 감성을 최우선으로 하는 텔레비전 드라마의 서사 전략은 사회 구조의 변화에 민감할 수밖에 없다. 이성적 판단보다 감성적 직관을 우선시 하는 영상이미지 시대의 시청자는 텔레비전 매체의 일방성을 거부하고 적극적으로 의견을 개진함으로써 서사 전략의 변화를 이끌어낸다. 그리고 텔레비전 드라마의 제작자들은 이와 같은 시청자층의 의견을 최대한 반영함으로써 변화에 적응한다.

사회 각 분야에 걸쳐 여성의 참여가 확대되고 있는 상황은 텔레비전 드라마의 서사 전략을 수정하도록 유도했다. 그 결과 이제 텔레비전 드라마에서만큼은 전통적인 개념의 남성과 여성의 영역과 역할이 뚜렷이 구별되지 않는다. 오히려 남성과 여성의 위치가 역전되는 상황도 빈번하게 연출된다. 그럼에도 불구하고 가부장제 이데올로기가 해체된 것은 아니다. 오히려 보다 교묘한 방법으로 시청자의 무의식을 파고든다.

본 연구는 변화된 환경에도 불구하고 텔레비전 드라마에서 가부장제 이데올로기가 어떻게 유지·강화되고 있는지 고찰하는 것을 목적으로 한다. 텔레비전 드라마의 서사는 전형적인 등장인물과 이들의 갈등 관계에서 비롯되는 상황을 중심으로 전개된다. 본 연구에서 분석 대상으로 삼고자 하는 <청춘의 덫> 또한 이 틀에서 크게 벗어나지 않는다.

　지난 1999년 장안의 화제를 불러 일으켰던 <청춘의 덫>은 방송 당시 능동적이고 적극적인 여성 등장인물에 의한 남성의 파멸을 그리고 있다는 점에서 여성 시청자층의 적극적인 호응을 얻었던 텔레비전 드라마이다. <청춘의 덫>의 표면적인 매력은, 방송 당시의 평가와 마찬가지로 '언어의 연금술사' 김수현과 '껍질을 깨고 세상과 대면하기 시작한 연기자' 심은하의 '투-톱 시스템'에 있다. 그러나 이와 같은 표면적인 매력 때문에 '여자의 행복은 남자에 의해 좌지우지된다'라는 전형적인 가부장제 이데올로기의 강화라는 서사 전략이 은폐될 수 있었다. 본 연구는 이와 같은 점에 주목, 주요 등장인물에 대한 분석을 통해 '발단-전개-갈등-해결'의 구조 속에서 가부장제 이데올로기의 유지와 변형이 어떻게 구사되고 있는 살펴보고자 한다.

## II. 가부장제 이데올로기와 통속적인 서사 전략

　텔레비전 드라마의 동시대성을 충분히 반영하며 '김수현 드라마의 30년'[2]을 화려하게 장식한 것은 <청춘의 덫>이었다. 1978년 문화방송(MBC)에서 박철·이효영 연출의 주말연속극으로 방송되었던 <청춘의 덫>은 당시 높은 시청률을 기록했다. 동시에 혼전 동거,

---

　2) 방송작가로는 드물게, 아니 처음으로 김수현은 드라마 인생 30년을 맞이하여 학계의 집중적인 조명을 받았다. ≪김수현 드라마에 대하여≫라는 제목으로 출판된 '김수현 드라마 연구'는 PD, 연기자, 문학 및 문화평론가들의 글을 통해 김수현 드라마의 문화적, 문학적, 사회적 의미를 되짚어보는 방대한 분량의 연구서이다. 그리고 방송작가에 대한 연구서답게 김수현의 대표 단막극을 수록한 것은 물론, 비디오까지 함께 묶여 김수현의 작품 세계 파악에 유용한 자료가 아닐까 싶다.

혼전 임신 등 윤리적인 논쟁을 불러 일으키면서 중도하차하는 불운을 겪기도 했다. 그러나 20여 년의 세월이 흐른 뒤 서울방송(SBS)에서 정세호 연출의 드라마 스페셜로 다시 태어나면서 다시금 대중적인 화제거리가 되었다. 그 동안 우리의 미풍양속도 많은 변화를 겪은 까닭인지 1978년 방송 당시보다 더 노골적인 장면 구성이 많았지만, 시청자의 높은 호응을 받으면서 방송작가 김수현의 위치를 다시금 환기시켜주기도 했다.

총 24부작으로 방송된 <청춘의 덫>의 기본 줄거리는 매우 간단하다. 대학 시절의 가난한 연인이 생활적으로 안정이 될 무렵, 남자(강동우)는 타고난 가난에서 벗어나고자 헌신적인 여자(서윤희)를 버리고 부잣집 여자(노영주)를 선택한다. 그들 사이의 아이(강혜림)마저 사고로 죽어버리자 여자는 남자에게 복수를 꿈꾼다. 때마침 그 여자에게 접근해오는 부잣집 남자(노영국)의 사랑을 이용, 자신을 버린 남자를 향한 복수가 시작된다. 결국 여자는 복수에 성공하고, 남자는 파멸의 길을 걷게 된다.

하지만, 우리 삶이 그렇게 간단하지 않듯이, 복수에 성공한다고 해서 여자가 행복해지는 것은 아니다. 예정된 결말을 향해 달려가지만, 그 결말의 끝에서 모두가 행복해질 수 없는 것이 인생이기 때문이다.[3] 그럼에도 불구하고 텍스트의 결말은 해피엔딩으로 보여진다. 그 이유는 능력 있고 매력적이었던 여자를 배신했던 남자가 모든 것을 잃고 파멸에 이른 것과, 모든 것을 용서함으로써 새로운 행복을 얻은 여자의 모습이 결말에 배치된 서사 전략 때문이다. 이로

---

3) PC통신 천리안에 개설된 <청춘의 덫> 방은 드라마가 결말을 향해 나아가는 즈음에 '청춘의 덫 이렇게 끝났으면…'이라는 코너를 마련해 시청자들의 의견을 받았다. 여기에 올라온 글들을 보면, 대부분의 의견이 윤희의 행복과 동우의 파멸을 '간절히' 바라고 있다. 이것은 허구의 세계에서나마 정의가 구현되기를 바라는 마음의 표현이며, 멜로드라마를 비롯한 대부분의 대중문화는 바로 이 지점에서 대중과 함께 호흡해왔다.

써 가부장제 이데올로기는 균열을 일으키며 전복된 것처럼 보인다. 그러나 또 다른 남성의 절대적인 도움으로 여자의 복수가 성공했다는 점을 놓치지 않는다면, 가부장제 이데올로기는 여전히 견고하게 여성을 옭죄고 있음을 알 수 있다. 이를 '발단-전개-갈등-해결'의 구조 속에서 보다 자세히 살펴보면 다음과 같다.

텍스트의 서사가 시작되는 지점은 이미 많은 갈등을 내재하고 있는 상황의 제시이다. 첫 회에서 후배 직원은 서윤희에게 자신의 오빠를 소개시켜주고 싶어하지만, 서윤희는 사귀는 남자가 있다며 후배의 제의를 정중하게 거절한다. 활기 넘치는 분위기를 연출한 첫 장면은 주인공 서윤희의 능력과 매력, 그리고 행복에 대한 해설의 성격을 갖는다.

그러나 이렇듯 활기 넘치고 행복한 서윤희의 상황은 그리고 오래 가지 않는다. 강동우를 노골적으로 유혹하는 노영주의 적극적인 애정 공세 때문에 서윤희의 행복은 위태롭게 변하기 시작한다. 전체적인 줄거리를 이미 꿰뚫고 있는 시청자가 호기심을 갖는 지점은 강동우의 선택에 놓인다. 그리고 시청자의 판단대로 강동우는 서윤희를 배신하고 노영주를 선택한다. 이제 시청자는 서윤희가 과연 어떻게 행동할 것인지를 궁금해한다. 강동우에 대한 시청자의 도덕적인 비난은 맥없이 무너지는 서윤희 앞에서 분노로 옮아간다.

시청자의 분노는 서윤희의 불행한 모습과 강동우의 행복한 모습이 대조되면서 점차 치솟기 시작한다. 텍스트의 서사는, 친구를 만나 하소연하고 마지막 남은 희망인 아이마저 빼앗길지도 모른다는 서윤희의 불안감이 담긴 장면과, 노영주와 함께 결혼 준비에 분주하면서 승승장구하는 강동우의 행복이 담긴 장면이 계속 교차되면서 전개된다. 이러한 서사 전개는 앞으로 벌어질 사건들을 단지 가능한 수준에서 그럴듯한 수준으로, 혹은 더 나아가 불가피한 수준으로 끌어올리기 위한 준비 과정이다.[4] 앞으로 벌어질 사건이란 물론, 강동우에 대한 서윤희의 복수다.

강동우에 대한 애증 때문인지, 그래도 자신이 사랑하는 남자의 행복을 위해 깨끗이 물러나기로 했던 서윤희의 복수심은 어린 딸의 죽음에서 정점에 이른다. 사촌동생의 어이없는 실수로 혜림의 죽음을 받아들일 수밖에 없는 상황에서 서윤희는 자신이 가지고 있던 모든 것을 잃었다는 생각에 극단적인 복수심에 사로잡힌다. 마지막 가는 길에 아빠를 만나게 해주고 싶다는 마음에 차갑게 식은 어린 딸을 방에 뉘여 놓고 강동우를 기다리는 서윤희의 모습, 그러나 '아이가 위독하다'는 연락을 가볍게 받아들이고 노영주와의 데이트를 즐기는 강동우의 모습이 교차되면서 서윤희의 복수심은 시청자의 동의를 얻는다. 이제 시청자는 서윤희가 과연 어떻게 복수를 할 것인지, 강동우는 어떻게 파멸에 이르게 될지 궁금해하면서 브라운관 앞을 향해 자세를 고쳐 앉는다.

서윤희를 처음 보았을 때부터 사랑을 느꼈던, 그러나 자신의 의지와는 상관없는 결혼 생활을 해야 했던 노영국이 이혼남의 신분으로 서윤희 앞에 다시 나타나 끊임없는 애정공세를 벌이고, 사랑하지 않으면서도 강동우를 파멸에 이르게 하기 위해 서윤희가 노영국을 선택하면서 이야기는 본격적인 갈등 상황에 접어든다. 서윤희와 강동우의 각기 다른 새로운 상대가 남매 관계인 노영국과 노영주라는 관계의 설정이 다소 작위적임에도 불구하고 시청자들의 시선을 여전히 브라운관에 고정시킨다.

그러나 또 다른 갈등이 발생한다. 자신을 진정으로 사랑하는 남자를 속이고 있다는 죄책감이 들면서, 서윤희는 자신의 복수심에 스스로 환멸을 느끼게 된다. 빠져 나올 수 없는 덫에 빠진 것 같은 생각에 서윤희는 모든 것을 포기하고자 하지만, 서윤희를 향한 노

---

4) 윌리엄 밀러/전규찬 역, 드라마 구성론, 나남출판, 1995, 115쪽.

영국의 사랑의 감정은 건잡을 수 없이 타올라 서윤희의 모든 것을 받아들인다. 그런 노영국에게 진정으로 사랑하는 감정을 느끼게 된 서윤희는 이제 강동우에 대한 복수심을 버리고 새로운 인생을 설계하기 시작한다.

서윤희의 모든 행동이 자신을 향한 올가미 같다는 생각에 고통스러워하던 강동우의 파멸은 서사 전개에서 더 이상 중요한 의미를 갖지 못한다. 이미 강동우의 파멸이 예고된 상황에서 시청자는 서윤희와 노영국이 진심으로 행복한 결합을 하게 되길 바라는 마음으로 기울기 시작했기 때문이다. 동시에 시청자들은 노영주에게도 연민의 시선을 보낸다. 천방지축 같았지만, 자신의 사랑을 희생하면서까지 오빠의 결혼을 진심으로 축하해주고 떠나는 노영주이기에 안쓰러운 것이다. 노영주 때문에 강동우의 파멸에 대한 시청자의 시선은 이중으로 갈라진다. 그러면서 자연스럽게 강동우의 개과천선을 기대하고, 이와 같은 기대에 부응하기라도 하듯, 서사의 결말은 노영주와 강동우의 재결합을 암시하며 끝난다. 결국 가부장제 이데올로기에 균열이 생기면서 전복된 듯이 보지만, 결국은 또 다른 남성의 절대적인 도움으로 여자의 복수가 성공했다는 점에서 가부장제 이데올로기는 여전히 유지되고 있음을 알 수 있다. 단지 사회 상황 변화에 걸맞게 텍스트의 서사 전략이 수정되었을 뿐이다.

이처럼 날카로운 비수에 절대적인 독까지 한 방울 묻힌, 그래서 작위성을 넘어 진부함에 푹 빠져버린 이야기가 21세기를 바라보던 1990년대 말의 대중을 울렸다. 어떤 사람들은 "1970년대를 풍미한 통속 멜로의 전형"[5]이라는 말을 남기기도 했지만, 서서히 뜨거워져가는 대중의 분노를 달릴 그 무엇은 찾기 어렵다. 남은 것은 오로지, '복수' 뿐이다. 다시 말하지만, 여자에 의해 남자가 파멸한다는 것은

---

5) 일간스포츠, 1999. 2. 17일자 기사 참조.

남성 중심의 가부장제 이데올로기에 정면으로 배치된다. 하지만 그 속을 자세히 들여다보면 결국 처벌받아야 하는 남자를 응징하는 주체는 여자가 아닌 또 다른 남자이며, 복수를 꿈꾸었던 여자는 그 남자의 사랑을 통해 다시 '사랑의 대상'으로서의 위치를 찾아가고 있음을 알 수 있다. 결국 <청춘의 덫>의 통속적인 서사 전략이 전형적인 가부장제 이데올로기를 유지·강화하는 기존의 서사 전략에서 벗어나지 못하고 있음을 의미한다. 요컨대, <청춘의 덫>의 도식적인 등장인물과 서사 전략은 각기 다른 성격의 등장인물 간의 관계를 통해 '여자의 행복은 남자에 의해 결정된다'라는 전형적인 가부장제 이데올로기의 유지·강화를 지향한다.

## Ⅲ. '결핍과 낙인' '위반과 응징'의 서사 전략

단순한 인물을 통해 복잡한 인간성의 단면을 고스란히 드러내는, 매우 뛰어난 작가 김수현의 드라마 30년 인생의 중간 결산 <청춘의 덫>은 20여 년의 시차를 뛰어넘어 1999년, 지금, 여기의 대중들에게 질문을 던진다. 인생이 무엇인지, 산다는 것의 의미가 무엇인지 당신들은 아느냐고. 더구나, 우리가 본받아야 할 모범적인 인물에 대한 것이 아니라, 지극히 보편적인 혹은 대단히 통속적인 이야기를 통해 한 번쯤 자기 인생을 되짚어보게 만든다.

또한 <청춘의 덫>은 이제 노골적으로 남성에 의한 여성의 대상화를 거부하는 듯한 변형된 서사 전략을 구사함으로써 변화된 사회상을 반영하는 듯하다. 하지만 단지 '반영'할 뿐이다. 작가의 의도 여부와는 상관없이 <청춘의 덫>에서 중요한 문제로 부각되는 것은 '결핍과 낙인', '위반과 응징'의 기표이다. 이와 같은 기표에서

'서윤희'와 '노영주'와 같은 주체적인 여성의 등장에도 불구하고 <
청춘의 덫>이 여전히 지배 이데올로기를 강화시키는 기능을 수행
하고 있음을 알 수 있다. 다시 말해 등장인물의 성격을 새롭게 전형
화 시킴으로써 지배 이데올로기 도구라는 혐의에서 벗어나는 듯하
지만 이는 단지 '변형'에 불과할 뿐이라는 것이다. 변형된 서사 전
략을 통해서 구현되고 있는 '시적 정의(Poetic Justice)'의 세계는 여전
히 지배 이데올로기의 유지·강화에 기여하고 있기 때문이다.


## 1. 결핍과 낙인의 전략

앞서 살펴보았듯이, 긴장과 갈등의 핵심에 놓여 있는 인물은 '서
윤희'와 '강동우'이다. 이들은 경제적인 결핍에 시달리면서도 순수
한 사랑을 통해 결핍을 해소하려는 인물들이다. 그러나 순수한 사
랑은 온전히 '서윤희'의 몫이었다. 서로의 사랑이 깊었던 까닭에 혼
전 성관계는 한 순간의 실수가 아니었다.

그러나 그 결과에 대한 책임은 여전히 남성 중심적인 이데올로기
에 근거한 여성의 몫으로 돌아간다. 이에 따라 '서윤희'는 '미혼모'
라는 낙인까지 받는다. 이중의 억압에 시달리는 여성의 모습은 지
금까지 우리가 익히 보아온 틀에서 크게 벗어나지 않는다. 서윤희
의 '결핍과 낙인'이 해결되는 과정 역시 전형적이다. 경제적 여유와
정신적 위안까지 안겨주는 남자 '노영국'에 의해 변형된 여성의 모
습이 다시금 제자리로 돌아간다는 해결 방식은 여전히 가부장제 이
데올로기에 근거한 서사 전략이다. 다만, 그 과정에서 선택과 배제
라는 서윤희의 주체적인 결정을 통해 변화된 사회상을 '반영'할 뿐
이었다. 여기서 변한 듯하면서도 여전히 견고한, 텔레비전 드라마의
가부장제 서사 전략을 확인할 수 있다.

결코 '사랑한다'는 말을 하지 않는 '강동우'의 변형된 성격 역시 마찬가지다. 의무와 책임 사이에서 갈등하는 강동우는 가부장제 이데올로기의 또 다른 희생자인 대다수의 남성들의 모습이다. 1970년대 말의 강동우가 '출세욕'에 사로 잡힌 인물이었다면, 1990년대 말의 강동우는 가부장제 이데올로기가 강요한 남성상에 왜곡된 인물이다.

가부장제 이데올로기 하에서 '남성' 강동우는 '여성' 서윤희와 달리 사회적 지탄의 대상으로서 '낙인' 찍히지는 않는다. 사실혼 관계의 여자와 딸이 있다는 사실은 철저하게 차단되고, 그로 인해 발생하는 정신적 고통과 경제적 부담은 온전히 여자의 몫임에도 불구하고 그럴 수 있다는 '용인'을 받는다. 자신의 의지와 상관없이 다가오는 매력적인 여자 앞에서 흔들리는 모습은 '남성이기에'라는 이유만으로도 용인되는 것이다. 이는 전형적인 가부장제 이데올로기가 강요한 결과이기도 하다. 따라서 '강동우'가 파멸에 이른다는 것은 이와 같은 가부장제 이데올로기가 깨져나감을 의미한다. 적어도 외형적으로는 그렇다.

그러나 파멸의 과정을 통해 강동우는 진정한 사랑을 얻게 된다. 사랑의 결핍에 시달리던 노영주에 의해 강동우가 구제받는 과정은 전형적인 가부장제 이데올로기의 해체로 해석되면서 파격을 만들어내지만, 결과적으로는 전혀 새로울 것이 없는 전형적인 서사 전략에 지나지 않는다. 여성(서윤희)이 아닌 또 다른 남성(노영국)에 의해 파멸에 이른다는 결말은 '신데렐라 콤플렉스'의 변형에 지나지 않기 때문이다. 변형은 좀 더 정교한 포장의 또 다른 이름일 뿐이다.

## 2. 위반과 응징의 전략

'결핍과 낙인'이 서사의 발단부에 해당한다면, '위반과 응징'은 전개와 결말에 해당하는 전략이다. <청춘의 덫>에서 가장 중요한 '위반'은 강동우의 배신이다. 그리고 이에 대한 '응징'은 서윤희의 복수다. 여성에 의해 파멸에 이르는 남성의 모습은 텔레비전 드라마의 주요 시청자인 여성의 현실을 일깨우는 동시에 대리만족의 효과를 가져온다. '서윤희'와의 동일시가 이루어지지 않는 상황에서도 여성 시청자는 '강동우'의 파멸을 학수고대한다.

남성 시청자 역시 별반 다르지는 않다. 그러나 한 가지 변화된 것이 있다면, 남성 시청자의 절반 가량이 강동우의 상황을 이해하고 받아들인다는 점이다. 이는 곧 1990년대 말에 태어난 강동우가 서사 전개에 필요한 어떤 강한 감정이나 느낌을 다룰 수 있을 정도의 충분한 복잡함과 깊이를 지니고 있는 인물임을 의미한다.[6] 이 지점에서 남성 역시 가부장제 이데올로기로부터 자유롭지 못한 존재임을 읽을 수 있다.

강동우의 파멸이 온전히 서윤희의 힘에 의한 것이 아닌, 서윤희를 위한 노영국의 힘에 의해 이루어진다는 설정 역시 강동우에 대한 남성 시청자들의 안타까움을 이끌어내는 극적 장치가 되기도 한다. 따라서 외형적으로는 여성을 배신한 남자의 파멸이라는 점에서 전형적인 가부장제 이데올로기에 균열이 생긴 것으로 볼 수 있지만, 그 파멸이 한 여자를 향한 지고지순한 남자의 사랑의 결과에서 비롯된 것에 지나지 않는다. 결국 남성적 힘의 논리는 여전히 세상을 지배하고 있고, 여성은 대상에 머무르고 있을 뿐이라는 사실이 재확인되는 과정을 통해서 <청춘의 덫>의 서사 전략의 '변형'은 변

---

6) 윌리엄 밀러/전규찬 역, 앞의 책, 155쪽.

화한 사회상의 미약한 '반영'에 머무르고 있음을 확인할 수 있다.

사회가 바뀐 만큼, 이제 노골적인 이데올로기 주입은 쉽게 통하지 않는다. 대중은 어떤 '메시지'가 직접 전달되는 것을 원치 않는다.[7] 보편적인 감정선에서 도덕적인 결말을 원하기는 하지만, 그것이 노골적으로 전달되는 것까지 원하지는 않는다는 것이다. 이 지점에서 김수현은 극적 장치를 강화시킴으로써 자신의 의도와는 상관없는 서사 전략의 변형을 시도한다. <청춘의 덫>의 통속적인 서사 전략의 변형은 기본적으로 등장인물에 대한 거리 두기를 통해 이루어진다.

## Ⅳ. 등장인물에 대한 거리 두기를 통한 서사 전략의 변형

통념과는 달리 텔레비전 드라마 시청자는 기본적으로 텍스트에 대해 완벽한 동일시를 갖지 못한다. 이는 곧 일차적 동일시의 관음증이 텔레비전 드라마를 통해서는 이루어지지 않음을 의미한다. 그나마 시청자가 텔레비전 드라마에 부분적으로 동일시를 느끼는 것은 등장인물이 아닌, 수많은 '장면'을 통해서이다.[8]

<청춘의 덫>은 기본적인 줄거리에서 멜로드라마의 서사 전략과 일치하면서도 '장면'[9]을 통해 등장인물의 새로운 전형성을 제시함

---

7) 윌리엄 밀러/전규찬 역, 드라마 구성론, 나남출판, 1995, 150쪽.
8) 샌디 플리터만 루이스, 정신분석학, 영화, 그리고 텔레비전, R.알렌 편/, 김훈순 역, 나남, 1992, 254~255쪽 참조.
9) 장면(scene)은 시간과 공간, 사건, 테마 혹은 모티브, 내용, 컨셉트 또는 등장인물에 의해 통합되는 하나의 계속적인 극적 액션을 포함한 단위이다. 물론 하나의 장면이 단순히 하나의 tit으로 이루어질 수도 있지만, 대개 관련된 여러 샷들의 결합된 연속물이다(윌리엄 밀러/전규찬 역, 드라마 구성론, 나남, 1992, 215쪽).

으로써 시청자의 자기 동일시를 방해한다. 통속적인 멜로드라마가 시청자들을 등장인물에게 몰입시킴으로써 비판적인 현실 인식을 어렵게 만든다는 비난에서 자유롭지 못했던 것도 사실이다. 그러나 <청춘의 덫>은 시청자들이 등장인물과 자신을 동일시하지 못하도록 만듦으로써 변형된 서사 전략을 구사한다. 장르는 끊임없이 변화한다. 멜로드라마가 내세우는 비장의 무기였던 '동일시'는 등장인물과 시청자의 완벽한 일치에서 이제는 시청자의 자리를 멀찌감치 옮기면서 보편적인 감정의 동일시로 승부를 가른다. 김수현 드라마의 힘은 이렇듯 미묘한 장르의 변화를 세밀하게 반영하는 데서 비롯된다.

이제 시청자는 어느 누구도 '서윤희'를 자신과 완벽하게 동일시하지 않는다. 다만, 주위에서 얼마든지 볼 수 있는 '그 누군가'로 설정함으로써 눈물을 흘리며 함께 복수를 꿈꿀 뿐이다. 마찬가지로 '노영국'을 통해 신데렐라를 꿈꾸지도 않는다. 그런 '백마 탄 왕자'가 존재하지 않는다는 것을 지적하며 비난의 목소리를 높인다 해도 더 이상 휘둘리지 않는다. 단지, 인간의 보편적인 감정으로서의 인과응보를 확인할 뿐이다. 여기서 잠시 짚고 넘어가야 하는 문제는 텔레비전 시청자와 영화 관객의 차이점이다.

텔레비전은 영화에서의 지속된 응시(gaze) 대신에, 단지 시청자가 텔레비전 방향으로 흘끗 보기(glance)만을 요구한다. '응시'란 관객의 활동이 보는 활동에 집중되어 있는 것을 의미하고, '흘끗 보기'란 보는 활동에 특별한 노력이 투여되지 않는 것을 의미한다. 텔레비전이나 영화를 보는 사람을 가리켜 우리가 습관적으로 쓰는 그 말들이 영화와 텔레비전의 차이를 지적하는 경향이 있다. 영사(projection)에 사로잡혀 있으나, 그것의 환상으로부터는 분리되어 있는 영화 보는 사람은 관객(spectator)이다. 게으른 눈을 진행되고 있는 것에 던지거나, 사건들을 지켜보거나, '그냥 들여다보는' 텔레비전을 보는 사람은 시청자(viewer)이다. 텔레비전 시청자의 주의는 기껏 해야 일시적일 뿐이다. 영화에서의 통제적인 응시가 분산되어 있는 것이다. 이런 이유로 텔레비전 시청자는 영화가 주는 매혹적인 속 박에 사로잡혀 있지 않으며, 그래서 처음 시작부터 시청자와 꿈꾸 는 사람과의 유사성은 무너지기 시작한다.10)

그렇다면, <청춘의 덫>의 그 무엇이 시청자, 곧 대중을 이렇게 자기 동일시에서 거리를 두게 만들고 있는가? 주요 등장인물 4명을 좀 더 세밀하게 살펴보면, 어느 정도 해답을 찾을 수 있지 않을까? 멜로드라마의 서사 구조는 등장인물에 대한 개념과 힘의 배열에서 확인할11) 수 있기 때문이다.

서윤희, 그녀는 누구인가? 사랑의 화신이자, 복수의 화신? 물론, 익히 그럴 법하다. 한 남자를 죽도록 사랑한 사랑의 화신이었지만, 그 남자로부터 버림받는 순간 복수의 화신으로 돌변할 수 있는 여 자. 지금도 이런 여자가 있을까, 싶은 것이 이 드라마를 지켜보는 대 중의 관심사 가운데 하나이기도 하다.

서윤희가 간절히 바라는 것은 단지 안락한 가정을 꾸릴 수 있는 사랑이다. 어려서 조실부모하고 할머니와 이모 손에서 성장하는 동 안, 병원에 실려가기 직전까지도 아프다는 소리를 할 줄 모르는, 끔 찍할 정도로 다른 사람을 먼저 위할 줄 아는, 그래서 바보 같은 인 물이지만, 그녀가 가지고 있는 지고지순한 사랑은 세월의 무게에 아랑곳없이 모든 사람들이 공감하는, 공감하고 싶은 사랑이다.

그러나 안타깝게도 그녀가 사랑한 남자는, 그녀의 이런 지고지순 함에서 무서움을 느낀다. 그래서 가난으로부터 벗어나 출세하고 싶 은 욕망에 불씨를 당기는 여자를 만나면서 그녀를 버린다. 사랑이

---

10) 샌디 플리터만 루이스, 앞의 글, 250~251쪽 참조.
11) 로버트 B. 헤일만/김상현 역, "비극과 멜로드라마 : 발생론적 형식에 관한 고찰", "비극과 희극, 그 의미와 형식", 고려대 출판부, 1995, 91쪽.

란 이름으로 메워질 수 없는 현실의 균열이 기어이 하늘과 땅을 갈
라놓았다. 그리고 그녀의 유일한 희망이었던 딸 혜림이마저 갈라진
땅 사이에 묻히고 말았다. 그럼으로써 그녀의 복수는 근거를 얻고
돌진하기 시작한다. 그녀 앞에 놓여진 '덫'을 보고도 고스란히 자신
의 발목을 맡긴다.

여기서 한 가지 궁금한 생각이 든다. 복수를 결심한 그녀는 자신
을 버린 남자 강동우를 여전히 사랑하고 있는 것일까? 복수란, 집착
의 다른 이름이며, 집착은 사랑의 변형된 형태인데…. 그녀는 단호
하게 아니라고 말하지만, 확신할 수 없다. 왜냐 하면, 드라마에서 엔
딩 음악으로 자주 사용되고 있기는 하지만, 누가 뭐라 해도 윤희의
테마음악이라 할 수 있는 음악[12]에서 윤희의 마음을 엿볼 수 있기
때문이다. 따라서 서윤희는 변화된 세상에 걸맞게 새로운 인물로
탄생된 듯 하지만, 결국은 가부장제 이데올로기에 편승하는, 가부장
제가 선호하는 미덕을 갖춘 온유한 여성에 지나지 않는다.

서윤희의 사랑의 대상인 강동우는 여자의 도움으로 대학 공부를
끝낼 수 있었던 1970년대에나 볼 수 있었던 전형적인 수재로 등장
한다. 20여 년의 시차가 무색할 정도로 1990년대 말의 강동우는 끔
찍할 정도로 가난한 환경에 몸서리치다 끝내 지고지순한 여자를 버
리고 출세의 방편으로 부잣집 딸을 선택한다. 이로써 그의 불행은
가난에서 멈추지 않고 인생의 파멸로 끌려간다. 바늘로 찔러도 피
한 방울 흘리지 않을, 냉정한 인간의 전형으로 그려지는 강동우는
과연 벌을 받아 마땅한, 그런 파렴치한일까?

이런 물음에 대한 작가의 대답은 분명하다. 그건 아니다. 강동우
는 환경이 만들어낸 희생양에 지나지 않는다. 만약 20여 년 전이라

---

12) 오페라 <사랑의 묘약> 중에서 '남몰래 흘리는 눈물'을 편곡한 'secret
tear' 가 윤희의 테마음악으로 사용되고 있음을 상기해보면, 동우를 향한
윤희의 마음의 일단을 충분히 가늠할 수 있다.

면 모두가 수긍할 수 있는 이야기가 <청춘의 덫>의 내용이다. 모두가 그랬으니까, 똑똑한 수재는 모두 가난한 환경에서 태어나 힘들게 성장했으며, 그래서 어느 정도 사회적 보상이 주어져야 했으니까, 여자가 타고난 미모로 보상받았다면 남자는 타고난 두뇌로 보상받아야 한다는 것이 마치 사회적 합의인 것처럼 그렇게 통용되던 시대였으니까.

하지만 이제는 다르다. 절대적 빈곤에서 벗어나기 시작하면서 가난은 단지 불편할 뿐 부끄러운 일이 아닌 것으로 이해되기 시작하면서 강동우의 선택은 당위성을 상실한다. 그의 선택을 이해시키지 않는 한 드라마의 성공은 기대하기 어렵다. 그래서 작가는 말이 많아진다. 병든 부모님 때문에, 배우지 못해 고생하며 사는 누이들 때문에, 마찬가지로 배우지 못해 고생스런 미래가 뻔히 들여다보이는 동생들 때문에, 그래서 비슷한 처지의 윤희가 부담스러워지며, 동시에 자신을 향한 윤희의 사랑이 무서운 집착으로 느껴졌기 때문에 탈출을 생각한다. 그때 나타나는 여자, 영주는 어쩌면 최선의 선택이었는지도 모른다, 라고 작가는 강조한다. 그러면서 강동우의 필연성을 자꾸 덧칠한다. 그러나 그러면 그럴수록 강동우가 걸린 '덫'은 점점 더 그의 발목을 조여온다. 인간적인 고뇌가 엿보이지 않는 냉혈한은 이제 생명이 다한 것일까? 그래서 1970년대와 차별화 된 강동우가 태어난 것인지도 모르겠다.

서윤희와 강동우, 이 두 사람은 <청춘의 덫>을 이끌어 가는 핵심 인물이다. 이들을 중심으로 노영주와 노영국이 결합하면서 멜로드라마 특유의 복잡한 삼각관계가 형성된다. 노영주와 노영국, 남매 사이인 이들은 또 누구인가, 그리고 텍스트에서 어떤 기능을 하고 있는 인물인가?

노영주는 현실 세계에서 찾아보기 어려운 듯한 인물이다. 그녀가 바라는 것은 진실한 사랑이다. 첩의 자식이라는 성장 환경의 열등감이 어머니에 대한 반항심으로 표출되지만, 사실 사랑 없는 어머니의 삶에 대한 반감이 적극적으로 사랑을 쟁취하도록 그녀를 이끈다. 그 어떤 남자들에게 만족하지 못한 영주는 근본적인 점에서 자신과 비슷한 성향의 인물, 강동우를 선택한다. 그리고 자신의 선택을 부정할 수 없어 '사랑의 덫'에서 헤어나지 못한다.

반면에 노영국은 이 시대 여자들의 신데렐라 콤플렉스를 자극하는 이상적인 남자이다. 첩의 자식으로 대어났으면서도 자신이 해야 할 바가 무엇인지 알고 있는, 그래서 인간미가 넘치는 인물이다. 그는 자신을 낳아준, 비정상적인 자리에 있는 어머니(이여사)보다 그 어머니가 고통스럽게 만든 다른 어머니(한여사)를 섬기며 자식의 도리로써 어머니의 죄과를 씻고자 하는, 하지만 만만치 않은 삶의 무게를 감당하지 못해 방황한다. 그래서 세상에서 가장 고통스런 표정으로 결혼식을 치루지만, 끝내 결혼에 실패하고 패륜아를 자처하는 듯한 행동을 하면서도 올곧게 한 여자만을 지켜본 순정파이기도 하다. 가장 행복하면서도 슬픈 사랑이 짝사랑이라는 말에 동의할 수 있는 사람이 얼마나 있을까 모르겠지만, 겉으로 드러난 소문과는 달리 이미 오래 전부터 짝사랑하던, 버림받은 여자 윤희의 구원자로 등장한다.

노영주와 노영국은 서윤희와 강동우의 애증 관계를 형성, 유지, 발전시키는 주요 인물이다. 이들은 각기 인간성의 한 단면을 대변하면서, 서윤희와 강동우의 관계에 적극적으로 개입함으로써 드라마의 폭과 깊이를 확장시킨다. 이로써 멜로드라마의 기본적인 인물 구도는 완성된다. 이들 4명을 중심으로 빚어지고 전개되는 이야기를 통해 시청자들은 '인생이 무엇이며, 제대로 산다는 것이 무엇인지' 생각하게 되는 것이다.

그런데, 간략하게나마 살펴본 4명의 주요 등장인물들에게서 정상적이라 일컬어지는 성격을 찾기가 어렵다. 김수현 작품에 등장하는 대부분의 등장인물들이 비정상적이라는 지적은 너무도 많았다. 그리고 바로 이 지점에서 김수현 작품이 저급한 대중 취향에 영합하는 통속적인 오락물에 지나지 않는다는 비난의 목소리가 높기도 했다.

그런데, 여기서 새로운 문제를 제기해야 할 듯하다. 그토록 비정상적이고 일탈적인 행위를 일삼는 등장인물을 보면서 대중은 무엇을 생각하는가? 정상과 비정상을 가르는 기준이 분명하지 않다면, 다시 말해 그 기준을 서로 공유할 수 없다면, 우리 삶의 방식 혹은 가치관에 대해 처음부터 다시 검토할 필요가 있지 않은가? 무엇이 우리 삶을 고양시켜주는지에 대해, 그리고 삶은 반드시 보이지 않는 그 무엇을 향해 고양되어야만 하는지에 대해 물음표를 던져보자는 것이다.

물론 단면적인 성격을 갖는 인간은 드물다. 하지만, 한 작품을 통해 인간의 복잡한 성격이 모두 드러나야만 좋은 작품이라 생각한다면, 그것은 또 하나의 편견에 지나지 않는다. 뒤집어 생각한다면, 복합적인 인간의 모습을 드러내기 위해 각기 다른 단면을 보여주는 등장인물들이 한 자리에서 부딪친다면, 그것 또한 하나의 방법이라 할 수 있지 않은가? 멜로드라마 속의 인물은, 모든 정서들을 배제하고 하나의 정서를 전체화하는 단일하고 강력한 느낌의 단일정서(monopathy)의 지배하에 놓인다. 이는 희망에 대한 단일한 느낌일 수도 있고 혹은 그 문제에 대해서는 희망 없음이란 단일정서일 수도 있다. 또한 사소한 것에 대한 경멸, 운명에의 불만족, 악행에의 분노, 혹은 다른 이들의 죄에 대한 비난이라는 단일정서일 수도 있다. 심지어 패배와 재난 속에서 그리고 압박 당하고 희생된 상황에서도 인간은 특정한 단일정서의 이점들을 발견할 수 있기 때문이다.13)

---

13) 로버트 B. 헤일만/김상현 역, 앞의 글, 92~93쪽 참조.

　　앞에서 살펴본 4명의 주요 등장인물들의 성격은 우리들 모두가 보편적으로 가지고 있는 어떤 성향이 극대화된 각각의 다른 인물이면서 동시에 같은 인물이기도 하다. 흔히 리얼리즘 계열의 작품에서 모범적인 형태의 '전형성(典型性)'을 강조하기도 하는데, 이는 인간이 본받아야 할 전형을 제시하기 때문에 매우 긍정적인 평가를 받는다. 이에 비해, 멜로드라마의 인물들이 보여주는 특징적인 성향들은 '고정되어 있다'는 의미에서 '정형성(定型性)'이라 부르며 매우 부정적인 평가를 한다. 정형적인 인물들 때문에 각기 다른 작품들의 변별성이 없으며, 그래서 진부하게 느껴지며, 그 결과 순간적인 감정에 집착하는 대중의 취향을 추동하는, '통속적인' 장르로 멜로드라마를 규정지었다.

　　그러나, 앞서 말했듯이 여러 성향 가운데 하나를 대변하는 등장인물을 통해 우리는 극대화된 감정의 상태를 맛볼 수 있으며, 따라서 그 인물에 대한 완벽한 자기 동일시에서 벗어나 어느 정도 객관적인 거리를 유지하면서 자신을 돌아볼 수 있게 된다. 그래서 정형화된 성격을 이해하기 위해서는 그러한 성격이 드러나는 상황에 대한 전제가 요구된다. 극대화된 성격이 어떤 상황에서 어떻게 표출되는지를 지켜봄으로써 자기 삶의 한 방식을 되짚어볼 수 있다는 것이다. 이런 의미에서 멜로드라마가 인물의 성격 변화보다는 사건의 전개에 초점을 두게 된다는 특징을 이해할 수 있다. 또한 같은 지점에서 왜, 멜로드라마의 등장인물은 성격의 변화가 없이 전형적인 특성을 지니는지를 알게 된다. 작가에 의해 창조된 인물보다는 시청자(독자, 관객)에 의해 새롭게 태어나는 인물을 보다 중시하게 된 상황에서 인물의 전형성과 정형성의 차이를 고집하는 것은 별로 이득이 없는 일이다.

　　<청춘의 덫>의 서윤희와 강동우, 노영주와 노영국은 각기 인간이라면 누구나 가지고 있을 보편적인 감정들, 곧 사랑과 복수, 야망

168

과 명예, 성취와 보상, 고통과 위안 등이 극대화된 등장인물들이다. 이들은 각기 어느 하나의 단면적인 성향을 강조하면서 각각의 꼭지점 기능을 하고, 그것들이 다시 하나로 연결되었을 때, 인간의 복합적인 성향이 드러나도록 관계를 맺고 있다.

'과정'으로서의 삶은 <청춘의 덫>에서 결국, 누가 가해자이고 또 누가 피해자인지 구분할 수 없는 상황으로 맺어짐으로써 거리를 두고 드라마를 지켜보던, 혹은 즐기던 대중의 무의식으로 들어온다. 텍스트 안과 밖에서 단면적인 성격을 보여주던 각각의 등장인물들은 결국 상황에 의해 가해자와 피해자로 구분할 수밖에 없지만, 결국은 그 누구도 어느 한쪽으로 기울 수 없음이 드러난다. 이것이 김수현 드라마로 대표되는 우리 멜로드라마가 대중을 끌어 모으는 힘이다. 결코 '자학적 퇴행'[14]이라는 말로 김수현 드라마를, 멜로드라마를 폄하할 수는 없다.

## 5. 남아 있어 미심쩍은 문제들

<청춘의 덫>은 이렇게 1999년의 신화[15]가 되었다. 서윤희의 행복이 노영국에 의해 완성된다는 점에서 가부장제 이데올로기를 옹호하는 목소리가 들리고, 그래서 남성 중심의 지배 이데올로기를

14) 강영희, "김수현의 작품 세계와 대중의식의 변증법", 김수현 드라마에 대하여, 솔, 1998, 177쪽.
15) '신화'는 문학이론에서 영원하고 무궁한 인간의 진실로 보이는 것에 관한, 혹은 그것의 이미지에 관한 이야기이다. 그러나 본고에서는 이와 같은, 신화에 관한 일반적이고 보편적인 개념보다는 롤랑 바르트의 '신화' 개념을 차용하고자 한다. 롤랑 바르트는 신화를 그 사회 지배계급의 가치와 이득을 증진시키고 유지시키는 생각과 실천의 체계로서의 이데올로기로 규정하고 있다.

여전히 견고하게 유지할 수 있게 해준다는 점에서 또 다른 신화가 되었던 것이다. 그러나 어떤 정치적인 관점에서 보면 전복적이고 해체적으로 보일 수 있는 텍스트도 다른 맥락에서 읽으면 지배 이데올로기의 담지체[16]가 될 수 있기 때문이다. 결국 문제는 텍스트 해석의 주체인 수용자에게 돌아온다.[17] 소비자로서의 수용자가 텍스트를 어떻게 받아들이고 해석하는지 확인하기 전에는 함부로 단언할 수 없다.

고급문화와 대중문화의 이분법이 힘을 상실한 영상이미지의 시대에 대중은 '비전문가 시대'의 주인공으로 문화를 즉각적으로 소비하는 주체가 되었다. 이런 상황에서 텔레비전 드라마의 서사 전략과 지배 이데올로기의 상관성을 살피는 것 자체가 무의미한 일일 수도 있을 것이다. 그럼에도 불구하고 소구 대상에 따라 서사 전략이 변화하는 텔레비전 드라마, 특히 연속극은, 텍스트에 내재되어 있는 지배 이데올로기를 면밀히 따져야 하는 것은 세상의 변화와 대중의 의식 변화가 맞물려 흘러가지 않기 때문이다. 그럼에도 불구하고 텔레비전 드라마의 서사 전략의 성공 가능성은 결국 '시청자'에 의해 결정되리라는 점 또한 분명하다.

현실의 모순이나 억압적 상황에 직면해서 그 모순을 없애고 억압으로부터 자유로워지고자 하는 우리들. 그러나 다른 한편으로는 그런 시도가 현실의 벽에 부딪쳐 좌절될 때 이에 대한 '상상적 해결'을 꿈꾸기도 하는 우리들. 그런 우리들의 삶을 텔레비전 드라마는 고스란히 투영시킨다. 생각해보면, 우리가 알고 있는 우리들의 옛

---

16) 리타 펠스키/김영찬·심진경 역, 근대성과 페미니즘, 거름, 1998, 59쪽.
17) 연극기호학에 따르면, 모든 관객의 텍스트 해석은 자신의 문화적, 이데올로기적 성향에 맞춘 새로운 텍스트 구성이다. 관객이 항상 수동적인 것 같이 보이기 때문에 겉으로 드러나지 않는 사실이지만, 텍스트의 의미를 정립하는 사람은 바로 관객 자신이라는 것이다(케어 엘람/이기한·이재명 역, 연극과 희곡의 기호학, 평민사, 1998, 115쪽 참조).

이야기들 중에 통속적이고 진부하며 유치하지 않은 것들이 어디 있는가? 텔레비전 드라마는 깨끗하게 잘 닦인 거울처럼 우리 삶의 단면들을 속속들이 보여준다. 그 거울을 깨뜨리고 싶다면, 그건 혹시 자신의 삶을 정면으로 마주 보기 두려운 그 무엇 때문은 아닌지 생각해 보아야 한다.

옛날 옛적부터 내려온, 어린 시절 할머니의 입을 통해 들었던 무수히 많은 이야기들이 이젠 우리 모두가 공유할 수 있는 지식과 안목을 제공하는 텔레비전[18]에서 끊임없이 반복, 재생산된다. 그리고 대중은 시청료라는 대가를 지불하고 그것을 소비한다. 생산의 소중함을 알고 있듯이, 이제는 소비의 중요성을 깨닫고 당당하게 자기 목소리를 높일 때까지 텔레비전 드라마의 서사 전략과 지배 이데올로기의 상관성을 밝히는 작업은 여전히 지속될 것이다.


## 참고 자료 및 문헌

김수현 작, 정세호 연출, SBS 드라마 스페셜 <청춘의 덫> 24부작 비디오
R. 알렌 편/김훈순 역, 텔레비전과 현대비평, 나남, 1992.
≪김수현 드라마에 대하여≫(솔, 1998)
<일간스포츠>, 1999. 2. 17일자 기사 참조.
로버트 B. 헤일만, 비극과 희극, 그 의미와 형식, 고려대 출판부, 1995.
리타 펠스키, 김영찬·심진경 역, 근대성과 페미니즘, 거름, 1998.
박성봉 편역, 대중예술의 이론들, 동연, 1994.
윌리엄 밀러/전규찬 역, 드라마 구성론, 나남출판, 1995.
케어 엘람/이기한·이재명 역, 연극과 희곡의 기호학, 평민사, 1998.

---

18) 버나드 샤라트, "대중연극에서 대중적인 것의 정치학", 박성봉 편역, 대중예술의 이론들, 동연, 1994, 189쪽.

# Abstract

## Observation of narrative way on TV drama

Yoon Seokjin(Hanyang University)

This research has been approached that how ideology of the house rule by male tendency is supported and grown from the text TV drama <A trap of youth> by soohyun Kim. The result of that ideology of the house rule by male tendency is kept and transformed how to place in the structure of the story - beginning → extend → conflict → ending - from analysing the main characters. I found out from the drama <A trap of youth> effects the transformed society by using the unacceptance or reveal against to male tendency.

The main issues are 'shortage and seal' and 'violence and revenge' without writers purpose. However, appearing independent female character this drama still has the power to keep the leading ideology. We can see the difference which looks escaping from directing ideology manipulating the character but it is just small transforming. What I want to tell from this drama that the male tendency still has the potential in our under society, merely we just pretend to ourselves that female has the right to be in this society.

Generally, we think that viewers watch drama character as oneself but it is not. Because the viewers not only intend to involve the circumstance of character, but the viewers also evaluate the whole situation. In a case ,I might say there are common reality that connects between viewers and character from many scenes.

<A trap of youth> fundamentally describes on original melodrama format, it creates sort of new style to characterizing each roles that transforming the narrative. Finally, the succession possibility for narrative way of TV drama in viewers hands.

# 통속의 문화적 전략
### -'이박사'와 잡가를 중심으로

## 차 례
Ⅰ. 들어가는 말
Ⅱ. 컬트가 되어버린 뽕짝
Ⅲ. 낯익음과 낯설음의 경계
Ⅳ. 통속의 전략
Ⅴ. 나오는 말

---

# Ⅰ. 들어가는 말

요란스럽던 세기 말을 보내고 새로운 세기에 접어들었지만 문화
지형도는 여전히 혼란스럽다. 그리고 그 혼란스러움은 종종 '후진적
시스템' 혹은 '개혁의 대상'과 유의어로 통용되기도 한다. 대중음악
(혹은 가요)로 시선을 돌려보아도 예외는 아니다.[1] 아니, 여가를 소
비하는 방식을 넘어 이제 일상의 일부가 되어버린 대중음악(혹은
가요)에서는 혼돈이 더 명료하게 그리고 가시적으로 드러나고 있다.
90년대를 풍미했던 록담론은 대중음악의 생산과 유통을 둘러싼 현

---

\* 연세대 강사.
1) 이 글에서는 지금, 이곳의 대중음악 즉 한국의 대중음악을 대상으로 하므
로, 가요와 대중음악이라는 용어를 구분하지 않고 사용하기로 한다.

174

실의 열악함만 극적으로 부상시켰고, 새로운 가능성의 하나로 주목받았던 인디 록과 인디 씬은 주류 음악과의 소통 혹은 자리바꿈의 가능성을 상실한 채, 그저 조용한 트렌드(Trend)로만 굳어지고 있는 듯하다. 대안적 미디어로 기대를 모았던 인터넷 방송과 음악 사이트도 거대 방송과 거대 기업 중심으로 질서정연하게 재편되고 있는 중이다.[2]

일련의 상황은 거대 방송(혹은 기업)이 대중음악의 유통을 장악하고 이를 서열화하는 풍토가 당분간 (혹은 영원히) 개선될 여지가 없음을 의미하는 것이고, 방송용 쇼(혹은 스타 마케팅)에 걸맞는 노래, 즉 댄스가요의 독주에 제동을 걸 장치의 부재를 의미하는 것이기도 하다. 거대한 필터가 힘겨운 모색과 희미한 가능성마저 가공할 힘으로 빨아들인 뒤에는 '가요순위프로그램 폐지'와 '대중음악의 개혁'을 요구하는 목소리가 드높다.

문제는 여기에서 그치는 것이 아니다. 새로운 세기의 화두이자 생존 전략이 되어버린 글로벌 스탠다드(Global Standard)와 지역적 정체성 (Locality) 사이의 어지러운 행보는 지금, 이곳에서 소비되는 대중음악에서 더욱 첨예하게 재현되고 있다. 그 이전에 우리가 일상적으로 소비하는 대중가요에서 딱히 '한국적인 것'이라고 범주화할 그 무엇이 존재하기는 하는 것이냐는 볼멘 소리도 설득력 있게 들려오고 있다.[3] 90년대 들어 대중문화에 관한 담론이 본격적으로 개화하면서 고급문화와 대중문화 사이의 간격은 눈에 띄게 줄어들고 있지만 이분법의 잔영은 법률과 제도의 곳곳에 도사리고 있다. 문예진흥기금의 흐름, 공연법, KBS 1FM과 2FM은 이분법이 아직은 완

2) 거대 밴드와 거대 기업의 압력에 의한 냅스터와 소리바다의 불법 판정은 이렇게 볼 때 아주 '시사적인' 사건이라 할 수 있다.
3) 이러한 문제의식을 담은 글로 신현준, "한국 '대중가요'의 하나의 미학 혹은 반미학에 관하여—대중음악의 정체성 형성 기능을 중심으로", <문학과 사회>, 1998년 봄호를 들 수 있다.

강하다는 것을 보여주고 있다.

지금 이박사 열풍에 새삼스레 관심을 기울이는 이유는 그의 노래 그리고 그것이 겨냥하는 지점을 통해 혼돈의 틈새를 뚫고 조심스럽게 형성되고 있는 기류를 읽어볼 수 있기 때문이다. 이것은 난맥상을 노정하고 있는 현 단계 대중음악의 정체성과 직결되는 문제이기도 하다. 성인 하위문화의 산실인 관광버스에서 출발하여 일본을 거쳐 역수입된 그의 노래의 경로와 그 파급력을 따라가다 보면 가요의 관습과 전통, 환경 그리고 이를 넘어서는 방식을 더듬어 볼 수 있기 때문이다. 전근대에서 근대로 넘어가는 시기 가장 통속적인 예술로 존재했던 잡가와의 접점을 굳이 거론하는 이유도 크게 다르지 않다. 이는 이박사가 취한 방향이 동시대 뿐만 아니라 전근대에서 근대, 탈근대로 숨가쁘게 나아가는 도정에 걸쳐 있다는 의미일 것이다.

## II. 컬트가 되어 버린 뽕짝

이박사의 예기치 않은 부상은 작년 이미 하위문화의 새로운 현상으로 주목의 대상이 되었다. 어느 하나 젊은 세대의 기호에 들어맞지 않을 것같아 보이는 그의 인기는 때맞춰 불어닥친 'B급 문화' 열풍과 맞물리면서 미디어를 잠시 술렁이게 만들었다. 인터넷 사이트 상에서 점화된 열기는 현재 압구정동과 홍대 앞 클럽으로 옮아가고, 이곳에서 확인된 심상찮은 인기는 유력 일간지, 방송 삼사의 특집 방송과 기사에도 여지없이 반영되었다. 이박사에 그다지 관심이 없던 사람도 반짝이 옷에 백구두로 성장하고 '좋아좋아'를 연발하는 그를 CF 화면에서 만나게 된다.

잘 알려진 대로 그의 음악적 출발은 관광버스용 뽕짝 메들리이다. 전자 올갠 하나만 놓고 2시간 만에 녹음한 그의 뽕짝 메들리는 고속도로 휴게소와 테이프 노점상계를 석권하며 일약 거리의 베스트셀러로 부상하였다. 여기까지는 별다른 이변의 조짐이 보이지 않았다. 주현미의 '쌍쌍파티', 김연자의 '노래의 꽃다발'을 필두로 끊임없이 쏟아져나온 뽕짝 메들리는 성인 하위문화를 일군 숨은 주역이었다. 이박사의 메들리 역시 관광버스용 뽕짝메들리의 공식에서 벗어나지 않는다. 꿍짝거리는 단순한 비트를 시종일관 반복하는 드럼과 베이스 라인 위에 전자 올갠의 뽕뽕거리는 효과음과 멜로디가 더해지고, 여기에 이박사의 노래와 변화무쌍한 코러스가 더해진다.4) 다른 점이 있다면 구비구비 바뀌는 그의 목소리의 톤과 예기치 않은 곳에서 터져나오는 추임새라 할 수 있다. 삶의 희노애락, 온갖 궁벽한 사연을 뽕짝이라는 용광로에 버무려놓은 듯한 그의 목소리는 '구성지다'라는 수사적 표현을 넘어서고 있다. 그의 노래와 추임새는 가깝게는 야바위꾼의 재치와 닮아 있고, 멀게는 광대의 재담과 신산스러움이 배인 소리와 닮아있다. 밑바닥에서부터 벼려온 그의 소리 운용능력(?)이 장삼이사들의 놀이판인 관광버스에 순조롭게 탑승한 것은 지극히 당연한 결과라 할 수 있다.

그런데 96년 다국적 거대 음반사인 일본 소니(SONY)사에 발탁되면서 이박사의 지위는 달라지기 시작했다. 일본 관계자들은 단순 코믹한 리듬으로 일관하는 그의 노래에서 의외의 '중독성'을 발견하고 이를 세기말의 강력한 문화 코드로 부상한 테크노와 접맥하기 시작했다. 이리하여 '한국의 밑바닥 정서'는 대중음악의 가장 전위적인 사조와 만나며 '테크노 뽕짝'이라는 신종 장르를 낳게 되었다. 일본에서의 인기는 다시 한국으로 유입되었다. 그렇지만 전파의 통

---

4) 뽕짝의 자세한 사운드 분석은 서장원, "뽕짝의 신비", 웹진 <웨이브 (www.weiv.co.kr)>를 참조할 것

로는 확연히 달라졌다. 그의 음악적 모태였던 관광버스가 아니라 인터넷과 MP3라는 지금까지와는 전혀 다른 공간에서 그의 진가를 인정하기 시작한 것이다. 달라진 것은 미디어뿐만이 아니었다. 입소문을 통해 이박사의 MP3를 들어본 중산층 출신의 N세대들은 단순 경쾌한 리듬으로 일관하는 이박사 특유의 미니멀리즘과 팔색조처럼 변하는 애드립에 환호하기 시작했다.

할아버지, 할머니와 10대로부터 동시에 컬트적 지지를 받는 이박사의 존재는 세대에 따른 취향의 벽이 엄연히 존재하는 가요계의 현실을 감안하면 일종의 이변으로 보이기도 한다. 돌출적으로까지 보이는 그의 인기의 원인을 두고 다양한 해법이 제시되는 것은 이렇게 볼 때 당연한 현상이라 할 수 있다. 가장 일반적으로 제기되는 것이 엄숙주의에 대한 심리적 거부감이라는 설명이다. 여기에 고급문화와 저급문화를 구획하는 관습에 대한 염증이 이박사에 대한 환호와 존경으로 모아졌다는 해석이 그렇듯하게 더해지기도 한다.[5]

한 가지 분명한 것은 그의 인기가 곧 뽕짝이라는 양식이 젊은 세대에게 승인된 사례로 보기는 곤란하다는 사실이다. 팬들은 이박사에 환호하고 그의 보컬에 경의를 표하는 것이지 뽕짝 메들리를 그들의 문화 코드로 받아들인 것이라 할 수는 없다. 그럼에도 불구하고 그의 행보에는 예사롭지 않은 부분이 있다. 누가 뭐라해도 이박사는 가장 먼 거리에 위치했던 클럽과 관광버스 사이를 자유롭게 유영한 최초의 (현재로서는 유일한) 사례로 꼽히고 있다. 다만 두 영토 사이에는 엄연히 일본의 소니사가 자리하고 있다는 사실을 잊어서는 안될 것이다. 젊은이들 사이에서 누리는 이박사의 인기는 어디까지나 '일본을 거쳐' 온 것이다. 즉 엄밀히 말해 그의 명성은 일본에서의 성과가 거의 그대로 유입된 것이라고 할 수 있다. 여기에

---

5) <동아일보>, 2000년 9월 5일자.

는 일본의 마케팅 기법과 기획.제작 능력, 나아가 음악 선진국의 승인이라는 복잡한 전제가 함축되어 있다.[6] 수용층의 극적인 변화 역시 일본에서 이미 한차례 겪었던 일이다.

그러나 관광버스에서 클럽으로 건너오는 과정에 '일본'이라는 변수만 개입되어 있는 것은 아니다. 언더그라운드 문화 그 중에서도 가장 최신의 사조로 꼽히는 테크노 씬 내부에서 이미 이박사 열풍의 전조를 보이고 있었다. 이것은 이후 이박사 음악의 수용 방향을 예고한 결정적인 '변수'라고 할 수 있다. 사실 뽕짝이 컬트화되는 조짐은 이미 여러 경로로 나타나기 시작했다. 98년 언더그라운드 뽕짝 가수인 볼빨간이 '볼빤간 지루박 리믹스 쑈'라는 음반을 내었을 때부터 심상치 않았다. '모던록 드러머 지망생'이라는 전력과 '지루박'이라는 단어에서 풍기는 싸구려 문화의 흔적은 묘한 긴장감을 불러일으켰다. 스스로 '이박사에 대한 오마주'라 평했던 데뷔 음반은 뜻밖의 반응을 불러 일으켰다. 모던록[7]에 대해 편애에 가까울 정도로 많은 지면을 할애했던 한 음악 잡지에 그의 인터뷰가 실리고, 그 달의 문제작을 소개하는 코너에 그의 곡이 연달아 실렸던 것도 예사롭지 않았다. 그의 데뷔 음반에 실린 '나는 육체으 판타지'는 이박사의 대표곡 '나는 우주의 판타지'에 대해 패러디의 방식으로 응답한 것이었다.

여기에 98년 말부터 서서히 불어닥치기 시작한 테크노 열풍이 가세하면서 이박사 재평가 움직임에는 가속도가 붙게 되었다. 그 선

---

6) 이와 경우와 정도는 다르지만 쿠바 음악이 미국인 프로두서 라이 쿠더(Ry Cooder)에 의해 발굴. 제작되어 전세계적으로 확산된 부에나비스타소셜클럽(Buena Vista Social Club)과 쿠바 음악의 열풍은 '가장 통속적인' 바닥 정서가 선진 마케팅 기법과 만났다는 점에서 이박사와 유사한 경로를 밟아가고 있다 할 수 있다.

7) 90년대 한국의 '모던록(Modern Rock)'이란 매니아의 취향과 거의 동의어라 할 수 있다.

두 주자는 베테랑 베이스 주자에서 테크노 DJ 달파란으로 변신한 강기영이었다. 지구에서 가상의 별까지의 여정을 담은 달파란의 컨셉 음반 '휘파람별'은 본격적인 테크노 연주 음반 시대를 알리는 신호탄이었다. 바로 이 음반, 그리고 영화 '거짓말'의 사운드 트랙 앨범에 달파란은 이박사의 뽕짝을 천연덕스럽게 버무려 넣었다. 단순 비트의 무한 반복, 듣는 이를 묘하게 상승시키는 보컬의 톤과 변화무쌍한 추임새, 홈 레코딩으로도 가능한 초 간편 제작 방식은 테크노 특유의 중독성으로 자연스럽게 녹아들어 가며 색다른 재미를 선사했다.

볼빨간과 달파란의 예에서 보이듯 언더그라운드 문화에 수용된 뽕짝은 테크노 문화와 중첩되어 나타난다. 그동안 한국에서 테크노란 댄스가요라는 말과 거의 동의어로 쓰였다. 이러한 사정은 주류 가요계에서 테크노의 붐이 불었던 99년에도 달라지지 않았다. 그 결과 테크노 여전사를 자처하는 신인 가수의 노래 즉 테크노 리듬과 신파조의 멜로디가 이종교배된 댄스 가요가 곧 테크노의 정수로 알려지는 웃지 못할 일이 벌어지기도 하였다. 볼빨간과 달파란의 작업은 댄스가요와 테크노 여전사의 테크노와는 전혀 다른 방향에서 테크노의 지역적 변이형을 제시했다고 할 수 있다.

뽕짝과 언더그라운드 문화의 크로스 오버는 이에 앞서 다른 방식으로도 이루어졌다. 97년 '빵꾸록'이라는 황당한 이름을 달고 나타난 황신혜 밴드는 뽕짝과 록을 뒤섞으며 '남진 시대'의 감수성을 되살려 내었다. '짬뽕'의 디스코 버전으로 극에 달한 뽕짝의 흔적은 고도성장시대였던 7.80년대의 편린들과 함께 인상적으로 각인되어 있다.

언더그라운드 뽕짝 문화는 황신혜 밴드처럼 30대 아저씨들인 아닌 20대 열혈 펑크 세대에서도 발견되고 있다. 펑크 공동체 '드럭'의 일원이었던 노 브레인은 '아워 네이션'이라는 편집 음반에 실린

곡에서 뽕짝을 능청스럽게 패러디한 '바다 사나이'라는 곡으로 '조선 펑크'의 정수를 보여주었다.

황신혜 밴드와 노브레인에서 보이듯 판에 박힌 속류 음악의 대명사 뽕짝은 현 단계 대중음악에서 가장 일탈적 흐름을 보여주고 있는 펑크와 결합하여 새로운 의미를 획득하고 있다. 뽕짝의 환골탈태(?)는 이것이 테크노라는 대중음악의 전위적 조류와 결합할 수 있었던 전조로 보였다. 요컨대 일본에서 거둔 이박사의 성과와 상관없이 뽕짝은 이미 언더그라운드 문화의 일부로 조심스럽게 수용되기 시작했던 것이다.

뽕짝과 테크노 혹은 펑크와의 이종 교배는 뽕짝이 지닌 이율배반적인 파급력 때문에 더욱 극적인 형태로 나타난다. 뽕짝은 흔히 '한국인의 정서에 가장 잘 맞는' 음악으로 알려져 있다. 히트하는 가요에는 반드시 적당한 '뽕끼'가 있어야 한다는 것은 가요 제작자들 사이에 불문율처럼 통하고 있다. 뽕짝에 따라붙게 마련인 왜색 시비도 이 논리 앞에서는 별다른 위력을 발휘하지 못하고 있다. 따라서 '뽕짝은 왜색가요인가? '전통가요인가?'라는 동어반복식 질문이 한동안 계속되었다. 난맥상은 뽕짝 수용 과정 초기에서부터 예고되어 있다고 할 수 있다. 1920년대 조선 땅에 상륙한 뽕짝은 들어오는 순간부터 전통 민요와의 이종교배를 단행하였다.8) 이렇게 시작된 뽕짝의 엄청난 포용력은 맘보, 차차차, 재즈, 블루스에서 스탠다드 팝과 록 힙합에 이르기까지 미치지 않은 곳이 없다. 이렇듯 '썩임'이 끊임없이 진행되면서 요나누키 단음계라는 뽕짝의 원형은 찾아보기 어려울 정도로 팝적인 감각에 동화되어 버렸다. 따라서 우리가 친숙하다고 느끼는 뽕짝은 순수 뽕짝이라기보다는 팝적인 감각에 동화된 뽕짝이라고 보는 편이 옳다.

---

8) 이영미, 한국대중가요사, 시공사, 1998, 3장.

뽕짝은 그러나 가장 친숙한 음악인 동시에 낯선 음악이기도 하
다. 특히 포크를 이념적 모델로 받아들였던 모래시계 세대와 3.8.6
세대들은 뽕짝에 대해 심리적 저항감을 지닌 채 20대를 보냈다. 서
구 음악 언어에 물든 N세대의 경우도 뽕짝의 창법과 사운드가 낯설
기는 마찬가지다.

언더 그라운드 뽕짝의 재미는 이처럼 '친숙하고도 낯선'이라는
모순된 지점에서 출발한다. 한마디로 말해 이때의 뽕짝은 '익숙한'
방식을 이용하여 '낯설게 하는' 데 기여한다. 이것은 안전한 히트의
공식을 따르기 위해 다시말해 귀에 붙고 따라부르기 쉬운 노래를
만들기 위해 댄스 리듬에 뽕짝풍(때로는 동요풍)의 멜로디를 얹는
댄스 가요의 뽕짝 수용법과는 정반대의 노선이라 할 수 있다.

이박사가 누리는 심상치 않은 인기는 언더그라운드 뽕짝 문화와
유사하게 '익숙한 것을 이용하여 낯설게 하기'의 재미로 설명할 수
있을 것같다. 뽕짝과 민요에서 로큰롤까지 뒤범벅된 노래는 이박사
의 목소리와 만나며 '이박사 표 노래'로 고정되고 만다. 귀에 익은
민요 가락은 뜻밖의 애드립이 끼어들면서 일시에 '낯선 노래'로 탈
바꿈해 버린다.

이박사가 거둔 성과는 가장 전통적이라는 음악, 복고적 음악, 판
박이 음악의 대명사인 뽕짝이 대중음악의 전위적 흐름, 일탈적 흐
름과 어떻게 접합할 수 있는지 보여주는 흥미로운 사례라 할 수 있
다. 한마디로 뽕짝의 역설과 그것을 넘어서는 방식을 유쾌하고도
색다르게 제시하고 있는 것이다. 이박사의 부상이 퇴행이라는 일면
으로만 볼 수 없는 이유는 일차적으로 이박사와 언더그라운드 뽕짝
문화와의 결합을 통한 새로운 뽕짝 씬의 출현을 예감해 볼 수 있기
때문일 것이다. 새로운 씬의 출현은 이왕에 형성된 대중음악 지형
도에 미세한 균열을 일으킬 수도 있다. 이 경우 그 파급력은 동 시
대 안에서만 머물지 않는다. 그와 그의 노래가 취했던 일련의 방식

은 중세적 장르의 마지막으로 출발하여 대중문화의 여명기를 일구
었던 잡가의 그것과 아주 유사해 보인다. 이제 그 내부를 들여다보
며 '닮음'의 기저를 찾아보자.

## III. 낯익음과 낯설음의 경계-'이박사' 노래와 잡가의 담론 구성방식

이박사의 노래는 잘 알려졌다시피 뽕짝 메들리를 기조로 하고 있
다. 그러나 조금만 자세히 들여다보면 그 안에 담겨 있는 노래의 계
보(?)가 다양하다는 것을 쉽사리 알아낼 수 있을 것이다. 메들리로
끊임없이 넘어가는 곡들 중에는 족보 있는 뽕짝 가요와 엔카도 있
지만 디스코, 로큰롤 등의 팝, '뱃노래'를 비롯한 민요 역시 전자와
구분하기 어려울 정도로 혼재되어 있다. 같은 레퍼토리로 엮어지는
메들리도 전자 올갠만으로 연주한 곡과 테크노 리믹스 버젼을 동시
에 실어 놓아 그 안에서 편차를 느끼도록 구성되어 있다. 물론 다양
한 기원의 노래에 일관된 색채를 부여하는 것은 단연 이박사의 목
소리와 특유의 추임새이다. 이질적인 양식의 노래를 일정한 톤으로
조율하는 힘은 일차적으로 그의 음악적 이력에서 찾아볼 수 있다.
즉 그는 유년기에는 민요와 국악을, 청소년기에는 팝과 록을, 성인
이 된 후에는 메들리라는 양식을, 일본에 건너간 후에는 테크노의
중독성을 익혀왔다. 그런데 개인의 음악적 이력 이전에 뽕짝의 흡
인력이 이를 가능하게 했다는 이야기도 나옴직하다. 뽕짝을 뽕짝답
게 만드는 것이 드럼과 베이스 라인의 단순 반복 외에 독특한 보컬
톤이라고 한다면 이박사는 뽕짝 본래의 장르적 관습을 충실히 지켜
나가며 재미[9]를 배가하고 있는 셈이다.

---

9) 이때의 재미란 '가창의 재미'라 할 수 있다. 최근 음악이 TV 쇼의 음악으

그의 독특함은 가사쓰기에서도 예외없이 나타나고 있다. 직접 쓴다는 가사의 상상력은 전 지구를 지나 전 우주(?)에 걸쳐 나타나고 있다. 그의 대표작 '스페이스 판타지'를 잠시 살펴보자.10)

(이박사~~~)
(이박사~~~)

[가재발]
we got 이박사 in the house for new century
litsen up people
fantastic sound
move your body, dance your body
every body get up! and say 1. 2. 3. 4!!

이박사와 가재발이 왔습니다.
Are you ready for the 뽕짝?!!!!!!!
[이박사]
좋다 좋다 ……앗싸 좋아요.
헤이 헤이
안녕하세요? 저는 대한민국의 신바람 이박사아~~~~~

섹시한 아가씨를 쫓아가다보니 여긴어디 하와이 (좋아좋아 좋아)
하늘의 별을 몽땅 샀더니 카드 막을 일이 걱정이야(아하하~~)
노래하면 신이나고 살아가면 흔들어(오이예~~)
잘난척 소란 부리고 꿈이면 어떠냐 내맘대로 살아요.
꽃다발을 품에안고 은하수와 달과 별을 사랑하는 혹성들(좋다

---

로 소모되면서 '노래' 본래의 의미는 한결 축소되고 있다. 또한 작가정신과 연주력으로 음악성을 검증하려는 태도 역시 '가창'이라는 부분을 소외시키고 있다.
10) 가사는 인터넷 팬 사이트에 올린 가사의 표기를 따랐다(가사 출처 : htt p : //user.chollian.net/~jyj0603).

허!)
우주끝까지 도망가도 마누라는 계속 나를 쫓아와(얼씨구)
노래하는 사람은 세상따르고(우!) 세상은 나를 따라(얼씨구)
엉망진창 난리쳐도 마이크 잡으면 무조건 오케이(오호)
세상이 끝난다 해도 노래불러 손가락질 받아도 언제나 뽕짝!
열심히 하지 무리도 하지만 다음 일요일도 신바람야
(좋아좋아좋아…………하이)


[후렴]
그대역시 나만의 환타지 역시 나의 환타지
그대역시 나만의 환타지 남에게는 얘기못할 환타지
아리랑 스파크 환타지! 아이엠 스페이스 환타지~~


[가재발 랩]
날아날아 이박사 달려달려 가재발
어디로 가나 어디로 가나 모두들 어디로 가나
이박사님 말해줘요 모두들 어디로 가나
쭉쭉빵빵 미녀들 어디가서 찾지요
박사님과 함께라면 어디라도 좋아요
어디로 가나 어디로 가나 스페이스 환타지
우리모두 함께가자 스페이스 환타지


[이박사]
금발미녀한테 맛이가서 여긴 어디 지구밖~(뚜루우 하~~~)
무중력땜에 붕!붕! 머물곳은 도대체 어디냐.
힘을들여 노래하면(얼씨구) 가계부가 살아나(아무렴)
문제라고 불러도 그래도 내맘대로 사는게 최고야.
지평선의 끝까지 노래할거야(그래)이박사를 부르면 언제나 뽕짝!
버라이어티쇼 한번출연하면 아줌마들 다넘어가.
(좋아좋아좋아좋아)
(너무너무너무……. 허이)

[후렴]
그대역시 나만의 환타지(환타지) 역시 나의 환타지(환타지)
그대역시 나만의 환타지(환타지) 남에게는 얘기못할 환타지
아리랑 스파크 환타지 아이엠 스페이스 환타지이~~~~~
그대역시 나만의 환타지(환타지) 역시 나의 환타지(환타지)
그대역시 나만의 환타지(환타지) 남에게는 얘기못할 환타지 (환
타지)
그대역시 나만의 환타지(환타지) 역시 나의 환타지(환타지)
그대역시 나만의 환타지 남에게는 얘기못할 환타지 ……헛!!!!
그대역시 나만의 환타지 역시 나의 환타지
그대역시 나만의 환타지 남에게는 얘기못할 환타지
아리랑 스파크 환타지! 아이엠 스페이스 환타지이~~~~~~
날아날아 이박사 (좋아좋아좋아) 달려달려 가재발(환타지~~)
(미쳐미쳐)
어디로 가나 어디로 가나 스페이스 환타지!
우리모두 함께가자 스페이스 환타지!
(따리 디리 따리 디리 ~~)
날아날아 이박사 !!! (이히~~~~)
달려달려 가재발 !!! (우루히~~)
어디로 가나 어디로 가나 스페이스 환타지
우리모두 함께가자 스페이스 환타지~~!!!!!!!

스페이스 판타지는 상황을 부연하고 때로는 조성하는 가재발의
랩과 이박사의 노래로 이루어져 있다. '스페이스 판타지'라고 이름
붙였지만 이것이 소위 스페이스 록(Space Rock)[11]이라는 생소한 이
름을 낳았던 데이빗 보위 (David Bowie) 류의 음악과는 다르다는 것
은 대번에 짐작할 수 있을 것이다. 별과 우주에 대한 상상은 뜻밖에

---

11) 데이빗 보위의 69년 컨셉 앨범 <Space Oddity>에서 유래한 말로 우주에
   관한 상상력, 이미지와 공간감이 풍부한 사운드 등으로 특징지을 수 있
   다.

삶의 비루한 사연과 어울려 아이러니를 연출해내고 있다. 하와이에
서 우주까지 좌충우돌 달려나가는 그의 노래는 '의미의 유기적 조
직'으로서의 담화가 아니라 철저하게 단위정서를 극대화하는 쪽으
로 구성되고 있다. 따라서 은하수와 혹성과 하와이가 자아내는 정
조는 '별을 보고 점을 치는 페르시아 왕자'의 상상력과 그다지 달라
보이지 않는다. 즉 그의 우주는 초기 가요부터 관습적으로 등장하
던 이국적 취향이 확장된 것이라고 볼 수 있다. 말에 말이 꼬리를
물고 이어지는 이 노래는 여느 댄스음악보다 빠르고 강한 비트로
몰아치면서 듣는이를 고조시킨다.

성인들에게는 익숙한 과거의 팝을 번안한 영맨(YMCA)에서는 이
박사의 독특한 팝 수용법이 나타나고 있다. '영맨'과 '와이엠씨에이'
라는 익숙한 코러스를 제외한 노래는 이박사 특유의 말엮음으로 이
루어져 있다. 노래 중반을 지나며 등장하는 꺾는 목과 애드립은 디
스코였던 원곡의 기억을 망각하도록 조장한다.

> 우딱똑딱똑 취취 취 취취 취 첫 허
> 영맨 자리에서 일어나라 영맨 힘찬 날개 달고 가자
> 영맨 이젠 걱정하지 마라 나도 신이 난다
> 영맨 네눈에 보이잖아 영맨 네가 가야할 곳으로
> 영맨 너와 함께 할 수 있어 하루 있다가자 허
> 신바람 이박사 와이엠씨에이 조아조아조아
> 와이엠씨에이 허 허 허
> 내가 누구냐 한국의 이박사 이제는 유명해졌어 어어어허
> 따라다다 띠리디리 디디디디디 하아 하 하 하 하 히 히 히 히
> 아하하하 하 하 오호호호 히 히
> 이히 하 하 하 하 허 얼씨구 좋구나 띠리디디 띠리디디디 하
> 너무나 좋아 좋아 좋아 미쳐미쳐미 어하
> 요시 좋아 좋아 허 허 허 우 히 허 헤
> 영맨 자리에서 일어나라 영맨 힘찬 날개달고 가자

영맨 이젠 걱정하지 마라 나도 신이 난다
영맨 네눈에 보이잖아 영맨 네가 가야할 곳으로
영맨 너와 함께 갈 수 있어 하루 있다가자
허 신바람 이박사 와이엠씨에이 조아조아조아
와이엠씨에이 와이엠씨에이 넘어가요 따라다라 따리다리디리
떠디리디리딩 다다 짜라라라 또로로로로로하 아하 아하어 허어
어허라라
짜라잔잔짠 하 아 어 허 허

　'스페이스 판타지'와 '영맨'에서 나타났듯이 이박사의 가사는 일
관된 의미 맥락보다는 다분히 상황 의존적인 발화에 치우치고 있다.
이것이 종종 유기성의 결여 혹은 의미의 불연속으로 나타나기도 한
다. 이는 대규모 물량을 투입한 뮤직비디오까지 동원하며 뚜렷한
내러티브를 만들려하는 최근 가요의 경향과는 정 반대의 노선을 취
하고 있다고 볼 수 있다. 이박사의 이런 방식은 구술언어의 전통12)
을 적재적소에 호출해내며 특유의 애드립을 만들어 낸다.13)
　이박사의 노래의 백미(?)로 꼽히는 추임새 역시 상황 즉 실연되는
장소와 그것이 만들어 내는 정서를 극대화하려는 전략의 하나로 보
인다. 다양한 추임새는 상황에 맞게 다분히 전략적으로 개입되지만

---

12) 월터 J 옹, 이기우 역, 구술문자와 문자문화, 문예출판사.
13) 이것이 극단적으로 흘러 의미없는 말놀음으로 이어지기도 한다.

　오방 오방떡 아줌마 매일 오방가 있네요
　오방 오방떡 먹으면 나도 오방 갈수 있나요
　오방떡 아줌마 오방안가 오뎅집아저씨만 오방가
　오뎅집 아저씨 불은 오뎅 누가 와서 먹나요
　오방 오방 떡 먹으면 나도 오방 갈수 있나요
　나도 오방떡 찾아서 아줌마 만나러 가야지
　아싸 오뎅

　강력한 테크노 연주가 수반되는 이 곡은 이박사 곡 중에서 가장 강한 중
독성을 지닌 곡이라 할 수 있다.

이것이 의미론적 정확성을 담보하지는 않는다. 따라서 즉 그의 추임새는 오락적 장르로 존재했었던 전통적 시가 장르와 유사하게 특정한 국면을 극대화하는데 일조하고 있다.

'앗싸' '우리리리히' '좋아좋아' '미쳐미쳐'로 이어지는 추임새, 이리저리 합성하여 유기성을 결여한 곡과 가사의 구성은 전통적으로 가장 통속적인 장르로 존재했던 잡가를 떠올리게 한다. 19세기 서울을 중심으로 불리웠던 12잡가는 비교적 선별된 레퍼토리이나 잡가의 구성 원리에서 크게 벗어나지 않는다.

> 가) 춘향의 거동봐라 오닌 손으로 일광을 가리고 오른손 높이 들어
>   저 건너 죽림 뵌다.
> 나) 대심어 울하고 솔심어 정자라 동편에 연당이요 서편에 우물이
>   라 노방에 시매고후과요 문 전에 학종선생류 긴버들 휘느러진
>   늙은 장송 광풍에 홍을 겨워 우줄우줄 춤을 추니
>   사립문 안에 삽사리 앉아 먼산을 바라보며. 꼬리치는 저 집이
>   오니 [……]
> 다) 떨치고 가는 형상 사람의 뼈다귀를 다 녹인다
> 라) 너난 왼 계집애관되 나를 종종 속이나냐 너는 어연 계집 아희
>   관데 장부간장을 다 녹이 느냐 - 중략 -
> 마) 일월무정 덧없도다 옥빈홍안이 공로로다 우는 눈물 받아내면
>   배도 타고 가련마는 지척동 방 천리완대 어히 그리 못오던가
>
> -<소춘향가>

비교적 단형에 속하는 이 작품은 자신의 집을 안내하는 춘향의 행위, 춘향의 집 주변 묘사, 돌아서는 춘향의 모습, 이도령의 심경, 춘향의 심경의 5대목으로 이루어졌다. 그러나 단락과 단락의 사이에 연결이 매끄럽지 못하고, 내용의 비약을 보이고 있다. 또한 도령의 말과 춘향의 내면 고백, 작품 외적 화자의 논평이 혼재되어, 작시

원리에서도 복합적 성격을 보이고 있다. 특히 (나)에서는 선행 담화를 그릇되게 수용하여 표현의 정확성을 상실하고 있다. 한문 전고가 구어처럼 수용된 것을 보여주는 사례라 할 수 있다. 이로보아 '소춘향가'는 대중들의 검증을 거친 익숙한 선행 담화를 차용하였으나, 의미의 일관성을 유지하는 창조적 재현에까지 이르지는 못하고, 인상적인 삽화를 나열하는 방식을 취하였다고 할 수 있다. 삽화식 나열은 상황의 종결이 나타나지 않아, 의미의 무한한 확장이 가능하다. 이것이 변화가 심한 까다로운 창법의 악곡과 결합하여, 서울의 잡가 중 가장 으뜸으로 치는 곡목이 되었다고 한다. 14) 이것은 선행 갈래의 성과를 무한정 수용하려는 잡가 특유의 포용성.개방성에서 비롯되었다고 할 수 있다.

　잡가의 포용성과 개방성은 기존 갈래의 작법을 수용하여, 사설 구성의 원리로 삼는 데에서도 확인할 수 있다.

> 갈까 보다 가리갈까 보다 임을 따라 임과 둘이 갈까보다
> 잦은 밥을 다 못먹고 임과 둘이 갈까 보다
> 부모 동생 다 이별하고 임과 둘이 갈까 보다
> 불붙는다 평양성내 불이 붙는다
> 평양성내 불붙으면 월선이 집이 행여 불갈세라
> 월선이 집에 불이 불붙으면 육방관속이 제가 제 알리라
> 월선이 나와 소매를 잡고 가세가세 어서 들어를 가세
> 놓소 놓소 노리놓소그려 직영 소매 노리놓소그려
> 떨어진다 떨어진다 떨어진다 떨어진다 직영소매 동이 동떨어진다
> 상침 중침 다 골라 내어 세모시 당사로 가리감춰 줌세
>
> 　　　　　　　　　　　　　　　　－<평양가>

이 작품은 무엇보다도 토착민요와의 친연성을 보여주는 대목이

---

14) 이창배, 앞의 책.

라 할 수 있다. '갈까보다' 반복, 무엇보다도 4행 이후 말꼬리를 이어, 의미의 연쇄를 이루는 구성은 확실히 민요의 작시법에 가깝다 하겠다. 장단의 변화가 없이 같은 음조의 되풀이로 일관하는 창법[15]도 다른 잡가 작품과 구분된다 하겠다.그런데, 민요의 작시법을 빌어왔으면서도, 이를 부분적으로 변형시켜, 익숙한 데에서 오는 친근감과, 변화에서 오는 다채로운 리듬감을 동시에 자아내고 있다. 민요의 기본 문법인 AABA의 배열이 첫 행에서는 AA'BA로 4행에서는 ABA로 8행에서는 AA'BA'로 매 부분 조금씩 바뀌어, 사설구성의 묘미를 보여주고 있다. 또한 월선과 화자와 대화로 이루어진 종반부는 부분적 국면을 짤막하게 제시하여, 사설 확장의 여지를 남겨두고 있다.

사설시조를 원사로 하는 휘모리잡가는 차용의 또 다른 면모를 보여주고 있다.

생매잡아 길 잘들여 두메로 꿩 사냥 보내고 쉰말 구불굽통 갈기
솔질 솰솰하여 뒷동산·울림 송정에 말뚝 쾅쾅 박아 참바집바 비사
리바는 끊어지니 한발 두발 늘어나는 무대 소바로 메 고 앞내 여울
고기 뒷내 여울 고기 오르는 고기 내리는 고기 자나 굵으나 굵으나
자나 주엄 주섬 얼른 냉큼 수이 빨리 잡아 내어 움버들 가지 지끈
꺾어 잎사귀 주루루 훑어 아가미 는 실 꿰어 앞내 여울 잔잔 흐르
는 물에 넙적 실죽 네모진 큰 청석 바둑돌을 마침 가졌다.
아무도 몰래 장단 맞춰 지근지근 지질러 놓고 동자야 어디서 날
찾는 손 오거든 네 먼저 나 가 통속 보아 딸 손님이건 떡메로 후리
고, 아니 딸 손님이면 그물막대, 피리, 밥풀, 지렁이, 쌈지, 종다래
끼, 깻묵 주머니, 앉을 방석, 대깨칼, 초친 고추장 가지고 뒷여울로.

위 작품은 비교적 단형에 속하는 사설시조가 계속 확대되어, 이

---

15) 이창배, 위의 책.

루어진 작품이다.

> 싱미잡아 깃드려둠에 쎙산행 보니고
> 백마쎗겨 바느려 뒷동산 송지에 미고 손죠 고기 낙가 버들움에
> 쎄여
> 돌지질너 츠여두고
> 아희야 날 볼 손 오쇼든 길 여홀노 술와라

이 작품이 [남훈태평가]에서는 사설이 대폭 확장되어, 위의 작품에 한층 가까와진 모습으로 실려 있다. 확장은 핵심어에 장황한 수식어를 덧붙이는 방식으로 이루어지고 있다. 이것이 휘모리잡가에 이르면, 고기잡이 도구가 나열되면서, 사설이 더 늘어난다. 즉 작품의 부분을 확장하여, 사설을 장형화하고 있다. 희화와 과장이 심한 사설은 볶는 타령 장단에 얹혀, '웃음'을 유발하게 한다. 휘몰이잡가는 이처럼 중심어 혹은 구절에 덧붙이기 식으로 얼마든지 사설을 확장할 수 있기 때문에 상황을 극적으로 조성할 수 있었다.

잡가에서 특히 빈번하게 보이는 의성어.의태어.추임새는 대상에 생동감을 부여하면서 선행담화의 단순 차용을 넘어서는 개성을 보여주고 있다.

> 가) 층암절벽상의 폭포수는 콸콸 수정렴 드리운 듯 이골 물이 수루
>    루루룩 저골 물이 쏼쏼
> 나) 청버들을 좌르르 홀터 맑고 맑은 구곡지수에다가 풍기덩실 지
>    두덩실 흐늘거려 떠나려 가는구나
> 다) 형장 하나를 고르면서 이놈 집어 느긋느긋 저놈 집어 는청는청
> 라) 반공중에 높이 떠 우이여 - 어허여
> 마) 공기 적다 공기 뚜루루루루룩 숙궁 접동 스르라니
> 바) 에…………/………….. /에…………/이어디 이히.. 이히 얼씨구
>    나 절씨구나 아무려도 네로구나

선소리의 하나인 (바)에 이르면 조흥구는 의미론적 맥락과는 멀어져 하나의 말의 재미, 상황의 재미를 고조시키는 독립적 담화로 존재하게 된다. 이 부분은 이박사와 잡가의 접점이 가장 뚜렷하게 나타나는 부분이기도 하다. 경기민요, 풍경 완상, 추임새가 어지럽게 공존하는 '달거리'는 잡가의 바로 지금, 이곳의 정서에 충실한 사설 구성 원리를 단적으로 보여주고 있다.

이박사와 잡가는 악곡 구성에서나 사설 구성에서나 익숙한 텍스트를 자신의 방식으로 합성하는 방식을 취하고 있다. 일관성 없이 엮어진 텍스트는 현장의 정서를 한껏 고조하지만 결과적으로 익숙한 '선행 담화를 낯설게 만드는 데' 기여하고 있다.16) 이때 텍스트의 탈 맥락화를 '의도적으로' 조장하는 추임새는 익숙함을 차단하는 역할을 적극적으로 수행한다고 볼 수 있다. 이것은 의외의 참신한 자극으로 이어지기도 한다. 따라서 상투적 도식(Formula)에 머물러있던 선행 텍스트는 청자의 기대지평을 넘어서면서 새로운 의미를 부여받게 된다.

## Ⅳ. 통속의 전략

'통속적인'이라는 말은 대개 감성의 과잉노출, 상투적인 패턴, 질적인 조악함과 거의 동의어로 쓰인다. 통속성은 정도와 드러나는

---

16) 잡가의 사설 구성 원리를 '낯익음을 자극하기'로 정리한 김학성의 논의와도 맥을 같이하는 것이다. 즉 낯익은 텍스트들의 조합이 단위정서의 '자극' 효과를 가져오고, 이것들의 집합적 정서의 연쇄가 작품 전체의 통합적 정서 즉 도시 대중의 통속적 정서를 실현하는 것으로 구조화된다는 것이다.
김학성, "잡가의 사설 특성에 나타난 구비성과 기록성", 고전문학회 편, 국문학의 구비성과 기록성, 태학사, 1999.

방식은 다르지만 가요를 포함한 대중예술 전반에서 두루 발견되는 특성이라 할 수 있다. 따라서 대중예술의 성과와 한계는 상당부분 통속성이 드러나는 방식과 질에 의해 규정된다고 할 수 있다. 문제는 통속성이 다분히 부정적 의미를 담고 있으면서 대중성과 거의 구분없이 통용되고 있다는 것이다. 그런데 대중성이 대중음악을 포함한 문화 전반의 시스템과 관련되어 제기되는 개념이라고 한다면 통속성은 텍스트를 구성하는 미적 전략의 문제라는 점은 분명히 전제해두고자 한다.17)

가요를 포함한 대중음악의 통속성은 '재미를 위한 즐거움' 그 중에서도 목적의식, 가치평가를 배제한 '소통의 즐거움'에 놓인다고 할 수 있다.18) 즐거움을 위한 장치들은 대개는 익숙한 것, 검증된 것을 선호하는 오리저널리티의 빈약함을 노정하기도 하지만 때로는 대중음악의 혁신이나 질적인 발전에 기여하기도 한다. 통속의 역설은 '오로지 즐거움을 위한 또는 팔아먹기 위한 노력이 위대한 예술을 낳기도 했던' 대중음악의 역사가 증명하고 있다.

이박사의 음악은 최신 트렌드의 무차별 도입, 대중음악의 귀족화 경향으로 통속의 미덕이 퇴색하고 있는 틈새에서 비집고 나와 의외의 가능성을 보인 사례에 속한다. 그의 목소리와 노래에서는 무국적의 가요, 박제화된 국악 그 어느곳에서도 찾아 볼 수 없는 '토종 통속'의 정수가 담겨 있다. 따라서 이박사에 대한 새삼스러운 관심의 밑바탕에는 '통속적인 것'의 문화적 가치가 새롭게 조명되는 조짐으로 보아도 무방할 듯하다. 이는 본인의 의도와 상관없이 통속성이 상당히 전략적으로 수용된 사례라 할 수 있다. 요컨대 재미를 위한 전략, 무적적의 목적이 일정한 문화적 의도를 가지고 합목적적으로, 전략적으로 전용되면서 '문화적 의도'마저 담아내고 있다는

17) 졸고, 가요, 어떻게 읽을 것인가, 책세상, 2000.
18) 박성봉, 대중예술의 미학, 동연, 1995.

것이다.

이박사의 음악이 겨냥하는 지점은 다양하다. 물론 일차적 대상은 광범위하게 퍼져있는 우리 사회의 엄숙주의이지만 대중음악의 지형도로 돌아와 반추해 보면 그 의미는 한결 복잡해 진다. 이박사의 대척점에는 '예술의 전당'이 놓일 수도 있고, '여의도'가 놓일 수도 있고, 수입 음반 매장이 놓일 수도 있다. 즉 이박사의 음악은 바흐의 '브란덴부르크 협주곡'의 해독제가 될 수 있지만, 통속적 의도를 최신 트렌드의 무차별 차용으로 희석시키는 주류 가요의 해독제가 될 수 있다. 뿐만 아니라 영미 팝 이데올로기에 젖은 매니아의 해독제로도, 록은 저항의 예술이라는 록 지상주의자의 해독제로도 작용한다. 이는 클래식과 대중음악, 가요와 팝, 주류와 언더그라운드, 팝과 록이라는 너무나 익숙한 이분법으로 고정된 현 단계 문화 지형도에 던지는 순수 통속의 선전포고라 할 수 있다.[19]

숱한 이분법의 틈새에서 치고 빠지는 이박사의 전략은 변화와 자리바꿈의 시기, 저층 소리꾼의 예술에서 출발하여 19세기 말을 넘어서며 가장 대중적 예술로 각광 받았던 잡가의 그것과 유사하다고 할 수 있다.[20] 중세적 장르의 마지막으로 출발하여 대중문화 시스템에 발빠르게 적응했던 잡가의 존재는 예술 향유가 신분에 철저히 예속되었던 중세의 문화지형도를 허물고, 전통적인 것과 외래의 것이 혼류하는 전환기 대중의 욕망과 감성을 담아낼 수 있었다. 이를 가능케 한 동인이 잡가 본래의 탄력성 그리고 통속적 의도에 있었음은 물론이라 하겠다.

---

19) 문화적 의도만 놓고 본다면 국악과의 크로스 오버를 시도한 이박사의 최근작 '박사 레볼루션'은 일보 후퇴라 할 수 있다.

20) 잡가의 기원에 대해서는 아직 합의된 의견이 나오지 않았지만 18세기 떠돌이 예술가들 사이에서 발생했으리라 보는 것이 일반적이다.

## V. 나오는 말

잡가와 이박사라는 대상은 '통속'을 축으로 전근대와 탈근대를 동시에 사유할 수 있다는 점에서 일단 문제적이다.[21] 근대의 외각에서 근대와 전 근대 혹은 탈 근대를 동시에 응시할 수 있는 시각의 일단을 마련할 수 있기 때문이다. 잡가와 이박사의 전략은 명백히 동 시대를 겨냥한 것이지만 이것이 만들어내는 파급력은 시대의 딜레마를 정면 돌파할 수 있는 '전통'을 형성하며 그 안에 일련의 문화적 전략을 담아내고 있다. 이것이 동 시대적으로 실현되었을 때에는 문화의 강고한 이분법을 타파하는 전략적 기제로 작용한다.

모색은 여기에서 그치지 않는다. 잡가와 이박사의 존재와 진로는 전통적인 것과 외래의 것과의 혼류, 이것이 자아내는 긴장관계를 단적으로 제시하고 있다. 이는 현단계 대중음악에서 글로벌리즘과 로컬리즘과의 관계에 대한 해법을 제시해 주기도 한다. 토종 통속의 세계에 뿌리를 두고, 다국적 기업의 관문(혹은 승인)을 통과한 이박사의 음악은 지역적 정체성을 담은 음악이 보편성을 획득하는 하나의 사례를 보여주고 있기 때문이다.

---

21) 고미숙, "'전근대'와 '탈근대'의 횡단을 위한 시론-'섹슈얼리티'를 중심으로", 비평기계, 소명, 2000.

# Abstract

## Cultural Strategy of the Popularity

Park, Ae-kyung(Dep. of KLL, Yonsei Univ.)

The main purpose of this theme is to explain cultural strategy of the Popualarity through Epaksa and Chapga. The scene of Epaksa and Chapga is censuring by means that it provides the basis of speculation about Pre-Mordernity and Post-Mordernity from a viewpoint of the Popularity.

Epaksa - Syndrom is the key to understand the present cultural map because of its unexpected effect. Epaksa began his music life as a Ponchak Singer on Tourist Bus which is known as the origin of Adult Sub culture. Ponchak is regarded as representative style of Korean popular song, Gayo. At the same time, odinary consumers think that Ponchak is bulgar and low style comparing with any other music style, Rock, Folk, Rap and Ballade, which is under influece of Anglo-American music style. The status of Epaksa began to be changed after global company SONY picked up him. With the assistance of SONY, he got great popularity in Japan, a bigger market than Korea. After that, he came back Korea in 2000 and then his main fandom was changed from the adult and the old on Tourist Bus to young music mania in live club near Shinchon or Apkuchong which is known as most trendy area in Seoul.

In the case of Epaksa, we can find out the relation of golbalism and localism, high taste and low taste and the culture of the young and that of the elder. The strategy of Epaksa is in destroying the boundary of two opposite objects and in demonstrating the power of Popularity. It is also important that in the case of Epaksa, we can find out the similarity with that of Chapga from a point of its structure of lyrics, hybrid style, the scene it had been and its strategy of Popularity. The origin of Chapga was music of the lower classes and it has been known as reresentative hybrid style because of its inconsistency of music and lyrics. But increasing popularity and effect changed the status of Chapga. After Chapga gained the agreement of the higher classes, it became one of the most popular songs in the late of 19th centry.

Now we can conclude that the root of Epaksa is in Korean traditional popular music and that the way of composing a scene is someting in common with Korean traditional popular music, Chapga. In addition to, the case of Epaksa shows how Ponchak, rooted in traditional popular music genre, gets 'Global Standard'.

일반논문

# 근대 국어 의문어미에 대한 연구

이영민*

차 례

I. 서론
  1. 연구의 목적
  2. 연구의 진행
  3. 자료
II. 본론
  1. 중세국어 의문어미의 특징
  2. 근대국어 의문어미의 특징
  3. 의문어미의 변천
III. 결론

## I. 서 론

### 1. 연구의 목적

본 연구는 근대 국어 시기의 의문 문말 어미를 '하라체'를 중심으로 중세 및 현대 국어와 비교·검토하여, 이 시기의 변화로 알려진 첨사 '-가/고'의 어미화, '어미 단일화 현상, '-ㄴ다'계의 소실, '-ㄴ가'계의 기능 확장, 판정 의문 대 설명 문의 대립 소실 등을 확인하

_____
* 서강대 교수.

고자 한다. 중세 국어의 의문 문말 어미는 이승욱(1963), 안병희
(1965), 이현희(1982ㄱ, ㄴ) 등에서 그 체계와 변천 과정 등이 상세히
밝혀진 바 있다. 본고는 이들을 바탕으로 그 체계를 정리하고 그 변
천 과정을 확인할 것인데, 근대 국어 전반에 걸쳐 문헌 자료를 통하
여 직접 확인함으로써 그 변천의 시기를 정밀화하고 변천 과정의
일면을 고찰해 볼 수 있을 것이다.


## 2. 연구의 진행

1., 2.에서는 기존의 논의를 중심으로 중세 및 근대 국어의 특징을
간략하게 살펴보고, 절을 달리하여 이들 특징을 개별적으로 살펴보
고자 한다. 자료의 선택은 17세기 말에서 19세기 말까지의 것으로
하였는데, 특히 19세기 중엽 이후의 문헌을 중점적으로 살펴보았다.
본고는 의문 어미의 변천 과정을 살피는 데에 초점을 맞추고 있으
므로 그 변화의 모습을 가장 뚜렷하게 보여주는 것이 이 시기의 것
이라 판단했기 때문이다. 특히 판정 의문 대 설명 의문의 대립, 곧
'-고/가'의 대립이 사라지기 시작한 것은 19세기 후반의 일로써 근
대 국어 단계의 한 특징이라기 보다는 현대 국어에서 완성된 것으
로 보아, 현대 국어의 것으로 보아야 할지도 모른다.[1]

---

1) 논의를 진행하기에 앞서 밝혀 두어야 할 것이 있다. 본고에서는 '중세 국
   어', '근대 국어'라는 용어를 계속해서 사용하고 있는데, 국어사의 시대
   구분에 대한 입장을 먼저 밝혀야 할 것이다. 국어사의 시대 구분은 이기
   문(1972)의 것을 따른다. '현대 국어'라는 용어에 대해서도 마찬가지이다.

## 3. 資料

이와 같은 목적을 달성하기 위하여 본고에서는 다음의 자료들을 적극 활용한다. 특히 19세기 중엽의 문헌이 많다.

  1) 老乞大諺解 <老諺> ; 1670
  2) 重刊 老乞大諺解 <重老> ; 1795
  3) 敬信錄諺釋 <敬信> ; 1796
  4) 太上感應篇 圖說諺解 卷二 <太感> ; 1852
  5) 南宮桂籍 <南宮> ; 1876
  6) 竈君靈蹟誌 <竈君> ; 1879
  7) 三聖訓經 <三聖> ; 1880
  8) 過化存神 <過化> ; 1880
  9) 敬惜字紙文 <敬文> ; 1882
  10) 關聖帝君 明聖經諺解 <關聖> ; 1883
  11) 關聖帝君 五倫經 <關五> ; 1884

# II. 본 론

## 1. 중세 국어 의문어미의 특징

기존의 연구에서 확인하였듯이, 중세 국어의 의문 어미는 대체로 다음과 같은 체계로 되어 있음을 알 수 있다(안병희(1965)).[2]

---

[2] (1)~(4)의 의문 문말 어미들은 '하라체'의 것만을 제시하였다. 의문의 서법을 표시하는 형태소는 '-가/고','-다'로만 국한될 것이나 본고에서는 형

(1) 첨사 '-가/고'
(2) 어미 '-녀, 려/뇨, 료'
(3) 어미 '-ㄴ다/  다'
(4) 어미 '-ㄴ가/고'

(1)의 첨사 '-가/고'는 체언에 직접 연결되어 名詞文을 형성하는데, '-가/고'의 대립은 판정 의문 대 설명 의문의 차이에 따른 것임은 주지하는 사실이다. (2)의 어미 '-녀, 려/뇨, 료'는 용언 어간에 연결되는데 '-녀, 려' 대 '-뇨, 료'의 대립은 '-가/고'의 것과 동일하며, '-녀, 뇨' 대 '-려, 료'의 차이는 선어말 어미 '-니/리'에 의한다. (3)의 어미는 동작의 주체가 2인칭 일 때만 사용되는데 판정 의문 대 설명 의문의 대립에 따르는 형태상의 차이를 보이지 않는다. 다만 동명사 어미에 따른 차이를 보이고 있다. (4)의 '-ㄴ가/고'는 인용문이나 간접 의문을 표시하는 것이었다. (1)과 마찬가지로 판정 의문 대 설명 의문의 대립을 보인다 (이승욱(1963), 안병희(1965), 이현희(1982 ㄱ, ㄴ), 김정아(1985) 등 참조). 이 외에 수사 의문을 표시하는 '-이ᄯᆞ녀' 계와 의문 어미가 탈락한 형태가 있으나 대상에서 제외한다.

## 2. 근대 국어 의문 어미의 특징

여기서는 전 절에서 살펴 본 중세 국어 의문 어미가 근대 국어 단계에서 어떤 모습으로 변해가며 중세 국어 당시와의 비교에서 어떤 특징을 갖는지를 살펴보고자 한다. 근대 국어 단계에서 의문 어미는 다음과 같은 변화를 보이는 것으로 논의되었다(이승욱(1963), 안병희(1965), 이현희(1982 ㄱ,ㄴ), 한동완(1984), 김정아(1985) 등 참

---

태소 분석보다는 의문 문말 어미(첨사)의 변천에 초점을 두고 살펴볼 것이므로 융합체(Amalgam)를 하나의 어미로 보고 논의를 진행할 것이다.

조).

    (5) 첨사 '-가/고'의 어미화

    (6) '-녀, 려'의 '-냐, 랴'계로 어미 단일화 현상을 보임

    (7) '-ㄴ다'계의 소실

    (8) '-ㄴ가'계의 기능 확장

    (9) 판정 의문 대 설명 의문의 대립 소실

    (5)의 첨사 '-가/고'는 근대 국어 단계에서는 체언에 직접 연결될 수 없고 소위 '用言化素 (이승욱(1985), 최정순(1991))'에 이끌려 나타나게 된다. 이러한 현상은 근대 국어 단계의 중요 특징 중의 하나인 '명사문에서 動詞文으로'라는 변화의 일부인 것이다. (6)의 '-녀,려'는 기타의 서법 어미들과 동일한 발음의 실현을 위하여 '-아'로 단일화하는 양상을 보인다. (7)의 '-ㄴ다'계는 근대 국어 단계에서는 이미 여타의 어미들과 변별되지 못하고 소실의 길을 걷게 된다. 이는 의도법의 선어말 어미 '-오/우-'의 소멸 및 현재 시제 형태소 '-는'의 출현으로 인한 평서의 문말 어미 '-다'와의 혼란을 방지하기 위한 것으로 여겨진다. (8)의 '-ㄴ가'계는 중세 국어 단계에서도 이미 직접 의문에 쓰인 용례가 보이는데 근대국어 단계에서는 더욱 그 기능이 확장되었다. 이에 따라 중세 국어 당시 의존명사이던 '-지'가 의문 어미화 하여 간접 의문의 역할을 담당하게 되었다(이영민 (1995)). (9)의 현상은 중세 국어 단계에서는 정연하게 지켜지던 것으로서 근대 국어 단계에서 혼란이 보이기 시작, 현대 국어 중앙 방언에서는 완전히 사라지고 일부 방언에서만 지켜지고 있다(서정목 (1987)).

## 3. 의문 어미의 변천

본고는 중세 국어에서 근대 국어까지의 의문 어미의 특징과 그 변천 과정을 기존의 논의를 따라서 살펴보았다. 이를 현대 국어 중앙 방언에 연결시켜 그 변천을 재구해 보면 다음과 같다.

(10)
ㄱ. 첨사'-가/고'<판정/설명, 직접> 어미화 '-냐' <직접>
ㄴ. '-녀,려/뇨,료'<판정/설명, 직접> 어미단일화 '-냐,랴/뇨,료'
　　<판정/설명, 직접>, '-냐/랴'<직접>
ㄷ. '-ㄴ다'<직접,2인칭> 소실
ㄹ.'-ㄴ가/고'<판정/설명, 간접> '-ㄴ가/고'<판정/설명, 간접/직접
　　> '-ㄴ가'<간접/직접>
ㅁ. × '-ㄴ지'<간접>
　　'-ㄴ지'<간접/?직접>

다음으로는 이들에 대한 各論을 문헌 자료를 중심으로 살펴보기로 하자.

### 1) 첨사 '-가/고'의 어미화

의문의 서법을 나타내는 첨사 '-가/고'는 체언에 직접 연결될 수 있었으나 근대 국어 후기에는 거의 어미화하였다.

(11)
ㄱ. 네 스승이 엇던 사룸고 <老諺 11>[3]
ㄴ. 언머는 漢人 사룸이며 언머는 高麗人 사룸고 < 〃 11>

---

3) 老乞大諺解는 京城帝國大學 法文學部에서 奎章閣叢書로 影印한 것을 자료로 삼았다. 쪽수의 표시는 여기의 것을 쓴다.

ㄷ. 네 비혼 거시 이 므슴 글고[4] <重老 2b>

ㄹ. 엇지 홀손 이 사슬 빠혀 글 외오기며 엇지 홀손 이 免帖고
   < 〃 3b>

ㅁ. 이 네 모음으로 비호려 혼 것가 도로혀 네 父母ㅣ 너로하여
   가 비호라 혼 것가 < 〃 5b>

ㅂ. 이 쥬식은 엇지 혼 것고 <太感 18a>


(12)

ㄱ. 져 붉은 옷 닙은 사롬은 뉘뇨 <太感 26a>

ㄴ. 엇지 니르되 뎨일에 일인고 <南宮 3a>

ㄷ. 효도는 엇더혼 일인고 < 〃 5a>

ㄹ. 디답호는 지 그 뉜고 < 〃 5a>


  (11)의 예문들은 '-가/고'가 근대국어 시기에서도 19세기 중반까지
는 첨사로서 체언에 직접 연결될 수도 있었음을 보여 주고 있다. 그
러나 (12)에서도 나타난 바와 같이, 이후의 문헌에서는 그러한 예들
을 찾아 볼 수 없다.[5] (12ㄱ)의 예문처럼 동사문으로 바꾸어 쓰든가,
아니면 당시 직접 의문에 광범위하게 쓰였던 '-ㄴ가'계로 대치하여
쓰고 있다. 본고는 여기서 근대 국어 시기에 활발해진 어미의 발달
(문법화)와 함께 '명사문의 동사문화'가 이루어졌음을 확인할 수 있

---

 4) 18세기 말엽의 문헌인 '重刊老乞大諺解'에는 이 예문과 아래의 두 예문이
   '……므슴 글오', '……이 免帖고', '……혼 것가'와 같이 「-고」가 체언에
   직접 연결되어 명사문을 형성할 수 있었으나, 오히려 17세기 중엽의 문헌
   인 '老乞大諺解'에는 이 부분이 오히려 '……므슴 글을 비호논다', '……이
   免帖인고', '……네 이 모음으로 비호논다 네 어버이 널로 호야 비호라 호
   ᄂ냐'로 되어있어 혼란을 보이고 있다. 아마도 이 변화는 오랜 시간을 두
   고 진행되었으며 오래도록 보수성을 유지한 것으로 보인다.
 5) 아마도 (11ㅂ)의 예가 문헌상으로 보이는 마지막의 것일 수도 있다. <關
   聖31b>에 '무슨 고기오'의 예가 보이는데, 의문 어미로 볼 수는 없으며,
   '하소체'의 「-소/오」로 보아야 한다 (이익섭(1981), 임홍빈(1985), 서정목
   (1987) 참조). (12)의 예들은 중세국어 당시라면, '……누고', '……일오'로
   되었을 것이다.

있다. 그리고 (12ㄱ)에서와 같은 모습을 갖추기 이전에 얼마간 '-ㄴ 가'계로 대치하여 쓰인 것으로 여겨진다.

### 2) 어미 단일화

중세국어의 '-녀, 려'는 근대 국어에서는 '-냐, 랴'로 그 형태가 바뀌었다.

(13)

ㄱ. 알리로 소냐 아디 못ᄒ리로소냐 <老諺 10>

ㄴ. 즐겨 ᄀᄅ치ᄂ냐 즐겨 ᄀᄅ치디 아니ᄒᄂ냐 < 〃 11>

ㄷ. 이 즁에 ᄯ ᄀ래ᄂ 이 잇ᄂ냐 <重老 6b>

ㄹ. 만일 네 져 싸히가면 ᄯ 져기 利錢이 잇ᄂ냐 < 〃 11b>

ㅁ. 능히 경긱인돌 자우롤 ᄡ냘소냐 <敬信 11b>

ㅂ. 모멸 흔 이 ᄀᄐ 무릿 죄 어늬 째예 가히 뉘웃츠랴 < 〃 22a>

ㅅ. 응당 과거롤 어들소냐 못홀소냐 < 〃 28b>

ㅇ. 이 닐이 맛당이 밋엄즉 ᄒ냐 <太感 54a>

ㅈ. 본 고을 방목 즁에 왕용여의 일홈이 잇ᄂ냐 <南宮 11a>

ㅊ. 유리과 옥죵쥐 잇ᄂ냐 < 〃 11a>

ㅋ. 가히 두렵지 아니ᄒ랴 < 〃 13a>

ㅌ. 신명의 덕되오미 그 아름답지 안니ᄒ랴 <조君 4b>

ㅍ. 어늬 눌이 맛당치 안니ᄒ랴 < 〃 8a>

ㅎ. 너의 무리ᄂ 오히려 우유이 자지ᄒᄂ야 <過化 10a>

ㄲ. 집을 망ᄒᄂ 지 인식ᄒ고 각박흔 놈이 아니드냐 < 〃 12a>

ㄸ. 가초 베푸러ᄂ 이 익ᄂ야 안이 익ᄂ야 힝ᄒᄂ야 안이 힝ᄒᄂ
    야<三聖 2a>

ㅃ. 닥ᄂ야 아니 닥ᄂ야 밋ᄂ야 안이 밋ᄂ야 < 〃 2b>

ㅆ. 너 화상에 졀ᄒᄂ야 너 마음에 졀ᄒᄂ야6) < 〃 4a>

ㅉ. 항복 받으랴 <關聖 33b>

---

6) (13ㅎ, ㄸ, ㅃ, ㅆ)은 '-ᄂ야'가 통합되어 있는데 이는 誤分綴의 예이다. 따라서 본고는 이를 근대 국어 의문 어미의 체계에 포함시킬 수 없으며, '-가(혹은 '-냐')'의 이형태로 볼 수도 없다.

(14)

ㄱ. 형아 네 셩이여 <老諺 13>

ㄴ. 큰 형아 네 貴性이여 <重老 7b>

안병희(1965)는 어미의 단일화 현상으로 이를 설명하였다. (13ㄱ-짜)의 예에서 보이는 바와 같이 이 변화는 근대 국어의 이른 시기부터 시작되어 정착된 것 같다. 청유형의 '-져'가 노걸대언해에서는 '-쟈'로 통일되어 가는 것('이러면 우리 홈쯰 가쟈' <13>, 우리 그져 뎌긔 드러 자고 가쟈 <17>') 등도 이를 확인케 한다. 다만, 중세국어 당시 修辭 疑文을 나타내는 '-이쑌녀'계가 근대국어 시기에도 보이는 데, 직접 의문인 (14ㄱ,ㄴ)에서도 '-어'계가 쓰인 점이 주목된다.7)

3) 「-ㄴ다」계의 소실

'-ㄴ다'계 의문 어미는 근대 국어 초엽부터 그 쓰임이 흔들리기 시작하여 19세기 이후에는 거의 보이지 않게 되었다.

(15)

ㄱ. 큰 형아 네 어드러로셔 브터 온다 <老諺 1>

ㄴ. 이제 어드러 가는다 < 〃 1>

ㄷ. 네 언제 王京의셔 떠난다 < 〃 1>

ㄹ. 네 뉘 손딕 글 비혼다. < 〃 3>

ㅁ. 네 므슴 글을 비혼다 < 〃 4>

ㅂ. 네 每日 므슴 공부 ᄒᆞᄂᆞᆫ다 < 〃 4>

ㅅ. 뎌 漢ㅅ 글 비화 므슴ᄒᆞᆯ다 < 〃 8>

ㅇ. 네 이리 한ㅅ 글을 비홀 쟉시면 이 네 ᄆᆞᄋᆞᆷ으로 비호ᄂᆞᆫ다 네

---

7) 이현희(1982ㄱ)은 이를 小型文(minor sentence,sentence fragment : 김민수 (1971))으로 보았다.

어버이 널로 ᄒ야 비호라 ᄒᄂ냐 < 〃 9>

ㅈ. 큰 형아 네 이제 어듸 가ᄂ다 < 〃 13>

ㅊ. 네 집이 어듸셔 사ᄂ다 < 〃 13>

ㅋ. 네 셔울 므슴 일 이셔 가ᄂ다 < 〃 14>

ㅌ. 밋 ᄯᅡ히셔 언멋 갑스로 사 王京의 가 언멋 갑시 ᄑ ᄂ다
< 〃 23>

ㅍ. 엇지 能히 우리 한말을 니르ᄂ다 <重老 2a>

ㅎ. 네 므슴 主見이 잇ᄂ다 < 〃 4b>

ㄲ. 연즉 필경 엇지 ᄒ ᄂ다 <太感 1b>

ㄸ. 네희 뢰롤 밧고 부민을 노ᄒ려 ᄒ ᄂ다 < 〃 7a>

(16)

ㄱ. ᄯᅩ 엇디 漢語 니롬을 잘ᄒ ᄂ뇨 <老諺 3>

ㄴ. 므슴 글을 講ᄒ ᄂ뇨 < 〃 5>

ㄷ. 글 니르기를 못고 ᄯᅩ 므슴 공부 ᄒ ᄂ뇨 < 〃 5>

ㄹ. 네 므슴 主見이 잇ᄂ뇨 < 〃 8>

ㅁ. 네 비환 디 언머 오라뇨 < 〃 10>

ㅂ. 알리로 소냐 아디 못ᄒ리로소냐 < 〃 10>

ㅅ. ᄯᅩ 므슴 貨物을 사 高麗ㅅ ᄯᅡ히 도라가 ᄑ ᄂ뇨 < 〃 22>

ㅇ. 네 每日 므슴 공부 ᄒ ᄂ뇨 <重老 2b>

ㅈ. 이 네 ᄆᆞ음으로 비호려 ᄒ 것가 도로혀 네 부모ㅣ 너로ᄒ여
가 비호라 ᄒ 것가 < 〃 5b>

ㅊ. 밋 ᄯᅡ히셔 언머 갑스로 사와시며 王京에 가 언머 갑스로 ᄑ ᄂ
뇨 < 〃 12a>

ㅋ. 이 죄인을 어이 처결ᄒ여 놋치 아니 ᄒ 뇨 <太感 1b>

ㅌ. 그듸ᄂ 벼슬길의 잇ᄂ 사롬이라 ……엇지 글닑지 아니ᄒ ᄂ
뇨 < 〃 43a>

ㅍ. 음즐문 주를 완필 ᄒ야ᄂ냐 <南宮 17a>

ㅎ. ᄌᆞ네 죠신의 첨셔 업ᄂ 거슬 의심ᄒᄂ냐 <조君 26a>

ㄲ. 항복 바드랴 <關聖 33b>

* cf. 명도 스스로 내 짓고 복도 스스로 몸소 구훈다 <敬信 28a> 쟝슈룰 구
ᄒᆞ여 쟝슈룰 엇는다 <  〃 28a>

안병희(1965)는 '-ㄴ다'계 의문어미는 상대가 의도를 갖고서 대답
하기를 요구하는 의문법에 쓰인다고 하면서 , 이의 소실은 의도법
의 '-오/우-'의 소실과 관련이 있다고 하였다. 그러나 본고는 (15)의
예문들이 과연 그러한지, 또는 '의도를 갖고서 대답하기를 요구하는
서법'이 과연 어떠한 것인지 의심스럽다. '-ㄴ다'는 다만 2인칭 주어
와 호응하며, 그 소실은 현재시제 '-ㄴ/는'의 발달에 기인하는 것으
로 보인다 (위의 cf.참조. 이 예문들은 의문문이 아니라 평서문의 예
이다). (15ㄱ-ㄲ), (16ㄱ-ㅊ)에서 나타난 바와 같이 이 어미는 100여년
에 걸쳐 혼란을 보이다가 19세기 중엽에 들어 그 자취를 거의 감추
게 된다 ((15ㄸ, ㅃ), (16ㅋ-ㄲ) 참조). 이는 2.3.1.에서 논의한 의문 첨
사 '-가/고'의 어미화와 그 시기가 일치하는데, 그렇다면 '-ㄴ다'를
동명사 어미 '-ㄴ' + 의문첨사 '-다'로 분석하여 명사문 구성이었음
을 확인하고, 그것이 어미화하지 못하고 소멸의 길을 걷게 된 것으
로 볼 수도 있을 것이다.

### 4) 「-ㄴ가」계의 기능 확장

'-ㄴ가'계는 이미 중세 국어에 단계에서부터 직접 의문에 다소간
쓰인 것으로 보고되었는데(이현희(1982ㄱ), 김정아(1985) 참조), 근대
국어 시기에는 그와 같은 쓰임이 더욱 확대 되었다.

(17)
ㄱ. 그 벗이 이제 미처 올가 못올가 <老諺 2>
ㄴ. 엇디 홀손 사술 쌔혀 글 외오기며 엇디 홀손 免帖인고
<  〃 6>
ㄷ. 일즉 아ᄂᆞ니 셔울 몰갑시 엇더ᄒᆞ고 <  〃 15>

ㄹ. 일즉 아ᄂᆞ니 뵛갑시 ᄊᆞ던가 디던가 < 〃 15>

ㅁ. 셔울 머글 거시 노튼가 흔튼가 < 〃 16>

ㅂ. 우리 가면 어듸 브리워야 됴홀고 < 〃 19>

ㅅ. ᄆᆞ쇼둘히 밤마다 먹는 딥과 콩이 대되 돈이 언매나
　　ᄒᆞ고 < 〃 20>

ㅇ. 네 이둘 그믐ᄭᅴ 능히 北京 갈까 가지 못홀까 <重老 2a>

ㅈ. 몸이 어듸로 조차 왓는고 <敬信 12b>

ㅊ. 죄인이 미앙 승복지 아니ᄒᆞ니 무슨 법을 ᄒᆞ여야
　　됴홀고 <太感 12b>

ㅋ. 됴변아 어이 무례ᄒᆞ고 < 〃 33b>

ㅌ. 몸이 어디로 좃ᄎᆞ왓는고 <南宮 5a>

ㅍ. 비암이 이졔 어듸 잇는고 < 〃 6b>

ㅎ. 이 녀지…… 엇지ᄒᆞ야 하놀 죄을 맛는고 <조君 14b>

ㄲ. 방문이 어듸 잇는고 <過化 13a>

ㄸ. 엇지 결국 ᄒᆞ는고 < 〃 14a>

ㅃ. 하놀과 쌍안에 날 갓튼 영웅이 몃사롬이 잇슬고 <關聖 23b>

ㅆ. 나는 ᄌᆞ니를 아는디 ᄌᆞ니는 나를 모르니
　　엇젼 일인오 < 〃 30b>


(18)

ㄱ. 네 이둘 그믐ᄭᅴ 北京의 갈가 가디 못홀가 모로리로다 <老諺
　　3>

ㄴ. 엇지 홀손 이 사슬 ᄲᅢ혀 글외오기며 엇지 홀손 이
　　免帖고 <重老 3b>

ㄷ. 여러 즘싱이 每夜에 언멋 집과 콩을 먹으며 대되 언멋 돈을
　　쓰ᄂᆞ뇨 < 〃 10b>

ㄹ. 네의 명도논 엇더ᄒᆞ지 모로거니와 <太感 54b>


(19)

ㄱ. "뉜고" ᄒᆞ야 <老諺 7>

ㄴ. "세 주머니롤 가져오라" ᄒᆞ여 <太感 5a>

ㄷ. "공을 세우마" ᄒᆞ시고 < 〃 18a>
ㄹ. "무ᄉᆞᆫ 고기오" 무ᄅᆞᆫ즉 < 〃 31b>
ㅁ. "그 부뫼 도로 ᄎᆞᄌᆞ갈가" 져허ᄒᆞ여 < 〃 56b>
ㅂ. "복병이 잇ᄂᆞᆫ가" 의심ᄒᆞ야 <過化 18a>
ㅅ. 가로ᄃᆡ "져문 밤의 아는지 업ᄂᆞᆫ이라" <關聖 30b>
ㅇ. 혜오ᄃᆡ "그 계집이 온가"ᄒᆞ여 <太感 70a>

(17)의 예들은 전부 직접 의문으로서 '-ㄴ가'계가 쓰이고 있다. (17ㅇ)과 (18ㄱ)의 비교는 이 어미의 기능 확장을 단적으로 보여 주고 있다고 할 것이다. 17세기 중엽의 문헌인 老乞大諺解에서는 '-ㄴ가'가 간접 화행의 형식으로 쓰이고 있으나, 18세기 말엽의 문헌인 重刊老乞大諺解에서는 직접 화행에 쓰이고 있다 (간접 화행 및 인용문 구성에 대해서는 (19)의 예문과 김정아(1985)를 참조하라). (17ㄴ, ㅅ)과 (18ㄴ, ㄷ)의 비교는 특이한 점을 보여 준다. (17ㄴ)은 첨사 '-고' 대신 직접 의문으로 쓰인 '-ㄴ고'가 통합되어 있는데, 후대 문헌인 (18ㄴ)에서는 오히려 명사에 직접 '-가'가 통합되어 있다. 이는 아마도 첨사 '-가'의 변천과 관련된 것 같다(2.3.1. 및 주4) 참조). 또한 (17ㅅ)은 직접 의문으로 쓰인 '-ㄴ고'가 통합되어 있는데, (18ㄷ)은 동사문의 예를 보여 준다. (18ㄹ)은 '-ㄴ지'와 '-ㄴ가'의 상호 호환성을 보여 주는 예다. 본고는 현대국어에 보이는 '-ㄴ지'의 '-지'를 형식명사로 볼 수는 없으며(서정목(1991)) 근대 국어 시기에 의문의 문말 어미화한 것으로 보고자 한다.

### 5) 판정 의문 대 설명 의문의 대립 소실

판정 의문 대 설명 의문의 대립을 보여주던 '-가','-고'의 대립이 사라진 것은 19세기 말엽의 일인 듯 하다.

(20)

ㄱ. 므슴 글을 講ᄒᆞ느뇨 <老諺 5>

ㄴ. 글 니ᄅ기를 못고 또 므슴 공부 ᄒᆞ느뇨 < 〃 5>

ㄷ. 알리로소냐 아디 못ᄒᆞ리로소냐 < 〃 10>

ㄹ. 즐겨 ᄀᆞᄅ치ᄂᆞ냐 즐겨 ᄀᆞᄅ치디 아니ᄒᆞ냐 < 〃 11>

ㅁ. 우리 가면 어듸 브리워야 됴홀고 < 〃 19>

ㅂ. 능히 경긱인들 자우롤 ᄶᅥ날소냐 <敬信 11b>

ㅅ. 웅당 과거롤 어들소냐 못 홀소냐 < 〃 28b>

ㅇ. 어니 째에 차믈 어들이오 < 〃 26b>

ㅈ. 엇지 니르되 뎨일에 일인고 <南宮 3a>

ㅊ. 엇지 가장 무례한요 <조君 17a>


(21)

ㄱ. 모멸혼 이 ᄀᆞᆺ튼 무릇 죄 어늬 째예 가히 뉘웃츠랴 <敬信 22a>

ㄴ. 어늬 놀이 맛당치 안니ᄒᆞ랴 <조君 8a>

ㄷ. 엇지 열홀이 임의 지리헌데 넘질줄 아랏스랴 < 〃 30a>

ㄹ. 엇지 긔약이 업스랴 < 〃 30b>

ㅁ. 뉘가 아손이 스스로 유복ᄒᆞ다 이르더냐 < 〃 40a>


(20)의 예문들과 (21)의 예문들을 비교해 보면 이를 확인 할 수 있는데, 시작은 의문사에 '의문'의 내용이 거의 없는 수사 의문에서 시작한 것 같다. 이의 흔들림은 19세기 말엽에 활발해 졌다가 20세기에 들어와서 완성된 듯 하다.


## III. 결 론


이상의 논의를 통하여 근대 국어의 의문 어미와 그 변천 과정을 살펴보았다. 기존의 여러 업적에 의하여 확인된 바 있듯이 중세국어 시기와 그 체계를 달리한 것은 근대 국어 후반의 일이었다. 이러한 체계의 변천은 여타의 문말 어미나 선어말 어미의 변천과도 깊은 관련을 맺고 있음을 알 수 있는데, 국어라는 하나의 틀 속에서 역동적(dynamic)으로 움직이는 변천 과정을 생각할 때, 자연스러운 귀결이라 하겠다. 이러한 변화의 제 양상을 살피기 위해서는 다양한 문헌 자료에 대한 면밀한 검토와 아울러 연관된 요소들의 변화도 결코 가볍게 여겨서는 안 될 것이다. 본고는 이에 대해서는 거의 논의한 바가 없다. 국어의 史的 변천 과정을 제대로 살피기 위한 것으로 선행되어야 할 작업 중의 하나를 빼 놓은 것이다. 후고를 기약하며 논의를 정리함으로써 결론을 가름하고자 한다.

　(22) 국어 의문 어미의 변천
ㄱ. 중세 국어 당시 의문 첨사였던 '-가/고'는 어미화하였다. 이는 '名詞文'의 '動詞文'으로의 변화와 같은 맥락 속에서 이해할 수 있다. 이의 완성은 대체로 19세기 중엽인 것으로 추정된다.
ㄴ. '-녀'계 의문어미는 '-냐'계로 바뀌었는데, 이는 어미 단일화의 경향에 의한 것이다.
ㄷ. '-ㄴ다'는 근대국어 시기에 소멸하였다. 이는 '-가/고'의 어미화와 현재 시제 '-는'의 발달, 기능 부담량 등의 영향에 의한 것으로 보인다. 의도법의 어미 '-오/우'는 '-ㄴ다'의 소실과는 무관한 것으로 여겨진다. 이 변화도 (22ㄱ)의 것과 마찬가지로 근대 국어 시기에 활발해진 문법화 및 동사문의 형성 내지는 정립과 연관이 있는 듯하다.
ㄹ. '-ㄴ가'계 는 현대 국어와 마찬가지로 직접 의문에 활발히 쓰이고 있다. 이러한 경향은 첨사로 기능하던 '-가/고'가 명사문의 동사문으로의 변화와 더불어 더 이상 명사에 직접 통합될 수 없게 되었고, '-ㄴ가'계가 이를 대신해 쓰임으로써 직접 의문으로의 기능이 더욱 확장된 것으로 보인다.

ㅁ. 설명 의문 대 판정 의문의 대립을 보여주던 '-고/가'의 교체는
19세기 후반에 들어 본격적으로 그 대립이 흔들리기 시작하였
는데, 대립의 소멸은 20세기에 들어 와서의 일인 듯하다.

## 참고문헌

김대웅(1984), 중간노걸대언해 해제, 홍문각.

김민수(1971), 국어 문법론, 일조각.

김정아(1983), "15세기 국어의 '-ㄴ가'의문문에 대하여," 국어국문학 94.

서정목(1987), 국어 의문문 연구, 탑출판사.

_____(1991), "내포 의문 보문자 '-ㄴ가'의 확립," 석정 이승욱선생 회갑기념논
총.

안병희(1965), "후기 중세 국어의 의문법에 대하여," 학술지(건국대) 6.

이기문(1972), 국어사 개설, 탑출판사.

이익섭(1981), 영동, 영서의 언어분화, 서울대 출판부.

이승욱(1963), "의문 첨사고," 국어국문학 26.

_____(1985), "용언의 체언화에 대하여," 어문연구 46·47 합병호, 일조각.

_____(1997), 국어 형태사 연구, 태학사.

이영민(1995), "내포문 의문 어미 '-ㄴ지'에 대한 고찰," 서강어문 11, 서강어문
학회.

_____(1997), "국어 의문사의 작용역에 대한 연구". 박사학위논문(서강대).

이현희(1982ㄱ), "국어의 의문법에 대한 통시적 연구," 국어연구 52, 국어연구
회.

_____(1982ㄴ), "국어 종결어미의 발달에 대한 관견," 국어학 11, 국어학회.

_____(1994), 중세 국어 구문 연구, 신구문화사.

임홍빈(1983), "현대의 '-삽-'과 예사높임의 '-오-'에 대하여," 김형기선생팔지기
념, 창학사.

최정순(1991), "국어의 "NP+'-이-'"구성과 '-이-'의 형태/통사론적 특성," 석정
이승욱 선생 회갑기념논총.

한동완(1984), "현대 국어 시제의 체계적 연구," 석사논문(서강대)

_____(1986), "과거시제 '-었-'의 통시론적 고찰," 국어학 15, 국어학회.

_____(1996), 국어의 시제 연구, 태학사.

홍윤표(1986), 경신록언석 해제, 태학사.
_____(1986), 경석자지문 해제, 태학사.
_____(1986), 남궁계적 해제, 태학사.
_____(1986), 과화존신 해제, 태학사.
_____(1986), 관성제군명성경언해 해제, 태학사.
_____(1986), 관성제군오륜경 해제, 태학사.
_____(1986), 삼성훈경 해제, 태학사.
_____(1986), 조군영적지 해제, 태학사.
_____(1986), 태상감응편도설언해 해제, 태학사.

# Abstract

## A Historical study on the interrogative final endings of Korean

Lee Youngmyn(Seokang University)

This study aims to describe the historical change and its process of the interrogative final endings of Modern Korean. A description on interrogative final ending of Middle Korean and such a change was established by S. U., Lee(1963), B. H., Ann(1965) etc : Particle '-ka/ko' became a endings, endings simplification, vanish of '-nta' and the contrast of yes no question vs. wh-question, functional expansion of '-nka' etc. We will certify such a change and process through the literatures on Modern Korean.

# 〈荊釵記〉의 대표 이본 연구

## -〈原本荊釵記〉와 〈古本荊釵記〉의 비교

이복규*

### 차 례

Ⅰ. 머리말
Ⅱ. 〈原本荊釵記〉와 〈古本荊釵記〉의 비교
　　1. <原本荊釵記>·<古本荊釵記>의 단락별 비교
　　2. <原本荊釵記>·<古本荊釵記>의 개별 특징
Ⅲ. 맺음말

# Ⅰ. 머리말

근래 필자에 의해 새로 발굴된 초기 고소설 가운데 <왕시봉전>이 있다. 발굴 당시에는 중국소설 목록에 나오지 않아 창작국문소설로만 알았는데, 중국 희곡 즉 원대 4대 南戲중이 하나인 <荊釵記>(그중에서도 古本계열)의 번역이라는 사실이 박재연 교수에 의해 밝혀졌다.[1]

이미 밝혀진 바와 같이, 현존하는 <荊釵記> 판본에는 여러 가지가 있는데, 크게 두 계통으로 나뉜다.[2] <王壯元荊釵記>계열과 <古

---

* 서경대 국문과 교수.
1) 박재연, "<왕시봉뎐>, 중국희곡 <荊釵記>의 번역", 왕시봉뎐·荊釵記
　(아산 : 선문대 중한번역문헌연구소, 1999).
2) 蔣一拂, 古典戲曲存目彙考 上(上海 : 上海古籍出版社, 1979), 5쪽.
　此戲現存版本, 以影鈔士禮居舊藏明姑蘇蘇葉氏刻本『王壯元荊釵記』, 爲一系統;

本荊釵記>계열이 그것이다. 이중에서 <王壯元荊釵記>계열이 고형에 가깝다고 보는바, 일반적으로 전자를 <原本>계열, 후자를 <古本>계열이라 구분하여 부르고 있다.

과문한 탓인지는 모르나, 이 두 이본간의 구체적인 비교 작업은 아직 이루어진 바 없다. 국내에서 이 작품에 대해 가장 먼저 언급한 박재연 교수나 정학성 교수도 중국희곡관련 단행본이나 전문학자의 조언에 따라 두 이본간에 존재하는 두드러진 차이 한 가지만을 거론하는 데 그쳤다.[3] 이른바 <原本>계열은 '舟中相會' 화소가, <古本>계열은 '道觀相逢' 화소가 등장한다는 지적이 그것이다. 그리고 그 한 가지 화소의 차이에 따라 국내에서 발굴된 국문본소설 <왕시봉전>과 한문본소설 <王十朋奇遇記>은 '道觀相逢' 화소가 나타난다는 점을 들어 <古本>계열로 규정하였다.

하지만 그 한 가지 대목을 들어 국내본의 저본을 <古本>계열로 규정하고 마는 데 대해 필자는 만족할 수 없다. 물론 그 두 화소가 <荊釵記> 이본의 계열을 나누는 데서 아주 중요한 비중을 차지한다는 사실은 인정한다. 그렇다고 해서 다른 단락의 양상에 대해서는 언급하지 않은 채 그것 한 가지만을 들어 국내 소설본의 저본이 <古本>계통의 이본이라고 단정짓는 것은 계속 의문을 자아내게 할 수 있다고 생각한다. 더욱이 현재까지 밝혀진 것처럼 국문본 <왕시봉전>과 한문본 <王十朋奇遇記>간에는 미묘한 차이가 존재하며, 국내본과 <古本>간에도 차이가 보여, 쉽사리 이 3자간의 상관관계를 규정하기 어려운 상황이고 보면 의심은 더욱 커질 수밖에 없다. 그러므로 두 이본의 공통점과 차이점은 일단 상세히 분석해 볼 필

---

以繼志齋屠赤水評『古本荊釵記』, 李卓吾評『古本荊釵記』, 汲古閣原刊本, 及淸暖紅室刊本, 又一系統, 而以葉刻較近古.

3) 박재연, 왕시봉뎐・荊釵記(아산 : 선문대학교 중한번역문헌연구소, 1999); 정학성, 역주 17세기 한문소설집(서울 : 삼경문화사, 2000) 참조.

요가 있다. 두 이본간의 같고 다름의 전면적인 양상을 확인해 보이지 않으면 3자간의 관계를 둘러싼 궁금증은 계속 이어질 수 있기 때문이다.

이 글에서 활용하는 <荊釵記> 대본은 林侑蒔 主編,『全明傳奇』(臺北 : 天一出版社)에 영인되어 수록된 <原本王壯元荊釵記> 및 毛晉編,『六十種曲』(北京 : 中華書局, 1990)에 실린 <荊釵記>[4]이다. <왕시봉전>은 이복규 편, 새로 발굴한 초기 국문·국문본소설)(서울 : 박이정, 1998)[5], <王十朋奇遇記>는 정학성, 역주 17세기 한문소설집(서울 : 삼경문화사, 2000)에 실린 것이다.

## II. 희곡 <荊釵記> 이본간의 비교

### 1. 〈原本荊釵記〉·〈古本荊釵記〉의 단락별 비교

두 이본을 검토해 보면, 소단락 차원에서의 두어 가지 요소를 제외하고는, 전반적으로 <原本荊釵記>가 더 풍부한 내용을 지니고 있다. 하지만 <古本荊釵記>에만 들어있는 단락도 존재한다. 따라서 양 이본이 지니고 있는 모든 단락을 망라하여 이를 기준으로 양본의 같고 다른 점을 비교하기로 한다. 두 본 모두 48개의 척으로 구성되어 있어, 기본적으로 그 편제를 따라 단락을 구분하되, 더러 두 이본을 비교하는 데 불편한 대목이 있어 필자 나름대로 재구성한

---

4) 『六十種曲』에 실린 <荊釵記>는 박재연 교수가 이미 『왕시봉뎐 荊釵記』에서 영인해 소개한 暖紅室本과 동일하다.
5) <왕시봉전>의 좀더 선명한 사진 자료로는 필자의 홈페이지(http ://www.seokyeong.ac.kr/~bkyi/) 중 <참고자료실>에 올려놓은 것을 참고할 수 있다.

결과, 48개의 단락으로 정리할 수 있었다. 여기에서는 줄거리만 대비하나, 음악(曲·詞)과 지문 부분의 차이도 있다는 것을 밝혀두며, 이에 대해서는 중국희곡 전공자들의 참여가 요청된다.

먼저 두 이본의 단락별 유무 관계 및 각 단락을 포함하는 齣의 위치를 일목요연하게 도표로 제시하고 나서, 단락별로 자세히 비교해 나가기로 한다. 단 차이가 있는 단락의 경우만을 대상으로 하고, 비교의 편의를 위해 약칭을 사용한다. <原本荊釵記>는 '原本', <古本荊釵記>는 '古本'으로 약칭한다.

〈표 1〉〈原本荊釵記〉·〈古本荊釵記〉의 단락별 비교표

| 단락 | 단락명 | 原本 | 古本 |
|---|---|---|---|
| 1 | 서두. 작품의 개요(줄거리와 주제)를 소개하다. | O<br>제1척 | O<br>제1척(家門) |
| 2 | 同學관계인 王十朋·王士宏·孫汝權이 溫州府 堂試를 준비하기 위해 講學하다. | O<br>제2척 | O<br>제2척(會講) |
| 3 | 堂試에서 王十朋이 장원급제하다. | O<br>제3척 | O<br>제4척(堂試) |
| 4 | 錢流行(錢貢元)의 생일을 축하하다. | O<br>제4척 | O<br>제3척(慶誕) |
| 5 | 錢流行이 王十朋을 사위 삼으려 許文通을 통해 구혼하다. | O<br>제5척 | O<br>제5척(啓媒) |
| 6 | 王十朋 모친이 아들에게 과거보라 권유하고, 錢流行(錢貢元)집에 荊釵를 聘物로 보내다. | O<br>제6척 | O<br>제6척(議親) |
| 7 | 孫汝權이 錢玉蓮의 姑母인 張媽媽를 통해 錢流行(錢貢元) 집에 구혼하다. | O<br>제7척 | O<br>제7척(瑕契) |
| 8 | 錢流行(錢貢元)은 荊釵를 받으려 하나, 계모 周씨가 반대, 딸의 뜻을 묻기로 하다. | O<br>제8척 | O<br>제8척(受釵) |
| 9 | 錢玉蓮이 王十朋과의 혼인 의사를 굳히다. | O<br>제9척 | O<br>제9척(繡房) |
| 10 | 계모가 孫汝權과의 혼인을 강요하다. | O<br>(계모 : 周氏)<br>제10척 | O<br>(계모 : 姚氏)<br>제10척(逼嫁) |

| 단락 | 단락명 | 原本 | 古本 |
|---|---|---|---|
| 11 | 錢流行(錢貢元)이 錢玉蓮을 王十朋에게 시집보내기로 결정하고, 錢玉蓮은 생모의 사당에 참배하고 떠나다. | O<br>제11척 | O<br>제11척(辭靈) |
| 12 | 錢玉蓮이 시집으로 들어가다. | O<br>제12척 | O<br>제12척(合졸) |
| 13 | 반년 후 전유행錢流行(錢貢元)이 왕십봉이 과거보러 간 사이에 딸 錢玉蓮과 그 시어머니를 자기 집에서 함께 살도록 청하다. | O<br>제13척 | O<br>제13척 (遣僕) |
| 14 | 錢玉蓮 고부가 전유행錢流行(錢貢元) 집에 오고 王十朋은 장인의 도움으로 과거보러 가다. | O<br>제14척 | O<br>제14척 (迎親) |
| 15 | 과거 보러 가는 王十朋을 餞送하다. | O<br>제15척 | O<br>제15척 (分別) |
| 16 | 王十朋이 王士宏·孫汝權 등과 동행하여 길을 가다. | O<br>제16척 | O<br>제16척 (赴試) |
| 17 | 王十朋이 과거에서 장원급제하다. | O<br>제17척 | O<br>제17척 (春科) |
| 18 | 錢玉蓮이 王十朋을 그리워하다. | O<br>제18척 | O<br>제18척 (閨念) |
| 19 | 王十朋이 승상의 請婚을 거절해 饒州僉判에서 潮陽僉判으로 좌천당하다. | O<br>제19척 | O<br>제19척(參相) |
| 20 | 王十朋이 집에 문안편지를 띄우다. | O<br>제20척 | O<br>제20척 (傳魚) |
| 21 | 孫汝權이 왕시봉의 문안편지를 離婚狀으로 변개하다. | O<br>제21척 | O<br>제21척(套書) |
| 22 | 편지를 받은 錢玉蓮의 집에서 파란이 일어나다. | O<br>제22척 | O<br>제22척(獲報) |
| 23 | 錢流行(錢貢元)이 孫汝權의 말만 듣고 王十朋이 편지 내용을 사실로 여기다. | O<br>제23척 | O<br>제23척(覓眞) |
| 24 | 계모 周씨가 재차 옥련에게 손여권과의 혼인을 강요하나 거부하다. | O<br>제24척 | O<br>제24척(大逼) |
| 25 | 錢載和가 福建安撫使로 부임하러 배를 타고 가는 도중, 꿈에 신령이 나타나 물에 빠진 여인을 구해 의녀로 삼으라는 지시를 받다. | O<br>제25척<br>제26척 | O<br>제25척(發水)<br>제26(投江) |
| 26 | 王士宏과 王十朋의 부임지가 서로 바뀌다. | O<br>제27척 | × |
| 27 | 복건안무사 錢載和가 물에 뛰어든 錢玉蓮을 구해 義女로 삼다. | O<br>제28척 | O<br>제26척(投江) |
| 28 | 王十朋이 어머니와 아내 전옥련을 그리워하다. | O<br>제29척 | O<br>제27척(憶母) |

| 단락 | 단락명 | 原本 | 古本 |
|---|---|---|---|
| 29 | 王十朋의 모친이 전옥련의 사망 소식에 슬퍼하며 京都로 아들을 찾아 떠나다. | O<br>제30척 | O<br>제32척(遣音) |
| 30 | 錢流行(錢貢元)은 딸 玉蓮이 죽자 후처를 원망하다.<br>a.전공원이 후처를 원망함.<br>b.전공원이 후처를 원망하고, 孫汝權은 張媽媽와 다툼. | a<br><br>제31척 | b<br><br>제29척(搶親) |
| 31 | 王十朋의 어머니가 錢玉蓮을 위해 제를 올리고서 길을 떠나다. | O<br>제32척 | O<br>제30척(祭江) |
| 32 | 王十朋이 모친으로부터 옥련의 익사 소식을 듣고 슬퍼하며[전반부] 임지로 향하다[후반부]. | O<br>제33척 | O<br>제31척(見母)<br>제33척(赴任) |
| 33 | 복건안무사 錢載和가 饒州에 사람을 보내 王十朋의 소식을 묻다. | O<br>제34척 | O<br>제32척(遣音) |
| 34 | 王十朋이 꿈속에서 玉蓮을 만나보고 나서, 제사를 지내다. | O<br>제35척 | O<br>제35척(時祀) |
| 35 | 饒州로부터 王僉判의 病死 소식이 전해오다. | O<br>제36척 | O<br>제34척(誤訃) |
| 36 | 王十朋은 潮陽에서의 5년간의 善政으로 吉安태수로 승진하고 府民들이 전송하다. | O<br>제37척 | O<br>제37척(民戴) |
| 37 | 孫汝權이 혼약을 어겼다 하여 錢流行(錢貢元)을 고소하나 王十朋이 溫州府推官에게 편지를 보내 孫汝權을 벌하게 하다. | O<br>제38척 | O<br>제40척詰) |
| 38 | 錢玉蓮이 향을 태우며 기원하다. | O<br>제39척 | O<br>제36척(夜香) |
| 39 | 王十朋이 吉安府에 도착, 장인장모를 모셔오게 하고 아내에게 제사지낼 준비를 하다. | O<br>제40척 | O<br>제38척(意旨) |
| 40 | 王十朋이 사람을 보내 장인장모를 모셔오도록 하다. | O<br>제41척 | O<br>제39척(就祿) |
| 41 | 冬至 佳節에 玉蓮이 의부모께 문안을 여주다. | O<br>제42척 | O<br>제44척(續姻) |
| 42 | 장인장모가 王十朋의 임지로 떠나고 錢流行(錢貢元) 누이 張媽媽가 전송하다. | O<br>제43척 | O<br>제41척(晤婿) |
| 43 | 王十朋과 그 모친이 전옥련의 부모를 맞이하다. | O<br>제44척 | O<br>제42척(親敍) |
| 44 | 복건안무사 錢載和가 왕시봉·전옥련의 혼담을 꺼냈다 거절당하다. | O<br>제45척<br>제46척 | O<br>제43척(執柯) |
| 45 | 전옥련과 왕시봉이 道觀에서 지나치다 닮은 모습에 서로 의아해하다. | × | O<br>제45척(薦亡) |

| 단락 | 단락명 | 原本 | 古本 |
|------|--------|------|------|
| 46 | 전옥련이 도관에서 만난 사람을 생각하다가 전재화에게 들키다. | × | O |
|    |        |   | 제46척(貴婢) |
| 47 | 전재화가 王十朋·鄧尙書를 초청하다. | O | O |
|    |        | 제47척 | 제47척(疑會) |
|    |        |      | 제48척(團圓) |
| 48 | 왕시봉 모친과 전옥련이 만나고, 이어서 부부가 상봉하다 | O | O |
|    |        | 제48척 | 제48척(團圓) |

제1단락 : 서두. 작품의 개요(줄거리와 주제)를 소개하다.

이 단락에서 두 이본 모두 작품의 개요를 소개한다는 점에서 동일하다. 소설과는 다르게, 희곡의 관습에 따라, 이 대목에서 극중인물은 아닌 배역인 末이 무대 위에 올라와서 작품 전체의 줄거리와 주제를 소개한다. 南戲에서는 이 부분을 '開場', '副末開場'이라 하다가 명 나라 사람들이 '家門'으로 불렸는데, 명대에 傳奇 즉 읽는 희곡형태로 개편된 이들 <原本荊釵記>, <古本荊釵記>에서도 '家門'이라는 제목을 붙이고 있는 것을 볼 수 있다.

하지만 완전히 일치하는 것은 아니다. 우선 작자의 창작동기와 목적을 밝힌 첫 번째의 詞에 동원된 樂曲과 행문의 차이가 있다. <原本>에서는 '滿庭芳'이란 詞를 쓴 데 비해 <古本>에서는 '臨江僊'이란 詞를 사용하고 있다. 詞의 행문도 다르다. 그러나 이 작품의 내용을 소개한 두 번째 詞에 동원된 악곡은 모두 '沁園春'으로서 동일하고, 詞의 행문도 몇 글자에서만 出入이 보일 뿐 똑같다. 다음으로 <原本>에서는 齣名이 없는 데 비해 <古本>에는 齣마다 제목이 붙어 있다. 특히 맨 마지막에 제시되는 8언시는 이 작품의 주요등장인물이 누구인지, 다루는 사건의 핵심이 무엇인지 함축적으로 제시하고 있다. 해당 대목을 번역해 보이면 다음과 같다.

<原本형차기> 제1척 : (末이 등장하여 말한다) [만정방] 풍월의

회포와 강호의 도량으로 쉽게 음조를 바꾸어 크게 노래를 한 곡 부르며, 천 잔의 술을 통음하며, 벗들과 자세히 옛일을 추억하는데, 고금의 얼마나 많은 영웅들이 강약을 다투었던가. 새로운 슬픔과 옛날의 한을 모두 물 따라 동쪽으로 흘려 보낸다. ○문장과 시부를 지으면, 비록 좋은 구절은 없으나, 응당 기이한 공로가 있다. 특히 늦게 화합한 난새와 봉황이 다시 모이는 것이 적으며, 글자마다 중복되는 것이 없다. 그대가 중간에 점차로 이루어지는 것을 보시오. 스스로 또 다른 춘풍이 있네. [심원춘] 재자 왕생과 가인 전씨는 어질고 효성스러우며 온화하고 선량하다. 나무비녀를 예물로 삼아 부부로 맺어졌다. 과거보러 가서 부부가 갈라졌고 과거급제하여 일거에 이름을 날리니 이름이 향기롭다. 승상을 배알하러 갔다가 데릴사위 요구를 좇지 않아서 조양으로 임지가 바뀌었다. ○편지를 써서 어머니께 급히 알렸으나, 중도에 간사한 계략으로 재앙으로 바뀌었다. 장모는 화가 나서 개가하라고 몰아세웠다. 정조가 굳은 아내는 몰래 강에 가서 몸을 던졌다. 다행히 신이 도와서 뱃사람으로 하여금 건져 구조하게 하였다. 함께 임지로 가서 타향에 가 누선(樓船)에서 서로 만났다. 의로운 남편과 절개 굳은 부인은 천고에 전하여 퍼뜨려야 한다. 왕장원이 사위가 되지 않으려 하자 묵사(万俟) 승상이 조양으로 임지를 바꾸어 가게 했네. 손여권은 편지를 가로채 도망해 돌아갔으며 전옥련은 수절한 형차기이다.6)

<古本형차기> 제1척 가문 : [임강선] (末이 등장한다.) 하나의 새롭고 기이한 이야기는 반드시 천하에 명성에 떨치게 해야 한다. 고

---

6) <原本荊釵記> 第一齣 : (末上白)[滿庭芳]風月襟懷 江湖度量 等閒換羽移宮. 高歌一曲 劇飮酒千鍾 細共朋儕憑弔 古今多少英雄 爭强弱 新愁旧恨 俱逐水流東 ○將文作賦 雖無好句 自有奇功 最是晚諧鸞鳳 團圓少字字無重 君看取中間醞釀 別自有春風.[沁園春]才子王生 佳人錢氏 資孝溫良 以荊釵爲聘 配爲夫婦 春闈赴試 拆散鴛鴦 獨步蟾宮 高攀仙桂 一擧成名姓字香 因參丞相不從招贅 改調在潮陽. ○修書飛報萱堂 到中道奸謀變禍殃 岳母生嗔 逼令改嫁 貞婦守節 潛地去投江 幸神道匡扶使舟人撈救 同赴瓜期往異鄉 在樓舡相會 義夫節婦 千古永傳揚. 王壯元不就東床婿 萬俟相改調潮陽去 孫汝權謀書套信歸 錢玉蓮守節荊釵記.

금의 수많은 일이 (내) 뱃속에 있으며, 말을 하며 좌중을 놀라게 하
며, 오령신(麟·鳳·神龍·尨·白虎 등의 신)을 감동시킨다. 육부(과
거 담당 기관)에는 재주가 칠보시를 쓴 조식과 대등한 사람들이 완
비되어 있다. 팔방의 호기가 하늘을 찌르고, 노랫소리는 하늘 높은
곳의 구름을 멈추게 할 듯 우렁차다. 모든 것을 다 할 수 있는 사람
은 인의예를 먼저 행하지 않으면 안된다. [평소대로 문답한다.] [심
원춘] 재자 왕생과 가인 전씨는 어질고 효성스러우며 온화하고 선
량하다. 나무비녀를 예물로 하여 부부로 짝지어졌다. 과거 시험이
재촉하여 부부가 갈라지게 되었다. 과거장에서 독보적으로 높게 급
제했으며, 일거에 장원을 하여 아름다운 이름을 날렸다. 승상을 배
알했다가 데릴사위 요구를 좇지 않아서 조양으로 발령이 바뀌었다.
편지를 써서 멀리 어머니게 알렸으나, 중도에 간악한 음모로 재앙
으로 변했다. 장모른 화가 나서 개가하라고 핍박하고 괴롭혔다. 부
인은 수절하기 위하여 몰래 가서 강에 뛰어들었다. 다행히 신이 도
와주어 건져서 구해졌다. 함께 임지로 가 타향으로 갔다. 길안에서
만났는데 의로운 남편과 절개가 굳은 부인은 천고에 영원히 전하여
퍼뜨려야 한다. 왕장원이 사위가 되지 않으려 하자 묵사 승상이 조
양으로 발령을 바꾸었다. 손여권은 거짓 편지를 모방해 써서 돌아
가고, 전옥련은 수절한 형차기이다.[7]

제2단락 : 同學관계인 王十朋·王士宏·孫汝權이 溫州府 堂試를

---

7) <古本荊釵記> 第一齣 家門 : [臨江僊] [末上] 一段新奇故事. 須敎兩極馳名.
  三千今古腹中存. 開言驚四座. 打動五靈神. 六府齊才幷七步. 八方豪氣凌雲. 歌
  聲遏住九霄雲. 十分全會者. 少不得仁義禮先行. [問答照常] [沁園春] 才子王生.
  佳人錢氏. 賢孝溫良. 以荊釵爲聘. 配爲夫婦. 春闈催試. 拆散鸞鳳. 獨步蟾宮.
  高攀仙桂. 一擧鰲頭姓字香. 因參相. 不從招贅. 改調潮陽. 修書遠報萱堂. 中道
  奸謀變禍殃. 岳母生嗔. 逼成改嫁. 山妻守節. 潛地去投江. 幸神道匡扶撈救. 同
  赴瓜期往異鄉. 吉安會. 義夫節婦. 千古永傳揚. 王壯元不就東牀壻 万俟相改調
  潮陽地 孫汝權套寫假書歸 錢玉蓮守節荊釵記.

준비하기 위해 講學하다.

이 단락에서는 글자 몇 개의 출입만 보일 뿐 동일한 행문이다. 몇몇 차이를 예시해 보면, <原本>에서 '永加'·'讀書'라 한 것을 <古本>에서 '永嘉'·'讀詩' 등으로 표기한 정도이다. 앞으로 따로 거론하지 않는 단락들의 경우도 대략 제2단락에서 보이는 정도의 차이만 존재함을 알 수 있다.

제3단락 : 堂試에서 王十朋이 장원급제하다.

이 단락에서도 양본간의 의미있는 차이는 발견되지 않는다. 다만 단락의 배열순서에서 차이가 있다. <原本>에서는 이 단락이 선행하고, 제4단락이 후행하는 것으로 되어있으나, <古本>에서는 이 제3단락과 제4단락의 위치가 뒤바뀌어 있다. 스토리 전개상 <原本>의 배열이 더 자연스럽다고 여겨진다.

제4단락 : 錢流行(錢貢元)의 생일을 축하하다.

이 단락에서, 外란 배역이 올라와, 자신의 성명이 錢流行(錢貢元)이며 太學에서 貢元으로 지낸 경력, 오늘이 자신의 생일임을 소개하는 한편, 자신이 溫城人이며, 현재 아내의 성이 무엇이고 딸의 이름이 玉蓮임도 소개하는데, 두 이본이 세부사항에서 차이를 보인다. 특히 이후의 단락에서 '전유행' 대신 '전공원'이란 표기를 자주 하고 있는 것을 보면, 차후 소설개작본에서 보이는 '전공원'은 여기에서 비롯한 것임을 알 수 있다.

<原本>에서는 전처는 물론 후처의 성까지 소개8)하는 데 비해 <

---

8) <原本荊釵記> 제4척 : 老夫姓錢 名流行 昔年太學曾考貢元 塵出六旬 溫城
人也 衣冠世裔 閥閱名家 時乖難圼於宗風 學淺粗知於禮義 雖有家資 奈無子
嗣丞繼 先室姚氏 所生一女 取名玉蓮 芳年二八 老夫續娶周氏 全賴他拆眷女
兒 朝暮得他訓誨 敎習針指 正是子孝雙親樂 家和萬事成 此喜今日是我賤誕
(노부는 성이 전가이고 이름은 유행입니다. 옛날에 대학에서 공원 시험을
보았습니다. 나이는 육십이고 온성 사람입니다. 사대부의 후손이고 명문
세가였는데, 때가 맞지 않아 가풍을 익히기 어렵고, 학문이 천박하지만
예도를 대략 압니다. 비록 집에 재산은 있지만 어찌하나요? 계승할 아

古本>에서는 후처의 성만 소개하는데 성이 서로 다르다. <原本>에
서는 전처의 성은 姚씨요 후처의 성이 周씨라고 하였으나 <古本>
에서는 후처의 성이 姚씨라고 소개하고 있다. <原本>에서 전처의
성으로 소개한 姚씨를 <古本>에서는 후처의 성으로 기술하고 있는
셈이다. 또 한가지의 차이는 <古本>에서는 이 생일 축하연 자리에
서, 왕시붕을 사위삼고 싶어하는 뜻을 내비치고 있다는 점이다. <
原本>에서는 제5단락에 가서 왕시붕이 당시에서 장원급제하였다는
소식을 듣고 나서 왕시붕을 사위삼고자 하는 것으로 되어 있는 데
비해, <古本>에서는 그런 배경도 없이 혼인 의사를 표명9)하고 있
어 부자연스럽다.

제5단락 : 錢流行(錢貢元)이 王十朋을 사위 삼으려 許文通을 통해
구혼하다.

두 이본이 동일하다. 다만 앞에서도 거론했던 것처럼, 시붕과 옥
련의 혼담을 꺼낼 때, <原本>에서는 제4단락까지에는 전혀 언급이
없다가, 이 제5단락에 이르러, 十朋이 堂試에서 일등을 한 재덕을 겸

___

들이 없으니. 죽은 전처 요씨의 소생인 딸 하나는 옥련이라고 이름지었는
데, 방년 열여섯입니다. 나는 주씨를 재취하였는데 모두 그 여자에게 의
뢰하여 딸을 보살피게 하지요. 아침 저녁으로 그녀의 가르침을 받고 바느
질을 배웁니다. 바로 자식이 효성스러우면 쌍친이 즐겁고, 집안이 화목하
면 모든 일이 이루어지는 법이지요. 기쁘게도 오늘은 내 생일입니다.)

9) <古本荊釵記>제3척 : 老夫姓錢名流行. 溫城人也. 昔在黌門. 忝考貢元. 衣冠
世裔. 時乖難顯於宗風. 閥閱名家. 學淺粗知乎禮義. 不幸先妻早逝. 只存一女.
年方二八. 欲招王十朋爲壻. 以繼百年. 自愧再婚姚氏. 幸喜此女能侍父母. 正是
子孝雙親樂. 家和萬事成. 今日是老夫賤誕(내 성은 전가이고 이름은 유행입
니다. 온성 사람입니다. 전에 학교에서 과분하게도 공원 시험을 보았지
요. 사대부의 후손이지만 때가 맞지 않아 가풍을 드러나게 하지 못했고,
명문세가로서 학문이 천박하지만 .예의를 대충 압니다. 불행하게도 전처
가 일찍 죽었으며 단지 딸 하나를 남겼는데, 나이가 마침 열여섯입니다.
왕시붕을 사위로 맞이하여 세대를 이으려 합니다. 스스로 부끄러운 것은
요씨와 결혼한 것입니다. 다행한 것은 이 딸 아이가 부모를 잘 모신다는
것입니다 바도 자식이 효성스러우면 쌍친이 즐겁고 집안이 화목하며 모
든 일이 이루어진다는 것이지요. 오늘은 내 생일입니다.)

비한 선비이며 또 그가 전유행의 옛친구의 아들이라는 것(<原本荊
釵記> 제5척. 老夫有一故人 王景公之子 王十朋 德學兼備 近日堂上 獨
占魁名 我令欲史將仕郎南陽郡許文通 作媒求娶爲婿) 등의 조건을 들어
시봉을 사위로 맞이하고자 하는 의지를 밝힘으로써, 왜 전유행이
아내의 반대에도 불구하고 시봉과의 혼사를 강행하려 하는지가 개
연성을 가지게 장치를 마련하고 있다. 하지만 <古本>에서는 제3척
(慶誕)과 제4척(堂試)의 순서가 바뀜으로써 아직 당시를 통해 이름이
알려지기 전인 데다 아무런 관계도 제시되지 않은 채로 전유행의
壽宴에서 갑작스레 그를 사위로 맞을 뜻을 비치고 있어 부자연스럽
다.

제7단락 : 孫汝權이 錢玉蓮의 姑母 즉 錢流行(錢貢元)의 '누이 張媽
媽'를 통해 錢流行(錢貢元) 집에 구혼하다.

두 이본이 동일하다. 다만 이 단락에서, '張媽媽'란 호칭에 대해서
잠시 거론할 필요가 있다. 우리 나라 호칭 관습으로 볼 때 '張媽媽'
란 호칭은 부적절하다. 왜냐하면 전유행의 누이라면 '錢媽媽'라고
해야 맞을 것으로 여겨지기 때문이다. 하지만 백화체에서 'OO媽媽'
는 우리 말의 'OO네 엄마'식의 표현이므로, '張媽媽'의 '張'도 시댁
의 성씨를 반영한 것 즉 '장OO이네 엄마'로 보는 게 좋다.[10] 또 한
가지 차후 소설개작본과의 비교를 위해 장마마와 전유행 간의 관계
가 정확히 무엇인지 확인해 둘 필요가 있다. 전유행의 '누나'냐 '누
이동생'이냐의 문제. 원전을 보건대 "他家對門賣燒餅的張媽媽 是
錢貢元的妹子"(<古本荊釵記>제7척)라고 되어 있어 '누이동생'임이
분명하다.

제26단락 : 王士宏과 王十朋의 부임지가 서로 바뀌다.

이 단락은 <原本>에만 나온다. 제19단락의 내용을 좀더 구체적

10) 이 점에 대해서는 서경대 중어학과의 박민웅 · 장영기 교수의 조언을 참
고하였음.

으로 장면화하여 보여준다. 과거에 급제하여 처음에는 요주첨판으로 제수받았으나, 승상의 농간으로 조양으로 갈리게 되고, 그 자리에는 함께 급제한 왕사굉이 임명되었다는 내용이다.

　제30단락 : 錢流行(錢貢元)은 딸 玉蓮이 죽자 후처를 원망하다.

　<原本>에서는 딸 옥련이 죽자, 전유행이 후처를 원망하는 내용만 있는데, <古本>에는 다른 게 첨가되어 있다. 孫汝權이, 혼약을 어겼다 하여 張媽媽와 다투는 다음 내용이 그것이다. 여기에서 丑은 장마마, 淨은 손여권이다.

　　[축]손상공, 오셨습니까? [정]장씨 아줌마, 빨리 신부를 가마에 오르라고 청하십시오. 내가 여기서 친히 신부를 맞이할테니까요. [축] 알았습니다. 사람들에게 분부하여 청룡두에서 조금 돌라고 하세요. [정이 분부하고, 여러사람은 도는 동작을 한다.] 집례인, 내게 빨리 신부를 청해 주시오. [청하는 동작을 한다. 축이 머리덮개를 쓰고 울면서 등장한다. 도는 동작을 한다.] 집례자, 가묘에 절하면 곧 혼인하게 되는 것입니다. [절하라고 소리지른다. 절을 한다. 정이 덮은 것을 벗긴다.] 좋다, 좋아. 당신 내 납채 예물을 받고, 조카딸을 숨기고, 내 혼인을 발뺌하려고? [축] 내가 당신을 속이는 것이 아니라, 내 조카딸은 이미 강에 몸을 던져 죽었소. 아까워하지 않고, 당신의 납채 예물을 돌려줄테니 모두 그만둡시다. [정] 내게 열 배로 돌려준다고 해도, 나는 단지 마누라만 원할 뿐이오. [축] 흥! 요 자식, 네가 돈과 권세를 믿고 윽박질러서 내 조카딸을 물에 뛰어들게 했는데, 이미 죽었으니 너 어떻게 할 거냐? [정] 이 건달년이, 오히려 내게 덮어씌우다니!11)

_____

11) <古本荊釵記> 제29척(搶親) : (丑)孫相公 來了麽. (淨)張姑媽 快請新人上轎. 我在此親迎. (丑)曉得了. 分付衆人在靑龍頭轉一轉. (淨分付衆轉介)禮人與我快請新人. (請介)(丑帶兜頭哭上介)(轉介)(淨)禮人拜了家廟就結親. (喝禮介)(拜介) (淨揭蓋)好也 好也 你受了我財禮. 藏了姪女 賴我親事. (丑)我不是騙你. 我姪女已投江死. 拚得還你財禮. 大家罷休. (淨)一倍還我十倍. 我也只要老婆. (丑)呸. 小鬼頭兒. 你倚恃豪富 威逼我姪女投水已身死 你要怎的. (淨)這潑皮到來誣賴

제41단락 : 冬至 佳節에 玉蓮이 義父母께 문안을 여쭈다.

<原本>에서는 옥련이 의부모인 전재화 부부에게 문안을 여쭙는 대목만 다루었는데, <古本>에서는 복건안무사 전재화가 전옥련에게 길안태수와의 혼담을 꺼내는 다음 대목이 더 들어 있다. 이 인용문에서 外는 전재화, 貼은 그 부인, 旦은 전옥련이다.

[해당춘] [외와 첩단이 등장한다] 시서(時序)는 변하여 가니, 잔치 베푸는 것을 아까워 마라. 애야, 태양은 화살 같고 달은 북 같으니, 느끼지 못하는 사이에 이곳에 온 지 또한 5년이 되었다. 전날 등상서가 찾아왔을 때, 한가한 이야기 도중에 왕태수가 부인 이 없다는 말이 나왔다. 이 때문에 네 사주단자를 그에게 주어, 가지고 가게 했다. 그래서 네 결혼을 처리하려고 한다. [단] 아버님, 단지 평생토록 수절하기글 바라며, 재혼은 말할 수 없습니다. [외] 네 남편이 죽지 않았으면 시집가려 하지 않는 것이 예로서 당연한 것이다. 네 남편이 이미 죽은 지 여러 해가 되었는데 시집을 가지 않으면 장차 누구에게 의지하려고 하느냐? [단] 바라옵건대 아버님, 저를 위해 제 양자를 하나 구해 주시어, 대를 잇는 후사로 삼게 해 주십시오. [외] 이렇게 하면 끝내 아무런 결과가 없다. [단] 제가 듣건대 어진 사람은 성쇠(盛衰)로써 절개를 바꾸지 않고, 의로운 사람은 죽고 사는 것으로 마음을 바꾸지 않는다고 하였습니다. 귀를 잘라 모습을 손상시켜, 재혼하라는 의견을 영원히 막아 버리고, 얼굴을 칼로 베어 피를 흘리더라도, 재혼하라는 말씀을 좇기가 어렵습니다. 옛날로부터 지금에 이르기까지 향기로운 이름은 없어지지 않았다고 합니다. 저로 하여금 지절(志節)을 잃게 한다면, 이것을 듣고 어찌 부끄럽지 않겠습니까? 백주(柏舟; 재가하지 않음.『시경』용풍의 편명)로 맹세하여 달게 공강(共姜; 남편이 죽은 후 재가하라는 권유를 단호히 거절한 여성의 이름.『시경』용풍의 백주편에 나옴.)을 본받겠으며, 죽어서야 그만두겠습니다. 만약에 틈을 엿보고 구멍을 뚫고 담을 넘어, 몰래 사마상여(司馬相如)와 도망가는 것은 제가 원하

_____

我.

는 바가 아닙니다. 만약에 저를 승상부(양부인 전재화의 집)에서 용
납하지 않으시겠다면 저는 다시 전처럼 강속에 가 죽겠습니다.
[외] 부인, 내가 곰곰이 생각하건대 이러한 지절도 또한 얻기가 힘
든 것이오. 애야, 네가 수절을 한다면, 다음날 친척의 자식을 네게
후사로 삼도록 해주겠다. [단] 이러면 아버님께 깊이 감사드립니다.
아버님 어머님, 앉으세요. 제가 명절 인사를 드리겠습니다. 술을 가
져오너라.[12]

제44단락 : 복건안무사 錢載和가 왕시붕·전옥련의 혼담을 꺼내
다.

이 단락에서 <原本>과 <古本>간에는 많은 차이가 있다. <原本>
에서는 복건안무사 錢載和가 왕시붕이 살아있다는 사실을 인지한
상태에서, 둘을 결합시키려 직접 혹은 타인을 통해 혼담을 꺼내고
혼사를 추진하는 것으로 되어 있다. 吉安府를 지나다가 吉安太守 王
十朋이 살아있음을 알고, 둘을 재결합시키고자 하여 왕시붕에게 혼
담을 꺼냈으나 王十朋으로부터 거절당하며, 鄧尙書를 통해 재차 구
혼하나 다시 거절당한다. 하지만 <古本>에서는 왕시붕이 살아있다
는 사실을 전혀 모르는 상태에서 전재화가 두 사람의 혼담을 꺼내
고 있어 대조적이다. 그것도 왕시붕에게 혼담을 꺼내는 것이 아니
라 전옥련에게 꺼냈다가 거절당하는 것으로 되어 있다. 등상서의

---

12) <古本> 제44척 續姻 : [海棠春](外貼上)時序兩推遷 莫惜開芳宴. 孩兒 金烏
似箭 玉兔如梭 不覺來此又是五年. 前日鄧尙書來相探 閑話間說起王太守未有
夫人 因此將你吉帖付與他去 了汝終身. (旦)爹爹 但願終身守節 再醮難言. (外)
你丈夫未死 不肯就禮之所當 汝夫已死多年 不嫁將何倚靠. (旦)望爹爹爲我螟
蛉一子 以爲終身後嗣. (外)如此終無結果. (旦)妾聞仁者不以盛衰改節 義者不以
存亡易心 截耳殘形 永杜重婚之議 劈面流血 難從再醮之言 自古及今 芳名不
滅 使妾有失志節 聽此寧無愧乎 誓以柏舟 甘效共姜 死而後已 若窺隙鑽窬 潛
奔司馬 則非奴所願也 若不容奴于相府 則賤妾仍喪于江中 (外)夫人 我尋思這
般志節也難得 孩兒 你要守節 改日過房一子 與你爲後嗣. (旦)如此甚感爹爹 爹
媽請坐 待奴家拜節 看酒來.

역할도 다르다. <原本>에서는 전재화의 요청에 따라 등상서가 혼담을 꺼내지만, <古本>에서는, 전재화와의 사전 교감도 없이 불쑥 왕시붕을 찾아와 혼담을 꺼내고 있어 유기적이지 못한 양상을 보이고 있다. 더욱이 玄妙觀에서 마주친 왕태수를 생각하는 전옥련에 대해서 외간남자를 그리워한다고 오해하여 엄하게 질책함으로써, 관중으로 하여금 긴장케 하고 있다.

제45단락 : 上元節에 전옥련과 왕시붕이 道觀에서 지나치다 그 닮은 모습에 서로 의아해하다.

<原本>에서는 이미 살펴본 것처럼, 제39단락에서 왕시붕이 '玄妙觀'에서 아내를 위해 제를 지내기 위해 준비하는 장면만 나오고, 끝내 그것이 실현되는 것은 보이지 않는 데 비해, <古本>에서는 제38척에서는 <原本>과 똑같이 아내를 위해 제사 지낼 준비를 하는 것은 물론이고, 제45·제46척에 이르러, 실제로 두 사람이 동시에 제 지내는 장면이 나온다. 바로 그곳에서 스쳐지나며 서로를 보고, 그 모습이 배우자의 모습과 흡사한 데 대해 피차 의아하게 여기는 장면이 설정되어 있다.[13] 먼저 도관의 도사가 등장하여 오늘이 '上元令節'이며 '醮會'가 열린다는 사실 등을 알리고 나서, 왕시붕과 전옥련이 각각 상대방의 영혼을 위해 분향하고 기도를 올린다. 여기까지는 두 사람 사이에 아무런 교섭이 없이 독자적으로 이루어지고 있지만, 초회 의식이 끝난 후에 이어지는 대목에 이르면 '玄妙觀相逢'이라고 부를 만큼 이미 두 사람이 서로의 모습을 보고 나서 마음에 동요가 일어났다는 것을 알 수 있다. 아래 인용문에서 生은 왕시붕, 末은 하인, 旦은 전옥련, 丑은 시녀, 淨은 도사이다.

---

13) <原本荊釵記> 제40척, <古本荊釵記> 제38 및 제45·제46척 참조. 도관의 이름을 '玄妙觀'이라고 밝힌 곳은 <原本荊釵記> 제40척, <古本荊釵記> 제38척이다.

[전강] [생] 갑자기 용모가 빼어난 사람이 시녀 하나와 앞뒤로 가는 것을 보았다. 몰래 얼굴 형태를 생각하니 한층 더 사람으로 하여금 의심이 생기게 하는구나. [말] 그가 거듭거듭 돌아보는데, 보아하니 태수(왕시붕)도 마음이 움직인 것 같다. [이전 부분을 합창한다.] [전강] [단] 회랑 아래에서 마주쳤는데 갑자기 사람으로 하여금 마음이 암암리에 놀라게 하네. 향을 피운 그 벼슬아치는 마치 망부인 왕시붕 같구나. [축] 경솔한 말을 하면 안되고, 마땅히 여러 번 살펴봐야 합니다. 향을 다 피워올렸으면 등(燈)을 보러 가시지요. [앞 부분을 합창한다.] [퇴장한다.] [생] 안장을 보면 말을 생각하고, 물건을 보면 사람을 생각한다더니, 방금 그 부인은 마치 내 아내 같구나. 도사를 오라고 불러라. 방금 그 부인은 어느 집 가족인가? [정] 전 도야(都爺; 대감)댁 아가씨입니다. [생] 원래 천하에 이다지도 닮은 사람이 있다니. 갑자기 가인을 보니 마음에 스스로 의심이 생기네. 분향이 이미 끝났으니 일찍 돌아가야지. 생각하니 결국 한바탕 꿈인데, 당신은 누구이고 또 나는 누구인가?[14]

<古本>에서의 이와 같은 설정은 두 사람간의 사실상의 '相逢'을 의미하는 것이기 때문에, 중국희곡학계에서는 <古本>계열을 '道觀相逢' 또는 '玄妙觀相逢'계열이라 부르는 한편, <原本>계열은 '舟中相會'계열이라 불러 양자를 구별하고 있다.[15]

제46단락 : 전옥련이 도관에서 만난 사람을 생각하다가 전재화에게 들키다.

이 단락은 앞 제45단락과 유기적인 관계를 지니고 있다. 상원절

---

14) <古本> 제45척 薦亡 : [……] (前腔)(生)驀然見俊英 與一丫鬟前後行 潛地想面形 轉教人疑慮生. (末)他兩次三回常觀顧 覩了恩官也動情(合前). [前腔] (旦) 迴廊下撞迎 頓教人心暗驚 那燒香上卿 好似亡夫王十朋. (丑)休得輕言當三省 燒罷名香轉看燈. (合前下生)見鞍思馬 覩物思人 適纔那婦人 好像我夫人 叫道士過來 適纔婦人 那家宅眷 (淨)錢都爺小姐. (生)元來天下有這般相似的. (生)忽 覩佳人意自疑 拈香已畢早回歸 思量總是一場夢 你是何人我是誰.

15) 郭紹基 主編, 中國社會科學院 文學研究所 總纂, 元代文學史(北京人民文學出版社, 1998) 및 한양대 오수경 교수의 조언 참조.

에 제 지내러 갔다가 만난 남자의 모습이 왕시붕과 너무도 흡사하
여 의아하게 여긴 나머지, 집에 와서도 하녀인 梅香이와 이 문제를
두고 대화를 나누다가 전재화에게 들켜서 꾸중을 듣는 대목이다.
제45단락이 <原本>에는 없었으니 이 대목 역시 <原本>에는 없고
<古本>에만 나온다. 이 인용문에서 旦은 전옥련, 丑은 시녀, 外는
전재화이다.

　　　[보보교] [단이 등장한다] 도관에서 분향하다가 갑자기 만나니 나
로 하여금 생각이 맴돌게 하는구나. [축] 아가씨, 지금 헛되이 의심
하느니, 기왕 확실하게 알 수 있었을 때 어찌 자세히 물어보지 않
았습니까? [단] 매향아, 이 내막을 네가 어찌 알겠니? 풍류스런 남
편으로 오인했을까봐 두려웠다. [축] 아가씨께서는 이 관리가 누구
라고 생각하십니까? [단] 누구니? [축] 본 부의 태수로서, 전날 동상
서가 와서 혼담을 꺼낸 사람입니다. [단] 원래 그 사람이었구나.
[……] [전강] [외] 거짓으로 고집을 부리다니, 천한 종놈의 자식 같
으니라고. 감언이설로 어물쩍 넘기려 하다니. 남들이 말을 퍼뜨리
는 것을 조금도 꺼리지 않다니. 화가 가슴 가득하도록 성을 내게
만들다니. 너는 본래 왕월영(王月英; 원나라 잡극 <왕월영원야유혜
기(王月英元夜留鞋記)>에 나오는 여주인공 이름) 즉 전당(殿堂)에
신발을 남기는 여자로서, 돌을 껴안고 강에 뛰어든 비단 빠는 여자
를 어찌하여 배우지 않느냐? [때리는 동작을 한다.] 너 이년, 아직
도 말을 안해? [축] 설상가상으로, 당연히 다른 사람과 쓸데없는 말
을 하면 안되는데, 재앙을 야기할지 누가 알았겠는가? 생각없이 한
담했는데, 어찌 삽시간에 화가 집안에서 일어날 줄 알았겠는가?
[외] 비녀가 있으면 가져와라. 그리고 잠깐 들어가라. [단] 가슴 가
득한 마음속의 일들이, 모두 말하지 않는 속에 있네. [퇴장한다.]
[외] 이 계집애가 나무비녀로 어물어물 속이려 하는데, 믿을 수 없
다. 내일 거짓으로 예물을 보낸다고 하여, 잔치자리를 마련하여 동
상서와 왕태수를 청해, 이 비녀를 거짓으로 예물이라고 말하며 꺼
내서 보여주어, 만약 왕태수가 이 비녀를 알아보면, 처리할 방법이

있지만, 만약 이 비녀를 알아보지 못하면, 제 고향으로 압송해야지. 물이 바로 흐리면 연어와 잉어를 구분하지 못하지만, 물이 맑아지면 두 종류의 고기임이 비로소 드러나는 법이다.16)

제47단락 : 전재화가 왕시봉과 등상서를 초청한 자리에서, 왕시봉이 형차를 보고 진상을 알다.

<原本>과 <古本>은 전재화가 등상서와 왕시봉을 초청한 잔치의 장소에만 차이가 있다. <原本>에서는 전재화가 배로, <古本>에서는 집으로 초청하고 있다.

<原本형차기> 제47척 : [관외가 등장하여 창한다.(관외는 전재화임 : 필자 주)] [산사자] 마음 속에 걸리는 일이 있어서, 이 강가의 성에서 오랫동안 머무네. 그들 부부가 오랫동안 만나지를 못했는데, 지금은 반드시 모여야 한다. [말한다.] 본관은 양광으로 순무(巡撫)를 갔는데, 이곳을 지나가다, 지금 비바람이 불편함을 만났다. 왕시봉과 내 딸 남편의 이름이 같아, 오늘 술을 마련하고 등년 형을 함께 술을 마시라고 청했다. [정이 등장하여 창한다.] 가벼운 가죽옷과 살진 말, 소년 때보다 못하지 않네. [생이 등장하여 창한다.] 춘풍에 음악 연주, 누각이 있는 큰 배에서의 술, 좋은 경치는 하늘이 이루어준 것이다. [외가 등장하여 보고 말한다.] 연형, 줄곧 오랫동안 헤어졌었습니다. [정이 말한다.] 존함은 오래 전에 들었습니

---

16) <古本>제46척 貴婢 : [步步嬌] (旦上)觀裏拈香驀相會 使我心縈繫. (丑)小姐如今枉致疑 旣認得眞時 何不問取詳細. (旦)梅香 這就理你怎知 恐錯認了風流塔. (丑)你道這官人是誰. (旦)是誰. (丑)本府太守 前日鄧尙書來說親的. (旦)元來是他 [……]. [前腔] (外)假乖張 賤奴胎 把花言抵搪 全不顧外人揚 惱得我氣滿胸膛 你本是王月英留鞋在殿堂 怎不學浣紗女抱石投江. (打介)你這賤人還不說. (丑)雪上更加霜 自不合與他人閒講 誰知惹禍殃 閒話裏沒些度量怎知道一霎時禍起在蕭牆. (外)旣有釵 取上來 且進去. (旦)滿懷心腹事 盡在不言中. (下外)這妮子莉釵遮飾 未可信憑 明日假意納聘作席 請鄧尙書王太守 把此釵虛說是聘物 將出觀看 若是王太守認此釵 便有區處 若不認此釵 押赴本鄕. 正是 混濁不分鰱共鯉 水淸方見兩般魚

다. 요직에 있으며 청렴하니 어려운 일입니다. 태수 어른, 전날 말로써 모독한 데 대해 탓하지 말아 주십시오. [생이 말한다.] 천만의 말씀이십니다.17)

&lt;古本형차기&gt; 제48척 단원 : [자소환] [외가 등장한다.] 만약 이 나무비녀를 알아본다면 그중에 융통할 수가 있다. [정이 등장한다.] 안무(按撫)께서 잔치를 베푸시며 초대하시는 정의가 얕지 않습니다. [생이 등장한다.] 고관대작의 연회에 청하니 청총마를 타고 급히 가네. [외] 그대들이 누추한 집을 경멸하지 않으니 가문에 광채가 납니다. [정] 저는 과분한 사랑을 받아 정성어린 초대를 단지 욕되게 하여 지극히 부끄러운 느낌을 견딜 수 없습니다.18)

제48단락 : 왕시붕 모친과 전옥련이 만나고, 이어서 부부·부녀가 상봉하다.

얼핏 생각하기에, &lt;原本&gt;과 &lt;古本&gt;은 모두 48개의 척으로 형성되었다는 공통점이 있으므로, 제48척 부분은 일대일 대응관계를 이루고 있을지도 모른다는 예측을 하게 하나 그렇지 않다. &lt;古本&gt;의 제48척은 &lt;原本&gt; 제47척의 중반 이후에서부터 제48척에 해당하는 내용으로 되어 있기 때문이다. 논의의 편의를 위해, 우선 &lt;原本&gt; 제48척의 주요 대목을 인용해 보이면 다음과 같다. 인용문에서 生은 왕시붕, 外와 官外는 전유행, 淨은 왕시붕의 모친, 夫는 전재화의 부인을 가리키는 것으로 보인다.

---

17) &lt;原本荊釵記&gt; 第47齣 : (官外上唱)[山査子]有事掛心頭 坐此江城久 他夫婦久違 顔今須輻輳 (白)下官往兩廣巡撫 在此經過 今遇風水不便 王十朋與我兒女孩兒丈夫名姓相同 今日具酒 請鄧年兄陪飮 (淨上唱)[前腔]肥馬輕裘 不減少年時候 (生上唱)春風簫鼓 樓紅酒 好景天成就 (外上見白)年兄一向 久別久別 (淨白)久仰淸廉 顯職難得難得 父母大人 日昨言語 冒瀆莫罪 莫罪 (生白)不敢

18) &lt;古本荊釵記&gt; 제48척 團圓 : [紫蘇丸] [外上] 若認此荊釵. 其中可宛轉. [淨上] 安撫開華宴. 相招意非淺. [生上] 侯門宴請來. 催赴跨青驄. [外] 蒙君不棄蝸居. 門戶生光彩. [淨] 老夫感蒙過愛. 特辱寵招. 不勝愧感之至.

<原本형차기> 제48척 : [……] [생이 말한다.] 여봐라. 전(錢) 나리 마님과 노부인을 청하여라. [외·정이 등장하여 창한다.] [일전매] 다행히 부부가 다시 만난다는 말을 들으니 즐거움과 기쁨이 마음 속에 있네. [생이 말한다.] 장인 어른, 제 집사람이 다행히도 전안무에게 구출함을 받아 여기에 있습니다. [외·정이 말한다.] 얘야, 어디 있니? [단이 말한다.] 부모님. [외·정·단이 합창한다.] [곡상사] 헤어진 후부터 마음 속에 늘 슬퍼하였는데, 오늘 만나니 슬픔이 더합니다. [단이 창한다.] 당시에 이별을 한스러워할 때는 제가 도리에 어긋났는데, 쌍친께서는 무슨 일로 이렇게 쇠약하고 파리해지셨습니까? [외가 창한다.] 죽을 딸을 생각하기 때문에 용모가 쇠약해졌고, 부인이 어긋난 것을 생각하여 기력이 쇠해졌다. [생이 말한다.] 제가 어찌 장인께 어려움이 있다는 것을 알았겠습니까? [단이 말한다.] 한마음으로 항상 아버님을 생각하며 슬퍼했습니다. [정이 말한다.] 그 당시 말이 사나웠던 것은 말하지 말고, 과거의 일은 전부 없었던 걸로 하고 모두 언급하지 말자. [단이 말한다.] 아버님, 눈이 왜 침침하십니까? [외가 말한다.] 얘야, 늘 너를 생각해서, 이 때문에 침침하게 되었다. [단이 말한다.] 제가 천지신명께 빌겠습니다. 천지신명이시여, 저 전옥련에게 만약에 효심이 있으면, 바로 지금 아버지 눈을 보우하시어, 이전처럼 광명을 주시고, 만약 효심이 없으면 천지신명께서 저를 감찰하시기를 바랍니다. [단이 창한다.] [옥교지] 천신이시여, 기도를 들으시사, 옥련의 성심을 생각해 주소서. 부모님으로부터 양육의 은혜를 받은 것을 살펴 아실 것입니다. 자식을 생각하시다 두 눈이 어둡게 되셨습니다. 하늘께서 제 효심을 가련하게 여기시어 전처럼 눈이 거울처럼 맑아지게 하시어, 자식의 진실한 효심을 드러나게 하여 주십시오. [단이 말한다.] 아버님, 빛이 조금 있습니까? [외가 말한다.] 아! 천지신명님, 감사합니다. 밝아졌습니다. [점이 말한다.] [대성악] 사돈 어른께서 의가 중하고 은혜가 깊어, 내 며느리의 몸이 원하는 대로 소생하게 되었습니다. [관외가 창한다.] 고맙게도 신명께서 분부하여, 급히 건져내 구하게 되었습니다. [夫가 창한다.] 부양하는 것이 친가족 혈육보다 낫지. 만약에 강변에 머물러 인연이 맺어지지 않

았으면, 어떻게 능히 절부와 현며안 남편이 다시 맺어질 수 있었을까? [앞의 부분을 합창한다.] 조정에 아뢰어 정표를 세우게 해야지. 효의 일가의 가문에. [외가 창한다.] [해삼성] 애야! 너를 근심하느라 번민하여 머리가 희게 되었고, 너를 근심하느라 번민하여 두 눈이 침침하게 되었으며, 너를 걱정하느라 번민하여 몸이 초췌하게 말랐고, 너를 걱정하느라 번민하여 용모가 주름살이 졌다. 원망하려면 단지 간사한 꾀로 흉계를 꾸민 나쁜 금수같은 놈을 원망해야 하고, 한하려면 단지 편지를 전달한 악랄하고 비열한 놈을 한해야지. [합창을 한다.] 또 아느냐 모르느냐? 다시 만나 기쁜 것은 또한 연분이 모인 셈이란 것을. [단이 창한다.] 생각해 보면 제가 동구를 떠난 때부터, 제가 밧줄로 매지 않은 배 같아서 탄식하고, 바람을 맞고 달을 대하면 늘 눈썹을 찌푸렸으며, 마을을 나설 때 두 줄기 눈물을 흘렸고, 어머니와 고모를 생각하면 대단히 참기가 어려웠습니다. 그래서 제가 몸을 던져, 물을 따라 흐르게 된 것입니다. [앞 부분을 합창한다.] [생이 창한다.] 감언이설을 모두 없었던 것으로 하고, 어느 날엔가 원수를 갚을 것이오. 지금부터 단지 사람이 오래 살기를 바라며, 난새의 무리를 배워, 백년의 즐거움을 다합시다. 왕년에 그 악당을 만났던 것은 원한이 되었고, 오늘은 또한 다시 만난 것을 기뻐하며 즐거운 술을 마십시다. [앞 부분을 합창한다.] [□□가 등장하여 창을 한다.] [분접아] 조정을 출입하는 것은 예주궁이나 신선도에 드나드는 것보다 낫고, 황제의 말씀을 전하고 조서를 전하고자 받들고, 말을 타고 장안을 떠나 총총히 이곳에 왔다. [합창을 한다.] 황제의 은혜에 감사드리며 임명문서로 정절과 효순함을 칭찬했네. [말한다.] 성지(聖旨)가 도착했으니 무릎을 꿇고, 낭독하는 것을 들으시오. [모두 □角하는(새소리내는) 동작을 한다.] 조서에서 말씀하시기를, "짐이 듣기에 예(禮)는 강상 중에서 가장 큰 것이고, 이것은 실로 인륜의 근본을 바르게 하는 것이다. 벼슬은 마땅히 정표보다 우선해야 하는데, 풍속을 두텁게 하는 근원인 것이다. 근래에 복건 안무 전재화가 아뢰기를, 길안부 지부 왕시붕이 관직에 있으면서 청렴하고 신중하여 덕이 백성에게까지 미치고, 그 처 전씨는 품행이 단정하고 장중하며 지절이 대단히 곧고 바르

며, 그 모친 장씨는 과부로 지내면서 공강(共姜)의 맹세를 지키며
아들을 가르치는 데 맹모의 어진 능력을 본받았다고 하였다. 이러
한 현모는 정말로 극구 칭찬할 만하며, 의로운 남편과 절개 있는
부인은 이치상 마땅히 정표해야 한다. 지금 특별히 왕시붕을 복주
부 지부로 승신시키며 이미 4500호를 하사하고 처 전씨는 정숙 일
품 부인에 봉하고, 모친 장씨는 월국태부인에 봉하고, 선부(先父)
왕덕소는 천수군공으로 추증한다." 칙명으로 전달하는 바는 여기
까지노라. 은혜에 감사드려라. [뭇사람이 말한다.] 만세, 만세, 만만
세. [생이 창한다.] [산화자] 스스로 옛날의 쓸씀함을 생각해 보면,
누가 오늘의 영광을 알았겠는가? 황제의 명령으로 친모와 효성스
러운 현처가 봉전(封典)을 받고, 이제야 비로소 포부에 대해 더욱
칭송을 받았다. [합창을 한다.] 군왕의 칙서와 조서에 대해 감사드
리네. 가문의 의리와 절개에 대한 명예가 좋구나. 관직에 청렴하니
군읍(郡邑)에 평판이 좋고, 금의환향하니 복이 적지 않네. ○ 부부
가 반 년 동안 서로 버려졌다가 지금에 다시 영광스럽게 되었네.
계모가 화를 내고 흑백(신랑감)을 뒤바꿔 딸에게 지나치게 간사한
마음으로 부호에게 시집가라고 핍박했네. 강에 뛰어들러 갔는데,
다행히 재상으로부터 빠진 데서 구출함을 받았네. [앞의 것을 합창
한다.] [미성] 형차의 전기는 지금 교묘하게 엮어졌다. 신구(新舊)의
작(作)이 겸비되고 충효가 높다. 반드시 여러 사람에게 효도를 행하
라고 권해야 한다. 한 개의 나무 비녀로 좋은 중매인을 만나, 지조
가 굳고 현명하고 효성스런 부인과 혼인이 결정되었다. 의로운 남
편과 절개 굳은 부인은 고금에 전해져야 하는데, 다행히 시인에 의
해 등불 아래서 제목을 쓴다.19)

---

19) <原本荊釵記> 第48齣 : [……] (生白)左右的請錢老爹老夫人 (外淨上唱) [一
剪梅]幸聞重見配鸞儔 歡上心頭 喜在心頭 (生白)岳丈我妻子 幸得錢安撫 撈救
在此 (外淨白)我孩兒在那裡 (旦白)我的爹娘 (外淨旦合唱)[哭想思]自別心中長
慘悽 今見了越添愁慨 (旦唱)恨別當年妾理虧 雙親何事恁厄羸 (外唱)因思女死
形容減 爲憶妻乖氣力衰 (生白)半子豈知翁有難 (旦白)一心長憶父傷悲 (淨白)
休說當時言語惡 一筆勾除盡莫提 (旦白)爹爹眼目 爲何昏花了 (外白)我兒 爲常
思想你玉蓮 因此昏花了 (旦白)待奴家祝告天地 天地 我錢玉蓮 若有孝心 卽今
保佑父目 仍舊光明 若無孝心 望天地鑑察奴家 (旦唱)[玉交枝]神天坼啓念玉蓮
誠心鑑知蒙父母養育之恩 爲憶兒雙目不明 夫天可憐奴孝心 仍前眼目清如鏡

　위 인용문에서 확인할 수 있는 것과 같이, <原本>은 왕시붕이 荆
釵를 인지하는 사건을 제47척 중반 이하에서 다루고, 제48척에서는
상봉 사건만을 다루었는데, <古本>에서는 제48척에서 형차 인지
사건과 상봉 사건 이 두 가지를 함께 다룸으로써 척의 구성이 달라
져 있음을 알 수 있다.[20] 하지만 먼저 복건안무사 錢載和의 부인이

勝舊顯兒誠孝心　勝舊顯兒誠孝心　(且白)爹爹有些光彩麼　(外白)呀謝天地明亮
了　(占唱)[大聖樂]親家義重恩深　我兒婦身願得重生　(官外唱)感神明囑仲忙撈救
(夫唱)看養勝嫡親　若不是江邊駐節緣輻輳　怎能勾節緣賢夫全復盟　(合前)申朝
命旌表　孝義一家門庭　(外唱)[解三醒]孩兒爲你愁煩成　皓首爲你愁煩　昏了雙眸
爲你愁煩　身憔瘦爲你愁煩　容貌皺怨只怨奸　謀設計賊禽獸恨　只恨遞信傳書潑
下流　(合唱)還知否也筆重歡　會合分緣輻輳　(且唱)念孩兒從離東甌　嘆似似不纜
舟　臨風對月長眉皺　但出境兩淚交流　想母親姑娘　忒生受致使我將身逐水流　(合
前生唱)把花言一筆都勾　有一日報冤仇從今　但願人長久盡歡　百歲效鸞儔　往年
遭那惡黨成僝僽　今日且喜團圓飲樂酒　(合前上唱)[粉蝶兒]出入朝廷强似蕊　宮
仙島　傳玉音　遣齋擎丹詔　跨雕鞍　辭帝里　匆匆來到　(合唱)感皇恩除書僭稱節孝
(白)聖旨已到跪聽宣讀　(衆呷介)詔曰　朕聞　禮莫大於綱常　寔正人倫之本　爵宜先
於旌表　盖厚風俗之原　邇者福建按撫錢載和　申奏吉安府知府王十朋居官淸愼而
德及黎民　其妻錢氏操行端莊　而志節貞異　其母張氏　居孀守共姜之誓　敎子效孟
母之賢能　似此賢母　誠可嘉尙義夫節婦宜　宜旌表　今特陞授王十朋福州府知府(
)已四千五百戶　妻錢氏封貞淑一品夫人　母張氏封越國太夫人　亡父王德昭　追贈
天水郡公　宣令進此謝恩　(衆白)萬歲萬歲萬萬歲　(生唱)[山花子]自思之昔日蕭條
誰知道今日榮耀　誥封親母賢妻孝　方纔稱加褒懷抱　(合唱)謝君王勅書　紫誥門闌
義節　名譽好官淸　郡邑聲價高　衣錦還鄉　福分非小　○夫妻半載相抛　到今重復
耀　爲繼母生嗔顚倒　苦逼奴奸心嫁富豪　去投江　幸蒙公相潛撈　(合前)[尾聲]荆釵
傳奇今編巧新舊雙全忠孝高須勸諸人行孝道　荆釵一股遇良媒　聘定貞堅賢孝妻
義夫節婦傳古今　虧着詩人燈下題.

20) <古本荆釵記> 第48齣　團圓：[紫蘇丸][外上] 若認此荆釵. 其中可宛轉. [淨
上] 安撫開華宴. 相招惹非淺. [生上] 侯門宴請來. 催赴跨靑驄. [外] 蒙君不棄.
蝸居門戶生光彩. [淨] 老夫感蒙過愛. 特辱寵招. 不勝愧感之至. [外] 寒門不足
以淹車騎. 近爲小女納聘. 請大人一觀. [淨]老拙作伐不從. 今聘他人. [生] 此乃
一言爲定. [淨] 外者多蒙賜柴炭. 感感在心. 正要到府拜謝. 不想年兄相招. 所
以不果. [生] 不敢. [淨] 我這公祖少年老成. 居民無不瞻仰. 老夫感激深恩. 正
是年近雪下. 且是寒冷. 與我老妻思想. 若得一簍炭便好. 說言未盡. 新書柴炭俱
送來了. 年兄. 如今的人只有錦上添花. 那肯雪中送炭. [生] 言重. [淨] 老夫昨
夜與老妻受了一驚. [外] 爲何. [淨] 被盜. [生] 有這等事. [淨] 這盜無理. 公祖
大人恰要懲治也. [外] 不知偷了什麼. [淨] 偷了我一擔糞去. [外] 這是小事.
[淨] 你就不明了. 寧可偷了金. 這個糞學生捨不得. 若無糞壅稻苗. 怎得穀子成

器. 這糞滋五穀土養民. 老夫不要. 望公祖追來公用. [外] 年兄請了. [淨] 還是公祖大人坐. [外] 年兄請坐. [淨] 學生怎敢佔坐. 還是公祖大人坐. [外] 年弟有句話. 守公到怕不知. 吉長官起送守公. 已後是陶長官. 陶長官去後. 卻是學生補任三月. [生] 如此上司了. [跪介外] 請起. [生] 學生侍坐. [外] 還是年兄坐. [淨] 若如此老夫佔了. [生] 學生傍坐. [外] 怎麽是這等. 擡那桌兒下來. [生淨] 告坐. [外] 請坐. 年兄. 福建好地方. [淨] 年兄. 你可省得他說話. [外] 我從在那裏. 不曾聽得這話. 年兄學與我聽一聽. [淨] 我學生頭一年在那裏. 半句也不省. 后來就省得了. 一日在船上. 只見岸上一簇人在那裏啼哭. 我問那門子. 那些人爲何啼哭. 那門子說沒有了個臉. 我說打官話說來. 他說道沒有了個兒子. 在那裏啼哭. 我方纔曉得臉是兒子. [外] 女埥叫什麽. [淨] 叫東婆臉. [外] 女兒叫什麽. [淨] 叫娘臉. [外] 他那裏路道難行. [淨] 路道崎嶇難行. 他那裏有菡萏灘難行. [外] 什麽灘. [淨] 菡萏灘. [外] 守公. 年兄學那福建詞到好聽. 唱一個兒. [淨] 這就不諧了. 你我是年家頑慣. 祖父母在此. 焉敢放肆. [外生] 這個不必謙. [淨] 恰不當. 鄧興你依唱. [淨評唱] 今宵五彩團圓. 將手掩上房門. 郎脫褲. 奴脫褌. 齊着力. 養個兒子做壯元. [外] 年兄. 一個字也不省. [淨] 叫做什麽賀新郎. 那門子寫出來. 方纔曉得. [外] 請了. [淨] 今日喜酒落得喫一杯. [外] 年兄出一令. [淨] 老拙說個數目口令. 說着數. 就是他喫. [外] 年兄出令. [淨] 要一二三四五六七八九十. [外] 如今年兄起. [淨] 一二兩三四五六六七八九十. [外] 年兄多了兩六. [淨] 如今公祖起. 一二不要. 兩三四五六七八九十. [外] 又是年兄. [出釵介淨] 擡禮過來觀看. 老夫鄧識寶. 取在手內. 便如什麽寶貝. [外] 送去鄧爺看. [淨看] 聞又不香. 捏又無痕. 起初鄧識寶. 如今不識寶. 公祖大人識窮天下寶. 讀盡世間書. 還是祖父母大人看. [外] 送去王爺看. [生看介] [一江風] 見莉釵不由我不心驚駭. 是我母親頭上曾插戴. 這是那得來. 敎我捷耳揉腮. 欲問猶恐言相礙. 心中展轉猜. 元是我家舊聘財. 天那. 這是物在人何在. [外] 守公覩物傷情. 必有緣故. 何不對我一說. [生] 實不瞞老大人說. 這莉釵下官聘定渾家之物. [外] 旣是守公聘定令正之物. 願聞詳細. [駐馬聽] [生] 聽訴因依. 昔日卑人貧困時. 忽有良媒作伐. 未結婚姻. 愧乏財禮. 莉釵遂把聘錢氏. [外] 成親幾年. [生] 結親後卽赴春闈裏. 幸喜及第. [外] 除授那裏. [生] 除授饒州僉判叨蒙恩庇. [外] 爲何潮陽去. [前腔] [生] 再聽因依. 說起敎人珠淚垂. [外] 中間必有緣故. [生] 爲參万俟丞相. 招贅不從. 反生惡意. 將吾拘繫. 奏官裏. 一時改調蠻煙地. [外] 爲何改調. [生] 要陷我身軀. 同臨任所. 五載不能僉贊. [外] 曾有書回. [前腔] [生] 曾寄書回. 深恨孫郎故換易. [外] 你家須認得字跡. [生] 奈我妻家不辨字跡差訛. 語句眞異. 岳翁妻母見差池. 逼勒莉婦重招壻. [外] 令正從否. [生] 苦不遵依. 將身投溺江心裏. [前腔] 曾薦亡妻. 原籍視臨在宮觀裏. 我在廻廊之下. 見一佳人. 與妻無二. 敎人展轉痛傷悲. 今朝又見莉釵記. 覩物傷悲. 人亡物在. 空彈珠淚. [前腔] [外] 休皺雙眉. 聽俺從頭說仔細. 我在東甌發足. 渡口登舟. 一夢蹺蹊. [生] 夢見甚的. [外] 道五更一女來投水. 急令稍水忙撈取. 休得傷悲. 夫妻再得諧連理. [前腔] [淨] 此事眞奇. 節婦義夫人怎比. 年兄. 疾忙開宴. 請出夫人. 就此相會. 天敎今日重完聚. 金杯捧勸須當醉. [生] 深感提携. 從今

王十朋의 모친을 청함으로써 먼저 姑婦가 만나고 이어서 夫婦·父女
가 상봉하는 것으로 되어 있다는 점만은 양본이 동일하다.

　차이점은 척의 구성만이 아니다. 상봉 장소, 전공원 부부의 등장
여부에서도 차이를 보이고 있다. 상봉 장소는 앞 단락인 제47척에
나오는 잔치 자리와 긴밀하게 연결되어 있다. <原本>은 배, <古本
>은 집이 잔치자리이기 때문에, <原本>에서는 전재화의 배에서
만나고 <古本>은 전재화의 집에서 만나는 결과를 보여주고 있다.
배에서 상봉한다 하여 <原本>계열을 '舟中相會'계열이라 부른다는
것은 앞에서 이미 밝힌 바 있다. 따라서 상봉장소의 차이는, 잔치 자

---

萬載傳名譽. [淨] 夫守義. 眞是傑. 妻守節. 眞是烈. 年兄申奏朝廷. 禮宜旌表.
下官告退. 有緣千里能相會. 無緣對面不相逢. [下外] 梅香. 請小姐出來.[哭相
思] [旦上] 妮子傳呼意甚美. 尙未審凶和喜. [外] 兒. 王守公正是你丈夫. [生旦]
每痛憶伊作幽冥鬼. 不料重逢你. [外] 快去府裏. 請太夫人相見. [老旦上] 公相
相招會兒婦. 爲敢躊躇. [旦] 婆婆. 自從那日別離. 今日又得相會.[紅衫兒] [老
旦] 自那日投江水潮去. 痛苦傷悲忽聞人報道身亡. 轉敎人痛悲. 若不遇公相相
留. 怎能勾夫妻重會. 效啣環結草. 當報恩義. [末上] 出入朝廷. 強似蕊宮仙島.
聖旨已到. 跪聽宣讀. 詔曰. 朕聞禮莫大于綱常. 實正人倫之本. 爵宜先於旌表.
益厚風俗之原. 邇者福建安撫錢載和. 申奏吉安府知府王十朋. 居官淸正. 而德
及黎民. 其妻錢氏. 操行端莊. 而志節貞異. 母張氏. 居孀守共姜之誓. 敎子效孟
母之賢. 似此賢妻. 似此賢母. 誠可嘉尙. 義夫之誓. 禮宜旌表. 今特陞授王十朋
福州府知府. 食邑四千五百戶. 妻錢氏封貞淑一品夫人. 母張氏封越國夫人. 亡
父王德昭. 追贈天水郡公. 宜令欽此謝恩. [生] 萬歲. 萬歲. 萬萬歲.[大環着]
[外] 那一日江道. 那一日江道. 得夢蹊蹺. 靈神對吾曾說道. 見佳人果然聲韻高.
投水江心早. 稍公救撈. 問眞情取覆言詞了. 留爲義女. 帶同臨任所福州道. [合]
怎知今日夫妻母子. 子母團圓. 再得重相好. 腰金衣紫還鄕. 大家齊還笑. 百世永
諧老.[前腔] [旦] 念奴家年少. 念奴家年少. 適侍英豪. 在雙門長成身自嬌. 守三
從四德遵婦道. 蘋蘩頗諳曉. 母姑性驕. 見孫郞富勢生圈套. 家尊見高. 就將奴與
君成配了. [合前][前腔] [老旦] 想當初窮暴. 想當初窮暴. 豈有今朝. 蒼天果然
不負了. 幸孩兒喜得名譽高. 門閭添榮耀. 闔家旌表. 感皇恩母子得寵招. 加官賜
爵. 受天祿滿門福怎消. [合前][越恁好] [生] 自上長安道. 自上長安道. 步蟾宮
掛紫袍. 爲不就万俟丞相寵招. 不從贅配多嬌. [合] 潮陽任所被改調. 受千辛萬
苦. 因此上五年傷懷抱.[前腔] [旦] 詐書傳報. 詐書傳報. 苦逼奴嫁富豪. 逢投江
幸得錢安撫. 急撈救. 免隨潮.[尾] 移宮換羽雖非巧. 做古依今敎爾曹. 奉勸諸君
行孝道. 夫妻節義再團圓. 母子重逢感上天. 深恨詐書分鳳侶. 痛憐渡口溺嬋娟.
潮陽隔別三山恨. 玄妙相逢兩意傳. 夙世姻緣今再合. 佳名千古二儀間.

리의 차이에 의해 이미 결정된 것이므로 새로운 차이라고 말할 수
도 없다.

하지만 전공원 부부가 이 마지막 단락에서 다시 등장하는가 그렇
지 않은가 하는 차이는 주목할 만하다. <原本>의 마지막 단락에서
는 전유행 부부가 더 등장하는데, 옥련의 효심으로 부친의 눈이 밝
아진다[21]는 이야기까지 덧붙여 완전한 해피 엔딩을 이루고 있다.
하지만 <古本>에서는 제42척까지만 전유행 부부가 등장하고 그 이
후에는 나타나지 않는다.


## 2. 〈原本荊釵記〉·〈古本荊釵記〉의 개별 특징

앞의 작업 결과를 바탕으로 두 이본의 개별 특징을 간략히 정리
하면 다음과 같다.

### 1) 〈原本荊釵記〉의 특징

첫째, 각 齣에 제목을 달지 않고 있다.

둘째, 제3단락(堂試에서 王十朋이 장원급제하다)과 제4단락[錢流
行(錢貢元)의 생일을 축하하다]이 순차적이고 인과적으로 연결되어

---

21) <原本> 제48척.
　　(生白)左右的請錢老爹老夫人 (外淨上唱) [一剪梅]幸聞重見配鸞儔 歡上心頭
　　喜在心頭 (生白)岳丈我妻子 幸得錢按撫 撈求在此 (外淨白)我孩兒在那裡 (且
　　白)我的爹娘 (外淨且合唱)[哭想思]自別心中長慘悽 今見了越添愁懐 (且唱)恨
　　別當年妾理虧 雙親何事悲尫羸 (外唱)因思女死形容減 爲意妻垂氣力衰 (生白
　　且白)半子豈知翁有難 一心長憶父傷悲 (淨白)休說當時言語惡 一筆句除盡莫提
　　(且白)爹爹眼目 爲何昏花了 (外白)我兒爲常思想你玉蓮 因此昏花了 (且)白待
　　奴家祝告天地 天地 我錢玉蓮 若有孝心 即今保佑父目 仍舊光明 若無孝心 望
　　天地鑑察奴家 (且唱)[玉交枝]神天坼啓念玉蓮 誠心鑑知蒙父母養育之恩 爲憶
　　兒雙目不明 夫天可憐奴孝心 仍前眼目清如鏡 勝舊顯兒誠孝心 勝舊顯兒誠孝
　　心 (且白)爹爹有些光彩麽 (外白)呀謝天地明亮了.

있다. 따라서 왕시붕의 당시에서 급제한 다음에, 그 가능성을 보고 나서 혼인 의사를 내비치는 것으로 설정함으로써 연결이 자연스럽다.

셋째, 제4단락에서 전공원이 전처의 성(姚氏)과 후처의 성(周氏)을 둘 다 소개하고 있다.

넷째, 제26단락(王士宏과 王十朋의 부임지가 서로 바뀌다)을 더 보유하고 있다. 왕시붕이 과거에 급제하여 처음에는 요주첨판으로 제수받았으나, 승상의 농간으로 조양으로 갈리게 되고, 그 자리에는 함께 급제한 왕사굉이 임명되었다는 내용이다. 물론 이 내용은 제19단락에서 간략하게 언급된 것인데, 제26단락에서 독립시켜 자세하게 장면화하고 있어 <古本>과 다르다.

다섯째, 제44단락(복건안무사 錢載和가 왕시붕·전옥련의 혼담을 꺼내다)에서, 복건안무사 錢載和가 왕시붕이 살아있다는 사실을 미리 인지한 상태에서, 둘을 결합시키려 직접 혹은 타인을 통해 혼담을 꺼내고 혼사를 추진하는 것으로 되어 있다. 吉安府를 지나다가 吉安太守 王十朋이 살아있음을 알고, 둘을 재결합시키고자 하여 왕시붕에게 혼담을 꺼냈으나 王十朋한테 거절당하며, 鄧尙書를 통해 재차 구혼하나 다시 거절당한다.

## 2) <古本 荊釵記>의 특징

첫째, 각 척의 제목이 부여되어 있다.

둘째, 제3단락(堂試에서 王十朋이 장원급제하다)과 제4단락[錢流行(錢貢元)의 생일을 축하하다]의 배열순서가 뒤바뀌어 있다. 그 결과 왕시붕의 재능에 대한 정보를 알기도 전에 혼인 의사를 내비치는 것으로 설정함으로써 연결이 부자연스럽다.

셋째, 제4단락[錢流行(錢貢元)의 생일을 축하하다]에서 전공원 후처의 성씨가 '姚'씨로 되어 있다.

넷째, 제26단락(왕사굉과 왕시붕의 부임지가 서로 바뀌다)이 <古本>에는 없다.

다섯째, 모두 두 개의 대단락을 더 지니고 있다. 제45단락 <上元節에 전옥련과 왕시붕이 道觀에서 지나치다 그 닮은 모습에 서로 의아해하다>와 제46단락 <전옥련이 도관에서 만난 사람을 생각하다가 전재화에게 들키다>가 그것이다.

여섯째, 왕시붕과 전옥련의 상봉 장소가 '집'으로 되어 있다.

일곱째, <古本>에서는 제42척까지만 전유행 부부가 등장하고 그 이후에는 나타나지 않는다.

여덟째, 제30단락에서, 혼약을 어겼다 하여 孫汝權이 張媽媽와 다투는 내용이 더 들어 있다.

아홉째, 제41단락(冬至 佳節에 玉蓮이 義父母께 문안을 여쭈다)에서 복건안무사 전재화가 전옥련에게 길안태수와의 혼담을 꺼내는 대목이 더 들어 있다.

열째, 제44단락(복건안무사 錢載和가 왕시붕·전옥련의 혼담을 꺼내다)에서, 왕시붕이 살아있다는 사실을 전혀 모르는 상태에서 전재화가 두 사람의 혼담을 꺼내고 있다. 그것도 왕시붕에게 혼담을 꺼내는 것이 아니라 전옥련에게 꺼냈다가 거절당하는 것으로 되어 있다. 등상서의 역할도 다르다. <原本>에서는 전재화의 요청에 따라 등상서가 혼담을 꺼내지만, <古本>에서는, 전재화와의 사전 교감도 없이 불쑥 왕시붕을 찾아와 혼담을 꺼내고 있어 유기적이지 못한 양상을 보이고 있다. 더욱이 현묘관에서 마주친 왕태수를 생각하는 전옥련에 대해서 외간남자를 그리워한다고 오해하여 엄하게 질책하는 것으로 되어 있다.

이상 검토한 것과 같이, <原本>과 <古本>은 주요 플롯면에서는 동질성을 유지하면서, 일부 단락에서 배열순서와 내용 면에서 약간의 출입이 있음을 보여준다. 그 차이 가운데는 남녀주인공의 최초의 재상봉이 배에서 이루어지는가 道觀에서 이루어지는가 하는 차이도 들어있다. 배에서 만나는 게 <原本>계열이고 도관에서 만나는 게 <古本>계열이라는 기존의 지적이 그것이다. 하지만 두 이본의 차이는 다른 것도 있음을 확인할 수 있었다. 이 작업 결과는, 앞으로 국내본과 중국원작의 차이 및 계열관계의 실상에 대해 좀더 근거있게 접근할 수 있는 거점의 역할은 물론, 새로운 이본이 등장할 경우에도 해당 이본의 위상을 탐색하는 데 유용한 지침이 되리라 생각한다.

## III. 맺음말

이상 <荊釵記>의 두 이본인 <原本荊釵記>와 <古本荊釵記>를 비교한 결과, <原本>과 <古本>은 주요 플롯면에서는 동질성을 유지하면서, 일부 단락에서 배열순서와 내용 면에서 약간의 출입이 있음을 확인할 수 있었다. 그 차이 가운데는 남녀주인공의 최초의 재상봉이 '배(船)'에서 이루어지는가 '道觀'에서 이루어지는가 하는 차이도 들어있다. '배'에서 만나는 게 <原本>계열이고 '도관'에서 만나는 게 <古本>계열이다. 하지만 두 이본의 차이에는 다른 것도 있음을 확인할 수 있었다.

여기서 얻어진 결과는, 앞으로 국내본과 중국원작의 차이 및 계열관계의 실상에 대해 좀더 근거있게 접근할 수 있는 거점 구실을 하고, 새로운 이본이 등장할 경우에도 해당 이본의 위상을 탐색하는 데 유용할 것이다.

이 작업은 <형차기>와 국내 국문소설본 <왕시봉전>, 한문소설본 <王十朋奇遇記>와의 비교 연구의 일환으로 이루어졌다. 따라서 <原本荊釵記>와 <古本荊釵記> 중에서 국문본 <왕시봉전> 및 한문본 <王十朋奇遇記>이 속하는 계열의 이본이 무엇인지 탐색하는 작업, <왕시봉전>·<王十朋奇遇記>와 원작 <荊釵記> 삼자간의 비교 작업, 국문본 <왕시봉전>과 한문본 <王十朋奇遇記>의 형성 과정 규명 작업의 결과는 별고[22]로 발표할 예정이다.

---

22) 이복규, "<왕시봉전>·<왕시봉기우기(王十朋奇遇記)>·<형차기(荊釵記)>의 비교 연구", <국어국문학> 129집(서울 : 국어국문학회, 2001.12) 게재 예정.

## Abstract

### A Comparative Study on Versions of &lt;Hyungchagi&gt;

Yi, Bok-kyu(Seokyeong University)

Among the recently discovered mid-Chosun old novels is &lt;Wangshibongjeon&gt;. At the time of discovery it was viewed as an original Korean novel, but soon it was revealed that it was a translation from a Chinese play &lt;Hyungchagi&gt;, especially from the older version and that the Korean version &lt;Wangshibongjeon&gt;, and the homogeneous Chinese version &lt;Wangshiboongkiwoogi&gt; are related to each other as a mutual variant. This paper, largely accepting the previous achievement, aims at shedding light on the yet unsolved problems as follows :

(1) given that &lt;Hyungchagi&gt; has a number of different versions, how specifically should the difference and commonality among those versions be compared? The problem is that only when the textual nature has been elucidated may one agree on the established theory which proposes that the older version of &lt;Hyungchagi&gt; was the mother version of the two daughter novels that seem to have been widely distributed in Chosun Kingdom. Up to now there has been any study reported either at home or abroad; therefore, it seems more than necessary to compare the two variant versions of &lt;Hyungchagi&gt;.

(2) as a result of comparing the two variant versions of <Hyungchagi>, the original version and the older one were shown to have a roughly homogeneous plot with only a few differences in the sequence and content. Among the differences is the question whether the first re-encounter had been made 'on the boat' or 'at the Taoist temple'. The re-encounter at the Taoist temple is the case of the older version. Other differences are also identifiable. The finding from this analysis may well be used for a basis on which one can get closer to the reality of the paradigmatic relations as well as the differences between the domestic versions and the Chinese originals.

# 선비정신과 초인의 꿈

## - 이육사론

유병관*

### 차 례

Ⅰ. 머리말
Ⅱ. 선비정신과 전통의 계승
Ⅲ. 극한적 상황 역설적 인식
Ⅳ. 고향회복과 초인의 꿈
Ⅴ. 맺음말

## Ⅰ. 머리말

육사(陸史) 이원록(원삼, 활, 1904~1944)은 항일운동에 온몸을 투신한 '지사'이면서 동시에 빼어난 '시인'이었다. 그리하여 그는 '암흑기의 최대의 저항시인이자 탁월한 예술 시인'[1] 등의 평가를 받았다. 그러나 육사에게 붙여진 이 '저항시인'이라는 호칭은 이상화나 한용운, 윤동주의 경우와 마찬가지로 시인의 실제 삶이 평가에 직접적으로 혹은 강력한 자장으로 작용한 결과이다. 그리하여 오히려 그 '저항'의 실체가 구체화되지 못하고, 작품 분석 과정에서 도식적이거나 경직된 해석으로 시가 주는 감동의 진폭을 축소하는 경우까

---

* 성균관대 강사.
1) 김재홍, "투사의 길, 시인의 길," 소설문학, 1986.1, 261쪽.

지 있어 왔다.

물론 시가 곧바로 시인의 삶과 동일시되거나 직접적인 인과관계로 해석되는 것을 경계하면서, 그의 예술적 성취를 분리해서 분석 평가한 경우도 있었다. 그러나 이 경우에도 육사의 삶과 예술적 성취를 이분법적으로 분리해서 평가함으로써 가치평가의 혼동을 초래하기도 한다.

사실 시인의 현실적 삶이 곧바로 시 작품의 해석이나 평가의 기준, 혹은 유일한 근거로 적용되는 일은 경계해야 한다. 그러나 한편으로 시 작품이 시인의 구체적인 삶과 무관한 것 또한 아니다. 적어도 높은 평가를 받는 시의 경우 시인 자신의 삶에 대한 진정성에 기반을 두고 있기 때문이다. 특히 육사는 수필 <계절의 五行>(『조선일보』, 1938.12)에서 "온갖 고독이나 비애를 맛볼지라도 '시 한편'만 부끄럽지 않게 쓰면 될 것"이며, "다만 나에게는 행동의 연속만이 있을 따름이요 행동은 말이 아니고 나에게는 시를 생각한다는 것도 행동이 되는 까닭"이라고 함으로써 사회적 실천과 예술적 실천이 둘이 아닌 하나임을 스스로 천명하고 있는 것이다.

그렇다면 육사의 삶과 시를 관류하는 정신적 자세나 지향은 어떤 것인가. 또 그것이 어떤 방식으로 시 속에서 구체적으로 구현되는가를 살피는 일은 육사의 시를 이해하는 관건이 된다.

이 글은 육사의 시에 대한 기존의 문학사(시사)적 위치를 재확인하거나 혹은 문제를 제기하고자 하는 것이 아니다. 다만 널리 알려진 대표작을 중심으로 해서 그의 시와 삶을 관통하는 정신적 기저를 추적해 보면서 그가 추구하고자 한 삶과 시적 성취의 중심적 맥락을 가늠해 보는데 있다.

## II. 선비정신과 전통의 계승

육사는 잘 알려져 있다시피 조선조의 대표적인 도학자인 퇴계 이황의 후손(14대 손)이다. 더구나 그가 태어나 자란 안동 지방은 지금까지도 유가적 전통이 강하게 남아 있는 고장이다. 이러한 유가적 전통은 국권 상실의 위기에 '의'를 지키기 위한 선비들의 투쟁과 순절로 이어졌다. (항일의병 활동은 물론 경술국치에 안동지방 유생들의 의절이 많았음은 『기려수필(騎驢隨筆)』 등에서 확인할 수 있다.) 그의 조부 치헌공(痴軒公)이 경술국치에 비복들을 풀어주고 교육운동에 가담한 일이나, 외조부인 범산(凡山) 허형(許蘅)과 그의 일가들이 항일 운동에 투신한 사실 등도 이런 맥락에서 이해할 수 있다. 물론 그가 표나게 내세우지는 않았지만, 그러한 가계와 전통에 대해 남다른 관심과 자부심을 가지고 있었음에 틀림없다.

육사는 어린 시절에 조부 슬하에서 한학과 유가의 법도를 배웠다. 수필 <연륜>(『조광』, 1941. 6)에서 그는 여느 집안과는 사뭇 다른, 즉 어른들로부터 예법이나 처세의 자세 등을 듣는 엄격한 유가적 집안의 분위기 아래서 어린 시절을 보냈다고 회고하고 있다. 이러한 유가적 전통은 그의 성장기를 통하여 큰 영향을 끼쳤던 것이다. 어린 시절을 통해서 육사는 전통적 선비의 기본적 교양인 한시와 서화를 익히고 선비의 품격을 길렀던 것이다.[2]

---

2) 육사의 생애에 관해서는 다음의 글들을 참고할 수 있다. 강만길, "조선혁명 간부학교와 육사 이활," 민족문학사 연구 8호, 1995. 신석초, "이육사의 인물," 나라사랑 16집, 정음사, 1974. 손병희, "이육사의 생애," 안동어문학2.3합집, 1998. 이동영, "이육사의 독립운동과 생애," 나라사랑 16집, 정음사, 1974. 김희곤, 새로 쓰는 이육사 평전, 지영사, 2000.

그가 익혔던 한시와 유가적 교양은 그의 시에서 우선 형태상의 절제와 균형의 미덕으로 나타난다. 기승전결의 안정된 구조, 절제된 언어의 사용과 고전적 모티브의 차용 등이 대표적인 예라 할 수 있다. 사실 이러한 절제와 균형 감각은 한시의 전통이기도 하지만, 한편으로 그대로 사대부(선비)적 미의식의 계승이기도 하다.

육사는 윤곤강의 시집을 평하는 글에서 감정의 직접적 토로를 경계하면서 '시적 거리'의 유지를 강조하고 있다.3) 또 그가 늘 경구처럼 외웠다는 "樂而不淫 哀而不傷"(『논어 ; 論語』 <팔일편 ; 八佾篇>, 『시경 ; 詩經』의 <관저장 ; 關雎章>에 대한 공자의 평)4), 즉 "즐거워하되 지나치지 않고, 슬퍼하되 마음이 상하도록 정도를 넘지 않는다"는 절제도 그의 시에 대한 생각을 잘 보여준다. 이는 유가의 전통적인 시 인식이지만, 한편으로 앞 시대의 시들이 보였던 지나친 감상성과 감각적 수사에 대한 경계와 비판적 인식을 보여준다.

이렇게 그는 몸에 밴 전통을 당연하게 계승 구현하고 있다. 그가 <1934년 문단에 대한 희망>(『형상』 창간호, 1934)이라는 앙케이트에 대한 답신에서 "외국의 문학유산 유산의 검토도 유산이 없는 우리 문단에 필요한 일이겠지만 과거의 우리나라 문학에도 유산은 적지 아니 합니다 ― 그저 없다고만 개탄치 말고"라고 말할 수 있었던 것은 육사 스스로 이러한 전통적 요소들이 가지는 시대 응전력을 믿고 있었음을 반증한다. 그는 또 우리에게는 지성의 전통이 없다는 비평계의 일반적 지적에 대해 <조선문화는 세계문화의 일륜(一輪)>(『비판』,1938.11)이라는 글을 통해 이를 비판한다.

> 조선문화의 전통 속에는 지성을 가져보지 못했다고 하는데 좀 생각해 볼 문제입니다. 가령 구라파의 교양이 우리네 교양과 다르

---

3) 이육사, "윤곤강 시집 <水華> 기타," 인문평론, 1940. 11.
4) 신석초, "이육사의 인물," 나라사랑 16집, 1974, 104쪽.

다는 그 이유를 르네상스에서 지적한다면 우리네 교양은 르네상스와 같은 커다란 산업문화의 대과도기를 경과하지 못했다는 것일 겝니다. 그러나 우리도 어떤 형식이었든지 문화를 가지고 왔고, 또 그것을 사랑하고 앞으로도 이 마음은 변할 리가 없을 것입니다.

우리가 가진 전통에 대해 구체적 논의가 아닌 단편적 언급이지만, 이는 당시로서는 아주 중요한 지적이다. 개화 이후 이광수 등에서 극단적으로 보여주었듯이 맹목적인 서구지향과 전통부정론이 근대의 왜곡을 심화시켰기 때문이다. 그렇지만 그는 전통을 고정적이거나 화석화된 것으로 생각하지 않았다. 물론 그가 체득한 선비정신도 유교적 봉건정신의 명분주의라든지, 이제까지 부정적으로 평가되어온 수직적(종적) 질서의 옹호를 의미하지는 않는다. 그에게 있어 전통의 계승은 과거의 화석화된 전통이 아닌 '살아있는' 전통이었음을, 시대의 폭압을 뚫는 응전력 있는 전통임을 그 자신이 행동으로 보여주고 있는 것이다.

육사는 어린 시절을 통해 굽힐 줄 모르는 자존과 타협을 모르는 기개의 선비정신을 체득했던 바, 실제로 지인들이 회고하는 여러 일화를 통해서도 그가 곧은 선비정신의 소유자였음을 알게 해 준다.

선비의 의미는 역사적 변모에 따라 조금씩 달라지지만, 선비정신의 핵심은 맹자가 말한 사생취의(捨生取義), 즉 '생명을 버려 의를 취한다'는 데 있다. 그리하여 곧은 선비는 세력과 지위에 굽히지 않는 존재로 규정되었으며, 지절(志節)이 선비가 지녀야할 품격으로 간주되었다. 육사가 현실적 삶에서 항일투쟁의 전선에 일신을 던진 것은 이러한 선비 정신이 그 바탕이 되었기 때문이다.[5] 즉 국권회복

5) "의를 수호하기 위해 적극적으로 노력"하는 것을 '의열'(최봉영, 조선시대 유교문화 ,사계절, 1997. 246쪽)이라 하는 바, 그가 무장독립 운동 단체인 '의열단'에 가담해 활동한 사실도 실은 이 선비정신과 관련이 깊다고 하겠다.

의 대의를 위해서 자신의 한 목숨을 불살랐던 것이다. 또한 선비는 인격적 자기완성을 목표로 삼는다. 사실 대의를 위해 목숨까지 버리는 것도 인격적 자기완성의 한 표본인 셈이다.

그러나 김홍규의 지적처럼 시인의 신념이나 행동의 탁월함이 곧 시의 탁월함이 될 수는 없다.[6] 다만 1930년대의 암흑기를 뚫고 나가는 그 신념의 강고함은 시대를 넘어 공감의 폭을 확대시킬 수 있다. 그의 시 「교목」은 이러한 선비정신의 일단을 잘 보여준다.

> 푸른 하늘에 닿을 듯이
> 세월에 불타고 우뚝 남아 서서
> 차라리 봄도 꽃피진 말아라
>
> 낡은 거미집 휘두르고
> 끝없는 꿈길에 혼자 설내이는
> 마음은 아예 뉘우침 아니라
>
> 검은 그림자 쓸쓸하면
> 마침내 湖水속 깊이 꺼꾸러져
> 참아 바람도 흔들진 못해라
>
> —「喬木」 전문(『인문평론』 3월호. 1940.)[7]

시적 주체는 '푸른 하늘에 닿을 듯이 / 세월에 불타고 우뚝' 서 있는 교목을 노래한다. 대상에 대한 주체의 미적 감정은 그 교목의 '높고' '우뚝한 당당함'에 대한 숭고함이다. 그러므로 첫 연 마지막 행의 "차라리 봄도 꽃피진 말아라"는 주체의 반어적 진술이 된다. 반어는 말하는 것과 의도하는 바가 다른 경우인데, 여기서는 표면

---

6) 김홍규, "육사의 시와 세계인식," 창작과 비평, 1976 여름. 627쪽.
7) 시 인용은 의미가 왜곡되지 않는 범주 내에서 발표 당시의 표기가 아닌 현대 표기로 한다.

적 진술(말하는 것)을 넘어서는 그 자체의 위대한 아름다움을 긍정
하는 것이다. 박철석은 이 부분에 대해 "생명마저 부정하는 의지의
단호함"을 보인다고 말하면서도, 그것은 「절정」이 보여주는 심리적
여유와 관조 대신, "생명마저 부정하는 적극적 허무주의"를 드러낸
다고 평가한다.[8] 하지만 '말아라'등 명령형 어투가 보여주는 단호함
이라든지, '차라리', '아예', '마침내', '참아' 등의 절박한 느낌의 언
어들은 상황의 극한성과 이에 맞서는 의지의 단호함을 드러내기 위
한 표현으로서 그 자체로 생명을 부정하는 진술은 아니다. 또한 이
시의 어디에도 '허무주의'의 색조는 드리워 있지 않다. 오히려 이
구절은 '진정한 생명'의 가치를 긍정하기 위한 수사적 표현으로 보
아야 하며, 때문에 이 시는 생명의 의미에 대한 '위대한 긍정'을 보
여준다. 그리하여 마지막 연의 "마침내 호수속 깊이 꺼꾸러져"도
"참아 바람도 흔들진 못해라"는 죽음과 같은 한계상황에서조차 흔
들리지 않는 기개와 절조의 아름다움에 대한 긍정이며 동시에 자기
선언으로 들린다. 그리하여 교목의 의지는 주체의 지향과 결부되어
시인 자신의 의지로 전화되고, 여기서 교목은 시인 자신의 모습으
로 전이된다. 바로 극한적 상황에서도 흔들리지 않겠다는 의지의
자기확인, 교목은 바로 시인 자신의 자화상인 것이다.

　　마치 추사(秋史) 김정희의 <세한도(歲寒圖)>를 떠올리게 하는 이
시는 선비 정신의 고결함과 꿋꿋함, 극한의 한계상황에서도 굽히지
않는 의지, 즉 사생취의의 정신에 맞닿아 있다. 즉 '날이 추워진 연
후에 송백의 푸르름을 안다'는 세한도의 화제(畵題)는 곧 세월에 불
타고 호수 속에 깊이 꺼꾸러지는 한계상황에서도 그 의지를 꺾지
못한다는 이 시의 시적 의미와 통하는 바 있다.

　　그는 수필 <계절의 五行>에서 극한 상황에 맞닥뜨려 물러서지

8) 박철석, "이육사론," 한국현대 시인론, 민지사, 1998. 213쪽.

않으려는 자기확인의 의지를 피력한 바 있다.

　지구가 생겨서 몇 억만 년 사이 모진 풍상에 겨우 풍화작용으로
모래가 되고 그 위에 푸른 매태와 이끼가 덮인 이 척토(瘠土)에 '생
명의 기원'의 원형같은 그 곳의 노주민(老住民)들과 한데 살면서 태
양과 친히 회화를 하는 것으로 심심풀이를 하고 살아 가며 온갖 고
독이나 비애를 맛볼지라도 '시 한편'만 부끄럽지 않게 쓰면 될 것
을 그래 이것이 무엇이겠소……. 내가 들개에게 길을 비켜줄 수 있
는 겸양(謙讓)을 보는 사람이 없다고 해도 정면으로 달려드는 표범
을 겁내서는 한 발자욱이라도 물러서지 않으려는 내길을 사랑할
뿐이오 그렇오이다. 내길을 사랑하는 마음, 그것은 내 자신에 희생
을 요구하는 노력이오. 이래서 나는 내 기백(氣魄)을 키우고 길러서
금강심(金剛心)에서 나오는 내 시를 쓸지언정 유언은 쓰지 않겠소.
그래서 쓰지 못하면 죽어 화석이 되어 내가 묻힌 척토를 향기롭게
못한다고들 누가 말하리오. 무릇 유언이라는 것을 쓴다는 것은 80
을 살고도 가을을 경험하지 못한 속배(俗輩)들이 하는 일이오. 그래
서 나는 이 가을에도 아예 유언을 쓰려고는 하지 않소. 다만 나에
게는 행동의 연속만이 있을 따름이오. 행동은 말이 아니고, 나에게
는 시를 생각하는 것도 행동이 되는 까닭이오.

　금강심이란 무엇인가? 그것은 금강석과 같이 단단한 정신이나 마
음, 즉 신념 혹은 의지로 읽혀진다. 그 신념과 의지는 극한상황에서
도 물러서지 않고 자신의 길을 가겠다는 마음이며, 그것은 자신의
희생을 요구하는 노력이라는 것이다. 그런 금강심에서 나오는 시를
쓰겠다는 선언이나, 시와 행동은 다른 것이 아니라는 인식은 그의
시가 지향하는 바를 시사해 준다. 「교목」이나 「광야」에서 보여주는
강한 의지의 목소리나 저항의식, 불굴의 기개는 이런 그의 시적 지
향의 맥락 속에서 이해될 수 있다.

## III. 극한적 상황의 역설적 인식

육사의 시가 모두 다 「교목」에서 보여주듯 극한상황과 맞서는 불굴의 의지나 저항의 모습만을 보여주는 것은 아니다. 「노정기(路程記)」에서와 같이 어두움 속에서 방황하는 삶의 고됨과 신산함, 그로 인한 절망과 번민을 보여주는 시들이 적지 않다. 그런데 당대의 현실상을 그리고 있는 시편들이 보여주는 육사의 외부에 대한 현실인식은 '소모되고 부패한, 생명력 없는 세계'9)이다. 그것은 또한 모든 것을 '얼어붙'(「소년에게」)게 하는 세계로 '겨울'의 이미지로 표상된다. 이는 근원적으로 식민지 역사적 현실 상황에 대한 인식으로부터 출발하는 것이지만, 한편으로는 정신적 토대를 이루고 무한한 안정의 원천이던 고향 상실의 인식과 표리를 이룬다. 즉 그것은 현실적 삶의 신산함이기도 하지만, 무너진 정신적 안정과 전망이 닫힌 출구에 대한 절망이기도 한 것이다.

그러나 육사는 이러한 번민과 고뇌 속에서도 일방적인 비탄과 좌절에 빠지지는 않는다. 오히려 겨울로 표상되는 현실의 극한에서 결단과 극복의 통로를 마련하는 것이다.

    매운 季節의 채찍에 갈겨
    마침내 北方으로 휩쓸려 오다

    하늘도 그만 지쳐 끝난 高原
    서릿발 칼날진 그 위에 서다

---

9) 김홍규, 앞의 글, 634쪽.

어데다 무릎을 꿇어야 하나
한 발 재겨 디딜 곳조차 없다

이러매 눈 감아 생각해 볼 밖에
겨울은 강철로 된 무지갠가 보다

　　　　　　　　　-「絶頂」전문(『문장』1월호,1939.)

　각 연이 한시의 기승전결에 해당하는 안정되고 절제된 구조로 이루어진 이 시에서 시적 주체가 느끼는 것은 시공간적으로 한발도 물러설 데가 없는 극한의 한계 상황이다. 이 극한 상황의 의미를 많은 논자들은 '일제하의 민족적 현실'에 비중을 두고 그 의미를 유추해 내고 있다. 즉 "북방으로, 그 북만주로 쫓겨간 것은, 육사가 쫓겨간 것인 동시에, 민족 전체가 일제의 학정과 압박에 못 견디어 쫓겨간 것"10)이고, 매운 계절의 채찍은 "육사를 고문하던 일제관헌의 채찍이며 일본 군국주의의 학정 그 자체"11)라는 것이다. 그리하여 이 시는 식민지 통치의 가혹한 정황과 벼랑에 선 민족 전체의 현실을 드러낸다는 것이다. 하지만 이는 지나치게 당대의 역사적 현실상황만을 결부시킨 해석이다. 오히려 이러한 한계상황은 "조국 상실과 민족 수난이라는 역사적 현실을 배경으로 하여 한 사람의 투사가 자신의 삶에 더 이상 물러설 수 없는 최종적 의의를 부여하는 결단의 자리"12)로 이해하는 것이 보다 포괄적인 해석이 될 것이다. 하지만 이 시가 역사적 개인의 한계상황과 그 정신적 결단의 자리를 묘사한 것이라 해도, 그러한 한계상황으로 몰고 간 민족 전체의 한계상황과 긴밀히 조응된다는 점에서, 그리고 그 결단이 개인의 결단을 넘어서는 어떤 것이 되기 위해서는 역사적이고 시대적인 성격을

10) 박두진, 한국현대시론, 일지사, 1971, 108쪽.
11) 김영무, "이육사론," 창작과 비평, 1975 여름, 194쪽.
12) 김흥규, 앞의 글, 647쪽.

떨 수밖에 없다는 점에서, 이 시가 주는 의미는 중층적이다.

그렇다면 마지막 연이 의미하는 바는 무엇인가?

특히 '겨울은 강철로 된 무지갠가 보다'라는 마지막 구절은 많은 사람들이 논란의 대상이 되었다. 박두진은 이를 두고 "겨울 자체와 강철같은 절망의 테두리를 미화시켜 음미하는 정신적 여유, 정서적 여지를 남김으로써 소극적인 현장 탈출, 환상적이지만 정서적 진실을 통한 감정적 초극의 통로를 마련한 것"[13]이라고 하여 절망적인 죽음의 극한경(極限境)을 감정적으로 '자기초월'을 이루는 것으로 설명한다. 그러나 이는 단순한 감정적 초극, 혹은 초월이 아니다. 교목이 극한상황에서 꺼꾸러지면서도 오히려 그 속에서 가치 있는 자신의 의지를 확인하였듯이 여기서도 시적 주체는 극한 상황 속에서 오히려 삶의 참된 가치와 의미를 찾아낸 것이다.

이 구절을 두고 김종길은 '비극적 황홀의 순간'[14]으로, 오세영은 '비극적 초월'[15]로, 또 김흥규는 '비극적 자기확인'[16]이라 했던 바, 이는 약간씩의 의미 편차를 보이지만 모두 극한 상황을 통해 오히려 자신의 진정한 삶의 가치와 존재 의의를 깨닫는 순간의 다른 표현이다. 즉 '한 발 제겨 디딜 곳조차' 없는 극한 상황 속에서 눈을 감고 상황의 의미를 되짚어 보는 행위를 통해서 시적 주체는 겨울이 '강철로 된 무지개'라는 것을 '깨닫는' 것이다. 여기서 '무지개'가 의미하는 바에 따라 이해의 폭이나 해석이 달라진다. 오세영은 강철과 무지개의 이미지를 대비시켜 축소된 삶과 확대된 삶의 역설적 결합을 통해 "절망을 딛고 일어선 정신의 완성이며 현실적 패배가 오히려 승리가 될 수 있는 삶의 역설적 인식이며, 보다 쉽게 재생을

13) 박두진, 앞의 글, 111쪽.
14) 김종길, "육사의 시," 나라사랑 16호, 정음사, 1974, 78쪽.
15) 오세영, "비극적 초월과 세계인식," 현대시 작품론, 문장, 1981. 한국문학의 현대적 해석4-이육사, 서강대출판부, 1995.(재수록) 176쪽.
16) 김흥규, 앞의 글, 648쪽.

준비하는 과정으로서 겨울이 내포한 죽음의 의미"를 보여준다고 한다.[17]

일반적으로 무지개는 희망과 꿈, 환상, 아름다움 등을 표상하거나, 이를 이어주는 다리나 통로의 의미를 갖는다. 그러나 그것은 '강철로 된' 무지개라는 점이 중요하다. 강철은 일반적으로 무생명성, 단단함의 상징성을 갖는다. 즉 겨울의 이미지와 연결된다. 그러므로 겨울은 인간의 의지를 '오히려' 단련시키는 꿈의 통로이며 다리라는, 혹은 겨울은 그 혹독함으로 인하여 '오히려' 인간의 '강철'과 같은 강하고 아름다운 꿈을 재확인하게 한다는 인식에 도달하는 것이다. 이는 깨달음이며 동시에 그 꿈을 향한 의지의 표백인 것이다. 이런 역설적 깨달음과 전망의 확보는 그의 시 「꽃」에서 보다 분명하게 드러난다.

동방은 하늘도 다 끝나고
비 한방울 나리잖는 그때에도
오히려 꽃은 빨갛게 피지 않는가
내 목숨을 꾸며 쉬임 없는 날이여

북쪽 쓴드라에도 찬 새벽은
눈속 깊이 꽃 맹아리가 옴작거려
제비떼 까맣게 날라오길 기다리나니
마침내 저바리지 못할 約束이여

한 바다복판 용솟음치는 곳
바람결 따라 타오르는 꽃城에는
나비처럼 醉하는 回想의 무리들아
오늘 내 여기서 너를 불러보노라

---

17) 오세영, 앞의 글, 176쪽.

-「꽃」 전문(육사시집, 1946)

시적 주체는 하늘도 다 끝나고 비 한 방울 내리지 않는 절망적인 한계 상황 속에서도 '오히려' 꽃을 피우는 것으로부터 진정으로 아름다운 삶의 가치를 확인한다. 그렇기 때문에 자신의 '목숨을 꾸며 쉬임 없는' 삶을 기획하는 것이다. 또 눈 속 깊은 곳에서도 싹을 준비하는 '꽃 맹아리'(몽우리/망울)에서 '마침내' '저버리지 못할 약속'을 깨닫게 되는 것이다. 그것은 「광야」에서 시적 주체가 눈 속에 홀로 아득한 매화향기를 느끼면서, '의식 속에 선취된 미래' - 즉 언젠가는 반드시 백마 타고 오는 초인에 의해 목놓아 불려지리라는 것 -를 확신하고 주저 없이 광야에 가난한 노래의 씨앗을 뿌리겠다는 자기 의지를 다지는 것과 일맥상통한다. 고난과 역경을 딛고 그것을 넘을 때만이 아름답고 가치 있는 진정한 삶이 이룩될 수 있다는 이 역설적 자기확인과 세계인식은 그가 체득한 선비정신의 한 극점을 이룬다.

물론 범상한 인간들로서는 이 도저한 '정신주의'에 대해 일말의 의구가 없는 것은 아니다. 하지만 결국 위대한 문학이란 세계에 가득찬 악과 절망의 씨앗을 포용하면서 천박한 낙관론을 물리치고 절망의 거절을 통해 인간됨의 위엄을 보이는 것이라는 유종호의 지적은 여전히 육사의 시에서 유효하다.


## Ⅳ. 고향회복과 초인의 꿈


현실의 신산스런 삶과 그로 인한 정신적 방황을 노래한 그의 시편들에서 공통적으로 보이는 것은 '실향'의 이미지다. 특히 「자야곡

(子夜曲)」에서 "수만호 빛이래야 할 내 고향이언만 / 노랑나비도 오잖는 무덤 우에 이끼만 푸르러라"는 모든 것이 충족되고 완벽히 구비된 안정된 세계로서의 고향이 무너져버렸다는 상실감을 극명히 드러낸다. 이는 국권상실의 현실과 긴밀히 조응되는 것으로, 그것은 우선 무너진 정신적 안정과 고달픈 생활로 표현된다. 그리하여 「노정기(路程記)」에서 보이듯 시적 주체의 꿈은 "서해를 밀항하는 '쨍크'와 같"고, "소금에 절고 조수에 부풀어" 올랐던 것이다. 그러나 고통스러운 현실에 대한 역설적 인식은 미래에 대한 꿈을 가능케 한다. 그것은 바로 지치고 고달픈 자아가 쉴 수 있는 고향의 회복과 초인에 대한 꿈이다.

> 내 고장 七月은
> 청포도가 익어가는 시절
>
> 이 마을 전설이 주절이 주절이 열리고
> 먼데 하늘이 꿈꾸며 알알이 들어와 박혀
>
> 하늘밑 푸른 바다가 가슴을 열고
> 흰 돛 단 배가 곱게 밀려서 오면
>
> 내가 바라는 손님은 고닯은 몸으로
> 靑袍를 입고 찾아온다고 했으니
>
> 내 그를 맞아 이 포도를 따 먹으면
> 두 손은 함뿍 적셔도 좋으련
>
> 아이야 우리 식탁엔 은쟁반에
> 하이얀 모시 수건을 마련해 두렴
>
> ―「靑葡萄」 전문(『文章』 8월호, 1939.)

시적 주체는 청포도가 익어가는 고향의 7월을 상상한다. 청포도는 고향의 전설과 꿈이 맺힌 듯 평화와 풍요로움의 소망으로 알알이 익어가고 있다. 또한 그 고향에 "푸른 바다가 가슴을 열고 / 흰 돛 단 배가 곱게 밀려서 오면", '내가 바라는 손님'이 청포를 입고 찾아온다는 약속을 떠올린다. 이 때의 고향은 한 폭의 산수화처럼 평화롭고 포근한 곳이며, 또 안으로 닫힌 폐쇄된 공간이 아니라 바깥으로 열린 공간이다. 그러나 이러한 고향은 '밀려서 오면', '찾아온다고' 등에서 느낄 수 있는 바와 같이 아직은 미래형으로만 존재한다. 물론 그것은 무너진 고향을 경험한 개인의 단순한 희망으로서의 꿈이 아니다. 현실적 상황에 대한 역설적 자기확인을 거친 반드시 오고야 말 전망으로서의 미래이며 꿈인 것이다. 즉 시인의 확고한 믿음 속에 자리한 고향회복의 꿈이 바로 「청포도」에 집약되어 있는 것이다.

그렇다면 내가 바라는 청포를 입고 찾아오는 '손님'의 의미는 무엇인가? 많은 사람들이 "잃어진 조국을 찾아 투쟁하는 지사들의 표징"[18]으로 해석하고 있지만, 이는 아주 제한적인 의미일 뿐이다. 물론 이를 육사 자신을 위시한 지사로, 또 고향회복의 꿈을 조국광복의 소망으로 해석할 수도 있지만, 여기서 주목할 것은 기다림의 대상인 청포를 입고 찾아오는 손님이 '고달픈' 몸이라는 점이다. 그것은 어두운 현실에 지치고 고통받는 모든 이들일 수 있다. 즉 "소금에 절고 조수에 부풀은" 영혼들이 그들이다. 하지만 그는 '내가 바라는' 손님이며, 청포를 입고 찾아오는 손님이다. 만해의 '님'에 비견되는 이 손님은 「광야」에서 '백마 타고 오는 초인'의 이미지와도 연결된다. 온갖 시련과 한계를 극복한 어떤 고귀한 존재이며, 한편으로는 육사 자신이 도달하고자 하는 자기완성의 인간상, 바로 초

---

18) 신석초, "이육사의 인물," 전집, 228쪽.

인이다.

그리하여 시인은 이러한 미래의 꿈을 위해 은쟁반에 하얀 모시 수건을 마련하는 것이다. 막연한 기다림이 아니라 맑고 순결한 마음으로, 그리고 "목숨을 꾸며 쉬임 없"(「꽃」)이 준비해야만 도달할 수 있는 미래의 꿈, 바로 고향회복과 초인의 꿈인 것이다.

얼핏 「청포도」는 육사의 다른 시들과 사뭇 다른 느낌을 준다. 그리하여 육사의 시적 특성을 정한모는 '저항과 고전 정서',[19] 김종길은 '초강(楚剛)과 풍류(風流)'[20]라는 두 가지 범주로 항목화한다. '저항'이나 '초강'은 「교목」이나 「절정」 등의 특성으로, '고전 정서'나 '풍류'는 자못 「청포도」를 염두에 둔 특성인 바, 이 양면성이 잘 조화된 작품이 「광야」라는 것이다. 즉 「광야」의 한 쪽에는 선비의 '절개'를 지키기 위해 일제에 저항을 한 시 「절정」이 있고, 또 한쪽에는 우리의 전통적 정서가 일제하의 현실과 결합되어 기다림으로 승화된 「청포도」가 있다는 식이다. 그러나 전통적, 혹은 고전적 정서의 실체가 불분명하거니와, 앞서 살펴보았듯이 이들 작품들은 그가 일관되게 추구한 삶과 시적 지향 속에 연결되어 있다. 다만 「교목」이나 「절정」 등이 자기 완성을 위한 의지나 깨달음을 주로 앞세웠다면, 「청포도」는 그가 지향하고 소망하는 꿈의 세계에 대해서 보다 구체적인 전망을 보였을 뿐이다.

그런 의미에서 육사가 깨달은 삶의 진실과 꿈, 또 그것을 향한 의지가 잘 어울려 형상화된 작품이 바로 「광야」이다.

　　까마득한 날에
　　하늘이 처음 열리고
　　어데 닭 우는 소리 들렸으랴

---

19) 정한모, "육사시의 특질과 시사적 의의," 나라사랑 16집, 1974, 50쪽.
20) 김종길, 앞의 글, 70쪽.

모든 山脈들이
바다를 戀慕해 휘달릴 때도
참아 이곳을 犯하던 못하였으리라

끊임없는 光陰을
부즈런한 季節이 피여선 지고
큰 江물이 비로소 길을 열었다

지금 눈 나리고
梅花香氣 홀로 아득하니
내 여기 가난한 노래의 씨를 뿌려라

다시 千古의 뒤에
白馬타고 오는 超人이 있어
이 曠野에서 목놓아 부르게 하리라

―「曠野」전문,(『육사시집』, 1946.)

「광야」는 시간과 공간적 배경의 웅대함 때문에 특히 주목을 받은
작품이다. 그리하여 정한모는 「광야」의 초인의지와 미래의 꿈에 대
해 20년대의 김소월, 한용운의 '여성주의'적 시에 대비해 '남성주의
(男性主義)'적인 면모를 지적하고 있다.[21] 육사의 시어가 "강렬한 투
쟁적 이미지를 구사하여 원대하고 웅혼한 대륙적 풍모와 기상을 보
여주"[22]기 때문이라는 것이다. 하지만 남성적 언어/ 여성적인 이미
지의 언어라는 구분은 자의적일 뿐 아니라, 육사시의 이러한 특징
들조차 사실은 선비정신의 시화과정에서 드러나는 두드러진 모습
일 터이다.

이 시에서 시적 주체는 광활한 광야 앞에서 과거와 현재, 미래를

---

21) 정한모, 앞의 글, 66쪽.
22) 정한모, 위의 글, 65쪽.

생각한다. 1-3연은 과거를, 4연은 현재를, 그리고 5연은 미래의 시간을 노래하는 것이다. 3연까지는 개벽, 즉 태초의 시간으로부터 강물이 길을 열기까지의 과정을 그리고 있다. 마치 인류의 역사나 문명의 시작 이전의 시간을 노래하는 것이다. 그런데 여기서 1연의 마지막 구절인 "어데 닭 우는 소리 들렸으랴"의 해석에 대해서는 많은 논란이 일었다.[23] 가장 보편적 해석은 이를 수사적 의문형, 즉 "어디 닭 우는 소리(조차) 들렸겠는가?"로 보아 '들리지 않았다'로 풀이하는 것이다. 이에 반해 이 행을 의문문이 아니라 추리 내지 상상을 나타내는 문장으로 '들렸으랴'를 '들렸을 것이다'라는 뜻을 지닌 '들렸으리라'의 축약형으로 보는 견해도 있다.[24] 하지만 '어데'의 경우 지역에 따라서는 부정적인 뜻으로 쓰이기도 하거니와, 역설어법을 자주 사용하는 육사의 시적 표현이나 전후의 시적 문맥을 감안하면, 전자의 해석이 보다 온당한 것으로 보인다. 즉 닭 울음소리조차도 들리지 않은 광야의 처음, 절대 신성한 공간으로서의 광야 탄생을 노래하는 것이다. 그 곳은 인간(우리)이 뿌리내리고 살기 전부터 존재한, 말 그대로 절대적 공간인 것이다. 그렇기 때문에 산맥들도 '차마' 이 곳을 범하지 못하고, 오랜 시간이 지난 후에야 '비로소' 강물이 길을 열 수 있었던 것이다.

여기서 '광야'는 우선 식민지 조국의 표상으로 다가오지만, 근원적으로 원초의 생명을 잉태한 광활한 대지 그 자체로서의 이미지와 결합될 때 의미가 확대된다.

3연은 시적 주체의 역설적 세계인식과 그 의지를 압축해 보여준다. 지금은 눈이 내리고 있지만, 시적 주체는 눈 속에 홀로 그윽하고 은은한 매화 향기를 깨닫고, 가난한 노래의 씨를 뿌리겠다는 의지

---

23) <광야>의 해석에 대한 논란은 김용직, "항일 저항시의 해석 문제," 한국
    문학의 현대적 해석4- 이육사, 서강대출판부, 1995. 참조.
24) 김종길, 앞의 글, 76쪽.

를 다진다. 눈 속에 피는 매화는 고절(高節)의 상징으로 옛 선비들은 이를 사군자(四君子)의 하나로 꼽았다. 그렇기 때문에 바로 가난한 노래의 씨를 뿌리는 행위는 매화향기에 비견될 수 있는 것이다. 여기서 '뿌려라'는 '뿌리리라'라는 의지적 표현의 준말인 동시에, 자기 스스로에게 하는 명령형으로서 두 가지 의미를 동시에 내포한다.

마지막 연에서는 육사가 바라는 초인의 꿈을 마치 예언자의 목소리로 노래한다. 여기서 천고(千古)란 단순히 먼 미래의 시간이 아니라, 무시간성, 혹은 역사적 시간의 영원성을 내포한 의미로 이해된다.[25] 이는 선비의식의 핵심 중 하나가 "역사적 삶이 갖는 영원한 성격"[26], 즉 "역사의 불멸성"에 대한 믿음을 특징으로 한다는 점에서 시사하는 바 크다. 또 이 시 「광야」가 태초의 시간으로부터 미래의 시간까지를 통시적으로 그리고 있다는 점에 주목한다면, '천고'의 의미가 보다 분명해지리라 생각된다. 그리하여 마지막 구절은 광활한 대지에 뿌리는 가난한 노래의 씨가 '언젠가는 반드시' '백마 타고 오는 초인'에 의해 '목놓아' 불려지리라는 자기 확신과, 불려지게 하리라는 시적 주체의 의지를 동시에 보여주고 있는 것이다. 이렇게 볼 때 「청포도」에서 '청포를 입고 오는 손님'의 이미지와도 상관성이 있는 '백마 타고 오는 초인'은, 온갖 억압과 시련을 극복한 순결하고도 고귀한 존재로 이해할 수 있다. 그리하여 곧 백마 타고 오는 초인의 모습은 노래의 씨를 뿌리는 시인의 모습과 겹쳐 광대무변의 공간과 시간을 공유하는 인간의 숭고함을 드러내 주게 된

---

25) 육사의 선비정신을 논하는 자리에서 종종 언급되는 매천(梅泉) 황현(黃鉉)의 <絶命詩>의 한 구절인 "秋燈掩卷懷千古"에서도 '千古'는 막연히 '오랜 시간'을 의미하는 것이 아니라, 우리가 일반적으로 '역사'라고 부르는 과거와 현재, 미래를 포괄하는 시간개념으로 쓰인다. 김용직은 "千古를 적어도 민족이나 국가 사직의 영광과 고배, 습속과 전통을 포함한 역사로 보아야" 한다고 주장한다. 김용직, 앞의 글, 167쪽.

26) 최봉영, 조선시대 유교문화, 사계절, 1997, 111쪽.

다. 이러한 '초인'의 이미지는 초역사적 공간과 시대적 현실상황이 중층적으로 겹쳐질 때 감동을 확대시킨다. 즉 태초에 생명을 뿌리고 일구는 영웅의 이미지와, 황무지 같은 현실의 개혁과 변혁을 위해 투쟁하는 혁명가나 지사, 새 시대를 예고하는 예언자, 혹은 그 노래의 씨를 뿌리는 시인의 이미지가 그것이다.

그러므로 은쟁반에 하이얀 모시 수건을 준비하는 것과, 광야에서 홀로 가난한 노래의 씨를 뿌리는 것은 이러한 미래의 꿈을 이루기 위한 노력인 동시에 그 실현인 것이다.


## Ⅴ. 맺음말


우리 시사에서 육사의 존재는 특이하면서도 우뚝하다. 다른 어떤 시인들과 확연히 구분되는 그의 목소리가 그러하며, 엄청난 물리적 폭압의 시대를 말 그대로 온몸으로 뚫고 나간 그의 시정신과 삶이 그러하다. 그러므로 그의 시와 행동(삶)은 둘이 아니다. 말하자면 민족투사로서의 삶 때문에 그의 시가 저항시인인 것도 아니요, 저항적인 시를 썼기 때문에 그가 '저항시인'인 것도 아니다. 육사의 시는 이러한 치열한 삶을 살아가기 위해 벼르는 자기 확인의 칼날이었으며, 동시에 그가 이루고자 한 꿈이었던 것이다.

육사의 시는 선비정신이란 전통에 깊이 뿌리박고 있다. 그러면서도 이를 바탕으로 시련과 고통으로 점철된 암흑기의 질곡을 견디며 넘어서는 역사적 전망을 보여주고 있다. 선비정신의 핵심인 사생취의(捨生取義)의 정신과 인격적 자기 완성을 향한 의지는 그의 시정신의 근간을 이루며, 그러한 정신을 바탕으로 자신이 처한 정신적·현실적 고통의 상황을 역설적으로 인식하고 뛰어넘는다. 그는 이렇게 치열한 고민과 행동을 통하여 수행된 역설적 자기 확인과 세계인식을 통하여 그가 소망하는 미래 — 고향회복과 초인의 꿈을 꾸었던 것이다.

그의 시적 성과는 세계화의 구호 속에서 뿌리없이 흔들리는 이 시대에도 자기 정체성의 확인과 그것의 창조적 계승이 얼마나 값지고 필요한지를 증명해주는 실례라 하겠다.

그의 시를 읽으면서 우리는 우뚝하고 당당한 교목을 느끼고, 고고하고 은은한 매화의 향기를 맡는다. 또한 영원한 삶을 살아가며 광야에서 목놓아 노래 부르는 초인을 만난다.

## Abstract

**Good-natured manness and the Dream of Ultraman**

Yoo Byeong-Gwan(Sungkyunkwan University)

The Being of Lee Yook-sa(이육사) in our poetic history has the characteristic of voice which differs from any other poets, of the poetic thought and the life which went through the era of physical violence with himself. So his poetry and vehavior is exactly one. His poetry was the blade of self-confirmation forging to go along this tight life, and also the dream what he wanted to come true.

The poems of Lee Yook-sa have the root in the tradition of good-natured manness. His poems show us the historical vision that gets over the bondage which derived from practical pains. He made the self-confirmation and world-view that pracriced with the inten- sive thought and vehavior and also had the dream of recovery of home with the help of ultra-man.

Lee Yook-Sa's poems lead us to think the pride of high tree, and the flavour of plumtree. And also his poems show us ultraman who lives eternal life and singing on the plain.

# Effective Teaching of Korean Language
## in Relation to Understanding Korean Culture

Ho-Byeong Yoon*

차 례

I . Introduction
II . Currencies and National Flag
III . Calender and Maps
III . Conclusions

# I . Introduction

In the field of teaching Korean language to the foreigners, one of the most important suggestions is to guide them to approach Korean cultural phenomena and its characteristics with good feelings and eagerness. Effective understanding of Korean society and culture will give them various motivations in learning Korean language : comparing what is the differences and similarities between Korean culture and their own cultures, emphasizing why Korean language becomes more and more important in the age of the so called multi-cultural society, helping how to achieve their urgent objectives in speaking and writing Korean language as fluently as its native

* Prof. Chonan University

speakers.

As Raymond Williams has emphasized, there are three general categories in the definition of culture : first, the ideal, in which culture is a state or process of human perfection, in terms of certain absolute or universal value; second, the documentary, in which culture is the body of intellectual and imaginative work, in which, in a detailed way, human thought and experience are variously recorded; and finally, the social, in which culture is a description of particular way of life, which expresses certain meanings and values implicit and explicit not only in art and learning but also in institutions and ordinary behavior.[1]

Though these three divisions of culture are important, they cannot be studied in separate way The first way of studying culture mainly concerns to discover and describe the lives and works of those people who share values composed from a timeless order and permanent reference to the universal human condition. The second one is related to the study of everyday life in a certain community, in which thought and experience, details of language, form and convention are described and valued. The last one specifically concerns to the intellectual and imaginative works as well as the organization of production, the structure of family or the structure of institutions, and social system of communication.

Those three ways of studying culture are closely related and its main center is always located in the study of language. According to C. S. Peirce, for the study of language we have to study history, culture, and poetry simultaneously. His emphasis can be summed up as follows : to study language is to study history; because we can study history, we can study

---

1) Raymond Williams, The Analysis of Culture, Cultural Theory and Popular Cultur e : A Reader, ed. John Storey(London : Harvester Wheatsheaf, 1994), p.56.

language······.to study history is to study culture; to study culture is to study poetry; to study poetry is to study language; all these cannot be separated but one.[2]

Having its root in language, culture in every country has its own heritage from ancient times to the present. Especially the country like Korea aged old as much as over five thousands years, culture has been formed from such fields as foundation myth, legend, war hero, good kings as well as bad ones, successful story in defeating foreign forces, Korea's specificities different from that of near countries like China and Japan. In Korean culture is condensed every possible way of understanding Korean's identities and characteristics.

As it is mentioned in the above, understanding the necessities and importances of Korean culture in the study of Korean leads our study to discuss our subject matters : currencies and national flag, calender and maps.

It is firstly necessary to develop appropriate Korean texts for those teachers who are actually teaching Korean language to the foreigners. Then, in the course of teaching Korean language, teachers are suggested to use experimental teaching method in their own way. Finally teachers must introduce the Korean culture to the students. As an effective way of applying those methods to their class, our study suggests several properties and teaching methods as follows : these will lead foreign students to have a deep curiosity and a great interest in learning Korean language and elate themselves to love Korean culture and society with affection.

---

2) C. S. Peirce, *Collected Papers*, 3 vols.(Cambridge : Harvard University Press, 1960).

# II. Currencies and National Flag

## 1. Currencies

For those foreigners who are unfamiliar with Korea, we can show them Korean currencies. In Korean bills are printed portraits of great people such as King Sejong, Toygye Lee and Yoolgok Lee, while in coins are inscribed national treasures like Soongrye Gate and Tabo Pagoda, rice plant and red point crane. These may be useful and necessary in explaining the Korean history, culture, and society.

Portrait of King Sejong (1397-1450) in *Ten Thousand Won* bill is useful in showing that the very King invented Korean alphabet in 1443. This part seems to be mainly related to teaching Korean language to the foreigner. His invention of Korean alphabet provided for the first time a set of twenty-eight phonetic letters, now twenty-four, in which Korean's thoughts and ideas could be expressed in easier way than using that of Chinese characters.

Korean alphabet is composed of ten basic vowels and fourteen basic consonants. Basic three vowels are ' • ' symbolizing the heaven, '—' the earth, and ' ┃ ' the human being. There are also consonants which is imitated from human speech organs. In the invention of Korean alphabet, there is integrated philosophical thoughts and intellectual understanding of sounding system. The combination of these vowels and consonants make *Hangul* the most scientific letters in the world.

In addition to this King Sejong is respected still today as the greatest king, because his ruling period is usually called the most prosperous age in Korean history : stimulating scholarships, inventing scientific appliances, and keeping his country in stable.

We can find two portraits in *Ten Thousand Won* and *Five Thousand Won* bill : in the former the portrait of Hwang Lee (1501-1570)[3] and his Dosan Lecture Hall (도산서원, 陶山書院) appeared, in the latter I Lee (1536-1584)[4] and his birth place Black Bamboo House (오죽헌, 烏竹軒) shown. Since they are famous scholars in traditional Confucian society, these two pictures explain Korean culture has been developed from Confucian traditions and values.

The crane symbolizes long life and happiness shown in *Five Hundred Won* coin. It is one of the ten-things representing long life and happiness (십장 생, 十長生) : sun, moon, mountain, water, bamboo, pine tree, turtle, crane, deer, and a herb of eternal youth. They are inherited from Chinese Taoism and developed into a form of popular belief in Korea..

The rice plant printed in *Fifty Won* coin explains that Korean society has been agricultural society and rice has been Korean's main food. By growing rice, they have realized that agricultural society is influenced from climate, geography, and cooperation of many people from young to old. Since it is their main food, rice has been valued most important material for their

---

3) Hwang Lee's pen name is Toygye(퇴계, 退溪). His scholarly achievement was so great that he became the leader of Youngnam school(영남학파, 嶺南學派) and he was located in the center of Korean Confucianism. There are various scholarly associations not only in Korea but also in international society to study his intellectuals, ideas, and thoughts.

4) I Lee's pen name is Yoolgok(율곡, 栗谷). Not only as a successor of Hwang Lee but also the leader of Kiho school(기호학파, 畿湖學派), he is a well known scholar in Korean Confucianism.

280

living. Korean peninsula is the northest region where the rice can be raise
d.[5]

The portrait of Soon-Shin Lee (1545-1598) in *One Hundred Won* coin is
called Nelson (1758-1805)[6] of Korea. He is the most famous naval admiral
in fighting successfully with Japanese invasion at the end of 16th century.
During the war of 'Im-jin-wae-ran' (임진왜란, 壬辰倭亂, 1592-1599), he
invented a warship called 'Ironclad Ship' (거북선). With it his navy was
able to got victory over the invaders, who were using fowling pieces
imported from Portugal at that time.

In *Ten Won* coin, there appears Tabo-tap (다보탑, 多寶塔) in Pulguk-sa
(불국사, 佛國寺) founded in Silla Kingdom. Tabo or Chilbo (칠보, 七寶)
means Buddha's seven kinds of enlightenment : the universe, purification,
delight, tranquility, contemplation, stability, and emptiness. Through this
picture, we can see the traditional Korean society was surrounded by the
atmosphere of Buddhism.

In *One Won* coin, the national flower, Mugung-wha (무궁화, 無窮花) is
appeared. Its history is as old as Korean foundation myth. Since Tangun
(단군, 檀君) established his kingdom, it has been called "the land of
Mugungwha."[7] From that time on, this flower has been loved by Korean.

5) We can explain the seasonal changes in Korea from spring to winter and each
seasonal characteristics as well as its weather, customs, festivals, etc.

6) As one of the most famous English naval hero, Horatio Nelson is served in the
Mediterranean. At Calvi he lost the sight of one eye; in the unsuccessful English
attempt (1797) he lost his right arm. In 1805 he destroyed the combined French
and Spanish fleets off Cape Trafalgar, but he was killed in the action. It was
before this battle that he gave the famous signal, "English expects that every man
will do his duty."

7) See Hyu-Ahn Kang's(1417-1464) How to Raise Flowers(양화소록 養花小錄). See
also ancient Chinese Park Kwak's Sanhaekyung(산해경 山海經) where is written
"In Korea, there is flower called Mugung-wha which blooms in the morning falls

We can see its emblem in the mark of national congress or national police. These methods of using currencies are effective for the beginners. Learning the hidden meanings in currencies, foreign students can approach to Korean with interest.

## 2. National Flag

As every country has its own national flag to indicate and symbolize its foundation identities, Korean national flag was invented by Young-Hyo Park[8] in 1882 and after the liberation from Japanese Empire, Korean government declared its present form in October 15, 1949. Koreans usually call their national flag *Taegukgi* (태극기, 太極旗) in which 'Taeguk' is related to the center circle divided into red and blue, 'gi' means flag. The bottom color, white means identity and purity of Koreans who love peaceful life. The center circle symbolizes oriental idea in which the eternity of living or non-living is included.

Red and blue emphasize 'Yin and Yang' (음양사상, 陰陽思想) in which is contained the cosmic dual forces, the female and male, the negative and the positive. Between these two colors, there exists human being, society, and country. These ideas of Yin and Yang are closely related to Buddhism in which sacred and popular cannot be separated.

Four black divinations mean four season, four direction, four kinds of

---

in the evening"; Chi-Won Choe's(857〜?) "Mugung-wha country(Silla Kingdom) is polite and prudent, China is aggressive"; Book of Tang on Silla Kingdom(737) explains "Silla people calls their country as Mugung-wha country."

8) Young-Hyo Park(박영효, 朴泳孝, 1861-1939) was belonged to the so-called 'Group of Westernization'(개화파, 開化派) at the end of 19th century. He studied in Japan and in the United States.

virtue, or just four kinds such as justice, common wealth, intelligence, and passion. These are the fundamental factors for Koreans to lead their everyday activities.

Having learned Korean language through the symbols of Korean national flag, those foreign students recognize it at once and may explain its meanings to other people.

## III. Calender and Maps

## 1. Calender

Calender is also good material for guiding foreigners to understand Korean history, culture, and living style. Nowadays solar system is mainly used instead of using lunar, which was useful for traditional agricultural society until westernized. Those days with red mark except sundays give us several informations on historical background. They are four national holidays, two religious days, and two festival days.

The first one is 'Samil-jeol' (삼일절)/Independence Movement Day on March 1. During the period of Japanese colonization, Koreans declared the independence of Korea. One of the famous patriots is Kwan-Soon Ryu (1904-1920)[9] who is called Jeanne d'Arc (1412-1431) of Korea. The second is 'Chehun-jeol'(제헌절)/Constitution Day on July 17, when Constitution of

---

9) When she was arrested by Japanese police, Kwan-Sun Yoo(유관순, 柳寬順) was only sixteen year old girl-student attending E-Wha Girls High School. Not giving up to declare the independence of Korea, she died in prison at the age of 17.

Korea was made in 1948. The third is 'Kwangbok-jeol' (광복절)/Independence Day on August 15, when Korea was finally liberated from Japan. Occurring in the first half of the 20th century, all these three witnessed the flow of modern Korean historical background. With these days, our student will understand Korea-Japan relations in socio-political perspectives and they will also learn Korean's nation-wide patriotism and identity.

Gaechon-jeol' (개천절)/Foundation Day provides us Tangun myth, which gives us good sources for teaching Korean language through the understanding of its culture. Our myth says :

Heavenly God Hwanin's (환인, 桓因) son, Hwanung (환웅, 桓雄) descended under a sandalwood tree atop of Mt. Taeback (태백산, 太白山). Leading the Master of Rain, the Master of Clouds, the Earl of Wind, he took charge of three hundred and sixty area of responsibility, for example, agriculture, life-spans, illness, punishment, etc.

At that time there were she-bear and she-tiger who wanted so much to be transformed into human being. The king gave them a bundle of mugwort and garlic with ordering "if eat only these and shun the sunlight for one hundred days, one of you can be a lady." After twenty one days passed, she-bear became a beautiful lady, while she-tiger, unable to keep the promise, still remained as animal. Metamorphosing himself, Hwanung married her and got his son named Tangun who is the first father of Korean. He made Asadal his capital city and called his country Choson (조선)[10] or morning bright country, ancient name of Korea.[11]

---

10) This 'Chosun' is different from that of anther 'Chosun' in Yi Dynasty. So sometimes we name it 'Kochosun'(고조선, 古朝鮮)/Old Chosun.

In the above foundation myth there appears most of Korean cultural characteristics : three seals of Rain, Wind, and Clouds relate to agriculture; garlic is one of the favorite ingredient for Korean; twenty one days means forbidden period not to enter the house where a new baby is born, while one hundred days is celebrated for a new baby. She-bear woman's endurance is inherited to the perseverance of Korean who always overcome any kinds of difficulties and ordeals.

In New Year's Day and Koreans Thanksgiving Day, they usually prepare several special food to eat and celebrate their ancestors. In these food is firstly included 'white rice cake soup' (떡국). While the New Year's Day called 'Seolnal' (설날) tells the beginning of new year, Korean's Thanksgiving Day 'Chuseok' (추석) comes August 15 in lunar calender. On this day we prepare another kind of rice cake named 'songpyeon' (송편) which gots its name because it is steamed with pine leaves. As we have studied in the part of fifty won coin, rice always plays important roles in the agricultural society.

Though there is no national religion in Korea, Buddhism and Christianity keep the main stream of religious activities. April 8 in lunar calender is Buddha's day and December 25 in solar calender the world famous Christmas. In relation to these fields, we can teach the foreigners several Korean religious words : for Buddhism, 'bulgyo' (불교)/Buddhism, 'jeol' (절)/Buddhist temple, 'seunim' (스님)/Buddhist monk; for Roman Catholic, 'cheonjugyo' (천주교)/Catholic, 'seongdang' (성당)/Catholic Church, 'sinbu' (신부)/Catholic Father, 'soonyeo' (수녀)/nun; for Protestant,

---

11) These translations are our own from Ilyon's Samguk Yusa(삼국유사, 三國遺事). See also Peter H. Lee ed., Anthology of Korean Literature : from Early times to the Nineteenth Century (Honolulu : University of Hawaii Press, 1981).

'gyohoy' (교회)/church, 'moksa' (목사)/priest, 'jangro' (장로)/presbyter, 'jipsa' (집사)/deacon.

As our study surveyed, our teachers are strongly advised to explain the origins and meanings of these days. They can also describe Korean manners and customs related to the 24 seasonal divisions.

## 2. Maps

Maps are the most general method to see a nation's territory and its structures. When we hold the Korean map in our hands, we can read in a glance the national border line, demarcation line which is typical in Korea in the world, the territories, positions of large and small cities, mountains, rivers, fields, and roads. By showing Korean map, teachers can teach their students where Korea is located, what the demarcation line means, and how Korea has maintained its relations with China and Japan in the socio-historical and political powers in the Far East.

Korean peninsula is surrounded by seas on three sides : eastern sea called 'donghae' (동해, 東海), western sea 'seohae' (서해, 西海), and southern sea 'namhae' (남해, 南海). Here we can guide the students how to say directions in Korean. For example, 'dong' means east, 'seo' the west, and 'nam' the south. 'hae' or 'bada' (바다) means sea. From this word, there comes naturally the word 'gang' (강)/river, 'sinae' (시내)/brook, 'gaeul' (개울)/steam, and 'saem' (샘)/well or 'umul' (우물)/fountain.[12]

---

12) 'Umul' and 'saem' remind us of such Korean old sayings as "dig only one umul"/if you do only one thing, success will be yours, "frog in umul"/he who knows only his surroundings, "he who is thirsty digs saem"/necessity makes people work, etc.

Northern part is connected to Manchuria which was once belonged to Koguryo, one of the ancient Korean three kingdoms. There is Mt. Paekdu, the highest mountain in Korea, on top of which 'Chonji' (천지, 天池)/crater lake, is located. 'Yalu river' and 'Duman river' are originated from this lake and they make border line between Korea and China. And we can show the students the mountain ranges from Mt. Paekdu through Mt. Geumgang, Mt. Seolak, and Mt. Taebaek, to Mt. Jiri, then finally to Mt. Halla. With these mountains, the shape of Korean peninsula is just like a forceful tiger screaming toward the north as if it were to recover the land lost long time ago or to enhance the Korean's intrepid spirit.

Capital city of Seoul is a center of politics, economics, culture, education, and various social actives. Beautiful 'Han river,' Friendly 'Mt. Nam,' convenient subways named 'jihacheol,' gorgeous hotels, aged old palaces, new buildings, department stores, and traditional markets······all these are harmonized in Seoul.

Pusan, the second large city and biggest harbor, is known to the world as a place of International Film Festival. Gwangju called a place of art, International biennale is held. Chunchon a city of International Play Festival, Gangnung a good place for summer. We can also explain the old capital cities as Gyeungju, Gongju, and Buyeo in connection with three kingdoms period.

In the center of Korean peninsula, 'Hyujeonseon' (휴전선, 休戰線) is located as a result of ideological contradiction as well as an evidence of cold war period. Its length is about 155 miles from west to east. Though nowadays there is a summit meeting for reconciliation and peaceful reunification, this line still remains as a unique tragic symbol of our country. We can advice our students, when they have chance to come to Korea, to visit Panmunjeom where acute confrontation between communism and democracy still exists.

To encourage the students for effective understanding of Korean map, we can use video tapes, visual materials, postcards, pictures, emblems, etc.

# IV. Conclusions

As Paul Valéry said, it is like to kiss a lady with veil to read a poem in translation, without knowing the characteristics of its culture in learning foreign language is like to taste the surface of watermelon. Understanding its culture, therefore, is a shortcut to learn its language more effectively, because culture and language cannot be separated.

To know exactly the unit of Korean currencies is not enough for foreigners who intend to learn Korean; they have to know various meanings of pictures printed in coins and bills. By approaching Korean culture through those currencies, they may learn Korean more naturally than intentionally. Among several examples shown in this paper, Ten Thousand Won bill with portrait of King Sejong seems to be a good educational material teaching Korean to foreign students. With the bill we can explain the principles as well as vowels and consonants of Korean alphabet.

Everywhere in Korean society, our national flag can be seen in government offices, public places, schools, hospitals, stadiums, and even in the highway rest areas. So we can encourage foreigners to find out its symbolic meanings and ask them to speak what they find out in Korean as exactly as they could. By showing our students Korean calender and explaining them the origins of those days, we can help them to know modern Korean history and social background. In Korean maps we can see at a glance all the factors related to Korean peninsula : geographical, political, social, cultural, and climatical. Though it is located between the large countries like China and Japan, Korea has been survived from ancient times to present. We can stress the Korean's intelligence, power, identity, nationality, spirituality, and patriotism.

Those teaching methods might be helpful for beginner's course. For intermediate and advanced, we both will continue to study for the development of new ideas and methods using such steps as national treasures, traditional arts, living-food-housing, life style from birth to death, relationship between family members, etc.

Without understanding cultural background, it is not easy for foreigners to learn other language. So we strongly suggest that experts in this field should develop an effective instructive method of teaching Korean in connection with its culture. Our study can be used as a bridge in connecting cultural studies with teaching Korean language.

## Works Cited

Lee, Peter H. ed. Anthology of Korean Literature : from Early times to the Nineteenth Century, Honolulu : University of Hawaii Press, 1981.

Peirce, C. S. Collected Papers, 3 vols. Cambridge : Harvard University Press, 1960.

Williams, Raymond. "The Analysis of Culture," Cultural Theory and Popular Culture : A Reader, ed. John Storey. London : Harvester Wheatsheaf, 1994.

* All other Korean works cited in our paper are not yet translated into English, so they are not included here.

논문 초록

# 외국인을 위한 효과적인 한국어 교육


윤호병(천안대)


하이-테크 시대와 국제화 시대를 맞아 전 세계는 지금 '언어전쟁'을 치르고 있다고 해도 과정이 아니다. 여기서 말하는 언어전쟁은 자국어와 외국어의 전쟁, 경제강국의 언어와 경제약국의 언어, 전통문화 언어와 신생문화 언어의 전쟁으로 분류될 수 있으며, 그 중에서도 가장 중요한 문제로 대두되고 있는 것이 바로 영어와의 전쟁이라고 해도 지나치지 않을 것이다. 적어도 우리 나라에 있어서 이처럼 가공할 정도의 위력으로 대두되고 있는 이러한 영어와의 전쟁 외에도 여기에 가세하고 있는 일본어와 한자어의 공격은 간과할 수 없는 문제이다.

그러나 이러한 점에도 불구하고 세계 각국에서는 한국문화와 한국어에 대한 관심이 꾸준히 증가하고 있으며, 이를 뒷받침하고 있는 요인으로는 그 이유가 무엇이든지 간에 세계 각국에서 활동하고 있는 한국인의 수적 증가와 한국의 경제적 발전을 들 수 있을 것이다. 본 논문에서는 모국어를 모르는 韓人들은 물론이고 한국의 정치, 사회, 경제, 문화 등 다방면에 관심을 보이고 있는 외국인과 세

계 각 대학에 설치되어 있는 한국학과에서 효과적으로 한국어를 가
르칠 수 있는 몇 가지 효과적인 방법을 세 가지로 나누어 제안하고
자 하는 것을 목적으로 한다.

그 첫 번째는 화폐와 태극기의 활용이라고 볼 수 있다. 외국인이
한국사회에 왔을 때 가장 먼저 접하게 되고 사용하게 되는 것이 소
위 말하는 '돈'이기 때문에 그것이 紙錢이든 銅錢이든 한국 화폐에
그려져 있는 문양을 제시하면서 그것에 얽혀 있는 여러 가지 배경
을 설명한다면 아주 자연스럽게 한국어를 이해할 수 있을 것이다.
예를 들면 만원권에 그려져 있는 세종대왕의 초상화를 보여주면서
한글의 창제연도와 원리, 조선사회의 모습 등을 설명한다면 외국인
들에게 무조건적으로 한글의 읽기와 쓰기를 가르치기보다는 훨씬
더 용이 가르칠 수 있을 것이다. 다음은 우리 나라의 거리 어느 곳
에나 게양되어 있는 태극기를 활용하여 거기에 숨겨져 있는 음양사
상, 사괘의 천지인 사상, 흰색의 의미 등을 친숙하게 한국의 전통사
상을 이해할 수 있을 것이다.

이와 같이 화폐와 태극기를 통해서 한국에 대한 기본적인 이해를
시킨 다음에는 한국의 지도와 달력을 활용하여, 한국 사회의 현실
과 한국인의 생활습관에 관련되는 한국어를 효율적으로 가르칠 수
있으리라고 생각된다. 세계 유일의 분단국가로 남아 있게 된 한국
사회의 과거의 역사, 거기에서 비롯되는 이데올로기의 첨예한 대림,
이산가족의 문제 등을 자연스럽게 설명할 수 있을 것이며, 나아가
달력에 표시되어 있는 국경일과 휴일의 의미가 무엇인지도 손쉽게
가르칠 수 있을 것이다. 10월 3일 '개천절'을 예로 든다면, 단군신화
에 얽혀 있는 환인, 환웅, 단군으로 이어지는 천지인 합일의 의미와
곰과 인간의 관계 등을 외국인에게 좀더 흥미롭게 이해시킬 수 있
기 때문이다.

마지막 단계는 한국의 전통문화와 사상체계를 활용하는 방법으

로 여기에는 물론 국보와 보물에 관련되는 사진을 활용하는 것이 바람직할 것이다. 예를 들면 조선시대 사대문의 의미는 무엇이며 숭례문은 왜 남대문으로 되어 있다가 다시 숭례문으로 바뀌었는지, 명칭이 이렇게 바뀌게 되는 정치적이고 사회적인 의미는 무엇인지를 가르친다면, 외국에서 혹은 한국에서 한국어를 배우고자 하는 외국인들은 훨씬 더 용이하게 한국어를 이해할 수 있을 것이고 한국어를 배우고자 하는 동기를 더욱 강력하게 촉발시킬 수 있을 것이다.

언어전쟁에서 승리하지 못하고 사멸된다면 우리말의 정체성은 사라질 수밖에 없을 것이다. 현재 세계 각국에서 자국어를 어떻게 효과적으로 유지하면서 외국어, 특히 영어를 어떻게 효과적으로 습득할 수 있는지에 대해서 정부차원에서의 지원과 노력을 아끼지 않고 있다. 간과해서는 안 될 정도로 심각한 언어전쟁의 위기에 처해 있는 우리 사회도 외국의 이러한 노력에 버금가는 지원과 노력을 기울여야 할 것이며, 그 일환으로 기본적인 단계에 해당하는 한국어의 효과적인 강의 방법을 세 가지로 나누어 살펴보았다.

국제어문 23

# 문자문화와 디지털문화

| 인쇄일 | 초판 1쇄  2001년 10월 10일 |
|---|---|
| 발행일 | 초판 1쇄  2001년 10월 20일 |

| 편저자 | 국제어문학회 |
|---|---|
| 발행인 | 정찬용 |
| 발행처 | **국학자료원** |
| 등록일 | 1987.12.21, 제17-270호 |

| 총  무 | 김태범, 박아름 |
|---|---|
| 영  업 | 한창남, 조정환, 김상진 |
| 편  집 | 김유리, 황충기 |
| 인  쇄 | 박유복, 안준철, 이정환 |
| 물  류 | 정근용 |
| 제  본 | 문성제책사 |

서울시 강동구 암사 4동 452-20
Tel : 442-4623~6, Fax : 442-4625
**www.kookhak.co.kr.**
E-mail : kookhak@kookhak.net
kookhak@orgio.net

ISBN  89-8206-635-7, 93810
가 격  15,000원

• 저자와의 협의하에 인지 생략함